CUSTE O QUE CUSTAR

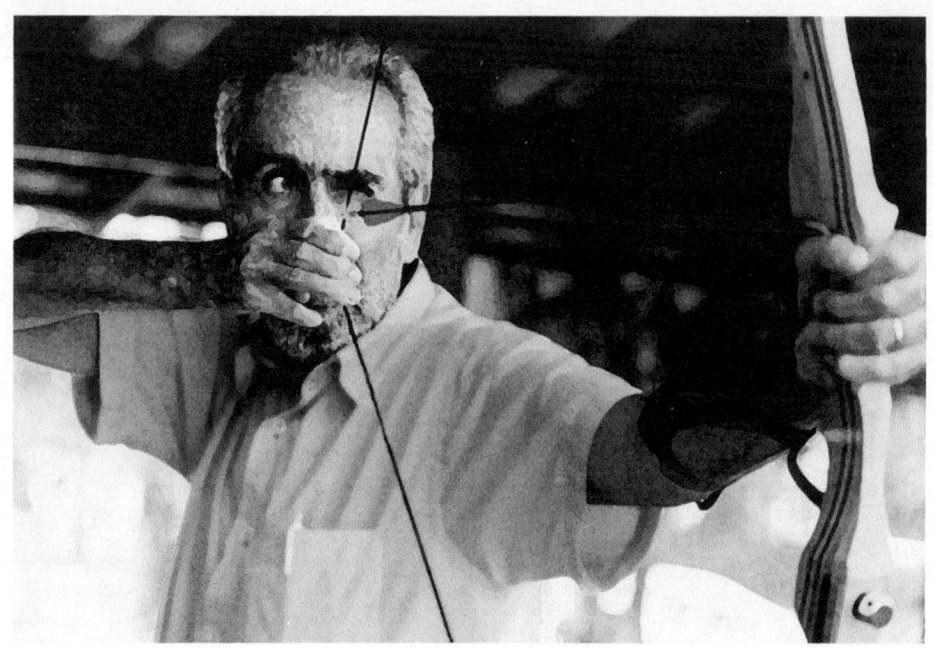

O Arqueiro

GERALDO JORDÃO PEREIRA (1938-2008) começou sua carreira aos 17 anos, quando foi trabalhar com seu pai, o célebre editor José Olympio, publicando obras marcantes como *O menino do dedo verde*, de Maurice Druon, e *Minha vida*, de Charles Chaplin.

Em 1976, fundou a Editora Salamandra com o propósito de formar uma nova geração de leitores e acabou criando um dos catálogos infantis mais premiados do Brasil. Em 1992, fugindo de sua linha editorial, lançou *Muitas vidas, muitos mestres*, de Brian Weiss, livro que deu origem à Editora Sextante.

Fã de histórias de suspense, Geraldo descobriu *O Código Da Vinci* antes mesmo de ele ser lançado nos Estados Unidos. A aposta em ficção, que não era o foco da Sextante, foi certeira: o título se transformou em um dos maiores fenômenos editoriais de todos os tempos.

Mas não foi só aos livros que se dedicou. Com seu desejo de ajudar o próximo, Geraldo desenvolveu diversos projetos sociais que se tornaram sua grande paixão.

Com a missão de publicar histórias empolgantes, tornar os livros cada vez mais acessíveis e despertar o amor pela leitura, a Editora Arqueiro é uma homenagem a esta figura extraordinária, capaz de enxergar mais além, mirar nas coisas verdadeiramente importantes e não perder o idealismo e a esperança diante dos desafios e contratempos da vida.

CUSTE O QUE CUSTAR

HARLAN COBEN

Título original: *Run Away*

Copyright © 2019 por Harlan Coben
Copyright da tradução © 2020 por Editora Arqueiro Ltda.

Todos os direitos reservados. Nenhuma parte deste livro pode ser utilizada ou reproduzida sob quaisquer meios existentes sem autorização por escrito dos editores.

tradução: Ricardo Quintana
preparo de originais: Livia Cabrini
revisão: Melissa Lopes Leite e Tereza da Rocha
diagramação: Abreu's System
capa: Elmo Rosa
impressão e acabamento: Lis Gráfica e Editora Ltda.

CIP-BRASIL. CATALOGAÇÃO NA PUBLICAÇÃO
SINDICATO NACIONAL DOS EDITORES DE LIVROS, RJ

C586c   Coben, Harlan
           Custe o que custar / Harlan Coben; tradução de Ricardo Quintana. São Paulo: Arqueiro, 2020.
           336 p.; 16 x 23 cm.

           Tradução de: Run away
           ISBN 978-65-5565-029-7

           1. Ficção americana. I. Quintana, Ricardo. II. Título.

20-66061   CDD: 813
                                                                               CDU: 82-3(73)

Todos os direitos reservados, no Brasil, por
Editora Arqueiro Ltda.
Rua Funchal, 538 – conjuntos 52 e 54 – Vila Olímpia
04551-060 – São Paulo – SP
Tel.: (11) 3868-4492 – Fax: (11) 3862-5818
E-mail: atendimento@editoraarqueiro.com.br
www.editoraarqueiro.com.br

*Para Lisa Erbach Vance,
agente extraordinária,
com amor e gratidão*

capítulo um

SIMON ESTAVA SENTADO num banco do Central Park – em Strawberry Fields, para ser mais exato – e sentia o coração se partir em mil pedaços. Ninguém poderia adivinhar só de olhar, é claro, pelo menos não a princípio, não até os socos começarem a voar e dois turistas finlandeses gritarem, tudo isso enquanto nove outros visitantes do parque, de diversas nacionalidades, filmavam o horrível incidente com seus smartphones.

Mas ainda faltava uma hora para isso acontecer.

Apesar de Strawberry Fields significar "campos de morangos", não havia morangos ali e já seria forçar a barra chamar aquela área ajardinada de "campo", no singular, quanto mais "campos", no plural. Só que o nome não era literal, mas sim uma homenagem à canção homônima dos Beatles. Strawberry Fields é uma área triangular que dá para a 72nd Street com a Central Park West, dedicada à memória de John Lennon, que foi baleado e morto bem perto dali. A peça central desse memorial é um mosaico redondo de pedras portuguesas, com uma simples inscrição no meio:

IMAGINE

Simon olhava para a frente, piscando, arrasado. Turistas chegavam aos montes e tiravam fotos no famoso mosaico – em grupo, em selfies solitárias, alguns ajoelhados sobre as pedras, outros deitados sobre elas. Naquele dia, como na maioria dos dias, alguém tinha enfeitado a palavra "Imagine" com flores frescas, formando o símbolo da paz com pétalas de rosas vermelhas que de alguma forma não saíam voando. Os visitantes eram pacientes uns com os outros – talvez porque o lugar fosse um memorial –, aguardando sua vez de chegar ao mosaico para tirar aquela foto especial que postariam no Instagram ou em outra rede social qualquer com alguma citação de John Lennon. Quem sabe uma letra dos Beatles ou alguma parte dessa canção sobre todas as pessoas vivendo felizes e em paz.

Simon vestia terno e gravata. Nem se dera o trabalho de afrouxar o nó da gravata após sair do escritório no World Financial Center, na Vesey Street. Diante dele, também sentada perto do famoso mosaico, havia uma moça – como chamavam agora? Desocupada? Andarilha? Drogada? Doente mental? Pedinte? O quê? – tocando canções dos Beatles por alguns trocados. A "musicista de rua", uma denominação mais gentil, talvez, arranhava um violão desafinado e cantava "Penny Lane" com a voz falhando em vários momentos, mostrando seus dentes amarelos.

Uma lembrança estranha ou no mínimo engraçada: Simon costumava passar muitas vezes por esse mosaico na época em que os filhos eram crianças. Quando Paige tinha uns 9 anos, Sam, 6, e Anya, 3, eles saíam do apartamento onde moravam, apenas cinco quarteirões ao sul, na 67th Street, e atravessavam a área de Strawberry Fields a caminho das estátuas de Alice no País das Maravilhas. Ao contrário da maioria das estátuas do mundo, ali as crianças podiam trepar nas figuras de bronze de mais de 3 metros de altura da Alice, do Chapeleiro Maluco, do Coelho Branco e dos cogumelos gigantes aparentemente indecentes. Sam e Anya adoravam explorar e pular entre as estátuas. Em algum momento, o menino sempre enfiava dois dedos nas narinas de bronze de Alice e gritava para o pai:

– Papai! Papai, olhe! Estou tirando meleca do nariz da Alice!

A mãe, Ingrid, suspirava e murmurava baixinho:

– Meninos...

Mas Paige, a primogênita, já naquela época era mais calada. Ela se sentava num banco com um livro de colorir e lápis de cera impecáveis – pois não gostava quando um deles se quebrava ou o rótulo descolava –, e, numa metáfora irônica, nunca saía da linha ao pintar as figuras. Mais tarde – aos 15, 16, 17 anos –, Paige passou a se sentar num banco, exatamente como Simon estava fazendo naquele momento, e escrever histórias e letras de música num caderno que o pai lhe comprara na Columbus Avenue. Mas ela não se sentava em qualquer banco. Cerca de 4 mil bancos do Central Park tinham sido "adotados" através de doações bem polpudas. Placas personalizadas foram instaladas neles, a maioria simples homenagens, como a daquele em que Simon estava agora e que dizia:

EM MEMÓRIA DE CARL E CORKY

Outras placas, as que atraíam a atenção de Paige, contavam pequenas histórias:

PARA C. E B., QUE SOBREVIVERAM AO HOLOCAUSTO
E RECOMEÇARAM A VIDA NESTA CIDADE

PARA MINHA QUERIDA ANNE. EU TE AMO,
TE ADORO, TE VENERO. QUER SE CASAR COMIGO?

NOSSA HISTÓRIA DE AMOR COMEÇOU NESTE
LOCAL EM 12 DE ABRIL DE 1942

O banco preferido de Paige, em que se sentava por horas a fio com seu caderno mais recente, talvez já fosse um indício do que estava por vir. Nele havia uma placa em homenagem a uma tragédia misteriosa:

LINDA MERYL, 19 ANOS. VOCÊ MERECIA MUITO MAIS
DO QUE ISSO E MORREU JOVEM DEMAIS. EU TERIA
FEITO QUALQUER COISA PARA SALVÁ-LA.

Paige ia de banco em banco, lia as inscrições e escolhia uma como inspiração para uma história. Simon, numa tentativa de se conectar com ela, tentava fazer o mesmo, mas não tinha a imaginação da filha. Então sentava-se com seu jornal ou ficava mexendo no celular, verificando os mercados ou lendo notícias de negócios enquanto a caneta de Paige se movia sem parar.

O que terá acontecido com todos aqueles cadernos velhos? Onde estariam agora?

Simon não fazia ideia.

"Penny Lane" felizmente chegou ao fim, e a cantora/pedinte emendou direto em "All You Need Is Love". Havia um jovem casal sentado num banco ao lado dele. O rapaz sussurrou:

– Posso dar um dinheiro para ela calar a boca?

– É como se John Lennon estivesse sendo assassinado outra vez – respondeu a companheira do rapaz, debochando.

Algumas poucas pessoas deixavam moedas no estojo do violão da moça, mas a maioria a evitava ou se afastava fazendo uma careta, como se tivesse sentido um cheiro muito desagradável.

Simon, por sua vez, escutava com atenção, na esperança de descobrir algum vestígio de beleza que fosse na melodia, na canção, na letra ou na performance. Mal notava os turistas acompanhados dos guias, o homem sem camisa que vendia garrafas d'água por 1 dólar, o cara magrelo com uma barbicha que contava piadas e fazia promoções (seis piadas por 5 dólares!), a senhora asiática que queimava um incenso em homenagem a John Lennon, os corredores, os passeadores de cachorro, as pessoas que tomavam sol.

Mas não havia nenhuma beleza na música. Nenhuma.

Os olhos de Simon permaneciam fixos na moça pedinte que assassinava o legado de John Lennon. O cabelo da jovem era um emaranhado; o rosto, encovado. A garota era magra como um palito, maltrapilha, suja, estropiada, sem-teto, perdida.

Ela era também a filha de Simon, Paige.

Simon não via Paige havia seis meses – desde que ela fizera o imperdoável. Fora a gota d'água para Ingrid.

– Deixe ela fazer o que quiser desta vez – dissera a esposa a Simon após a filha ter fugido.

– Como assim?

E então Ingrid, uma mãe maravilhosa, pediatra dedicada que devotava a vida a ajudar crianças necessitadas, falou:

– Não quero que ela volte para esta casa.

– Você não pode estar falando sério.

– Estou, sim, Simon. Que Deus me perdoe, mas estou.

Durante meses, sem que Ingrid soubesse, ele havia procurado Paige. Às vezes, as tentativas eram bem organizadas, como quando Simon contratou um detetive particular. Mas, em geral, seus esforços eram erráticos, aleatórios, consistindo em caminhadas por áreas perigosas, infestadas de drogados, mostrando a foto da filha para pessoas chapadas e repugnantes.

Não dava em nada.

Simon queria saber se Paige, que fizera aniversário recentemente (e ele se perguntava como comemorara – com uma festa, um bolo, drogas? Será que ela ao menos soube que dia era?), havia saído de Manhattan e voltado para a cidade universitária onde tudo começara a dar errado. Em dois fins de semana distintos, enquanto Ingrid estava de plantão no hospital, Simon fora de carro até lá e se hospedara no Craftboro Inn, que ficava perto do campus. Atravessara o pátio lembrando-se de quão entusiasmados estavam todos os cinco – ele, Ingrid, a caloura Paige, Sam e Anya – quando ajudaram Paige a se instalar; de como ele e a esposa ficaram eufóricos de otimismo ao pensar que aquele lugar arborizado, com tanto espaço verde ao ar livre, era um grande achado para a filha que crescera em Manhattan; e de como esse otimismo murchara e morrera depois.

Parte de Simon – uma parte a que ele nunca dava voz ou que nem sequer admitia que existia – queria desistir de procurá-la. A vida, se não tinha melhorado, certamente se acalmara desde que Paige fugira. Sam, que havia terminado o ensino médio na primavera, mal mencionava a irmã mais velha. Seu foco eram os amigos, as festas e a formatura, e naquele momento só pensava nos preparativos para o primeiro ano da faculdade. Anya, bem, Simon não sabia como ela se sentia em relação aos fatos. A filha caçula não falava com ele sobre Paige nem sobre qualquer outra coisa. As respostas às suas tentativas de puxar conversa continham apenas uma palavra que raramente tinha mais de uma sílaba. Tudo estava sempre "bom", "bem" ou "ok".

Então Simon obteve uma pista curiosa.

Seu vizinho de cima, Charlie Crowley, oftalmologista com consultório no centro, pegou o elevador com Simon uma manhã, três semanas antes. Após trocar as gentilezas de praxe entre vizinhos, Charlie, encarando a porta do elevador como todo mundo faz, observando a passagem dos andares, timidamente e com sincero pesar disse a Simon que "achava" ter visto Paige.

Simon, também olhando para os números dos andares, pediu detalhes da forma mais casual possível.

– Eu acho que a vi, hum... no parque – disse Charlie.

– Tipo, caminhando por lá?

– Não, não exatamente. – Eles chegaram ao térreo. A porta se abriu e Charlie respirou fundo. – Paige estava... tocando violão em Strawberry Fields.

Ele deve ter visto o olhar desconcertado no rosto de Simon.

– Por alguns trocados, sabe?

Simon sentiu algo se rasgar dentro dele.

– Trocados? Como uma...

– Eu ia dar um dinheiro a ela, mas...

Simon fez um sinal de "Tudo bem, por favor continue".

– ... mas Paige parecia tão alheia a tudo... Não sabia nem quem eu era. Tive receio de que o dinheiro pudesse ir para...

Charlie não precisou concluir o pensamento.

– Sinto muito, Simon. De verdade.

Isso foi tudo.

Simon ponderou se contava à esposa sobre esse encontro, mas decidiu que não queria lidar com os efeitos colaterais. Em vez disso começou a frequentar Strawberry Fields nas horas vagas.

Nunca via Paige.

Perguntava a alguns andarilhos que tocavam se a reconheciam, mostrando uma foto da filha na tela do celular antes de jogar dinheiro no estojo do violão deles. Uns poucos diziam que sim e se ofereciam para dar mais detalhes caso Simon fizesse uma contribuição maior à causa. Ele até concordava em fazer, mas não conseguia nada em troca. A maioria admitia que não a conhecia, mas naquele instante, vendo Paige em carne e osso, Simon entendia por quê. Não havia quase nenhuma semelhança entre sua outrora linda filha e aquele debilitado saco de ossos.

Em Strawberry Fields, Simon costumava se sentar diante de uma placa ignorada que dizia:

ÁREA SILENCIOSA – NÃO SÃO PERMITIDOS SONS AMPLIFICADOS NEM INSTRUMENTOS MUSICAIS

E, depois de certo tempo, ele notou algo estranho. Os músicos, todos do tipo sujo-andarilho-esquálido, nunca tocavam ao mesmo tempo nem se sobrepunham. O revezamento entre eles era quase imperceptível. Alternavam-se pontualmente de hora em hora, na mais perfeita ordem.

Como se houvesse uma programação.

Custou 50 dólares a Simon encontrar um homem chamado Dave, um dos músicos de rua mais desleixados. O cabelo do homem era grisalho e formava um enorme capacete, os pelos da barba estavam presos por elásticos e uma trança descia pelo meio das costas. Dave, que parecia ter 50 e poucos anos bem-vividos ou então 70 de uma vida tranquila, explicou como tudo funcionava:

– Antigamente, tinha um cara chamado Gary dos Santos... conhece?

– O nome é familiar – respondeu Simon.

– Se você andasse por aqui na época, irmão, ia se lembrar dele. Gary era o autoproclamado prefeito de Strawberry Fields. Um cara grandão. Passou uns 20 anos por aqui mantendo a ordem. E quando digo "mantendo a ordem", estou falando que as pessoas morriam de medo dele. O cara era maluco, entende?

Simon assentiu.

– Aí, lá por volta de 2013, Gary morreu. Leucemia. Apenas 49 anos. Este lugar – Dave fez um gesto afastando luvas que não cobriam os dedos – ficou uma loucura. Anarquia total sem o nosso fascista. Você leu Maquiavel? Tipo aquilo. Os músicos arrumavam briga todo dia. Território, entende?

– Entendo.
– Eles tentavam se organizar, mas, fala sério, metade desses caras mal consegue se vestir. Então um idiota tocava por muito tempo, aí vinha outro idiota e começava a tocar por cima dele, eles começavam a berrar, a se xingar, até na frente de crianças pequenas. Às vezes trocavam socos, e a polícia aparecia. Sabe como é, né?

Simon fez sinal positivo.

– Aquilo estava prejudicando a nossa imagem, sem falar do nosso bolso. Então tivemos uma ideia.
– E qual foi?
– Criamos uma programação. Um rodízio de hora em hora, de dez da manhã às sete da noite.
– É mesmo?
– Sim.
– E funciona?
– Não é perfeito, mas um dia a gente chega lá.

Interesse econômico próprio, pensou Simon, o analista financeiro. Uma constante na vida.

– Como se reserva um horário?
– Mandando uma mensagem de texto. A gente tem cinco caras fixos. Eles ficam com os melhores horários. Os outros preenchem o que sobra.
– E é você que gerencia a programação?
– Sim, sou eu. – Dave estufou o peito de orgulho. – Sei como fazer o troço funcionar, entende? Tipo, nunca coloco a hora do Hal perto da hora do Jules, porque aqueles dois se odeiam mais do que as minhas ex me odeiam. Também tento fazer a coisa com certa diversidade.
– Diversidade?
– Isso mesmo. Temos negros, garotas, hispânicos, gays e até dois orientais.
– Ele abriu os braços. – A gente não quer que as pessoas pensem que todos os vagabundos são brancos. É um estereótipo ruim, entende?

Simon estava entendendo. Estava entendendo também que, se desse a Dave duas notas de 100 dólares rasgadas ao meio e prometesse dar as outras duas metades quando ele dissesse o dia em que sua filha se apresentaria outra vez, provavelmente faria progressos.

Então, naquela manhã, Dave enviara a mensagem:

Hoje 11 da manhã. Mas eu nunca te disse nada. Não sou dedo-duro.

Depois:

Traga meu dinheiro às 10h. Tenho ioga às 11h.

E ali estava Simon.
Ele se sentou em frente a Paige. Perguntou-se se ela o notaria e o que ele faria caso a filha se assustasse. Não tinha certeza. Imaginara que a melhor opção seria esperar que ela terminasse de tocar, guardasse os poucos trocados e o violão e aí, sim, se aproximar.
Olhou para o relógio: 11h58. A hora de Paige estava terminando.
Simon havia ensaiado mentalmente tudo que iria falar. Já tinha ligado para a clínica Solemani, nos arredores da cidade, e reservado um quarto. O plano era o seguinte: dizer qualquer coisa, prometer qualquer coisa; bajular, implorar, usar qualquer meio necessário para conseguir que Paige fosse com ele.
Outro músico de rua vestindo calça jeans desbotada e camisa de flanela esfarrapada apareceu e se sentou perto de Paige. A capa de seu violão era um saco plástico preto. Ele tocou o joelho dela e apontou para um relógio imaginário no pulso. Paige assentiu enquanto terminava "I Am the Walrus" com um exagerado "goo goo g'joob", depois levantou os braços no ar e agradeceu à multidão que não estava prestando atenção, muito menos aplaudindo. Ela recolheu as poucas e patéticas moedas e notas amassadas e guardou o violão no estojo com extremo cuidado. Aquele simples movimento – de colocar o instrumento no estojo – atingiu Simon em cheio.
Ele comprara aquele violão Takamine G-Series para a filha no seu aniversário de 16 anos. Tentou resgatar os sentimentos que acompanhavam as lembranças – o sorriso de Paige quando ela retirou o instrumento da parede na loja de instrumentos, o jeito como fechou os olhos enquanto o testava, como atirou os braços ao redor do pescoço do pai e gritou "Obrigada, obrigada, obrigada!" quando ele disse que o violão era dela.
Mas os sentimentos não vieram.
A terrível verdade era que Simon não conseguia mais reconhecer sua garotinha.
E, durante aquela última hora, ele havia se esforçado para isso. Agora tentava outra vez olhar para ela e evocar a criança angelical que um dia levara para as aulas de natação na escolinha. A que se sentara na rede nos Hamptons enquanto Simon lia para ela dois livros inteiros do Harry Potter, ao longo de três dias, durante o feriadão do Dia do Trabalho. A garotinha

que insistira em vestir a fantasia completa de Estátua da Liberdade duas semanas antes do Halloween. Mas – e talvez isso fosse um mecanismo de defesa – nenhuma dessas imagens se materializava.

Paige se levantou cambaleando.

Era hora de entrar em ação.

Do outro lado do mosaico, Simon ficou de pé também. O coração batia com força. Sentia uma dor de cabeça se aproximando, como se mãos gigantescas estivessem apertando suas têmporas. Olhou para a esquerda, depois para a direita.

Procurava o namorado dela.

Simon não sabia dizer exatamente como as coisas começaram a degringolar, mas culpava o namorado da filha pelo tormento que se abatera sobre ela e, em consequência, sobre toda a família. Sim, Simon havia lido tudo sobre como o viciado tem que assumir a responsabilidade pelas próprias ações, que a culpa era do dependente e só dele... tudo isso. E a maioria dos viciados (e, por extensão, suas famílias) tinha alguma história para contar. Talvez a dependência tivesse começado com a medicação para dor após uma cirurgia. Talvez eles a relacionassem à pressão dos colegas ou alegassem que uma única experiência havia de alguma forma evoluído para algo mais sério.

Sempre havia uma desculpa.

Mas, no caso de Paige – podem chamar de fraqueza de caráter, incompetência dos pais ou o que quiserem –, tudo parecia ligeiramente mais simples:

Havia uma Paige antes de conhecer Aaron. E outra Paige depois.

Aaron Corval era a escória – óbvia e evidente –, e quando se mistura escória com pureza, esta fica maculada para sempre. Simon nunca entendera a atração. Aaron tinha 32 anos, onze a mais que Paige. Numa época mais inocente, essa diferença de idade preocupara Simon. Ingrid não dera importância, mas ela estava acostumada a essas coisas por causa de sua experiência como modelo. Agora, é claro, a diferença de idade era o que menos importava.

Não havia nenhum sinal de Aaron.

Uma centelha de esperança despontou em Simon. Estaria ele finalmente fora de cena? Será que aquela malignidade, aquele câncer, aquele parasita que se alimentava de sua filha tinha terminado o banquete e passado para um hospedeiro mais robusto?

Isso seria bom, sem sombra de dúvida.

Paige se dirigiu para leste, em direção ao caminho que cortava o parque, se arrastando como um zumbi. Simon começou a segui-la.

O que faria, pensou, se ela se recusasse a ir com ele? Isso não era apenas uma possibilidade, mas uma probabilidade. Simon tentara ajudá-la no passado, e não dera certo. Não podia forçá-la. Sabia disso. Já tinha até pedido a Robert Previdi, seu cunhado, que tentasse conseguir uma ordem judicial para colocá-la sob custódia. Isso também não funcionara.

Simon chegou por trás dela. O vestido de verão surrado estava muito solto nos ombros. Havia marcas marrons nas costas maculando a pele outrora perfeita – sol? Doença? Abuso?

– Paige?

Ela não se virou, nem sequer hesitou, e, por um breve segundo, Simon alimentou a fantasia de que estivera errado, de que Charlie Crowley estivera errado, de que aquele saco de ossos desgrenhado com cheiro rançoso e voz exausta não era sua primogênita, sua Paige, não era a adolescente que interpretara Hodel na montagem de *Um violinista no telhado* da escola, aquela que cheirava a pêssego e a juventude e comovera o público com seu solo de "Far from the Home I Love". Simon não assistira a nenhuma de suas cinco apresentações sem ficar com os olhos marejados e quase aos soluços quando a Hodel de Paige se virava para Tevye e dizia:

– Papai, só Deus sabe quando nos veremos outra vez.

Ao que Tevye retrucava:

– Então vamos deixar isso em Suas mãos.

Ele pigarreou e chegou mais perto.

– Paige?

Ela diminuiu o passo, mas não se virou. Simon estendeu uma mão trêmula e a apoiou no ombro dela, sem sentir nada a não ser osso coberto por uma pele que parecia de papel, e tentou mais uma vez:

– Paige?

Ela parou.

– Paige, é o papai.

Papai. Quando fora a última vez que ela o chamara de papai? Ele era chamado de "pai" por ela, por todos os três filhos, desde o tempo que conseguia lembrar, e, no entanto, a palavra acabava de sair de sua boca. Teve consciência da voz falhando, do apelo.

Ela, porém, não se virou para ele.

– Por favor, Paige...

E então ela saiu correndo.

Isso o pegou desprevenido. Paige já tinha uma vantagem de três passos quando ele se deu conta. Mas ultimamente Simon estava em ótima forma. Havia uma academia ao lado do escritório e, com o estresse de perder a filha – era como ele encarava aquilo, como se tivesse mesmo perdido Paige –, tornara-se obcecado por exercícios aeróbicos, que fazia durante o horário de almoço.

Ele disparou e logo emparelhou com ela. Agarrou Paige pelo braço fino – poderia ter segurado seu bíceps raquítico com o indicador e o polegar – e puxou-a para trás. O tranco talvez tenha sido um pouco forte demais, mas a coisa toda – a corrida, o puxão – fora uma reação automática.

Paige havia tentado fugir. Ele fez o necessário para detê-la.

– Ai! Me solta! – gritou ela.

Havia várias pessoas perto deles, e algumas, Simon tinha certeza, se viraram ao som do grito. Ele não se importava, mas sabia que isso acrescentava urgência à sua missão. Precisaria agir com rapidez para tirá-la dali antes que algum bom samaritano se apresentasse para "salvar" sua filha.

– Querida, é o papai. Só vem comigo, tá?

Ela ainda estava de costas para ele. Simon girou-a de modo que a filha tivesse que encará-lo, mas Paige cobriu os olhos com o braço, como se ele estivesse apontando uma luz brilhante para seu rosto.

– Paige? Paige, por favor, olha para mim.

O corpo dela se enrijeceu e então, subitamente, relaxou.

Paige tirou o braço do rosto e olhou devagar para o pai. A esperança brilhou outra vez em Simon. Sim, os olhos dela eram fundos e a cor era amarelada onde deveria ser branca, mas naquele momento, pela primeira vez, Simon achou que talvez tivesse visto um lampejo de vida neles.

Pela primeira vez, viu um indício da garotinha que conhecera.

– Pai? – disse ela.

Ele assentiu. Abriu e fechou a boca para falar alguma coisa, mas estava muito abalado. Tentou outra vez:

– Estou aqui para ajudar, Paige.

Ela começou a chorar.

– Me desculpe.

– Tudo bem – disse ele. – Vai ficar tudo bem.

Ele esticou os braços para colocar a filha em segurança quando uma voz ressoou como um golpe de foice.

– Que porra é essa?

Simon sentiu o coração parar. Olhou para a direita.

Aaron.

Paige se afastou de Simon ao ouvir a voz do namorado. O pai tentou segurá-la, mas ela soltou o braço, batendo o estojo do violão na perna.

– Paige... – disse Simon.

Qualquer que fosse o brilho que tinha visto em seus olhos poucos segundos antes estilhaçou-se em um milhão de pedaços.

– Me deixa em paz! – exclamou ela.

– Paige, por favor...

Ela começou a se afastar. Simon tentou pegar o braço da filha outra vez, como um homem desesperado caindo de um precipício e tentando se agarrar a um galho, mas Paige soltou um grito lancinante.

Isso fez com que as pessoas olhassem. Muitas. Mas Simon não recuou.

– Por favor, só me escute...

E então Aaron se colocou entre eles.

Os dois homens se encararam. Paige se protegeu atrás do namorado, que parecia drogado e usava uma jaqueta jeans sobre uma camiseta branca suja – a última moda entre viciados em heroína. Aaron trazia um monte de correntes em torno do pescoço; a barba estava por fazer, tentando parecer descolado, mas longe disso. Também usava botas de trabalho, o que era irônico para alguém que nunca experimentara, nem em sonho, um único dia de trabalho honesto.

– Está tudo bem, Paige – afirmou Aaron, com suave desdém, ainda encarando Simon. – Continue andando, boneca.

Simon balançou a cabeça.

– Não, não...

Mas Paige, quase usando as costas de Aaron como alavanca, se afastou e começou a correr pela trilha.

– Paige! – gritou Simon. – Espera! Por favor...

Ela estava se distanciando. O pai virou à direita para ir atrás dela, mas Aaron se moveu junto dele e bloqueou o caminho.

– Paige é adulta – disse ele. – Você não tem nenhum direito...

Simon cerrou o punho e socou a cara de Aaron.

Sentiu o nariz ceder sob o nó de seus dedos, ouviu algo como o som de uma bota pisando com força num ninho de passarinho. O sangue escorreu.

Aaron caiu.

Foi quando os dois turistas finlandeses gritaram.

Simon não deu atenção. Ainda conseguia avistar Paige mais à frente. Ela dobrou à esquerda, saiu da trilha e se meteu entre as árvores.

– Paige, espera!

Ele deu um pulo por cima de Aaron, que estava caído, e correu na direção dela, mas o homem agarrou sua perna. Simon tentou se soltar, mas agora via outras pessoas – com boas intenções, porém confusas – se aproximando, um monte delas, algumas filmando com os malditos celulares.

Estavam todas gritando e dizendo a ele que não se movesse.

Simon se soltou com um chute, tropeçou, se apoiou outra vez nas pernas. Começou a correr na direção em que Paige havia ido.

Mas já era tarde demais. A multidão estava sobre ele.

Alguém tentou agarrá-lo. Simon deu uma cotovelada. Ouviu o sujeito soltar um gemido e ceder. Outro passou os braços pela sua cintura. Ele conseguiu se desvencilhar, ainda correndo em direção à filha, como um atacante de futebol americano cercado por defensores.

Mas logo eram muitos contra ele.

– Minha filha! – exclamou. – Por favor... Não a deixem ir...

Ninguém conseguia ouvir direito em meio à comoção, ou talvez simplesmente não estivessem dando ouvidos àquele louco violento que precisava ser contido.

Um turista pulou em cima dele. Depois mais um.

Quando Simon finalmente foi vencido, olhou para cima e vislumbrou mais uma vez a filha. Ele tombou com estrondo. Depois, tentando outra vez se levantar, uma chuva de golpes caiu sobre ele. Muitos golpes. Quando tudo terminou, ele estava com três costelas e dois dedos quebrados. Tinha sofrido uma concussão e tomaria 23 pontos no total.

Não sentia nada, exceto o coração se partir.

Outro corpo aterrissou sobre ele. Simon ouviu gritos e berros e depois a polícia em cima dele também, virando-o de bruços, apoiando o joelho em sua coluna, algemando-o. Simon olhou para cima mais uma vez e avistou Paige acompanhando tudo por trás de uma árvore.

– Paige!

Mas ela não foi até ele. Em vez disso escapuliu, enquanto ele, mais uma vez, reconhecia que havia falhado em relação à filha.

capítulo dois

Os POLICIAIS DEIXARAM SIMON com a cara no asfalto e as mãos algemadas atrás das costas por um tempo. Um deles, uma mulher negra em cuja identificação se lia HAYES, se abaixou, disse a ele calmamente que ele estava preso e em seguida leu seus direitos. Simon se contorceu e gritou pela filha, implorando que alguém, qualquer um, a impedisse de fugir. Hayes apenas continuou a recitar seus direitos.

Ao terminar, ela se levantou e se afastou. Simon começou a gritar outra vez pela filha. Ninguém escutava, possivelmente porque ele parecia desorientado. Tentou então se acalmar, assumindo um tom mais cordial.

– Policial? Senhora? Senhor?

Eles o ignoraram enquanto recolhiam as declarações das testemunhas. Alguns turistas mostravam aos policiais vídeos do incidente, o que, pensou Simon, não era nada bom para ele.

– A minha filha – repetiu ele. – Eu estava tentando salvar a minha filha. Ele a raptou.

A última parte era uma meia mentira, mas ele esperava conseguir alguma reação. Não obteve nenhuma.

Simon olhava da esquerda para a direita, procurando Aaron. Não havia sinal dele.

– Onde ele está? – gritou, parecendo outra vez desorientado.

Hayes olhou finalmente para ele.

– Ele quem?

– Aaron.

Nada.

– O cara em quem eu bati. Onde ele está?

Nenhuma resposta.

A descarga de adrenalina começou a diminuir, permitindo que uma dor nauseante fluísse pelo seu corpo. Por fim – Simon não fazia ideia de quanto tempo havia se passado –, Hayes e outro policial branco e alto, em cuja identificação se lia WHITE, o levantaram e o arrastaram até a viatura. Quando Simon já estava no banco de trás, White entrou na frente pelo lado do motorista, e Hayes, pelo do carona. Ela, que levava a carteira de Simon na mão, se virou em sua direção e perguntou:

– Então o que aconteceu, Sr. Greene?
– Eu estava conversando com a minha filha. O namorado dela se intrometeu. Tentei me desvencilhar dele...
Simon parou de falar.
– E? – encorajou ela.
– Vocês estão com o namorado dela sob custódia? Podem, por favor, me ajudar a encontrar minha filha?
– E? – repetiu Hayes.
Simon estava enlouquecido, mas não insano.
– Houve uma discussão.
– Uma discussão? – indagou a policial.
– Sim.
– Fale mais sobre isso.
– Sobre o quê?
– Sobre a discussão.
– Primeiro quero saber sobre a minha filha – rebateu Simon. – O nome dela é Paige Greene. O namorado, que eu acredito estar detendo-a contra a vontade dela, se chama Aaron Corval. Eu estava tentando resgatá-la.
– Hum – murmurou Hayes e emendou: – Então você bateu num cara sem-teto?
– Eu dei um so...
Simon se conteve. Não era bobo.
– Deu um soco? – insistiu Hayes.
Simon não respondeu.
– Certo, foi o que pensei. Você está todo ensanguentado. Nem sua bela gravata escapou. É uma Hermès?
Era, mas ele não disse mais nada. A camisa ainda estava abotoada até o pescoço e a gravata lhe dava um ar de nobreza.
– Onde está minha filha?
– Não faço ideia – respondeu Hayes.
– Então não tenho mais nada a declarar até falar com meu advogado.
– Como quiser.
Hayes deu-lhe as costas e não disse mais nada. Eles conduziram Simon até a emergência do Hospital Mount Sinai West, na 59th Street, onde ele foi levado imediatamente para fazer um raio X. Um médico que usava turbante e parecia nem ter idade para beber colocou os dedos de Simon em talas e deu pontos nos ferimentos do couro cabeludo. Não havia nada a fazer quanto

às costelas quebradas, explicou o doutor, a não ser "restringir as atividades físicas por cerca de seis semanas".

O resto foi um redemoinho inacreditável: o percurso até a central de polícia, as fotos, as digitais, a cela. Permitiram uma ligação telefônica, como nos filmes. Simon ia ligar para Ingrid, mas se decidiu pelo cunhado, Robert, um dos melhores advogados de Manhattan.

– Vou mandar alguém aí agora – informou Robert.
– Não teria como você mesmo vir aqui?
– Não sou criminalista.
– Acha mesmo que preciso de um criminalista?
– Sim, acho. Além do mais, Yvonne e eu estamos na casa de praia. Eu demoraria muito para chegar aí. Tenha paciência e não tome nenhuma atitude precipitada.

Meia hora depois, uma mulher pequena, com cerca de 70 e poucos anos, cabelo encaracolado louro-acinzentado e fogo nos olhos se apresentou com um aperto de mão firme.

– Hester Crimstein – disse ela a Simon. – Robert me enviou.
– Sou Simon Greene.
– Certo. Sou uma advogada de primeira, então consegui deduzir. Agora repita comigo, Simon Greene: "Inocente".
– O quê?
– Apenas repita o que eu disse – insistiu ela.
– Inocente.
– Lindo, muito bem, estou emocionada.

Hester Crimstein chegou mais perto dele.

– Essa é a única palavra que você tem permissão para dizer... e a única vez que dirá isso será quando o juiz pedir uma declaração. Entendido?
– Sim.
– Precisamos fazer um ensaio final?
– Não, acho que entendi.
– Bom garoto.

Quando chegaram à sala de audiências, ela disse:

– Hester Crimstein, defesa.

Um burburinho se instaurou no tribunal. O juiz levantou a cabeça e arqueou uma sobrancelha.

– Dra. Crimstein, é uma grande honra. O que a traz à minha humilde sala de audiências?

– Estou aqui para impedir um grave erro judicial.
– Tenho certeza que sim. – O juiz cruzou as mãos e sorriu. – É bom vê-la outra vez, Hester.
– O senhor não está falando sério.
– Verdade – retrucou o juiz. – Não estou.
Aquilo pareceu agradar Hester.
– O senhor parece bem, meritíssimo. A toga preta o favorece.
– O quê, esta coisa velha?
– Deixa o senhor mais magro.
– É mesmo, não é? – O juiz recostou-se. – Como o réu se declara?
Hester olhou para Simon.
– Inocente – respondeu ele.
Hester assentiu em aprovação. O promotor pediu 5 mil dólares de fiança. Hester não contestou a quantia.
Após passarem pelo longo e desnecessário ritual legal da papelada burocrática, receberam permissão para ir embora. Simon se dirigiu à porta principal, mas Hester o deteve pondo a mão em seu braço.
– Por aí não.
– Por que não?
– Eles vão estar esperando.
– Eles quem?
Hester apertou o botão do elevador, verificou o andar onde ele estava e disse:
– Venha comigo.
Então foram até a escada e desceram dois andares. Hester começou a levá-lo em direção aos fundos do prédio. Pegou o celular.
– Você está na Eggloo, na Mulberry Street, Tim? Ótimo. Cinco minutos.
– O que está acontecendo? – perguntou Simon.
– Estranho.
– O quê?
– Você continua falando depois que lhe pedi especificamente que não falasse – disse Hester.
Eles seguiram por um corredor escuro. A mulher foi na frente. Ela virou à direita, depois outra vez à direita. Por fim, chegaram a uma entrada de serviço. As pessoas ali mostravam credenciais para entrar, mas Hester conseguiu alcançar a saída.
– Vocês não podem fazer isso – ralhou o guarda.

– Pode nos prender então.

Ele não prendeu e, no momento seguinte, estavam do lado de fora do edifício. Atravessaram a Baxter Street, cortaram caminho pelo Columbus Park, passaram por três quadras de vôlei e chegaram à Mulberry Street.

– Você gosta de sorvete? – perguntou Hester.

Simon não respondeu. Apontou para a boca fechada.

Ela suspirou.

– Já tem permissão para falar.

– Gosto.

– A Eggloo tem um sanduíche de biscoito com sorvete que é de matar. Pedi ao meu motorista que pegasse dois para viagem.

Havia um Mercedes preto parado na frente da sorveteria e o motorista segurava os sanduíches de sorvete. Ele entregou um a Hester.

– Obrigado, Tim. Simon?

Ele recusou. Hester deu de ombros.

– É todo seu, Tim.

Ela deu uma mordida no sanduíche e se sentou no banco de trás. Simon entrou e se acomodou ao lado dela.

– A minha filha... – começou Simon.

– A polícia não a encontrou.

– E Aaron Corval?

– Quem?

– O cara em quem eu bati.

– Opa, opa. Não fale isso nem de brincadeira. Você quis dizer o cara em que supostamente você bateu.

– Que seja.

– Nada disso. Não fale assim nem mesmo em particular.

– Ok, entendi. Sabe onde ele...

– Ele sumiu também.

– O que quer dizer com "sumiu também"?

– Que parte de "sumir" é confusa? Aaron fugiu antes que a polícia pudesse saber alguma coisa sobre ele. O que é bom para você. Se não tem vítima, não tem crime. – Ela deu outra mordida no sanduíche e limpou o canto dos lábios. – O caso vai acabar rápido, mas... Ouça, eu tenho uma amiga. O nome dela é Mariquita Blumberg. Ela é durona, não é uma fofa como eu, mas é a melhor RP desta cidade. Precisamos que a Mariquita entre na sua campanha de relações públicas imediatamente.

O motorista deu partida no carro. O veículo rumou para o norte e virou à direita na Bayard Street.

— Campanha de relações públicas? Por que eu precisaria...

— Vou explicar a você num minuto, mas não precisamos falar sobre isso agora. Primeiro me conte o que aconteceu. Tudo. Do início ao fim.

Ele contou.

Hester se virou para fitá-lo. Era uma daquelas pessoas que elevavam a expressão "atenção total" a outro nível. Ela havia sido toda energia e movimento. Naquele momento, a energia era mais como um feixe de laser apontado diretamente para ele. Hester focava em cada palavra com uma empatia tão forte que era quase palpável.

— Ah, cara, lamento — disse Hester quando ele terminou o relato. — Isso é realmente horrível.

— Você entende então.

— Claro.

— Preciso encontrar Paige. Ou Aaron.

— Vou perguntar de novo aos detetives, mas, como eu disse, meu entendimento é de que os dois fugiram.

Outro beco sem saída. O corpo de Simon começou a doer. O mecanismo de defesa, a reação química capaz de retardar ou talvez bloquear a dor, estava cessando rapidamente. O sofrimento era cada vez mais intenso.

— Mas por que preciso de uma campanha de RP? — indagou Simon.

Hester pegou o celular e começou a mexer no aparelho.

— Odeio essas coisas. Tanta informação para acessar e tantas utilidades, mas, na maioria dos casos, ele acaba com a sua vida. Você tem filhos, certo? É óbvio. Quantas horas por dia eles passam... — A voz dela enfraqueceu. — Não é hora para esse tipo especial de preleção. Olhe aqui.

Hester lhe entregou o telefone.

Simon viu que ela havia aberto um vídeo do YouTube com 289 mil visualizações. Quando ele olhou a foto de pré-visualização e leu o título, seu coração parou:

PROSPERIDADE DÁ UM SOCO NA POBREZA
WALL STREET SURRA VAGABUNDO
RICAÇO ARREBENTA NECESSITADO
INVESTIDOR BATE EM PEDINTE
PRIVILEGIADO ESMURRA INDIGENTE

Simon olhou para Hester, que deu de ombros em solidariedade. Ela esticou o indicador e apertou o *play*. O vídeo tinha sido gravado por alguém com nome de usuário ZorraStiletto e postado duas horas antes. O responsável pelo vídeo estivera filmando três mulheres – a esposa e duas filhas? – quando uma espécie de tumulto chamou sua atenção. A câmera foi direcionada para a direita, recuperando o foco sobre Simon e sua aparência pomposa – por que diabo ele não tinha tirado aquele terno ou ao menos afrouxado a maldita gravata? – justamente no momento em que Paige estava escapando e Aaron se aproximava para se interpor entre eles. Parecia, é claro, que um homem rico, privilegiado, de terno, estava abordando (ou algo pior) uma mulher muito mais jovem, que acabou sendo salva por um sem-teto corajoso.

Enquanto a frágil jovem se protegia atrás do seu salvador, o homem de terno começou a gritar. A moça correu. O homem rico tentou empurrar o sem-teto a fim de seguir a mulher. Simon sabia, é óbvio, o que estava por vir. Mesmo assim, continuou assistindo ao vídeo, de olhos arregalados e esperançosos, como se houvesse alguma chance de o homem de terno não ser tão inocente a ponto de cerrar o punho e esmurrar o corajoso sem-teto bem na cara.

Mas foi exatamente isso que aconteceu.

Havia sangue quando o bom samaritano sem-teto desabou no solo. O indiferente homem rico ainda tentou passar por cima dele, porém foi agarrado pela perna. Quando um asiático com boné de beisebol – sem dúvida, mais um bom samaritano – entrou na briga, o homem de terno deu-lhe uma cotovelada no nariz.

Simon fechou os olhos.

– Ah, droga.

– Pois é.

Quando reabriu os olhos, ignorou a regra básica para todos os artigos e vídeos: *Nunca, jamais leia a seção de comentários.*

"Caras ricos acham que podem fazer o que quiserem."
"Ele ia estuprar a garota! Que sorte aparecer esse herói."
"O ricaço devia passar o resto da vida na cadeia. Ponto final."
"Aposto que o Riquinho se safa. Se fosse negro, teriam atirado nele."
"Esse sujeito que salvou a garota é muito corajoso. Mas o prefeito vai deixar o cara rico comprar a liberdade."

– A boa notícia é que você tem alguns fãs também – disse Hester. Ela pegou o telefone, rolou a tela e apontou.

"Esse sem-teto deve viver de benefícios sociais. Parabéns ao engravatado por limpar esse lixo da rua."
"Esse vagabundo fedorento, viciado em metanfetamina, não seria nocauteado se arrumasse um emprego em vez de viver às custas do governo."

As fotos de perfil dos seus "apoiadores" tinham sempre águias ou bandeiras dos Estados Unidos.
– Que maravilha! – comentou Simon. – Os psicopatas estão do meu lado.
– Ei, não seja tão crítico. Alguns deles podem estar no júri. Não que isso vá a júri ou mesmo a julgamento... Me faça um favor.
– O quê?
– Aperte o botão de recarregar – pediu Hester.
Simon não entendeu, então Hester esticou a mão e clicou na seta. O vídeo recarregou. Ela apontou para o número de visualizações. Tinha pulado de 289 mil para 453 mil nos últimos... dois minutos?
– Parabéns – disse a mulher. – Você viralizou.

capítulo três

Simon olhou pela janela, permitindo que o verde familiar do parque se desfocasse à sua frente.

Quando o motorista deixou a Central Park West e entrou na 67th Street, Simon ouviu Hester soltar um murmúrio.

Ele se virou.

Havia vans de noticiários estacionadas em fila dupla diante de seu prédio. E talvez duas dezenas de manifestantes atrás das barreiras de madeira azuis nas quais se lia:

ISOLAMENTO POLICIAL – NÃO ULTRAPASSE
DEPARTAMENTO DE POLÍCIA DE NOVA YORK

– Onde está sua esposa? – perguntou Hester.

Ingrid. Ele tinha se esquecido completamente dela e de qual poderia ser sua reação a tudo aquilo. Também percebeu que não fazia ideia de que horas eram. Olhou para o relógio. Cinco e meia da tarde.

– No trabalho.

– Ela é pediatra, certo?

Simon assentiu.

– Trabalha no New York-Presbyterian, na 168th Street.

– Que horas ela sai?

– Às sete.

– Ela vem para casa de carro?

– De metrô.

– Ligue para sua esposa. Tim vai buscá-la. Onde estão seus filhos?

– Não sei.

– Ligue para eles também. A firma tem um apartamento na cidade. Vocês podem ficar lá esta noite.

– Podemos ir para um hotel.

Hester balançou a cabeça.

– Eles vão achar vocês se fizerem isso. O apartamento é melhor, e vamos cobrar por ele.

Ele não disse nada.

– Simon, se não colocarmos mais lenha na fogueira, isso vai passar. Amanhã ou depois, no máximo, todos os lunáticos estarão ligados no próximo escândalo. Os americanos ficam entediados bem rápido.

Ele ligou para Ingrid, mas, como ela estava trabalhando na emergência naquele dia, a chamada foi direto para a caixa postal. Simon deixou um relato detalhado. Depois ligou para Sam, que já sabia de tudo.

– O vídeo já teve mais de 1 milhão de visualizações. – Ele parecia assustado e impressionado. – Não acredito que você bateu no Aaron. – Depois repetiu: – Você.

– Eu só estava tentando falar com sua irmã.

– Estão fazendo você parecer um ricaço brigão.

– Não é bem assim.

– É, eu sei.

Silêncio.

– Então... um motorista, Tim, vai pegar você...

– Não precisa. Vou ficar com os Bernsteins.

– Tem certeza?

– Tenho.

– Os pais do Larry acham tranquilo?

– Larry disse que não tem problema. Vou com ele depois da aula.

– Ok, se acha que é melhor assim.

– É mais fácil.

– Sim, faz sentido. Mas se mudar de ideia...

– Certo, entendi.

Sam continuou então numa voz mais suave:

– Eu vi... quero dizer, vi Paige naquele vídeo... ela estava...

Mais silêncio.

– É – falou Simon. – Eu sei.

Ele telefonou para Anya três vezes. Nenhuma resposta. Por fim, viu no identificador de chamadas que ela estava ligando de volta. Quando atendeu, no entanto, não era Anya na linha.

– Oi, Simon. Aqui é Suzy Fiske.

Suzy morava dois andares abaixo dele. Sua filha Delia frequentava as mesmas escolas que Anya desde o Montessori, quando ambas tinham 3 anos.

– Anya está bem? – perguntou ele.

– Está ótima. Não precisa se preocupar. Só está chateada. Você sabe, por causa daquele vídeo.

– Ela assistiu?

– Sim. Você conhece Alyssa Edwards? Ela ficou mostrando para todos os pais na hora da saída, mas a garotada já tinha... Sabe como é. Eles não perdoam.

Ele sabia.

– Pode passar o telefone para Anya, por favor?

– Não acho que seja uma boa ideia, Simon.

Não estou nem aí para o que você acha, pensou ele, mas sabiamente – já teria aprendido algo após a explosão de antes? – não disse isso em voz alta.

Sabia que também não era culpa de Suzy.

Ele pigarreou e tentou falar no seu tom mais calmo:

– Você poderia, por favor, pedir a Anya que pegue o telefone?

– Posso tentar, Simon, claro. – Ela deve ter se afastado um pouco, porque o som ficou mais fraco naquele momento, mais distante. – Anya, seu pai gostaria de... Anya?

Todos os sons ficaram abafados. Ele esperou.

– Ela continua fazendo que não com a cabeça. Olhe, Simon, Anya pode ficar aqui o tempo que precisar. Talvez você possa tentar mais tarde ou quem sabe Ingrid possa dar uma ligada quando sair do trabalho.

Não havia realmente razão para insistir.

– Obrigado, Suzy.

– Sinto muito.

– Agradeço a ajuda.

Ele apertou o botão para desligar. Hester estava sentada ao seu lado, olhando para a frente e segurando o sanduíche de biscoito com sorvete.

– Aposto que você se arrependeu de não ter aceitado o sorvete quando ofereci, certo? – Então emendou: – Tim?

– Sim, Hester.

– Você pôs aquele sorvete extra no cooler?

– Com certeza.

Tim passou o cooler para ela, que tirou o sanduíche e o mostrou a Simon.

– Vai me cobrar pelos sorvetes, não vai? – perguntou ele.

– Não eu exatamente.

– Seu escritório, no caso.

Ela deu de ombros.

– Por que acha que eu insisto tanto?

Hester entregou o sorvete a Simon. Ele deu uma mordida e, por alguns segundos, se sentiu melhor. Mas não por muito tempo.

O apartamento do escritório de advocacia ficava localizado numa torre comercial, um andar abaixo do escritório de Hester, e isso era notório. O carpete era bege. A mobília, bege. As paredes, bege. As almofadas... bege.
– Decoração maravilhosa, não acha? – disse Hester.
– Para quem gosta de bege.
– O termo da moda é "tons terrosos".
O celular vibrou. Ela leu a mensagem.
– Sua esposa está a caminho. Trago ela para cá assim que chegar.
– Obrigado.
Hester saiu. Simon arriscou uma espiada em seu telefone. Havia um monte de mensagens e chamadas perdidas. Ele ignorou todas exceto as de Yvonne, sócia dele na PPG Gestão Patrimonial e irmã de Ingrid. Devia a ela algum tipo de explicação. Escreveu então uma mensagem:

Estou bem. Longa história.

Ele viu os pontinhos que indicavam que Yvonne estava respondendo:

Algo que a gente possa fazer?

                    Não. Talvez precise que alguém me cubra amanhã.

Não se preocupe.

                    Te informo melhor quando puder.

Yvonne respondeu com alguns emojis tranquilizadores, dizendo que não havia pressão e que tudo ficaria bem.
Ele checou o restante das mensagens.
Nenhuma de Ingrid.
Durante alguns minutos, andou pelo carpete bege do apartamento, conferiu a vista, sentou no sofá bege, levantou-se outra vez e andou mais um pouco. Deixava as ligações irem para a caixa postal, até que apareceu uma chamada da escola de Anya. Quando atendeu, a pessoa do outro lado da linha se espantou.

– Ah...

Uma voz que Simon reconheceu como sendo de Ali Karim, diretor da Abernathy Academy, disse:

– Não esperava que você fosse atender.

– Está tudo bem com Anya? – indagou Simon.

– Ela está bem. A ligação não é por causa da sua filha.

Ali Karim era um desses acadêmicos que vestia blazer de tweed com reforços nos cotovelos, tinha costeletas revoltas e estava ficando careca, com tufos de cabelo muito longos no alto da cabeça.

– Em que posso ajudar, Ali?

– É uma questão meio delicada.

– Pode falar.

– É sobre o baile de caridade dos pais no mês que vem.

Simon aguardou.

– Como você sabe, o comitê vai se reunir amanhã à noite.

– Sim, eu sei. Ingrid e eu somos copresidentes.

– É justamente sobre isso que quero falar – disse Ali.

Simon sentiu a mão apertar o telefone. O diretor esperava que ele falasse alguma coisa, que quebrasse o silêncio. Simon continuou calado.

– Alguns pais acham melhor que vocês não venham amanhã.

– Que pais?

– Prefiro não citar nomes.

– Por que não?

– Simon, não torne isso mais difícil do que o necessário. Eles estão incomodados com aquele vídeo.

– Aaaah – retrucou ele.

– Como?

– Isso é tudo, Ali?

– Não exatamente...

Ele esperou novamente que Simon falasse alguma coisa. O que mais uma vez não aconteceu.

– Como você sabe, o baile de caridade deste ano está levantando fundos para a Coalizão pelos Sem-Teto. Diante dos últimos acontecimentos, achamos que talvez você e Ingrid não devessem continuar na copresidência.

– Quais últimos acontecimentos?

– Por favor, Simon.

– Ele não é sem-teto, é traficante.

– Não sei disso...
– Eu sei que não sabe – disse Simon. – É por isso que estou lhe contando.
– ... mas a percepção é às vezes mais importante que a realidade.
– A percepção é às vezes mais importante que a realidade – repetiu Simon. – É isso que vocês ensinam aos alunos?
– Estou falando sobre o que é melhor para o baile de caridade.
– Os fins justificam os meios, certo?
– Não é isso que estou dizendo.
– Você é um ótimo educador, Ali.
– Parece que ofendi você.
– Me decepcionou, mas tudo bem. É só devolver nosso cheque.
– Como é?
– Você não nos nomeou copresidentes por causa da nossa personalidade cativante. Foi porque doamos muita grana para esse baile.

Ele e Ingrid não tinham dado o dinheiro só porque acreditavam na causa. Doações assim raramente são pela causa em si. A causa é um subproduto. Trata-se de bajular a escola e gestores como Ali Karim. Quando alguém quer mesmo apoiar uma causa, simplesmente apoia. Será que é preciso um jantar com salmão borrachudo, em que se homenageia um rico qualquer, para fazer com que alguém se interesse em fazer a coisa certa?

– Agora que não somos mais copresidentes...
– Você quer de volta a doação que fez para a caridade? – perguntou Ali, incrédulo.
– Quero. Eu gostaria que você devolvesse o cheque amanhã, mas se preferir devolvê-lo via entrega expressa daqui a dois dias, não tem problema. Tenha um ótimo dia, Ali.

Ele encerrou a chamada e arremessou o telefone sobre a almofada bege que estava no sofá bege. Daria o dinheiro para caridade – não conseguia ser assim tão hipócrita –, mas não por meio do baile de arrecadação da escola.

Quando se virou, Ingrid e Hester, de pé, o observavam.

– Se puder aceitar um conselho mais pessoal que legal – disse a advogada –, não brigue com ninguém pelas próximas horas, ok? As pessoas tendem a tomar atitudes precipitadas e burras sob esse tipo de pressão. Não você, claro. Mas o seguro morreu de velho.

Simon fitou Ingrid. A esposa era alta, tinha uma postura majestosa, maçãs do rosto salientes, cabelo louro acinzentado curto que sempre parecia estar na moda. Na época da faculdade, trabalhara um tempo como modelo.

Seu tipo era descrito como "escandinavo distante, gélido", e essa ainda era a primeira impressão, o que tornava sua escolha profissional – pediatria, em que precisava ser simpática com crianças – uma espécie de anomalia. Mas os pequenos nunca a viam dessa maneira distante. Confiavam em Ingrid de imediato e a adoravam. Era impressionante como logo viam o que havia em seu coração.

– Vou deixar vocês resolverem isso – anunciou Hester.

Não especificou o quê, mas talvez não precisasse. Quando ficaram sozinhos, Ingrid lançou um olhar como quem diz "Que diabo está acontecendo?" e Simon começou a contar a história.

– Você sabia onde Paige estava? – perguntou Ingrid.

– Eu já disse. Charlie Crowley me contou algo a respeito.

– E você seguiu a dica. Depois esse outro sem-teto, esse Dave...

– Não sei se ele é sem-teto. Só sei que controla a programação dos músicos.

– Você quer realmente discutir semântica comigo neste momento, Simon?

Ele não queria.

– E esse Dave então... disse a você que Paige estaria lá?

– Disse que era uma possibilidade, sim.

– E você não me contou?

– Eu não tinha certeza. Por que preocupar você se podia não dar em nada?

Ela balançou a cabeça.

– O quê?

– Você nunca mente para mim, Simon. Não é seu estilo.

Isso era verdade. Nunca mentia para a esposa e, de certa forma, não estava mentindo naquele instante, realmente não, só não estava contando toda a verdade – e isso era muito ruim.

– Desculpe – disse ele.

– Você não me contou porque ficou com medo que eu tentasse impedi-lo?

– Em parte – concordou Simon.

– E qual seria o outro motivo?

– Porque teria que contar a você o resto. Que eu vinha procurando Paige.

– Mesmo depois de concordarmos que não iríamos mais fazer isso?

Tecnicamente ele não havia concordado. Ingrid tinha mais ou menos estabelecido o acordo, e Simon não fizera objeção, mas aquele não parecia ser o momento para esse tipo de detalhamento.

– Eu não podia... não podia deixá-la ir.

– E eu podia?

Simon não disse nada.
– Você acha que sofre mais do que eu?
– Não, claro que não.
– Mentira. Você acha que eu estava indiferente.
Ele quase disse "Não, claro que não" outra vez, mas uma parte dele não pensava assim?
– Qual era seu plano, Simon? Reabilitação outra vez?
– Por que não?
Ingrid fechou os olhos.
– Quantas vezes a gente já tentou...?
– Uma vez menos do que deveríamos. É isso aí. Uma vez menos.
– Você não está ajudando. Paige precisa sair dessa por si mesma. Você não vê isso? Eu não a deixei ir porque não a amava mais. – Ingrid cuspia as palavras. – Deixei que ela fosse porque já tinha partido... e nós não somos capazes de trazê-la de volta. Está me ouvindo? Não somos. Só ela é capaz de fazer isso.
Simon desabou no sofá. Ingrid se sentou ao lado dele. Depois de um instante, descansou a cabeça no ombro do marido.
– Eu tentei – disse Simon.
– Eu sei.
– E estraguei tudo.
Ingrid o puxou para mais perto.
– Vai ficar tudo bem.
Ele assentiu, mesmo sabendo que não ficaria. Nunca mais.

Três meses depois

capítulo quatro

Simon estava sentado diante de Michelle Brady no espaçoso escritório que ele ocupava no 38º andar de um edifício situado em frente ao local onde outrora se encontravam as torres do World Trade Center. Simon vira quando ambas caíram naquele dia terrível, mas nunca falava a respeito. Também não assistia a documentários, programas jornalísticos ou especiais de aniversário. Ele simplesmente não conseguia.

Ao longe, à direita, sobre a água, era possível ver a Estátua da Liberdade. Mesmo pequena àquela distância, diminuída por todos os arranha-céus mais próximos, oscilando sozinha na água, parecia destemida, a tocha erguida, um bastião verde. Apesar de Simon já estar cansado de contemplar quase tudo naquela vista – por mais espetacular que seja, quando se vê a mesma coisa todo dia, ela perde a graça –, a Estátua da Liberdade nunca falhava em lhe oferecer conforto.

– Fico muito agradecida – disse Michelle com lágrimas nos olhos. – Você tem sido um bom amigo para nós.

Ele não era um amigo, realmente não era. Era um consultor financeiro, e ela, sua cliente. Mas as palavras o sensibilizaram. Era o que queria ouvir, era como ele próprio via seu trabalho. Então não era um amigo?

Vinte e cinco anos antes, após o nascimento de Elizabeth, a primeira filha de Rick e Michelle Brady, Simon abrira uma conta de custódia para que o casal pudesse começar a poupar para a universidade dela.

Vinte e três anos antes, os ajudara a fazer uma hipoteca para a primeira casa.

Vinte e um anos antes, colocara a papelada e os assuntos do casal em ordem a fim de que pudessem adotar a filha chinesa, Mei.

Vinte anos antes, ajudara Rick a obter um empréstimo para abrir uma gráfica especializada, que atendia naquele momento clientes em todos os cinquenta estados.

Dezoito anos antes, auxiliara Michelle a criar o primeiro estúdio de arte.

Ao longo dos anos, Simon e Rick conversaram sobre expansão dos negócios, contas-salário, se ele devia mudar a categoria de sua empresa e qual plano de aposentadoria funcionaria melhor. Ponderaram se era melhor alugar ou comprar um carro e se uma escola particular para as meninas seria algo viável ou um aperto muito grande. Além disso, discutiram investimentos, diversificação da carteira, folha de pagamentos da empresa, custo das férias da família, a compra de um chalé de pesca no lago, uma reforma na cozinha. Tinham aberto 529 contas e revisado balanços patrimoniais.

Dois anos antes, Simon ajudara Rick e Michelle a descobrir a melhor forma de pagar pelo casamento de Elizabeth. Ele havia comparecido, claro. Muitas lágrimas foram derramadas naquele dia quando Rick e Michelle viram a filha a caminho do altar.

Um mês antes, Simon se sentara no mesmo banco da mesma igreja para o funeral de Rick.

Agora estava ajudando Michelle, ainda se recuperando da perda do companheiro de uma vida, a aprender como fazer as pequenas coisas que ela havia deixado sob a responsabilidade do marido: controlar o orçamento, solicitar cartões de crédito, identificar quais fundos haviam estado em contas-conjuntas e separadas, para não mencionar como manter o negócio funcionando ou decidir se devia vender.

– Fico contente por poder ajudar – declarou Simon.

– Rick se preparou para isso.

– Eu sei.

– Como se ele soubesse. Quero dizer, ele sempre pareceu tão saudável... Havia questões de saúde que ele escondia de mim? Você acha que ele já sabia?

Rick tinha morrido de um infarto fulminante aos 58 anos. Simon não era advogado nem agente de seguros, mas preparar as contas para qualquer eventualidade era parte do trabalho de um gestor de patrimônio. Assim, costumava conversar sobre isso com Rick. Como a maioria dos homens de sua idade, ele relutava em pensar na própria mortalidade.

Simon sentiu o telefone vibrar no bolso. Adotava uma regra rigorosa: nenhuma interrupção ao atender seus clientes. Quando as pessoas vinham a seu escritório, era para falar de um assunto muito importante para elas.

Dinheiro.

Não adianta desdenhá-lo. Dinheiro pode não comprar a felicidade, mas... ora, que bobagem. Muito mais que qualquer outra coisa sobre a qual se tenha controle, ele consegue evocar e elevar esse ideal fugidio a que chamamos de felicidade. Dinheiro alivia o estresse. Proporciona educação, comida e médicos melhores, e até certo nível de paz de espírito. Dinheiro compra experiências, conveniências e, mais que tudo, compra tempo – o que, Simon já percebera, estava no mesmo plano que família e saúde.

Acreditando nisso ou não, a pessoa escolhida para gerenciar as finanças de alguém equivale à escolha de um médico ou um clérigo, embora Simon argumentasse que o consultor financeiro está ainda mais envolvido no dia a dia dos indivíduos. Você trabalha duro. Economiza. Planeja. Praticamente não há decisões importantes na vida que não estejam de alguma forma baseadas nas finanças de alguém.

Era uma responsabilidade espantosa quando se parava um instante para pensar nisso.

Michelle Brady merecia sua atenção exclusiva e total concentração. Então a vibração no bolso de Simon era sinal de algo muito importante.

Ele olhou disfarçadamente para a tela do computador. Tinha chegado uma mensagem do novo assistente, Khalil:

Um detetive da polícia está aqui para vê-lo.

Acabou olhando a tela por tempo suficiente para que Michelle notasse.
– Tudo bem com você? – perguntou ela.
– Tudo certo. É só uma...
– O quê?
– Surgiu um imprevisto.
– Ah, posso voltar outro dia... – disse Michelle.
– Você me dá dois segundinhos para...
Ele apontou em direção ao telefone sobre a mesa.
– Claro.
Simon pegou o fone e apertou o atalho para a linha de Khalil.
– Um detetive chamado Isaac Fagbenle está subindo para vê-lo.
– Ele está no elevador?
– Sim.
– Mantenha-o na recepção até eu dizer que ele pode entrar.
– Ok.
– Você preencheu os formulários dos cartões de crédito para a Sra. Brady?
– Sim.
– Traga-os para ela assinar. Certifique-se de que os cartões sejam emitidos para ela e Mei ainda hoje. Mostre a ela como funciona o pagamento por débito automático.
– Ok.
– Até lá, acho que teremos terminado.

Simon desligou o telefone e seus olhos encontraram os de Michelle.

– Eu realmente lamento essa interrupção.

– Tudo bem – disse ela.

Não, não estava.

– Você sabe... o que eu passei meses atrás.

Ela assentiu. Todo mundo sabia. Simon tinha se juntado ao panteão dos vilões de vídeos virais, junto do dentista que matara o leão e o advogado racista que teve um chilique. Os programas matutinos das emissoras ABC, NBC e CBS fizeram piada com a história um dia depois de acontecer. Os noticiários de TV a cabo também. Como Hester Crimstein previra, o assunto dera o que falar durante alguns dias e depois desvanecera rapidamente, até o esquecimento quase total lá pelo fim do mês. O vídeo chegou a 8 milhões de visualizações na primeira semana. Agora, quase três meses depois, ainda não atingira 8 milhões e meio.

– O que isso tem a ver? – perguntou Michelle.

Talvez ele não devesse falar. Talvez devesse.

– Tem um policial querendo falar comigo.

As pessoas esperam que os clientes se abram. Ora, era justo fazer disso uma via de mão única? Não era da conta dela, é claro, só que ele estava naquele momento interrompendo seu atendimento e, assim, achava que Michelle tinha o direito de saber.

– Rick disse que as acusações tinham sido retiradas.

– E foram.

Hester estivera certa sobre isso também. Não houvera sinal de Aaron nem de Paige nos últimos três meses e, sem vítima, não havia processo. Também não fazia mal que Simon fosse razoavelmente rico ou que Aaron Corval, como ele descobriu para sua decepção e até surpresa, tivesse uma ficha criminal razoavelmente extensa. Hester e o promotor de Manhattan fizeram um acordo na surdina, longe de olhares curiosos.

Nada assinado, claro. Sem troca de favores. Nada deselegante. Mas, veja só, havia mais uma campanha para angariação de fundos se aproximando, caso Simon e Ingrid quisessem participar. O diretor Karim tinha se reaproximado duas semanas após o incidente. Não se desculpou diretamente, mas queria oferecer seu apoio, lembrando a Simon que os Greenes eram parte da família Abernathy Academy. Simon estava muito decidido a mandá-lo à merda, mas Ingrid o advertiu de que Anya cursaria o ensino médio lá em breve, então ele sorriu, reenviou o cheque e a vida seguiu.

A única pequena ressalva era que o promotor de Manhattan queria esperar um pouco mais antes de retirar oficialmente as acusações. O incidente precisava estar longe o bastante no espelho retrovisor para que a mídia não notasse nem fizesse muitas perguntas sobre privilégio ou coisas desse tipo.

– Você sabe por que a polícia está aqui? – perguntou Michelle.

– Não – respondeu Simon.

– Devia chamar seu advogado.

– Eu estava pensando a mesma coisa.

Michelle se levantou.

– Vou deixar você cuidar disso. Lamento muito, realmente.

– Não se preocupe.

A sala de Simon tinha uma parede de vidro que permitia vislumbrar o restante do escritório. Khalil passou por ali e Simon fez sinal para que ele entrasse.

– Khalil vai ajudar você com a papelada. Quando eu tiver terminado com esse oficial de polícia...

– Vá resolver seus problemas – disse Michelle.

Ela apertou a mão de Simon sobre a mesa e Khalil a acompanhou. Simon respirou fundo. Pegou o telefone e ligou para o escritório de Hester Crimstein. Ela atendeu rápido:

– Articule!

– O quê?

– É assim que os amigos se cumprimentam... Deixa pra lá. O que me conta?

– Um policial está aqui para falar comigo.

– Aqui onde?

– No meu escritório.

– Sério?

– Não, Hester, essa ligação é um trote.

– Ótimo. Os engraçadinhos são meus clientes favoritos.

– O que devo fazer?

– Bostas – disse ela.

– Oi?

– Esses bostas sabem que eu sou sua advogada oficial. Eles não deviam abordá-lo sem me ligar primeiro.

– O que eu faço então?

– Estou a caminho. Não fale com ele. Ou ela. Não quero ser machista.

– É ele – informou Simon. – Pensei que o promotor estivesse retirando as acusações... que eles não tivessem uma causa.

– Ele está e eles não têm. Fique sentado quieto. Não diga nada.

Ouviu-se uma batida suave na porta e Yvonne Previdi, irmã de Ingrid, entrou na sala. A cunhada não era tão bonita quanto a irmã modelo – ou Simon era suspeito para avaliar? –, porém era muito mais obcecada por moda. Estava usando saia-lápis rosa, blusa creme sem manga, scarpins Valentino com tachas de ouro e salto alto.

Ele conhecera Yvonne antes de Ingrid, quando os dois ainda estavam no programa de treinamento do Merrill Lynch. Tornaram-se instantaneamente melhores amigos. Isso acontecera 26 anos antes. Pouco tempo depois de terminarem o treinamento, o pai de Yvonne, Bart Previdi, trouxe dois sócios para sua firma em expansão (a filha Yvonne e o ainda não genro Simon Greene): a PPG Gestão Patrimonial. Os Ps do nome designavam os dois Previdis e o G indicava Greene. Lema: somos honestos, mas não muito criativos com nomes.

– O que esse policial gostosão está fazendo aqui? – perguntou Yvonne.

Yvonne e Robert tinham quatro filhos e moravam no elegante subúrbio de Short Hills, em Nova Jersey. Por um breve período, Simon e Ingrid tinham tentado os subúrbios também, mudando-se do apartamento no Upper West Side para uma casa colonial logo após o nascimento de Sam. Fizeram isso porque era o que se fazia. As pessoas moravam na cidade até terem um ou dois filhos e depois se mudavam para um lugar com uma bela casa com cerca de madeira, quintal, boas escolas e várias instalações esportivas.

Mas Simon e Ingrid não gostaram da vida no subúrbio. Sentiam falta do óbvio: estímulo, agitação, barulho. A pessoa faz um passeio à noite na cidade e tem sempre algo para ver. Se dá uma volta no subúrbio à noite... bem, não tem nada. Todo aquele espaço ao ar livre – quintais silenciosos, infindáveis campos de futebol americano, piscinas públicas, campos de beisebol juvenil – era terrivelmente claustrofóbico. Aquela calma dava nos nervos. O tempo gasto no transporte também. Após dois anos inteiros, voltaram para Manhattan.

Pensando bem, será que fora um erro voltar para a cidade?

Uma pessoa podia enlouquecer com essas dúvidas, mas Simon não achava isso. No máximo, as crianças entediadas dos subúrbios tinham experiências mais diversificadas que as das áreas urbanas. E Paige tinha ido bem no ensino médio. Foi só quando saiu da cidade grande para a universidade na área rural que os problemas começaram. Ou talvez isso seja retórica. Vai saber.

– Você o viu? – perguntou Simon.
– Sim, acabou de entrar na recepção. Por que ele está aqui?
– Não sei.
– Ligou para Hester?
– Sim. Ela está a caminho.
– Ele é lindo demais.
– Quem?
– O policial. Poderia estar na capa de uma revista.

Simon assentiu.

– É bom saber, obrigado.
– Quer que eu cuide da Michelle?
– Khalil está fazendo isso, mas talvez fosse bom você dar um alô para ela.
– Pode deixar.

Yvonne se virou para sair quando um homem negro alto, num elegante terno cinza, bloqueou de repente a entrada.

– Sr. Greene?

Capa de revista mesmo. O terno não parecia só confeccionado, mas semeado, criado e cultivado para ele, apenas ele. Caía como um uniforme justo de super-herói ou uma segunda pele. O cara tinha um corpo rígido, definido, cabeça raspada, barba perfeitamente aparada, mãos grandes, e tudo nele parecia gritar "Sou mais interessante que você".

Yvonne fez um sinal a Simon que dizia "Entendeu o que eu quis dizer?".

– Sou o detetive Isaac Fagbenle, do departamento de polícia de Nova York.
– O senhor não deveria estar aqui – disse Simon.

Ele abriu um sorriso tão deslumbrante que Yvonne deu um passo para trás.

– É, bem, eu não estou aqui para uma consulta padrão, não é?

Ele mostrou o distintivo.

– Gostaria de lhe fazer algumas perguntas.

Yvonne não se mexia.

– Oi – cumprimentou o detetive.

Ela acenou. Simon fechou a cara.

– Estou esperando minha advogada – disse Simon.
– Seria ela Hester Crimstein?
– Sim.

Isaac Fagbenle atravessou a sala, sentou-se sem ser convidado na cadeira diante de Simon e falou:
– Ela é boa.
– É, sim.
– Uma das melhores, ouvi dizer.
– Certo. E ela não gostaria que conversássemos.
Fagbenle arqueou uma sobrancelha e cruzou as pernas.
– Não?
– Não.
– Então o senhor está se recusando a conversar comigo?
– Não estou recusando. Estou apenas esperando até que minha advogada esteja presente.
– Quer dizer que não vai conversar comigo agora?
– Como falei, vou esperar minha advogada.
– E você espera que eu faça o mesmo?
Havia uma pontada de irritação na voz dele agora. Simon olhou para Yvonne. Ela também tinha notado.
– É isso que está me dizendo, Simon? É sua resposta final?
– Não sei o que está querendo insinuar.
– Quero saber se está realmente se recusando a conversar comigo.
– Só até minha advogada chegar.
Isaac Fagbenle suspirou, descruzou as pernas e ficou de pé outra vez.
– Até mais, então.
– Você pode esperar na recepção.
– É, mas isso não vai acontecer.
– Ela já deve estar chegando.
– Simon? Posso chamá-lo de Simon?
– Claro.
– Você cuida muito bem dos seus clientes, não cuida?
Simon olhou para Yvonne, depois para Fagbenle outra vez.
– Nós tentamos.
– Digo, você não esbanja o dinheiro deles, certo?
– Certo.
– Eu também não. Meus clientes, veja bem, são os contribuintes da cidade de Nova York. Eu não vou esbanjar os dólares suados deles lendo revistas financeiras enquanto espero na sua recepção. Dá para entender?
Simon não disse nada.

– Quando você e sua advogada estiverem disponíveis, podem ir até a delegacia.

Fagbenle alisou o terno, enfiou a mão no bolso do paletó, tirou um cartão de visita e o entregou a Simon.

– Agora, tchau.

Simon leu o cartão e viu algo que o surpreendeu.

– Bronx?

– Como?

– Aqui diz que sua delegacia fica no Bronx.

– Correto. Às vezes vocês em Manhattan esquecem que Nova York tem cinco jurisdições. Tem Bronx e Queens e...

– Mas a agressão... – Simon parou e reformulou a frase. – A suposta agressão aconteceu no Central Park. Isso é em Manhattan.

– É verdade – concordou Isaac Fagbenle, abrindo o sorriso deslumbrante outra vez –, mas o assassinato ocorreu no Bronx.

capítulo cinco

Quando Elena Ramirez entrou mancando na sala ridiculamente grande, com aquela vista ridiculamente espetacular, preparou-se para o inevitável. Ele não a desapontou.

– Espere aí, você é a Ramirez?

Elena estava acostumada a esse ceticismo que beirava o choque.

– Em carne e osso – respondeu ela. – Talvez até em carne demais, estou certa?

O cliente – Sebastian Thorpe III – a estudava de modo deliberado, o que nunca faria com um homem. Não se tratava de ser suscetível, nada disso. Era apenas um fato. Tudo em Thorpe recendia a dinheiro: o III no final do nome, o terno risca de giz sob medida, a pele corada de garoto rico, o cabelo penteado para trás estilo Wall Street anos 1980 e as abotoaduras de touro e urso em prata de lei.

Thorpe continuava a encarar Elena com o que alguém deveria lhe avisar ser seu olhar mais brochante.

– Quer examinar meus dentes? – perguntou Elena, abrindo a boca.

– O quê? Não, claro que não.

– Tem certeza? Posso dar uma voltinha para você ver também. – Ela assim o fez. – Tem muita bunda aqui atrás, estou certa?

– Pare com isso.

O escritório de Thorpe era decorado em estilo Otário Americano, tudo branco e cromado com um tapete de couro de zebra no centro, como se ele fosse posar para uma foto ali. Muita afetação, pouco trabalho. Ele estava de pé atrás de uma mesa branca, grande o bastante para se estacionar um carro, na qual dava pra ver uma foto emoldurada. Era uma fotografia muito artificial de casamento, que mostrava Thorpe vestindo smoking e dando um sorriso amarelo ao lado de uma jovem loura sarada, que provavelmente se autodenominava "modelo fitness" no Instagram.

– É que você foi altamente recomendada – disse Thorpe de supetão.

Queria dizer que esperava algo um pouco mais refinado pelo seu dinheiro, não uma mexicana atarracada com pouco mais de 1,50 metro, usando calça jeans larga e sapato baixo. Os caras ouviam seu nome e esperavam uma Penélope Cruz ou uma dançarina de flamenco esbelta, não alguém tão simples.

– Gerald diz que você é a melhor – Thorpe falou outra vez.
– E a mais cara, então vamos em frente, está bem? Pelo que entendi, seu filho está desaparecido.

Thorpe levantou o celular, tocou a tela e virou-a na direção dela.

– Este é o Henry. Meu filho. Tem 24 anos.

Na imagem, Henry vestia uma camisa polo azul e dava um sorriso desajeitado. Elena se inclinou para a frente para ver melhor, mas a mesa que os separava era larga demais. Os dois foram até uma janela que oferecia uma vista deslumbrante do rio Chicago e do centro da cidade.

– Garoto bonito – comentou ela.

Thorpe assentiu.

– Há quanto tempo ele está desaparecido? – perguntou Elena.

– Três dias.

– Você avisou à polícia?

– Sim.

– E?

– Eles foram muito educados. Me escutaram, fizeram um boletim de ocorrência, colocaram Henry no sistema ou coisa parecida, em razão de quem eu sou...

Ele era branco, pensou Elena, e tinha dinheiro. Isso bastava.

– Mas...? – falou Elena.

– Mas ele me mandou uma mensagem de texto. O Henry.

– Quando?

– No dia em que desapareceu.

– E o que dizia a mensagem?

Thorpe tocou outra vez a tela e passou o telefone para Elena, que leu:

Indo para o oeste com uns amigos. Volto em duas semanas.

– Você mostrou isso à polícia? – perguntou Elena.

– Mostrei.

– E eles ainda fizeram um boletim de ocorrência depois?

– Sim.

Elena tentou imaginar qual seria a reação se um pai negro ou hispânico chegasse para comunicar o desaparecimento de um filho e mostrasse uma mensagem como aquela. Sairia da delegacia sob um coro de gargalhadas.

– Tem outro... – Thorpe desviou o olhar – "mas", se me permite.

– E qual seria?
– Henry vem tendo problemas com a lei.
– Que tipo de problema?
– Coisa pequena. Drogas. Posse.
– Ele já cumpriu pena?
– Não. Nada realmente sério. Prestou serviço comunitário. Um antecedente juvenil confidencial, se me entende.
Ah, sim, Elena entendia.
– Henry já desapareceu antes?
Thorpe olhava para a janela.
– Senhor Thorpe?
– Sim, já fugiu antes, se é isso que você quer saber.
– Mais de uma vez?
– Isso. Mas desta vez é diferente.
– Ok – disse Elena. – Como é a relação entre você e o seu filho?
Um sorriso triste surgiu em seu rosto.
– Costumávamos nos dar muito bem. Éramos melhores amigos.
– E agora?
Ele tocou o queixo com o indicador.
– Nossa relação tem sido tensa nos últimos tempos.
– Por que isso?
– Henry não gosta de Abby.
– Abby?
– Minha nova esposa.
Elena pegou a fotografia emoldurada que estava na mesa.
– Esta é Abby?
– Sim. Sei o que está pensando.
Elena assentiu.
– Que ela é bem gostosona?
Ele pegou o retrato.
– Não preciso que você me julgue.
– Não estou julgando você. Estou julgando Abby. E meu julgamento é que ela é bem gostosona.
Thorpe fechou a cara.
– Talvez tenha sido um erro chamá-la aqui.
– Pode ser, mas vamos recapitular o que sabemos sobre seu filho Henry. Um, ele enviou uma mensagem para você dizendo que estava viajando para

o oeste por duas semanas com uns amigos. Dois, ele já desapareceu antes... algumas vezes, na verdade. Três, ele já foi preso várias vezes por porte de drogas. Estou esquecendo alguma coisa? Ah, certo, quatro, ele se ressente do seu relacionamento com Abby, que parece ter a idade dele.

– Abby é quase cinco anos mais velha que Henry – rosnou Thorpe.

Elena não disse nada.

– Não achei mesmo que você fosse me levar a sério. – Ele a dispensou com um gesto de mão. – Pode ir.

– Ei, não tão rápido.

– Perdão?

– Você está claramente preocupado com seu filho – disse Elena. – Minha pergunta é: por quê?

– Não importa. Não vou contratar você.

– Me faça esse agrado – pediu ela.

– A mensagem de texto.

– O que tem ela?

– Vai soar idiota.

– Vá em frente.

– Nas outras vezes em que Henry desapareceu... bem, ele simplesmente desapareceu.

Elena assentiu.

– Ele não enviou a você uma mensagem contando que estava desaparecendo. Simplesmente foi embora.

– Isso.

– Então mandar uma mensagem assim... não é do feitio dele.

Thorpe assentiu vagarosamente.

– Só isso?

– Sim.

– Não é uma prova muito convincente – declarou Elena.

– A polícia também não achou.

Thorpe esfregou o rosto com as mãos. Ela podia ver agora que ele não dormia havia algum tempo, que as bochechas estavam coradas mas a pele ao redor dos olhos estava muito pálida.

– Obrigado pelo seu tempo, Srta. Ramirez. Não preciso dos seus serviços.

– Ah, eu acho que precisa – retrucou Elena.

– Como?

– Tomei a liberdade de fazer uma pequena investigação antes de vir até aqui.

Aquilo atraiu a atenção de Thorpe.
– O que está querendo dizer?
– O senhor falou que seu filho enviou uma mensagem do celular dele.
– Certo.
– Bem, antes de chegar aqui, eu rastreei o telefone dele.
Thorpe estreitou os olhos.
– Como fez isso?
– A verdade é que não tenho ideia. Mas, resumindo, é o seguinte: eu conheço um cara, um gênio da tecnologia, chamado Lou. Ele sabe mandar um sinal para um celular, e o celular manda de volta a localização.
– Então você conseguiu ver onde Henry está?
– Teoricamente, sim.
– E você já fez isso?
– Lou fez, sim.
– Onde ele está então?
– Esse é o problema – respondeu Elena. – Não houve resposta para o sinal enviado.
Thorpe piscou várias vezes.
– Não entendo. A senhorita está dizendo que o telefone dele deveria ter... mandado um sinal de volta?
– Sim, estou – disse Elena.
– Talvez Henry só tenha desligado o aparelho.
– Não.
– Como não?
– Esse é um equívoco comum. Desligar o telefone não significa desligar o GPS.
– Então qualquer um pode rastrear uma pessoa a qualquer hora?
– Teoricamente, a polícia precisa de um mandado e uma causa justificável para conseguir que a operadora de telefonia faça isso.
– Mas a senhorita burlou a parte burocrática – concluiu Thorpe. – Como?
Elena não respondeu.
Thorpe assentiu vagarosamente.
– Estou entendendo – disse ele. – Então o que significa a senhorita não ter conseguido fazer o telefone dele mandar um sinal?
– Pode ser um monte de coisas. Talvez seja algo completamente inocente. Vai ver Henry previu que o senhor contrataria alguém como eu e trocou de telefone.

– Mas a senhorita descarta essa possibilidade?

Elena deu de ombros.

– Cinquenta por cento de chance... talvez mais... de que exista uma explicação racional para isso tudo e que Henry esteja bem.

– Mas a senhorita ainda acha que devo contratá-la?

– O senhor faz seguro contra roubo mesmo havendo menos de um por cento de chance de que sua casa seja roubada.

– Bem pensado – concordou Thorpe.

– Acho que valho a paz de espírito pelo menos.

Ele brincava com o telefone e fez aparecer uma foto sua mais jovem, segurando um bebê no colo.

– Gretchen... minha primeira esposa... nós não conseguíamos ter filhos. Tentamos tudo. Hormônios, cirurgias, três tentativas de inseminação artificial. Então adotamos Henry.

Havia um sorriso em seu rosto naquele momento, embora melancólico.

– Onde está Gretchen agora?

– Ela morreu há dez anos, quando Henry tinha acabado de entrar para o ensino médio. Foi duro para ele. Eu fiz o que pude. Realmente fiz. Podia ver que ele estava se afastando. Tirei uma licença do trabalho para ficar mais tempo com ele. Mas quanto mais eu me agarrava a ele...

– Mais ele se afastava – completou Elena.

Quando Thorpe levantou a cabeça, seus olhos estavam marejados.

– Não sei por que estou lhe contando isso.

– Contexto. Preciso ouvir tudo.

– Ok, sei que isso soa trivial. Foi por isso que pedi ao Gerald para achar o melhor detetive particular de Chicago. Veja bem, Srta. Ramirez, apesar das drogas, daquela mensagem, dos problemas dele com Abby, eu conheço meu filho. E estou com um pressentimento ruim em relação a isso. Simples assim. Tem algo muito errado. Faz sentido?

– Sim, faz.

– Srta. Ramirez?

– Pode me chamar de Elena.

– Elena, encontre meu filho, por favor.

capítulo seis

Simon compreendia que estava sendo manipulado e que o detetive Fagbenle tentava atormentá-lo, ludibriá-lo ou algo assim. Compreendia também que não fizera nada errado – "célebres últimas palavras dos condenados", diria Hester mais tarde –, e que não havia jeito, como Fagbenle bem sabia, de simplesmente deixar o detetive ir embora após soltar aquela bomba.

– Quem foi assassinado? – perguntou Simon.
– Arrá! – Fagbenle apontou o dedo, zombeteiro. – Você disse que não conversaria até sua advogada estar presente.

A boca de Simon estava seca.

– Foi a minha filha?
– Desculpe. A menos que você abra mão do direito a assistência...
– Ah, pelo amor de Deus! – esbravejou Yvonne. – Seja mais humano.
– Abro mão do direito a assistência ou de qualquer outro – declarou Simon. – Vou conversar com você sem a presença da minha advogada.

Fagbenle se dirigiu a Yvonne:

– Acho melhor a senhora sair.
– Paige é minha sobrinha – retrucou Yvonne. – Ela está bem?
– Não sei – respondeu Fagbenle, ainda olhando fixamente para as baias do escritório. – Mas não é ela a vítima do assassinato.

Alívio. Puro, doce alívio. Era como se cada célula do corpo de Simon estivesse faminta por oxigênio.

– Quem é então? – perguntou Simon.

Fagbenle não respondeu de imediato. Esperou Yvonne sair – ela havia prometido aguardar Hester em frente ao elevador – e fechar a porta da sala. Por um momento, Fagbenle olhou através da parede de vidro para a área das baias. Considerava estranho ter uma sala que nunca oferecia privacidade total.

– Você poderia me contar onde esteve ontem à noite?
– A que horas?

Fagbenle deu de ombros.

– Às seis, digamos.
– Fiquei aqui no escritório até as seis. Depois, peguei o metrô para casa.
– Que trem você pega?

– O Um.

– Em Chambers Street?

– Sim. Salto na estação do Lincoln Center.

Fagbenle assentiu como se aquilo fosse importante.

– Quanto tempo leva daqui até a porta da sua casa? Um percurso de vinte, trinta minutos?

– Trinta minutos.

– Então você chega em casa por volta de seis e meia?

– Isso.

– Tinha alguém em casa?

– Minha esposa e minha filha mais nova.

– Você também tem um filho, correto?

– Sim. Sam. Mas ele está na universidade.

– Qual?

– Amherst. Fica em Massachusetts.

– Ok, eu sei onde fica Amherst – disse Fagbenle. – Então você chega em casa e sua esposa e sua filha estão lá...

– Sim.

– Você saiu depois disso?

Simon pensou, mas só por um segundo.

– Duas vezes.

– Aonde você foi?

– Ao parque.

– A que horas?

– Às sete, e depois outra vez às dez da noite. Fui passear com a nossa cadela.

– Ah, legal. Qual é a raça?

– *Bichon* havanês. O nome dela é Lazlo.

– Lazlo não é um nome masculino?

Ele assentiu. Era. Eles pegaram Lazlo no aniversário de 6 anos de Sam. O menino insistira naquele nome, sem se importar com o gênero do animal. Aquela velha história: assim que levaram o bicho para casa, apesar das promessas de Sam e das duas irmãs, o cuidado da cadela recaiu sobre o único membro da família que relutara na adoção.

Simon.

Também não era de surpreender: ele ficara apaixonado por Lazlo. Adorava os passeios, gostava em especial quando entrava em casa no fim do dia e Lazlo aparecia para recebê-lo com bastante empolgação – todos os dias, sem exceção –, depois o arrastava entusiasticamente até o parque como se nunca tivesse estado lá antes.

Lazlo estava com 12 anos agora. Já andava com mais lentidão. A audição se fora. Assim, havia dias em que não sabia que Simon chegara até ele já estar dentro do apartamento, o que o entristecia mais do que deveria.

– Além desses passeios com Lazlo, você saiu de casa?
– Não.
– Vocês três ficaram em casa a noite toda?
– Eu não disse isso.

Fagbenle se recostou na cadeira e abriu os braços:
– Então explique.
– Minha esposa saiu para o trabalho.
– Ela é pediatra no New York-Presbyterian, correto? Cobre o turno da noite, imagino. Isso deixa você sozinho a noite toda com sua filha Anya.

Aquilo fez Simon ir com mais calma. O cara sabia onde sua esposa trabalhava.

Sabia o nome da sua filha.

– Detetive?
– Pode me chamar de Isaac.

Nem vem, como seus filhos diriam.

– Quem foi assassinado?

A porta do escritório se abriu. Hester Crimstein podia não ser tão alta, mas dava passadas largas. Ela irrompeu sala adentro e cresceu para cima de Fagbenle:

– Você está de sacanagem comigo?

O homem permaneceu tranquilo. Levantou-se lentamente e estendeu a mão.

– Detetive Isaac Fagbenle do Departamento de Homicídios. Prazer em conhecê-la.

Hester o encarou.

– Afaste sua mão antes que possa perdê-la, assim como seu emprego. – Depois dirigiu o olhar fulminante em direção a Simon. – Também não estou satisfeita com você.

Hester continuou de mau humor por mais algum tempo e em seguida insistiu que se mudassem para uma sala sem janelas. Mudança de local. Só podia ser uma jogada psicológica, mas Simon não sabia qual. Assim que entraram na nova sala, Hester assumiu o controle total. Fez Fagbenle se sentar de um lado da longa mesa de conferências enquanto ela e Simon se acomodaram do outro.

Quando estavam todos instalados, Hester meneou a cabeça na direção de Fagbenle e disse:

– Ok, vá em frente.

– Simon...

– Chame-o de Sr. Greene – interrompeu Hester. – Ele não é seu colega.

Fagbenle pareceu que ia rebater, mas em vez disso sorriu.

– Sr. Greene... – Ele meteu a mão no bolso e tirou uma fotografia. – Conhece este homem?

Hester mantinha uma das mãos pousada no braço de Simon. Ele não devia responder ou reagir até ela dizer que tudo bem. A mão estava ali como um lembrete.

Fagbenle deslizou a foto sobre a mesa.

Era Aaron Corval. O desclassificado estava com aquele sorriso horroroso, convencido, o mesmo que exibira antes de Simon arrebentá-lo com um soco. Aparecia de pé num campo em algum lugar, com árvores atrás. Enlaçava uma pessoa com o braço, alguém que estava à esquerda na fotografia e que Fagbenle havia recortado. Simon não conseguiu se abster de pensar que essa pessoa poderia ser Paige.

– Eu o conheço – admitiu ele.

– Quem é?

– Se chama Aaron Corval.

– É o namorado da sua filha, correto?

Hester apertou o braço de seu cliente.

– Não é trabalho dele descrever o tipo de relacionamento. Continue.

Fagbenle apontou o dedo para a cara convencida de Aaron.

– Como conheceu Aaron Corval?

– É sério isso? – Hester se meteu outra vez.

– Algum problema, Sra. Crimstein?

– Sim, tem um problema. Está perdendo seu tempo.

– Estou perguntando...

– Pare – disse ela mostrando a palma da mão. – O senhor está passando vergonha. Todos nós sabemos que meu cliente conhece Aaron Corval. Vamos fingir que o senhor já colocou o Sr. Greene e eu em estado de relaxamento com suas técnicas de interrogatório perspicazes porém óbvias. Somos massinha de modelar na sua mão, detetive. Então vamos ao que interessa, ok?

– Ok, é justo. – Fagbenle se inclinou para a frente. – Aaron Corval foi assassinado.

Simon já esperava aquilo e, mesmo assim, o peso das palavras o abalou.

– E minha filha...? – Hester apertou seu braço.

– Não sabemos onde ela se encontra, Sr. Greene. O senhor tem alguma ideia?

– Não.

– Quando foi a última vez que a viu?

– Três meses atrás.

– Onde?

– No Central Park.

– Teria sido no mesmo dia em que o senhor agrediu Aaron Corval?

– Uau – disse Hester. – É como se eu nem estivesse sentada aqui.

Fagbenle falou:

– Vou perguntar outra vez: tem algum problema?

– E vou responder outra vez: tem, tem um problema. Eu não gosto da sua caracterização.

– A senhora se refere ao uso da palavra "agredir" para descrever o que aconteceu?

– Eu me refiro exatamente a isso.

Ele se recostou na cadeira e pôs as mãos sobre a mesa.

– Entendo que as acusações desse caso foram retiradas.

– Não me importa o que o senhor entende.

– Escapar assim, com todas aquelas provas... Interessante.

– Também não me importa o que interessa ao senhor, detetive. Eu não gosto da sua caracterização do incidente. Por favor, reformule.

– Quem está perdendo tempo agora, advogada?

– Quero que a conversa seja conduzida da forma certa, espertalhão.

– Pois bem. A suposta agressão. O incidente. Qualquer coisa. O seu cliente pode responder à pergunta agora?

Simon disse:

– Não vejo minha filha desde o incidente no Central Park.

– E quanto a Aaron Corval? O senhor o viu?

– Não.

– Então, nos últimos três meses, o senhor não teve contato com sua filha nem com o Sr. Corval, correto?

– Perguntado e respondido – disparou Hester.

– Deixe-o responder, por favor.
– Correto – declarou Simon.
Fagbenle abriu um breve sorriso.
– Suponho então que o senhor e sua filha Paige não sejam muito próximos, certo?
Hester não se conteve:
– O que o senhor é, terapeuta familiar?
– É só uma observação. E quanto à sua filha Anya?
– O que tem ela? – rebateu Hester.
– Anteriormente, o Sr. Greene mencionou que ele e Anya ficaram em casa sozinhos a noite toda – retomou Fagbenle.
– Ele o quê?
– Foi o que seu cliente me disse.
Hester lançou outro olhar fulminante para Simon.
– Sr. Greene, o senhor levou sua cadela para outro passeio por volta das dez da noite, certo?
– Certo.
– O senhor ou Anya saíram depois disso?
– Epa – disse Hester, fazendo um T com as mãos. – Tempo esgotado.
Fagbenle pareceu contrariado.
– Gostaria de continuar com o interrogatório.
– E eu gostaria de um encontro com Hugh Jackman – debochou Hester. – Então nós dois vamos ter que conviver com uma pequena dose de decepção. Fique aí, detetive. Já voltamos.
Hester arrastou Simon para fora da sala e pelo corredor, mexendo no celular o tempo todo.
– Vou pular as reprimendas mais óbvias.
– E eu vou pular a parte em que me defendo lembrando a você que eu não sabia se a vítima do assassinato era minha filha.
– Aquilo foi uma cilada.
– Estou ciente.
– O que passou, passou – resmungou ela. – O que você já disse a ele? Quero saber tudo.
Simon a informou sobre a conversa anterior.
– Reparou que acabei de mandar uma mensagem? – disse Hester.
– Sim.
– Antes de voltarmos e falarmos alguma burrice, quero que meu inves-

tigador levante tudo que puder sobre a hora do assassinato de Corval, as circunstâncias, o método, tudo. Você não é idiota, então sabe o que se passa aqui com nosso detetive bonitão.

– Sou um suspeito.

Ela assentiu.

– Você teve um "incidente" grave – Hester fez sinal de aspas com os dedos – com o falecido. Você o odiava e o culpava pelos problemas com drogas da sua filha. Então, sim, você é um suspeito. E também sua mulher. E, ora, a própria Paige. Meu palpite é que ela seja a grande suspeita. Você tem álibi para ontem à noite?

– Como eu disse, fiquei em casa a noite toda.

– Com?

– Anya.

– É, isso não vai colar.

– Por que não?

– Em que lugar do apartamento especificamente ficou Anya?

– A maior parte do tempo, no quarto dela.

– Com a porta aberta ou fechada?

Simon percebeu aonde ela queria chegar com aquilo.

– Fechada.

– Ela é adolescente, certo? Porta fechada, talvez ouvindo música altíssima com fone de ouvido. Então você podia ter escapado a qualquer hora. Que horas Anya foi dormir? Vamos dizer que tenha sido às onze. Você poderia ter saído depois. Seu prédio tem alguma câmera de segurança?

– Tem, mas é um prédio antigo. Há formas de sair sem ser visto.

O telefone de Hester tocou. Ela o colocou no ouvido e disse:

– Articule.

Alguém o fez. E, enquanto fazia, o rosto de Hester ficou sem cor. Ela não disse uma palavra durante um bom tempo. Quando por fim falou outra vez, a voz estava estranhamente suave:

– Me passe o relatório por e-mail.

Ela desligou.

– O que foi? – perguntou Simon.

– Eles não acham que foi você. Correção: não *podem* achar que foi você.

capítulo sete

Ash observou a vítima parar em frente à deteriorada casa para duas famílias.
— Ele está dirigindo um Cadillac? – perguntou Dee Dee.
— Parece que sim.
— É um Eldorado?
Dee Dee não parava de falar nunca.
— Não.
— Tem certeza?
— É um ATS. A Cadillac parou de fabricar o Eldorado em 2002.
— Como é que você sabe?
Ash deu de ombros. Ele sabia das coisas, só isso.
— Papai teve um Eldorado – disse Dee Dee.
Ash franziu o cenho.
— "Papai"?
— O quê? Você acha que eu não me lembro dele?
Dee Dee vivera em lares adotivos desde os 6 anos. Ash entrara no primeiro aos 4 e, ao longo dos quatorze anos seguintes, passara por mais de vinte. A média de Dee Dee deveria ser provavelmente parecida. Em três ocasiões, num total de oito meses, tinham acabado na mesma instituição.
— Ele comprou usado, claro. Tipo, bem usado. Era enferrujado na parte de baixo. Mas papai adorava aquele carro. Me deixava sentar no banco da frente junto com ele. Sem cinto de segurança. O couro dos bancos era todo rachado. Arranhava minhas pernas. Ele ligava o rádio alto e às vezes cantava junto. Eu me lembro muito disso. Meu velho tinha uma voz boa. Ele ria e começava a cantar. Depois meio que soltava o volante e guiava com os pulsos, sabe como é?
Ash sabia. Sabia também que papai guiava com uma das mãos enquanto metia a outra entre as pernas da filha, mas aquele não parecia ser o momento de recordar essas coisas.
— Papai adorava aquele maldito carro – disse Dee Dee fazendo biquinho.
— Até que...
Ash não conseguiu se conter.
— Até o quê?

– Talvez tenha sido aí que tudo deu errado. Quando papai descobriu a verdade sobre o carro.

Ash se encolhia toda vez que ela usava a palavra "papai".

A vítima saiu do carro. Era um cara forte usando calça jeans, botas Timberland falsificadas e camisa de flanela. Tinha barba e estava com um boné camuflado do Boston Red Sox pequeno demais para sua cabeça.

– É aquele o nosso cara? – perguntou Ash, apontando com o queixo.

– Parece que sim. Qual é o plano?

A vítima abriu a porta traseira do carro, e duas meninas carregando mochilas escolares, de um verde brilhoso, saltaram. As filhas, Ash sabia. A mais alta, Kelsey, tinha 10 anos. A mais nova, Kiera, 8.

– Vamos esperar.

Ash estava sentado no banco do motorista; Dee Dee, no do carona. Fazia três anos que Ash não a via. Achava que ela estava morta até pouco antes do último encontro. Imaginava que seria constrangedor, mas eles voltaram rápido às antigas relações.

– Então o que aconteceu? – perguntou ele.

– O quê?

– Com o Eldorado do seu pai. Em que momento tudo deu errado? Que verdade foi essa que ele descobriu?

O sorriso desapareceu do rosto dela. Dee Dee se remexeu no banco.

– Você não precisa me contar.

– Mas eu quero – rebateu ela.

Os dois olharam para a janela da frente da casa da vítima. Ash pôs a mão no quadril, onde a arma estava no coldre. Tinha suas instruções. Não fazia ideia do que o cara forte havia feito – do que ninguém da lista havia feito –, mas, às vezes, quanto menos se sabia, melhor.

– Saímos para jantar num restaurante caro de frutos do mar – recomeçou Dee Dee. – Isso foi um pouco antes de minha avó morrer. Então ela pagou. Meu pai, bem, era apreciador de carne. Sempre foi. Odiava peixe. Estou dizendo que odiava mesmo.

Ash não fazia ideia de aonde aquilo ia chegar.

– Aí o garçom apareceu e começou a ler os pratos do dia. Ele estava com um quadro-negro que tinha a lista dos pratos. Tudo escrito com giz. Chique, não?

– Sim.

– Então o garçom leu o nome de um prato com peixe. Ele tinha um sotaque estranho e, então, falou "O chef recomenda muito o..." e apontou para o quadro como se fosse um carro em promoção... "dourado grelhado com nozes e pesto de salsa".

Ash se virou a fim de olhar para ela. Alguém poderia supor que o tempo não seria muito generoso com Dee Dee, com tudo por que ela passou, mas ela parecia mais linda que nunca. O cabelo louro dourado estava preso numa trança grossa, que caía pelas costas. Os lábios carnudos, a pele imaculada. Os olhos verdes eram em tom de esmeralda, o que provavelmente envolvia o uso de lentes de contato ou de algum tipo de cosmético.

– Aí papai pediu ao garçom que repetisse aquilo, o nome do peixe. Então ele repetiu e papai...

Cara, Ash preferia que ela parasse de chamar o velho daquela forma.

– ... e papai ficou com muita raiva. Saiu correndo do restaurante. Derrubou a cadeira e tudo. O carro, seu carro superlegal, tinha nome de peixe! Papai não aguentou aquilo, sabe?

Ash olhou para ela.

– Está falando sério?

– Claro que estou.

– Mas o carro não tinha nome de peixe.

– O quê, você nunca ouviu falar no peixe dourado?

– Já ouvi, mas Eldorado é uma mítica cidade de ouro na América do Sul.

– Mas é um peixe também, certo?

Ash não disse nada.

– Ash?

– Ok, é um peixe também – disse ele, suspirando.

A vítima saiu outra vez da casa. Caminhou em direção à garagem.

– Eles todos precisam ser eliminados de formas diferentes? – perguntou Ash.

– Não sei se diferentes, mas não podem ser parecidas.

O que queria dizer que não podia ser como em Chicago. Mesmo assim, isso dava a ele muita flexibilidade quanto àquele ali.

– Vigie a casa – disse ele.

– Eu não vou com você desta vez? – indagou ela, parecendo magoada.

– Não. Assuma o volante. Deixe o carro ligado. Vigie a porta. Se alguém sair, me chame.

Ele não repetiu as instruções. O alvo tinha entrado na garagem. Ash partiu naquela direção.

O que ele sabia realmente sobre a vítima era: nome, Kevin Gano. Casado há doze anos com a namorada do ensino médio, Courtney. Os quatro membros da família Gano moravam no andar superior daquela casa compartilhada, em Devon Street, Revere, Massachusetts. Seis meses antes, Kevin havia sido despedido da unidade de empacotamento de carne da Alston, em Lynn, onde trabalhara nos últimos sete anos. Estivera procurando emprego desde então sem sucesso, de modo que Courtney fora obrigada a voltar a trabalhar como recepcionista numa agência de viagens na Constitution Avenue.

Kevin, tentando ser útil, pegava as meninas todos os dias na escola às duas da tarde. Era por isso que estava em casa àquela hora quando o restante do bairro de classe média se encontrava silencioso e pacato.

O homem estava de pé, em frente à bancada de trabalho, desaparafusando um aparelho de DVD ou Blu-ray – ganhava um dinheirinho fazendo pequenos consertos – quando Ash se aproximou. Ele olhou e sorriu amigavelmente para Ash, que retribuiu o cumprimento e logo apontou uma arma para Kevin:

– Vai dar tudo certo se você ficar calado.

Ash entrou de vez na garagem e abaixou a porta atrás dele. Mantinha a arma apontada para Kevin, que ainda segurava a chave de fenda na mão.

Mão direita.

Ash não tirava os olhos dele.

– O que você quer?

– Solte a chave de fenda, Kevin. É só cooperar que ninguém vai sair ferido.

– É mentira.

– Como é?

– Você está me deixando ver a sua cara.

Boa observação.

– Estou disfarçado. Não se preocupe com isso.

– É mentira – repetiu Kevin, olhando para a porta lateral, como se fosse correr até ela.

– Kelsey e Kiera – disparou Ash.

Ouvir o nome das filhas fez Kevin congelar.

– Podemos fazer isto de duas formas. Se tentar correr em direção à porta, mato você com um tiro. Então vou precisar que isso pareça uma invasão de domicílio. O que significa entrar na sua casa. O que Kelsey e Kiera estão fazendo lá dentro, Kevin? Dever de casa? Assistindo à TV? Comendo um lanche? Tanto faz. Vou entrar e fazer coisas tão terríveis que você vai ficar feliz por estar morto.

Kevin balançou a cabeça, os olhos se enchendo de lágrimas.
– Por favor.
– Ou... – disse Ash – você pode soltar a chave de fenda agora mesmo.
Kevin fez o que ele pediu. A chave de fenda caiu no chão de concreto.
– Não entendo. Nunca prejudiquei ninguém. Por que você está fazendo isso?
Ash deu de ombros.
– Não machuque minhas meninas. Eu faço o que você quiser. Só não... – Ele engoliu em seco e se pôs mais ereto. – Então... então o acontece agora?
Ash atravessou a garagem e colocou o cano da arma contra a têmpora de Kevin, que fechou os olhos antes que o outro apertasse o gatilho.
O eco foi grande, longo, mas Ash duvidava que alguém lá fora tivesse notado.
A vítima já estava morta antes de cair no chão.
Ash agiu rápido. Pôs a arma na mão direita de Kevin e apertou o gatilho, disparando outro tiro no chão. Agora haveria resíduo de pólvora. Tirou o telefone do bolso de trás de Kevin e usou o polegar do homem para desbloqueá-lo. Depois clicou na tela e descobriu as informações de contato da esposa.
O nome de Courtney estava digitado com dois corações, um antes e outro depois do nome.
Corações. Kevin havia colocado corações ao lado do nome da esposa.
Ash escreveu uma mensagem simples: "Sinto muito. Por favor, me perdoe." Clicou em Enviar, deixou o telefone na bancada de trabalho e voltou para o carro.
Não corra. Não caminhe rápido demais.
Ash acreditava que havia provavelmente entre 80 e 85 por cento de chance de o cenário ser convincente. Havia um ferimento à bala na cabeça – na têmpora direita da vítima, como um destro faria se o tiro fosse de autoria própria. Fora por isso que Ash prestara atenção na mão com que Kevin segurava a chave de fenda. Havia também uma mensagem de despedida e resíduo de pólvora. A bala extra daria a impressão de que Kevin fizera uma primeira tentativa sem sucesso e logo depois se recompusera para o desfecho real.
Deveria bastar. Uns 80, 85 por cento – talvez mais de 90 por cento, somando-se o fato de Kevin estar desempregado e seguramente deprimido por causa disso. Se o policial fosse superagressivo ou assistisse a séries policiais, poderia achar que alguma coisa não se encaixava. Por exemplo, não houvera tempo suficiente para erguer Kevin antes de disparar o segundo

tiro. Assim, se um perito criminal se dedicasse a estudar a trajetória da bala, talvez notasse que o tiro fora dado próximo ao chão.

Alguém poderia estar vendo Ash naquele momento, ou o carro, e isso levantaria suspeitas também.

Mas era pouco provável.

De uma forma ou de outra, ele e Dee Dee já estariam longe. O carro seria limpo e abandonado. Nenhuma pista levaria até eles.

Ash era bom naquilo.

Ele entrou no carro pelo lado do carona. Nenhuma cortina se mexera no quarteirão. Nenhuma porta se abrira. Nenhum automóvel passara. Dee Dee disse:

– Ele já...?

Ash assentiu.

Ela sorriu e o carro partiu pela rua.

capítulo oito

Ingrid recebeu Simon na porta quando ele chegou em casa. Atirou os braços em torno do pescoço dele.

– Eu tinha acabado de cair na cama – disse ela – quando a polícia chegou.
– Eu sei.
– E de repente a campainha tocou. Levei uma eternidade para acordar. Achei que fosse alguma entrega, apesar de eles sempre me protegerem dessas coisas.

Com "eles", Ingrid queria dizer os porteiros do prédio. Ela pegava o turno da noite na emergência uma vez por semana. Eles sabiam que isso significava que ela passaria o dia seguinte dormindo. Assim, se havia entregas, deixavam que Simon subisse com elas quando chegasse em casa às seis e meia da noite.

– Vesti uma roupa às pressas. Esse policial apareceu. Me pediu um álibi. Como se eu fosse suspeita.

Simon sabia, claro. Ingrid entrara em contato com ele assim que o porteiro contou a ela o porquê da campainha. Hester enviara então um colega do escritório para acompanhar Ingrid durante o interrogatório policial.

– E acabei de receber uma ligação da Mary, da emergência. A polícia foi até o hospital para conferir se eu estive lá. Dá para acreditar nisso?
– Eles também queriam um álibi meu – informou Simon. – Hester acha que é procedimento de rotina.
– Mas eu não entendo. O que aconteceu exatamente? Aaron está morto?
– Foi assassinado.
– E onde está Paige?
– Parece que ninguém sabe.

Lazlo, a cadela, começou a pular na perna de Simon. Os dois abaixaram a cabeça e encontraram os olhos expressivos do animal.

– Vamos levá-la para dar uma volta – disse Simon.

Cinco minutos depois, eles atravessavam a Central Park West, na altura da 61th Street, com Lazlo puxando a coleira com força. À esquerda, claramente visível embora um pouco escondido, havia um pequeno playground que explodia em cores. Séculos atrás – e, no entanto, nem fazia tanto tempo assim – eles costumavam trazer Paige, depois Sam, depois Anya ali para brincar. Sentavam-se num banco, de onde podiam vigiar a área toda apenas girando a cabeça, sentindo-se protegidos e seguros no meio daquele parque enorme, naquela cidade enorme, a menos de um quarteirão de casa.

Passaram pelo Tavern on the Green, o famoso restaurante, e dobraram à direita na direção sul. Um grupo de estudantes vestindo camisetas amarelas iguais – fáceis de detectar durante os passeios – passou em fila por eles. Simon esperou até que não pudessem mais ouvi-lo para falar:

– O assassinato... Foi brutal.

Ingrid vestia um casaco fino e comprido. Ela enfiou as mãos nos bolsos.

– E o que mais?

– Aaron foi mutilado.

– Como?

– Você quer realmente saber os detalhes? – perguntou ele.

Ingrid quase sorriu.

– Estranho.

– O quê?

– Você é quem mal aguenta a violência nos filmes – retrucou ela.

– E você é a médica que nem sequer pisca quando vê sangue. – Ele completou a frase por Ingrid. – Mas talvez eu entenda melhor agora.

– Como assim?

– O que Hester me contou não me deu aflição. Talvez porque seja verdade. A gente só reage. Como você com um paciente na emergência. Na tela eu me dou ao luxo de não olhar. Já na vida real...

– Você está enrolando – argumentou Ingrid.

– Eu sei. De acordo com a fonte de Hester, o assassino cortou a garganta do Aaron, embora ela tenha dito que isso seja uma forma suave de dizer o que aconteceu. A faca foi fundo no pescoço. Quase arrancou a cabeça dele. Além disso, cortaram três dedos. Cortaram também...

– Pré ou pós-morte? – perguntou Ingrid, em seu tom de médica.

– O quê?

– As amputações. Foram feitas quando ele ainda estava vivo?

– Não sei – respondeu Simon. – Isso importa?

– Talvez.

– Não estou entendendo.

Lazlo parou e cheirou um Collie que passava, cumprimentando-o.

– Se Aaron ainda estava vivo quando o mutilaram, alguém poderia estar tentando arrancar informações dele – declarou Ingrid.

– Que tipo de informação?

– Não sei. Mas agora ninguém vai poder encontrar nossa filha.
– Você acha...?
– Não acho nada – respondeu ela.

Os dois se calaram. Os olhares se encontraram e, por um breve momento, apesar de todos os passantes, mesmo com todo o horror de tudo que estava acontecendo, Simon procurou os olhos dela, e ela, os dele. Ele a amava. Ela o amava. Simples mas real. Ambos seguiram suas carreiras, criaram os filhos, celebraram as vitórias e contornaram as derrotas. Foram vivendo a vida, com os dias longos e os anos curtos. Aí, de vez em quando, um se lembra de parar e olhar o outro, o parceiro de vida, olhar realmente para aquele que percorre ao seu lado a estrada solitária, para assim perceber como estão nisso juntos.

– Para a polícia, Paige é só uma viciada imprestável. Eles não vão procurá-la, e, se procurarem, vai ser para prendê-la como cúmplice ou coisa pior – disse Ingrid.

Simon assentiu.

– Então depende só da gente.
– Sim. Onde Aaron foi assassinado?
– No apartamento deles, em Mott Haven.
– Você sabe o endereço?

Simon fez que sim. Hester tinha dado a ele.

– Podemos começar por lá – declarou Ingrid.

O motorista do Uber parou diante de duas barreiras de concreto colocadas na rua, o tipo de coisa que se vê em zonas de guerra.

– Não posso avançar mais que isso.

Achmed, esse era o nome do motorista, se virou e franziu a testa para Simon:

– Tem certeza de que é aqui?
– Tenho.

Achmed parecia estar em dúvida.

– Se estão querendo fazer uma compra, conheço um lugar mais seguro.
– Não, estamos bem. Obrigada – disse Ingrid.
– Não quis ofender.
– De modo algum – retrucou Simon.
– Vocês não vão, uh, me avaliar com uma estrela por causa disso, vão?
– Você é um cinco estrelas autêntico, meu amigo – disse Simon, abrindo a porta traseira.

Eles saíram do Toyota. Simon vestia um conjunto de moletom cinza e tênis. Ingrid estava de calça jeans e suéter. Os dois usavam bonés, o dela com a logo clássica dos New York Yankees e o dele com a marca de um clube de golfe, brinde recebido num torneio de caridade. Tudo discreto, casual. Tentavam passar despercebidos, o que não estava acontecendo.

O prédio de tijolinhos de quatro andares, sem elevador, estava caindo aos pedaços, esfarelando-se, puído nas costuras como um casaco velho. A escada de incêndio parecia pronta para ceder ao menor esforço, muito mais ferrugem que metal, o que levantava a questão do que era pior: queimadura ou tétano. Na calçada, um colchão muito surrado tinha sido jogado em cima de sacos pretos de lixo, esmagando-os numa maçaroca disforme. A escada de entrada parecia irradiar pó de concreto. Uma porta de metal cinzento ostentava um grafite com letras ornamentadas. Também dava pra ver ali perto peças de carros e pneus velhos espalhados no meio do mato alto. Por alguma estranha razão, tudo isso era protegido por uma cerca de aço nova, com arame farpado no topo, como se alguém fosse querer roubar aquele material. O edifício à direita, talvez de um orgulhoso arenito marrom em outros tempos, tinha folhas de compensado cobrindo as vidraças quebradas, dando-lhe uma aparência de solidão e desesperança que estilhaçava ainda mais o coração de Simon.

Paige, seu bebê, tinha morado ali.

Ele se virou a fim de encarar Ingrid. Ela também contemplava o prédio com um olhar perdido. Os olhos voltados para o alto, acima dos telhados, se fixavam nos conjuntos habitacionais que assomavam nos arredores.

– E agora? – perguntou Simon.

Ingrid avaliou o entorno.

– Nós realmente não pensamos direito nisso, não é?

Ingrid deu um passo em direção à porta grafitada, girou a maçaneta sem hesitação e empurrou com força. Ela se abriu rangendo com má vontade. Quando os dois entraram no que se poderia com muita generosidade chamar de portaria, um odor acre, rançoso, de algo entre o mofado e o podre os envolveu. Uma lâmpada exposta, pendurada no teto sem luminária, proporcionava uma iluminação fraca.

Ela morava ali, pensou Simon. *Paige vivia naquele lugar.*

Ele pensou em escolhas de vida, decisões mal tomadas, encruzilhadas do caminho e em quais passos, quais portas haviam levado Paige àquele lugar infernal. Seria culpa dele? Óbvio que tinha que ser, de alguma forma. O efeito borboleta. Mudando uma circunstância se muda tudo. Os eternos "E se...?" – se ele apenas pudesse voltar no tempo para consertar alguma coisa.

Paige queria escrever. Supondo-se que ele tivesse enviado um dos ensaios dela ao amigo da revista literária local, aquela que funcionava com doações, e tivesse conseguido publicá-lo. Teria ela se concentrado mais na literatura? Paige não tinha sido aceita na Universidade Columbia. Será que Simon deveria ter pressionado mais sua alma mater, pedido mais aos velhos colegas que entrassem em contato com o setor de admissão? O sogro de Yvonne pertencera ao conselho da Williams. Ela poderia ter tentado algo lá, se ele tivesse insistido. E essas eram só as questões maiores. Qualquer coisa poderia ter alterado o caminho dela. A filha queria um gato em seu quarto no dormitório, mas ele não lhe deu. Paige tivera uma briga com Merilee, sua melhor amiga no sétimo ano, e ele como pai não fizera nada para consertar as coisas. Ela gostava de queijo americano no sanduíche de peru, não de cheddar, mas às vezes Simon esquecia e usava o queijo errado.

Essas perguntas poderiam enlouquecer qualquer um.

Ela também havia sido uma garota tão boa... A melhor filha do mundo. Paige detestava se meter em confusão e quando isso acontecia, mesmo por coisas sem importância, seus olhos se enchiam de lágrimas, de modo que Simon não conseguia repreendê-la. Mas talvez devesse. Talvez isso tivesse ajudado. O problema era que ela chorava com muita facilidade e aquilo o irritava porque a verdade, que nunca tivera coragem de contar, era que ele também chorava da mesma forma. Acabava sempre fingindo que havia algo errado com a lente de contato, que estava com alguma alergia inexistente ou até deixava o recinto abruptamente em vez de admitir. Talvez, se tivesse reconhecido isso, tornasse as coisas mais fáceis para ela. Paige poderia ter encontrado uma válvula de escape ou alguma forma de se unir ao pai, que preferiu manter uma espécie de falso machismo, a ideia de que se o pai não chorasse, talvez ela se sentisse mais segura, mais protegida. Mas no final isso só serviu para ela ficar mais vulnerável.

Ingrid já começara a subir os degraus empenados. Quando percebeu que Simon não estava com ela, se virou e perguntou:

– Você está bem?

Ele saiu daquele devaneio, assentiu e seguiu a esposa.

– Terceiro andar, apartamento B – disse.

No primeiro andar, havia pedaços do que poderia ter sido outrora um sofá. Latas de cerveja amassadas e cinzeiros transbordando se empilhavam.

Simon perscrutou o corredor enquanto eles subiam para o andar seguinte. Havia um homem negro, magro, usando regata e calça jeans rasgada parado na extremidade. Tinha barba branca, cerrada e encaracolada, o que dava a impressão de que estava comendo um carneiro.

Quando alcançaram o terceiro andar, viram uma fita amarela com a inscrição "Cena do crime – não ultrapasse", formando um X em frente a uma porta pesada de metal, com um B sobre ela. Ingrid não hesitou nem desacelerou. Pôs a mão na maçaneta e tentou girá-la. Não conseguiu.

Ela recuou e fez um gesto para que Simon tentasse. Ele tentou. Girou para um lado e para o outro, para dentro e para fora. Trancada.

As paredes em volta pareciam estar tão deterioradas que talvez Simon pudesse dar um soco numa delas para arriscar entrar dessa forma, uma vez que aquela porta trancada não ia se entregar.

– Ei.

A simples palavra, enunciada em tom de voz normal, rompeu o ar rançoso feito um disparo. Simon e Ingrid estremeceram diante do som e se viraram. Era o homem negro e magro com barba de carneiro. Simon procurou uma rota de saída. Não havia nenhuma exceto pelo caminho que tinham usado para subir e que estava agora bloqueado.

Devagar e sem pensar direito, ele deu um passo para ficar na frente de Ingrid, colocando-se entre ela e o homem.

Durante um momento ninguém falou. Os três ficaram parados naquele corredor sujo e não se moveram. Alguém no andar de cima aumentou o volume de uma música de graves muito fortes e com um vocalista inflamado.

Então o homem disse:

– Vocês estão procurando Paige.

Não era uma pergunta.

– Você – disse o homem, levantando a mão e apontando um dedo ossudo para Ingrid. – Você é a mãe dela.

– Como sabe disso? – perguntou ela.

– Você se parece muito com ela. Ou ela é que se parece com você? – Ele cofiou a barba de ovelha. – Sempre confundo essas coisas.

– Sabe onde Paige está? – indagou Simon.

– É por isso que vieram aqui? Estão procurando por ela?

Ingrid deu um passo na direção dele.

– Sim. Sabe onde ela está?

Ele fez que não com a cabeça.

– Foi mal.
– Mas você conhece Paige?
– Sim, conheço. Moro bem embaixo deles.
– Tem alguma pessoa que possa saber o paradeiro dela? – perguntou Simon.
– Uma pessoa?
– Algum amigo.
O homem sorriu.
– Eu sou amigo dela.
– Talvez outro amigo.
– Acho que não. – Ele fez um gesto com a barba em direção à porta. – Vocês estão tentando entrar?
Simon olhou para Ingrid. Ela disse:
– É. Estávamos na esperança de ver...
Ele estreitou os olhos.
– Ver o quê?
– Para falar a verdade, não sei – respondeu Ingrid.
– Só estamos tentando encontrá-la – acrescentou Simon.
O homem cofiou um pouco mais a barba de carneiro, puxando a extremidade como se quisesse torná-la mais comprida.
– Posso deixar vocês entrarem – disse.
Ele enfiou a mão no bolso e tirou uma chave.
– Como você tem...?
– Como eu disse, sou amigo dela. Vocês não têm um amigo que tenha a chave da sua casa, caso fiquem presos do lado de fora ou alguma outra coisa? – Ele andou na direção deles. – Se os policiais ficarem irritados com a fita rasgada, vou pôr a culpa em vocês. Muito bem, vamos entrar.

O apartamento era um buraco claustrofóbico, talvez com metade do tamanho do quarto de Paige no dormitório da universidade. Havia dois colchões de solteiro: um no chão perto da parede da direita e outro de pé encostado na parede da esquerda. Só colchões. Nada de camas. Nenhum outro móvel, aliás.

O violão de Paige estava apoiado no canto à direita e suas roupas estavam no chão, em três pilhas próximas. O local era um caos, mas as roupas estavam cuidadosamente dobradas. Simon contemplou-as e sentiu a mão de Ingrid deslizar e apertar a sua. Paige sempre cuidara bem de suas roupas.

No lado esquerdo, o sangue seco manchava a madeira do assoalho.

– Sua filha nunca fez mal a ninguém – disse o homem negro. – Exceto a ela mesma.

Ingrid olhou para ele.

– Qual é o seu nome?

– Cornelius.

– O meu é Ingrid. Este é o pai da Paige, Simon. Mas você está errado, Cornelius.

– Sobre o quê?

– Ela feriu outras pessoas também.

Cornelius pensou naquilo antes de concordar.

– Acho que é verdade, Ingrid. Mas existe uma bondade enorme dentro dela, sabe? Ainda. Ela jogava muito xadrez comigo. – Ele olhou nos olhos de Simon. – Ela me contou que você a ensinou.

Simon assentiu, temeroso de falar.

– Ela adorava passear com Chloe, minha cachorra. Uma cocker spaniel. Dizia que também tinha uma cachorra em casa. Que sentia saudade dela. Eu entendo que Paige tenha magoado vocês, mas estou falando sobre intenção. Já vi isso antes, vou ver outra vez. É o diabo... ele toma conta das pessoas. Ele cutuca e espeta até encontrar suas fraquezas, se esgueira através da pele e entra na corrente sanguínea. Pode ser através da bebida. Através do jogo. Um vírus, feito câncer, sei lá. Ou o diabo pode estar na heroína, no craque, na metanfetamina, vai saber. É sempre o diabo em formas diferentes.

Ele se virou e olhou para o sangue no chão.

– O diabo pode até ser um homem – concluiu Cornelius.

– Imagino que tenha conhecido Aaron também – perguntou Simon.

Cornelius continuou fitando o sangue.

– Entenderam o que eu disse sobre o diabo entrando na corrente sanguínea das pessoas?

– Sim – respondeu Ingrid.

– Às vezes ele não precisa nem cutucar e espetar. Às vezes o homem faz isso por ele. – Cornelius olhou para eles. – Não gosto de desejar a morte das pessoas, mas vou dizer a vocês... Tinha vezes que eu vinha aqui e ele estava tão chapado, Paige também, mergulhados no próprio fedor, que eu olhava para ele, para o que tinha feito, e sonhava que...

– Você conversou com a polícia? – perguntou Ingrid.

– Eles conversaram comigo, mas eu não tinha nada a dizer.

– Quando viu nossa filha pela última vez?

Cornelius hesitou.

– Eu esperava que vocês me dissessem.

– Como assim?

Ouviu-se um barulho no corredor. Cornelius pôs a cabeça para fora. Um casal jovem veio tropeçando na direção deles, com os braços em torno um do outro, tão enroscados que era difícil dizer onde um começava e o outro terminava.

– Cornelius – disse o rapaz, com um tom de voz agradável. – O que é que está rolando aí, parceiro?

– Está tudo bem, Enrique. Como vai, Candy?

– Amo você, Cornelius.

– Também te amo.

– Você está limpando o local? – perguntou Enrique.

– Não, só dando uma olhada para ver se está tudo bem.

– O cara era um merda.

– Enrique! – exclamou Candy.

– O quê?

– O sujeito está morto.

– Então agora ele é um merda morto. Melhor assim?

Enrique enfiou a cabeça porta adentro, viu Simon e Ingrid e perguntou:

– Quem são esses com você?

– São só policiais – respondeu ele.

Isso fez o jovem casal mudar de atitude. De repente o passeio lento se tornou mais resoluto.

– Ah, prazer – disse Candy.

Eles desenroscaram os braços e apertaram o passo, desaparecendo num apartamento ao final do corredor. Cornelius manteve o sorriso no rosto até o casal estar fora de visão.

– Cornelius? – indagou Ingrid.

– Hum?

– Quando você viu minha filha pela última vez?

Ele se virou devagar.

– O que eu vou contar a vocês... Bem, não contei à polícia por razões óbvias – admitiu o homem.

Eles ficaram esperando.

– Vocês têm que entender. Talvez eu estivesse pegando leve, dizendo como a Paige era legal com a Chloe e comigo. Mas a verdade é que ela era um problema. Uma viciada. Quando ela estava lá em casa... digo, quando vinha jogar xadrez ou comer alguma coisa... E eu não gosto de falar isso, mas o fato é que eu ficava de olho nela. Entendem o que estou dizendo? Eu estava sempre temendo que ela roubasse alguma coisa, porque é isso que os viciados fazem.

Simon entendia. Paige roubara deles também. Havia sumido dinheiro da carteira dele. E quando várias joias de Ingrid desapareceram, Paige se declarou inocente numa representação digna do Oscar.

É isso que os viciados fazem.

Uma viciada.

Sua filha era uma viciada. Simon jamais se permitira articular essas palavras, mas ouvir isso da boca de Cornelius fazia com que a coisa se concretizasse de forma horrível, irrefutável.

– Dois dias antes de Aaron ser morto, eu vi Paige. Passando pela entrada. Eu estava chegando. Ela disparava escada abaixo. Quase tropeçando. Como se tivesse alguém atrás dela. Ia tão rápido que eu achei que fosse cair.

Cornelius olhou para cima e para a frente naquele momento, como se ainda pudesse vê-la.

– Estendi os braços, como que para impedir a queda. – Cornelius levantou os braços, com as palmas para cima, demonstrando. – Chamei por ela. Mas Paige simplesmente passou por mim e saiu. Nem diminuiu o passo. Isso já tinha acontecido antes.

– O que já tinha acontecido antes? – perguntou Ingrid.

Cornelius se virou para ela.

– Paige passar correndo por mim, desse mesmo jeito. Como se estivesse tão fora de si que nem sabia quem eu era. Várias vezes ela corria para aquele terreno baldio ao lado. Vocês viram quando entraram?

Os dois assentiram.

– Tem aquele arame farpado na frente, mas existe uma abertura na lateral. Ia lá para conseguir uma dose com Rocco.

– Rocco?

– O traficante da área. Aaron trabalhava para ele.

– Aaron traficava droga? – perguntou Ingrid.

Cornelius levantou uma sobrancelha.

– Isso te surpreende?

Simon e Ingrid trocaram olhares. Não, não surpreendia.

– A verdade é que quando um viciado precisa de uma dose, você pode pôr todos os zagueiros no caminho dele que não adianta. O que estou dizendo é o seguinte: essa parte, ela passar correndo daquele jeito, não era o que tornava aquilo estranho.

– E o que tornava o episódio estranho então? – perguntou Simon.

– Paige tinha hematomas no rosto.

Simon sentiu um zumbido nos ouvidos. Sua própria voz soou distante.

– Hematomas?

– Um pouco de sangue também. Como se ela tivesse apanhado.

Os punhos de Simon se fecharam. O ódio o dominava, esquentando todo o corpo. Drogas, viciados, dependentes, o que fosse – de algum jeito ele conseguia lidar com aquilo e bloquear tudo.

Mas alguém tinha batido na sua garotinha.

Simon podia ver a mão cruel se fechando num soco – como a sua estava naquele momento –, tomando distância, o sorriso de desdém no rosto e o punho avançando em cheio contra sua filha desprotegida.

Raiva, fúria e ódio o consumiam.

Se fosse Aaron, e se Aaron pudesse estar de alguma forma vivo e de pé ali naquele exato momento, Simon o mataria sem hesitar. Sem arrependimento. Sem culpa.

Acabaria com ele.

Simon sentiu a mão de Ingrid em seu braço, em uma manifestação de afeto, uma tentativa, talvez, de trazê-lo de volta.

– Sei o que está sentindo – disse Cornelius, olhando diretamente para ele.

– O que você fez então? – perguntou Simon.

– Quem disse que fiz alguma coisa?

– Você disse que entende o que estou sentindo – falou Simon.

– Isso não quer dizer que eu tenha feito alguma coisa. Não sou pai dela.

– Então você só deu de ombros e foi cuidar da própria vida?

– Pode ser.

Simon balançou a cabeça.

– Você não deixaria uma coisa dessas passar.

– Eu não o matei – declarou Cornelius.

– Se o matou – ponderou Simon –, isso nunca vai sair desta sala.

Cornelius olhou de relance para Ingrid. Ela assentiu para encorajá-lo.

– Conte-nos o resto, por favor – pediu Ingrid.

Cornelius mexia na barba branca e grisalha. Deu outra olhada ao redor da sala fazendo uma careta, como se acabasse de entrar ali pela primeira vez e tivesse percebido a sujeira.

– É, eu vim aqui em cima.

– E?

– E esmurrei a porta. Estava trancada. Então peguei minha chave. Como fiz hoje. Abri a porta...

A música no andar de cima parou. Estava tudo completamente silencioso naquele momento.

Cornelius olhou para o colchão à direita.

– Aaron estava bem ali. Apagado. Fedia tanto que eu mal conseguia respirar. Eu só quis correr para longe, esquecer aquilo tudo.

Ele parou.

– O que você fez então?

– Examinei o nó dos dedos dele.

– Como?

– A mão direita de Aaron tinha arranhões recentes. Aí eu soube. Nenhuma surpresa, acho. Era ele que batia nela. Fiquei parado na frente dele...

Cornelius se interrompeu novamente. Dessa vez fechou os olhos.

Ingrid foi até ele.

– Está tudo bem.

– Como disse a vocês antes, eu sonhava com isso, Ingrid. Talvez... talvez eu tivesse feito mais, se tivesse a chance. Não sei. Se aquele marginal estivesse acordado. Se estivesse acordado e tentasse se explicar. Talvez então eu tivesse explodido. Entendem o que estou dizendo? Eu estava ali olhando para aquele pedaço de lixo. E talvez daquela vez, depois do que eu tinha visto, talvez eu pensasse em fazer mais do que só balançar a cabeça e me arrastar para longe. – Cornelius abriu os olhos. – Mas não fiz.

– Você foi embora – concluiu Ingrid.

Ele assentiu.

– Enrique e Candy vinham pelo corredor, exatamente como hoje. Eu fechei a porta e voltei lá para baixo.

– E isso foi tudo?

– Foi – respondeu Cornelius.

– Você não viu mais nossa filha desde então?

– Nem Paige nem Aaron. Quando vocês dois apareceram, achei que talvez eu estivesse errado.

– Errado sobre o quê?

– Em achar que talvez Paige não tivesse ido até aquele terreno baldio. Que talvez ela tivesse corrido para casa e contado à mamãe e ao papai o que tinha acontecido. Que talvez eles tivessem vindo aqui e... bem, são a família dela. Têm o mesmo sangue. Então talvez eles tivessem feito mais do que sonhar acordados.

Cornelius observou o rosto de ambos.

– Não foi isso que aconteceu – disse Simon.

– É. Estou vendo agora.

– Precisamos encontrá-la – falou Simon.

– Entendo isso também.

– Temos que refazer os passos dela depois que saiu correndo daqui.

Cornelius assentiu.

– Isso significa que vocês precisam falar com Rocco.

capítulo nove

Cornelius contara a eles como encontrar Rocco:
– Vocês entram pela abertura na cerca. Ele vai estar no prédio abandonado do outro lado do terreno.

Simon não sabia o que esperar.

Na TV, tinha visto muita venda de drogas feita por homens de olhares sombrios, armados, com meia de náilon na cabeça e calça jeans de cintura baixa. Vira também garotinhos de bicicleta fazendo as transações porque eram mais fáceis de tirar da cadeia ou algo assim, bobagem de televisão, provavelmente. Quando parou com Ingrid em frente à abertura na cerca, não havia ninguém por perto. Nenhum olheiro. Nenhum segurança armado. Podia ouvir vozes indistintas a distância, possivelmente vindas do prédio abandonado, mas a ameaça esperada ainda não era visível.

O que não significava que aquela fosse uma situação segura.

– E então? – disse Simon a Ingrid. – Mais uma vez vou perguntar: qual é o nosso plano?

– Quem me dera saber...

Eles olharam para a abertura na cerca.

– Deixe eu entrar primeiro – sugeriu ele. – Caso não seja seguro.

– E eu fico aqui fora sozinha? Ah, certo, isso parece superseguro.

Ingrid tinha razão.

– Eu podia dizer a você que fosse para casa – retrucou Simon.

– Podia – concordou ela enquanto puxava a cerca de arame e se enfiava para dentro do terreno baldio.

Simon a seguiu rapidamente. O mato passava da altura dos joelhos. Os dois caminhavam levantando os pés como se andassem sobre neve profunda, receosos de tropeçar em eixos e rolamentos enferrujados, câmaras de pneus e mangueiras rasgadas, para-brisas estilhaçados e faróis quebrados.

Tinham sido de alguma forma espertos, embora de maneira estereotipada, antes de fazerem a incursão até ali. Ingrid havia tirado todas as joias, inclusive a aliança de casamento e o anel de noivado. Simon estava usando só a aliança, que não valia tanto dinheiro assim. Juntos, tinham talvez uns 100 dólares em espécie. Um assalto – e era preciso encarar que estavam entrando numa espécie de covil das drogas – seria possível, mas não muito lucrativo.

As portas externas de metal do porão estavam abertas. Simon e Ingrid olhavam para baixo sondando a escuridão. Só conseguiam ver o chão de concreto. Nada mais. Das profundezas subiam sons, vozes abafadas, talvez sussurros e risadas. Ingrid deu o primeiro passo, mas Simon a impediu de continuar. Ele pulou na frente dela e chegou ao concreto úmido antes que a esposa alcançasse o segundo degrau.

O cheiro o atingiu primeiro – o fedor sulfuroso sempre horrível de ovos podres misturado com alguma coisa mais química, uma pitada de amônia que ficava na língua.

As vozes eram mais distintas naquele momento. Simon foi na direção delas. Não aliviou o passo nem tentou ser silencioso. Chegar até eles na encolha seria o movimento errado. Não queria assustá-los para que fizessem algo impensado.

Ingrid o alcançou. Quando chegaram ao espaço central do porão, as vozes se calaram como se estivessem ligadas a um interruptor. Simon avaliou a cena, mesmo com o mau cheiro começando a incomodá-lo. Tentava respirar pela boca. À direita, quatro pessoas se encontravam esparramadas como se não tivessem ossos ou fossem meias velhas jogadas ali. A iluminação era fraca. Ele podia ver os olhos delas bem abertos mais do que qualquer outra coisa. Havia um futon rasgado e o que poderia ter sido um pufe. Caixas de papelão usadas outrora como embalagens de vinho barato haviam sido transformadas em mesas improvisadas. Havia colheres, isqueiros, maçaricos e seringas sobre elas.

Ninguém se mexeu. Simon e Ingrid simplesmente ficaram parados ali. As quatro pessoas no chão – ou seriam mais? Difícil dizer sob aquela luz – permaneceram imóveis como se estivessem camufladas e, caso não se movessem, ninguém pudesse vê-las.

Mais alguns segundos se passaram até que alguém do grupo começou a se movimentar. Um homem. Ele levantou devagar, muito demoradamente. Um homem grande, levantando-se do chão como o Godzilla erguendo-se da água, todo o seu ser expandindo e ocupando o espaço. Quando ficou totalmente na vertical, o alto da cabeça quase roçava o teto. O gigante se arrastou até eles como um planeta com pés.

– O que posso fazer por vocês, gente boa?

A voz era simpática, afável.

– Estamos procurando Rocco – disse Simon.

– Sou eu.

O grandalhão estendeu a mão descomunal. Simon apertou-a enquanto a sua desaparecia entre as dobras de carne. O sorriso de Rocco dividia o rosto dele em dois. Usava um boné dos Yankees, igual ao de Ingrid, embora o dele parecesse pequeno demais para a cabeça. Rocco era negro retinto. Vestia um casaco de moletom com capuz e bolso canguru, short jeans e o que pareciam ser sandálias Birkenstock.

– Posso ajudar em alguma coisa?

Sua voz permanecia suave, amável, talvez um pouco chapada. As outras pessoas que se encontravam no ambiente voltaram ao que estavam fazendo, o que envolvia os isqueiros, maçaricos e papelotes com pós desconhecidos – pelo menos para Simon – e outros conteúdos.

– Estamos procurando nossa filha – disse Ingrid. – O nome dela é Paige.

– Soubemos que ela esteve aqui recentemente – acrescentou Simon.

– Ah? – Rocco cruzou os braços, que mais pareciam duas colunas greco-romanas. – E como souberam disso?

Simon e Ingrid trocaram olhares.

– Só ouvimos falar – respondeu Simon.

– Sei.

Silêncio.

– Você conhece Paige, certo? – perguntou Simon.

– Sim, conheço.

– Ela é... – Ingrid parou, procurou a palavra – sua cliente?

– Eu não falo sobre meus clientes, na verdade. No meu negócio, seja qual for o que vocês imaginem ser, o sigilo é um componente fundamental.

– O seu negócio não nos interessa – disse Ingrid. – Só estamos tentando encontrar nossa filha.

– Você parece uma mulher legal, senhorita...?

– Greene. Doutora.

– Você parece uma mulher legal, doutora Greene, e espero que não se ofenda, mas olhe em volta.

Ele abriu bem os braços, como se tentasse abarcar o porão inteiro num abraço.

– Este aqui parece o tipo de lugar em que contamos aos parentes onde seus entes queridos estão escondidos?

– Ela está escondida? – perguntou Simon.

– Ela está o quê?

– Paige está se escondendo de nós?

– Não vou contar isso a vocês.
– Contaria por 10 mil dólares? – perguntou Simon.
Isso causou um silêncio.
Rocco chegou um pouco mais perto deles, quase como a pedra gigante no primeiro filme do Indiana Jones.
– É melhor falar mais baixo.
– A oferta está de pé – disse Simon.
Rocco coçou o queixo.
– Você está com os 10 mil aí?
Simon franziu a testa.
– Não, claro que não.
– Quanto tem com você?
– Talvez 80, 100 dólares. Por quê? Quer nos roubar? – Simon elevou o tom de voz: – Mas o que eu disse serve para qualquer um aqui: 10 mil se me disserem onde Paige está.
Ingrid levantou a cabeça e olhou para o rosto de Rocco, forçando-o a encará-la.
– Por favor – disse ela. – Acho que Paige está em perigo.
– Por causa do que aconteceu com Aaron?
Aquele nome – dito pela boca de Rocco – mudou até o ar do local.
– Sim – respondeu Ingrid.
Rocco inclinou a cabeça.
– O que acha que aconteceu, doutora Greene?
Seu tom permanecia calmo, estável, uniforme, mas Simon achava que talvez tivesse ouvido algo diferente nele agora. Uma fissura. Uma irritação. O que deveria ter sido óbvio começava a aparecer. Rocco podia até ter uma fachada simpática, dar a impressão de ser um grande urso de pelúcia.
Mas ele era um traficante de drogas cuidando do seu pedaço.
A brutalidade do assassinato de Aaron sugeria um acerto de contas do tráfico, não? E se Aaron trabalhava para Rocco...
– Não ligamos para o que aconteceu com Aaron – prosseguiu Ingrid. – Nem para este lugar, nem para seu negócio ou qualquer outra coisa. Paige não tem nada a ver com o que aconteceu com Aaron.
– Como sabe? – perguntou Rocco.
– O quê?
– É sério. Como sabe que Paige não teve nada a ver com o que aconteceu com Aaron?

Simon aproveitou a deixa.
– Você tem visto Paige?
– Tenho.
– Então você sabe.
Rocco assentiu devagar.
– Um vento forte poderia derrubá-la. Eu sei. Mas isso não quer dizer que ela não possa dopar e fatiar um cara se ele estiver apagado.
– Dez mil dólares – Simon repetiu. – Tudo que queremos fazer é levar nossa filha para casa.
O porão úmido ficou imóvel. Rocco parado ali, sem expressão. Estava digerindo aquilo, pensou Simon, que não o interrompeu. Nem Ingrid.
Então uma voz disse:
– Ei, eu conheço você.
Simon se virou para o canto. Era um *hipster* branquelo, com uma barbicha e calça jeans *skinny* enfiada em falsas botas de trabalho. Ele apontou para Simon e depois começou a estalar os dedos.
– Você é aquele cara.
– De que você está falando, Tom?
– Ele é aquele cara, Rocco.
– Que cara?
O *hipster* Tom usou os polegares para suspender a calça jeans pelas presilhas.
– Ele é o cara daquele vídeo. O que bateu no Aaron. No parque.
Rocco descansou as mãos no bolso canguru do moletom.
– Ei, acho que você está certo.
– Estou dizendo, Rocco. É aquele cara.
– É verdade? – Rocco riu para Simon. – Você é o cara do vídeo?
– Sim.
Rocco levantou as mãos fingindo se render e deu um passo para trás.
– Oh, meu Deus, por favor não bata em mim.
Tom riu. Alguns dos outros também.
Mais tarde, Simon afirmaria que sentiu o perigo antes de tudo dar errado.
Talvez haja algo de primitivo no ser humano, um instinto de sobrevivência da época das cavernas. Algo que jaz adormecido no homem moderno, uma espécie de sexto sentido que quase nunca precisa vir à tona em nossa sociedade. Mas que ainda está ali, potente apesar de latente, em alguma parte profunda da nossa composição genética.

Quando um rapaz entrou tropeçando no porão, a penugem na parte de trás do pescoço de Simon se eriçou.

– Luther? – falou Rocco.

O que aconteceu a seguir levou um segundo, talvez dois no máximo.

Luther estava sem camisa. Magro, o peito brilhante e completamente sem pelos. Tinha 20 e poucos anos, músculos aparentes, pés saltitantes como os de um boxeador peso-galo impaciente para ouvir o som da campainha. Fitou Simon e Ingrid de olhos bem abertos e depois, sem a menor sombra de hesitação, puxou uma arma.

– Luther!

Luther mirou. Não houve qualquer advertência, atraso ou conversa. Ele apenas mirou e apertou o gatilho.

BLAM!

Simon jurou que pôde até sentir a bala deslocar-se raspando no seu nariz, pôde ouvi-la enquanto passava por ele. Lembrou-se de uma ocasião em que estava jogando golfe e o cunhado, Robert, acertou uma bola que passou por Simon e acabou atingindo o caddie que estava próximo, causando-lhe uma concussão. Parecia uma comparação idiota, mas, mesmo que essa experiência toda não tenha demorado mais de um segundo, foi para lá que mente dele viajou – uma partida de golfe em Paramus, Nova Jersey – quando a bala assoviou e o sangue salpicou sua bochecha.

Sangue...

Os olhos de Ingrid reviraram enquanto ela caía. Simon assistiu à queda em câmera lenta. Toda aquela história de instinto primitivo de sobrevivência desapareceu, a tal tendência natural que o aconselharia a fugir, lutar ou sabe-se lá o quê. Ele a observou, ela que era o seu mundo, desabar no concreto, sangrando, e outro ímpeto o dominou.

Protegê-la...

Jogou-se no chão e, inconscientemente, cobriu o corpo da esposa com o seu, tentando se posicionar de forma a defendê-la o máximo possível. Ao mesmo tempo, checava se estava viva, tentava achar o ferimento e ver se podia estancar o sangramento.

Em algum lugar, em outra parte do cérebro, sabia que Luther ainda estava lá, armado, provavelmente preparando-se para disparar outra vez. Mas esse era um pensamento secundário ou até terciário.

Protegê-la. Salvá-la...

Ele arriscou um olhar. Luther veio em sua direção e apontou a arma para a cabeça de Simon. Uma dezena de pensamentos cruzou sua mente: chutar, rolar para longe, tentar acertá-lo de algum jeito, qualquer jeito, antes que pudesse atirar de novo.

Mas não havia nada a fazer. Sabia disso.

Não havia mais tempo para tentar se salvar, então apertou Ingrid ainda mais contra o corpo e se curvou de modo que a esposa não ficasse exposta. Abaixou a cabeça em direção à dela e se preparou.

Simon ouviu um disparo. E Luther caiu.

capítulo dez

Ash colocou a xícara de café sobre a mesa. Dee Dee baixou a cabeça em oração. Ele tentou não revirar os olhos.

Ela terminou a prece do mesmo jeito que fazia sempre:

– Para sempre seja a Verdade Resplandecente.

Ash estava sentado em frente a ela. O nome da vítima era Damien Gorse. Era dono de um estúdio de tatuagens numa pequena galeria de beira da estrada em Nova Jersey, no lado oposto ao local onde estavam sentados. Os dois se viraram e leram o nome estampado no toldo.

Dee Dee começou a rir.

– Qual é a graça?

– O nome da loja.

– O que é que tem?

– *Tatuagem Enquanto Vc Espera* – disse ela. – Pense nisso. De que outro modo se pode fazer uma tatuagem? "Ei, cara, tome aqui o meu braço, tatue aí uma caveira. Volto daqui a duas horas."

Ela cobriu a boca enquanto ria mais um pouco. A coisa mais adorável.

– Boa observação – comentou Ash.

– Não é? *Tatuagem Enquanto Vc Espera*. Quem é o próximo da lista?

Ele também ria agora, ou porque a piada era meio engraçada ou, mais provavelmente, porque a risada dela era contagiante. Dee Dee o deixava louco. Podia ser muito chata, não havia dúvida quanto a isso, mas, na maior parte do tempo, ele ficava apavorado com a possibilidade de aqueles trabalhos terminarem e ela ir embora outra vez de sua vida.

Dee Dee notou que Ash estava olhando para ela de modo estranho.

– O que foi?

– Nada.

Depois emendou:

– Você não tem que voltar.

Ela o encarou com aqueles lindos olhos verdes, do tipo que podia fazer alguém se perder para sempre neles.

– Claro que tenho.

– Isso não é a Verdade Resplandecente. É uma seita.

– Você não entende.

– É isso que todo membro de seita diz. Você tem uma escolha aqui.
– A Verdade Resplandecente é a única escolha.
– Espere aí, Dee Dee.
Ela se recostou na cadeira.
– Eu não sou Dee Dee lá. Não te contei isso.
– Como assim?
– Lá no Refúgio da Verdade eles me chamam de Holly.
– Sério?
– Sim.
– Eles fizeram você trocar de nome?
– Não me fizeram trocar nada. Holly é a minha Verdade.
– Troca de nome é doutrinação religiosa.
– Isso significa que eu sou uma nova pessoa. Não sou Dee Dee. Não quero ser Dee Dee.

Ele fez uma careta.
– Quer que eu te chame de Holly então?
– Você não, Ash. – Ela esticou a mão e cobriu a dele. – Você sempre viu a Holly. Foi o único.

Ash sentiu o calor do toque de Dee Dee. Ficaram assim por um momento, e ele desejou que aquele instante nunca acabasse. Burro. Sabia que não duraria. Nada durava. Porém, por mais um segundo ou dois, acreditou nisso e se deixou levar.

Dee Dee sorriu para ele como se soubesse o que Ash estava sentindo. Talvez soubesse mesmo. Ela sempre lia os pensamentos dele de um modo que ninguém mais conseguia.

– Tudo bem, Ash.

Ele não disse nada. Dee Dee deu várias pancadinhas no braço de Ash, soltando-se devagar para não parecer que estava saindo de repente.

– Está ficando tarde – disse ela. – A gente já deveria estar em posição.

Ash assentiu. Eles se dirigiram para o carro roubado com a placa também roubada. Pegaram a estrada no sentido norte e saíram em Downing Street. A via local levava aos fundos de um supermercado da rede ShopRite. Estacionaram perto da saída, longe das câmeras de segurança. Passaram por uma área arborizada que dava na parte de trás do estúdio de tatuagens.

Ash olhou para o relógio de pulso. Faltavam vinte minutos para o horário de fechamento do estúdio.

Assassinar alguém era simples quando se fazia isso de forma simples.

Ash já tinha posto as luvas. Vestia preto da cabeça aos pés. Ainda não colocara a máscara de esqui porque era quente demais e dava coceira. Mas ela já estava à mão.

Havia uma caçamba de lixo verde enferrujada atrás do estúdio de tatuagens. Uma janela lateral exibia uma placa de neon vermelha com os dizeres "PIERCINGS – EM QUALQUER LUGAR, EM TODO LUGAR". Ash podia ver a silhueta de alguém varrendo lá dentro. Só dois carros permaneciam no estacionamento – uma picape Toyota Tundra, que com sorte pertenceria ao último cliente do dia, e atrás, perto da caçamba e fora de vista da estrada, um Ford Flex com painel de madeira, de Damien Gorse.

Seu serviço de informações, por mais precário que fosse, dissera que Gorse sempre fechava o estúdio.

A ideia era deixá-lo trancar a porta, andar até o próprio carro e depois matá-lo, tipo "um roubo que deu errado".

Ash ouviu o ruído do sino quando a porta da frente do estúdio se abriu. Um homem com um longo rabo de cavalo ruivo saiu, virou para trás e gritou:

– Obrigado, Damien!

O dono gritou algo em resposta, mas eles não entenderam o quê. O cara de rabo de cavalo assentiu e marchou pelo cascalho em direção ao Toyota Tundra. Trazia o braço todo protegido, para o qual olhava com um grande sorriso enquanto caminhava.

– Talvez ele só tenha voltado para pegá-lo – sussurrou Dee Dee.

– Pegar o quê?

– O braço. Você sabe. *Tatuagem Enquanto Vc Espera*.

Dentro da loja, a silhueta parou de varrer.

Ela riu quando o homem ruivo entrou no Toyota, deu a partida e desapareceu na autoestrada.

Dee Dee chegou mais perto de Ash. Ela cheirava a madressilva, lilases e algum tipo de ambrosia. Sua proximidade era uma distração. Ele não gostou daquilo.

Ash se afastou um pouco e colocou a máscara de esqui.

Dentro da loja, as luzes se apagaram.

– Hora do show – disse Dee Dee.

– Fique aqui.

Abaixado, Ash se aproximou mais dos fundos do terreno. Ficou de cócoras atrás de uma árvore e aguardou. Olhava para o Ford Flex. O painel imitando madeira o fazia parecer um carro de família, embora Gorse fosse solteiro e não tivesse filhos. Talvez pertencesse à mãe. Ou ao pai. Se dispusesse de mais tempo, Ash teria descoberto mais a respeito, teria feito sua própria investigação. Mas descobrir essas coisas todas costumava ser cansativo.

Apenas faça seu trabalho, siga em frente, não deixe rastros.

O resto era perda de tempo.

Essa abordagem também ajudava a pensar de forma metódica. Levaria menos de dez segundos para chegar até o carro. Sem hesitação. Não dê a ele chance de reagir. Caminhe até lá e dispare duas vezes no peito. Ele preferia atirar na cabeça da vítima, mas, primeiro, um ladrão talvez não fizesse isso e, segundo, Kevin Gano tinha sido apagado com um disparo na cabeça. Não havia razão para Ash se repetir.

Claro que não havia nada que ligasse Damien Gorse a Kevin Gano. Ash estava usando marcas de pistola completamente diferentes e modelos obtidos de formas bem distintas. A morte de Gano fora um suicídio em Boston; a de Gorse seria um roubo em Nova Jersey que dera errado.

Não haveria nenhum vínculo para os agentes da lei.

Além disso, Ash não encontrara nenhuma ligação entre Kevin Gano e Damien Gorse ou qualquer dos outros da lista. Todos tinham entre 24 e 32 anos. Viviam em diversas partes do país. Frequentaram escolas diferentes, tiveram empregos diferentes. Tinha que haver alguma coincidência, é claro, algo que ligasse as vítimas, e talvez, se tivesse mais informação ou tempo, Ash pudesse descobrir o que era.

Mas por ora não tinha e estava tudo bem.

O sino da porta do estúdio de tatuagens soou.

Ash trazia a arma na mão enluvada. A máscara de esqui estava no lugar. Ele aprendera ao longo dos anos que elas não ofereciam uma visão periférica muito boa, por isso havia aumentado um pouco a abertura dos olhos. Permaneceu acocorado, esperando. À esquerda, podia ver que Dee Dee tinha se aproximado mais do perímetro. Ele franziu a testa. Ela devia ter juízo e ficar para trás. Mas Dee Dee era assim.

Gorse se aproximava dele pela direita. Dee Dee encontrava-se à esquerda. Não havia a menor chance de o alvo vê-la antes de as balas o atingirem. Dee Dee só queria uma visão melhor da cena.

Mesmo assim, Ash não gostava daquilo.

O barulho de pés no cascalho o fez girar a cabeça em direção à loja.

Era Damien Gorse.

Perfeito.

Agora Ash precisava atacar na hora certa, mas havia uma boa margem de segurança. Se chegasse cedo demais, Gorse poderia correr em direção à rua ou de volta ao estúdio, embora fosse improvável. Se chegasse tarde demais, isso significaria que o cara já estaria dentro do carro, mas vidro não detém bala.

Não importava. Seu timing era perfeito.

Gorse estendeu a mão segurando o controle remoto do carro. Ash ouviu o bipe-bipe familiar quando o veículo destrancou. Esperou que Damien alcançasse o para-choque traseiro. Ficou de pé e caminhou rapidamente até ele. Não corra. Correr vai prejudicar a pontaria.

Gorse estava esticando a mão em direção à maçaneta da porta do carro quando notou a presença de Ash. O homem se virou em direção ao atirador com um olhar de interrogação no rosto. Ash levantou a arma e disparou dois tiros no peito da vítima. O som foi mais alto do que previra, embora aquilo não fosse um grande problema. O corpo de Gorse caiu contra o carro, que por um segundo o sustentou de pé antes que ele deslizasse pela porta até o cascalho.

Quando Ash correu até o cadáver, viu Dee Dee, graças à sua visão periférica, movendo-se para a direita a fim de ter um panorama melhor do corpo sem vida. Ele não tinha tempo para aquilo. Abaixou-se, certificou-se de que Gorse estava morto e depois revistou os bolsos do cara. Achou a carteira. O homem usava um relógio Tag Heuer. Pegou também.

Dee Dee se aproximou.

– Saia daqui – ordenou ele, com rispidez.

Enquanto ficava de pé, notou a expressão no rosto da parceira.

Ela olhava por sobre o ombro dele. Ash sentiu uma pontada no estômago.

– Ash? – disse Dee Dee, e apontou com o queixo.

Ele se virou. Perto da caçamba verde havia um cara segurando um saco de lixo.

O homem – estava mais para um adolescente, uma droga de um moleque – devia ter saído pelos fundos da loja para despejar o lixo. Ainda estava segurando o saco, como se tivesse interrompido o movimento no meio, paralisado com o que testemunhara.

Ele olhava para Ash, que estava usando a máscara de esqui.

E olhava para Dee Dee, que não estava.

Merda, pensou Ash.

Não havia escolha. Ash apontou a arma e atirou, mas o garoto se moveu, abaixou-se atrás da caçamba de lixo. Ash partiu em sua direção, fazendo outro disparo. O garoto ficou de quatro, a bala passou raspando sobre sua cabeça. Conseguiu entrar pela porta e a trancou.

Porra!

Ash escolhera usar um revólver com seis balas para aquele assassinato. Já tinha disparado quatro, restavam duas. Não podia desperdiçá-las. Mas também não podia perder tempo. Levaria apenas alguns segundos para o garoto chamar a polícia ou...

Um alarme cortou o ar. O som era tão alto que Ash parou um instante e tapou os ouvidos com as mãos. Voltou rápido para onde estava Dee Dee.

– Vai! – gritou.

Ela assentiu, conhecia o protocolo. Dar o fora. Ele estava tentado a fazer o mesmo: desaparecer dali antes da chegada da polícia. Mas o garoto tinha visto o rosto de Dee Dee. Poderia descrevê-la.

Então o jovem precisava morrer.

Ash forçou a maçaneta da porta de trás, que girou. Talvez cinco segundos tivessem se passado desde que ele dera o primeiro disparo. Mesmo havendo uma arma na loja, era improvável que o garoto tivesse tido tempo para encontrá-la.

Ash irrompeu pela porta e olhou em volta.

Nenhum sinal do garoto.

Devia estar escondido.

Quanto tempo ainda restava? Não muito. Mas...

A mente é um computador. No breve instante que levou para dar um passo, uma série de probabilidades e resultados lhe ocorreram. Em primeiro lugar, o que era mais óbvio e instintivo: o garoto tinha visto o rosto de Dee Dee. Poderia identificá-la. Deixá-lo vivo era, portanto, um perigo claro e evidente para ela.

Conclusão: tinha que matá-lo.

Enquanto dava o próximo passo, porém, começou a perceber que sua reação automática talvez fosse um pouco extrema. Sim, o garoto vira Dee Dee e poderia identificá-la. Mas o que diria exatamente? Uma linda mulher de trança loura e olhos verdes que não morava em Nova Jersey, não tinha nenhuma ligação com aquele estado, que em breve estaria longe, talvez de volta à sua comunidade, seu retiro, refúgio, a porcaria que fosse... como a polícia iria encontrá-la?

E se Dee Dee não fosse muito longe? Se a polícia a pegasse naquele momento, antes que pudesse desaparecer sem deixar rastros? O garoto poderia reconhecê-la. Mas então, vejam como funciona a mente, e daí?

Resumindo: Dee Dee estivera num estacionamento quando Damien Gorse fora assassinado. Isso é tudo. Um homem com máscara de esqui e revólver também estivera lá. Por que alguém imaginaria que os dois estavam juntos? Se ela estivesse por trás da execução, não teria usado uma máscara também? Não seria ela capaz de alegar tranquilamente que não tivera nada a ver com o assassinato, que caíra ali de paraquedas, mesmo que fosse pega e identificada por causa do testemunho do garoto?

Dentro do estúdio de tatuagem, Ash deu outro passo.

Mais silêncio.

Realmente, quando pensava naquilo, qual era a probabilidade de o garoto representar perigo para Dee Dee? Se juntasse todos os fatos – e pesasse prós e contras –, o melhor caminho, a melhor chance de um resultado favorável, não seria ele se mandar naquele instante, antes da chegada da polícia? Valeriam a pena o tempo perdido em perseguir aquele garoto assustado e o risco de ser preso versus a ínfima ameaça de que a sobrevivência daquela testemunha pudesse realmente prejudicar Dee Dee?

Deixe o garoto viver.

Ash ouviu uma sirene.

Ele também não apreciava a ideia de matar o jovem. Ah, faria isso, claro, e sem hesitar. Mas matá-lo naquele momento parecia um desperdício. Não acreditava em carma, mas não havia razão para acumulá-lo à toa.

Sirenes. Estavam chegando perto.

Era o dia de sorte do garoto.

Ash deu meia-volta. Correu até a porta dos fundos para escapar, porque na verdade suas opções se resumiam a uma só: fugir.

Foi quando ouviu um clique na porta do armário próximo à saída.

Ele quase continuou.

Mas não.

Abriu a porta. O garoto estava deitado no chão, as mãos trêmulas sobre a cabeça como se estivesse se preparando para receber golpes.

– Por favor – implorou ele –, prometo que não...

Não havia tempo para ouvir mais.

Ash usou uma bala, atirou na cabeça do jovem, restando para ele uma última se fosse necessário.

capítulo onze

TODOS FUGIRAM DO PORÃO. Pelo canto do olho, Simon viu Rocco colocar Luther no ombro como um saco de roupa suja enquanto escapava. Durante alguns segundos, Simon se manteve na mesma posição, protegendo a esposa. Quando percebeu que o perigo havia passado, procurou o telefone a fim de ligar para o 911. Sirenes soaram pelo ar rançoso.

Talvez alguém já tivesse ligado. Talvez a sirene não tivesse nada a ver com aquilo.

Os olhos de Ingrid estavam fechados. O sangue escorria de um ferimento localizado entre o ombro direito e a parte superior do peito. Simon fez tudo que podia para estancar o fluxo, arrancando a própria camisa e pressionando-a com força contra a lesão. Não se preocupou em checar o pulso da esposa. Se estivesse morta, descobriria em breve.

Protegê-la. Salvá-la.

O telefonista do 911 disse que a ajuda estava a caminho. Simon não sabia dizer quanto tempo se passara. Estavam sozinhos naquele porão úmido e repugnante, ele e Ingrid. Os dois se conheceram num restaurante da 69th Street, a apenas dois quarteirões de onde moravam agora, quando ela estava finalmente de volta ao país. Yvonne arranjara o encontro. Simon chegara primeiro e se sentara, nervoso, a uma mesa perto da janela para esperar. Quando ela entrou, cabeça erguida, o andar majestoso de passarela, ele ficou fascinado. Piegas ou não – e talvez todo mundo fizesse aquilo –, sempre que ele ia a um primeiro encontro deixava-se imaginar uma vida inteira com a pessoa, olhando muuuuuito à frente, fantasiando ele e a mulher casados, criando os filhos, comendo à mesa da cozinha, lendo na cama, envelhecendo juntos, o pacote completo.

Ao ver Ingrid pela primeira vez, ele a considerou deslumbrante. Esse foi o pensamento inicial. Teve a impressão de que Ingrid era muito bem resolvida, segura e confiante. Mais tarde ficaria sabendo que era apenas aparência, que ela padecia das mesmas apreensões e inseguranças que incomodam todos nós. Que faz parte da condição humana todas as pessoas decentes acharem que são impostoras ou inadequadas num dado momento.

O relacionamento que começara naquela mesa radiante da 69th Street com a Columbus Avenue poderia terminar agora num porão escuro e úmido no Bronx.

– Ingrid? – Sua voz saiu como um apelo lastimoso. – Fique comigo.

A polícia chegou e os paramédicos também. Eles o afastaram e assumiram o controle. Simon se sentou no chão e abraçou as pernas. Um agente começou a fazer perguntas, mas ele não era capaz de ouvi-las, só conseguia olhar para a esposa enquanto os paramédicos cuidavam dela. Uma máscara de oxigênio cobria a boca que ele havia beijado inúmeras vezes, de todos os modos imagináveis, de superficial a apaixonado. Não dizia nada, apenas observava. Não pedia para saber se ela ainda estava viva, se poderiam salvá-la. Estava muito assustado para incomodá-los, atrapalhar a concentração deles, como se a vida da esposa fosse tão frágil que qualquer interrupção pudesse parti-la como um elástico muito usado.

Simon queria dizer que o restante foi um borrão, mas na verdade tudo se arrastou em câmera lenta e cores vívidas: colocar Ingrid sobre a maca, transportá-la até a ambulância, ir chacoalhando na traseira do veículo com ela. Os olhos fixos na bolsa de soro, a expressão rígida no rosto dos paramédicos, a palidez da pele de Ingrid, a sirene alta, o tráfego enlouquecedor e frustrante ao longo da via expressa Major Deegan. Finalmente a chegada, as portas da emergência batendo, a enfermeira afastando-o com firmeza e paciência, colocando-o numa cadeira de plástico amarela na sala de espera...

Ele ligou para Yvonne e descreveu o quadro geral. Quando terminou, ela disse:

– Vou direto para a casa de vocês pegar Anya.

A voz de Simon soava estranha aos próprios ouvidos.

– Ok.

– O que quer que eu diga a ela?

Ele sentiu um soluço subindo pela garganta, mas conseguiu detê-lo.

– Nada específico. Só fique com ela.

– Ligou para Sam? – perguntou Yvonne.

– Não. Ele tem uma prova de biologia. Não precisa saber.

– Simon?

– O quê?

– Você não está pensando com clareza. A mãe deles foi baleada. Está fazendo uma cirurgia.

Ele fechou os olhos, apertando-os.

– Vou pegar Anya – disse ela. – Robert vai pegar Sam. Eles precisam estar aí no hospital.

Yvonne omitiu o "eu também", talvez porque as crianças fossem mais importantes ou porque ela e Ingrid não eram muito próximas. Eram educadas uma com a outra, sempre corteses e sem nenhum rancor aparente, mas Simon era a ponte entre as duas irmãs. Yvonne falou outra vez:

– Ok, Simon?

Apareceram dois policiais fazendo a varredura das salas. Viram Simon e foram até ele.

– Ok – respondeu Simon, e desligou.

Na cena do crime, ele tinha dado aos policiais uma descrição do atirador, porém agora queriam mais detalhes. Ele começou então a contar o que lembrava, mas era um trabalho lento sem o contexto todo, sem mencionar Aaron, o outro assassinato e o resto. Também estava distraído, olhando para a porta, esperando que aparecesse um médico, um deus, na verdade, para lhe dizer se seu mundo estava acabado ou não.

Fagbenle irrompeu na sala de espera. Os dois agentes se aproximaram dele e os três se juntaram num canto. Simon aproveitou a pausa para se dirigir outra vez ao balcão e perguntar pela mulher. Educadamente, a recepcionista respondeu que não dispunha de novas informações, que o médico apareceria assim que houvesse alguma novidade.

Quando Simon retornou para seu lugar na sala de espera, Fagbenle o aguardava.

– Não entendo. Por que vocês dois estavam no Bronx?

– Estávamos tentando encontrar nossa filha.

– Visitando um covil de drogados?

– Nossa filha é uma viciada em drogas.

– E vocês a encontraram?

– Não, detetive. Caso você não saiba, minha esposa levou um tiro.

– Sinto muito.

Simon fechou os olhos e fez um gesto com a mão, dispensando-o.

– Soube que vocês também visitaram a cena do crime.

– Sim.

– Por quê?

– Nós começamos justamente por lá.

– Começaram o quê?

– A procurar pela nossa filha.

– Como foi que do apartamento vocês foram parar no covil dos drogados?

Simon não era bobo.

– Que importância tem isso?

– Por que não quer me contar, Simon?

– Porque não importa.

– Precisa ser honesto – pediu Fagbenle. – Isso não cheira nada bem.

– "Precisa ser honesto" – repetiu Simon. – Não me interessa como isso cheira.

Ele se voltou em direção à cadeira de plástico amarela.

– A navalha de Occam – disse Fagbenle. – Conhece?

– Não estou com disposição para essas coisas, detetive.

– É um princípio que diz...

– Eu sei o que diz.

– ... que a explicação mais simples é geralmente a correta.

– E qual é a explicação mais simples, detetive?

– Que você matou Aaron Corval – respondeu ele.

Bem assim. Sem emoção, rancor ou surpresa.

– Ou que sua esposa o matou. Eu não culparia nenhum dos dois. O homem era um monstro. Estava envenenando sua filha aos poucos, matando-a bem diante dos seus olhos.

Simon franziu a testa.

– É nessa hora que eu desabo e confesso?

– Não, você só escuta. Eu estou falando sobre aquele velho dilema moral.

– Ahã.

– Pergunta: você mataria alguém? Resposta: não, claro que não. Pergunta: você mataria alguém para salvar sua filha? Resposta...?

Fagbenle ergueu as mãos e deu de ombros.

Simon se sentou outra vez. O agente puxou uma cadeira próxima e se sentou também. Manteve a voz baixa:

– Você poderia ter saído sorrateiramente do seu prédio enquanto Anya estava dormindo. Ou Ingrid poderia ter corrido até o Bronx durante o intervalo no trabalho.

– Você não acredita nisso.

Ele fez um gesto do tipo "talvez sim, talvez não" com a cabeça.

– Soube que, quando sua esposa foi baleada, você pulou em cima dela. Usou seu corpo como escudo para ela.

– Aonde quer chegar?

– Quero dizer que você estava disposto a morrer para salvar alguém que ama – disse Fagbenle, aproximando-se um pouco mais. – Não é preciso ir muito mais longe para crer que você seria capaz de matá-lo.

Havia movimento em torno deles, pessoas entrando e saindo, mas Simon e Fagbenle não viam nada.

– Eu tenho uma ideia, detetive.

– Sou todo ouvidos.

– Minha esposa foi baleada por um cara chamado Luther.

Simon deu a ele a mesma descrição que fizera duas vezes antes.

– Por que vocês não o procuram e o prendem?

– Já fizemos isso.

– Espere aí, vocês pegaram o cara?

– Na verdade, não foi difícil. Só seguimos o rastro de sangue. Nós o encontramos inconsciente a cerca de dois quarteirões do local dos disparos.

– O cara grandalhão, Rocco, tirou Luther do porão. O carregou para fora.

– Rocco Canard. É, nós o conhecemos. Membro de gangue. Luther Ritz... este é o sobrenome dele, caso você não saiba... trabalhava para Rocco. Assim como Aaron. Rocco provavelmente tentou escondê-lo e, quando notou o rastro de sangue, jogou-o num beco. Pelo menos, essa é a nossa teoria. Vamos precisar de você para identificar o cara, para ter certeza de que ele é o atirador.

– Ok – disse Simon. – Ele ficou muito ferido?

– Vai sobreviver.

– Ele disse alguma coisa no caminho?

– Sim – respondeu Fagbenle, abrindo um sorriso. – Disse que você e Ingrid atiraram nele.

– Isso é mentira.

– Disso já sabemos. Mas ainda não entendo o que aconteceu. Por que ele atirou?

– Não sei. Só estávamos conversando com Rocco e...

– Você e sua esposa?

– Sim.

– Então vocês dois o quê, brotaram dentro daquele covil de drogados e começaram a bater papo com o líder da gangue?

– Como você disse, detetive: o que a gente não faz para ajudar um ente querido.

Fagbenle pareceu gostar da resposta.

– Continue.

Simon contou a ele o que aconteceu, omitindo apenas um aspecto fundamental.

– E aí Luther começou a atirar em vocês?
– Sim.
– Sem aviso nenhum?
– Nenhum.
– Aí está. – Outro sorriso, dentes à mostra. – A navalha de Occam outra vez.
– Como assim? – perguntou Simon.
– Rocco é traficante de drogas. Luther e Aaron trabalhavam para ele. É um mundo cheio de violência. Aaron acaba morto, Luther atira em vocês. Por falar nisso, quem atirou nele?

Um homem se sentou na cadeira amarela em frente a eles. Trazia uma bandagem na cabeça. Sangue gotejava através da gaze.
– Simon?
– O quê?
– Sua esposa é atingida por uma bala. Você mergulha para protegê-la. Luther vai acabar com a sua vida. Quem o deteve então?
– Eu não vi ninguém – respondeu ele.

Fagbenle percebeu algo em sua voz.
– Eu não perguntei se você viu alguém. Perguntei quem o salvou do Luther.

Mas justo naquele instante Anya entrou correndo na sala. Simon ficou de pé enquanto a filha passava os braços em torno dele, quase o derrubando. Fechou os olhos e a apertou com força, tentando controlar as lágrimas. Ela enterrou o rosto em seu peito.
– Mamãe... – disse ela, num soluço abafado.

Ele ia dizer "Vai dar tudo certo" ou "Ela vai ficar bem", mas não viu razão para contar mais mentiras. Os olhos dele se abriram. Yvonne atravessou a sala e lhe deu um beijo no rosto enquanto ele ainda abraçava Anya.
– Robert foi pegar Sam – informou ela.
– Obrigado.

Depois um homem com roupa hospitalar entrou na sala.
– Simon Greene?

Anya soltou os braços, liberando o pai.
– Aqui.
– Por favor, me acompanhe. A médica vai falar com o senhor agora.

capítulo doze

A GENTE SEMPRE OUVE DIZER que a postura de um médico à cabeceira do paciente é mais ou menos irrelevante. A teoria parece sugerir que as pessoas só querem alguém que faça seu trabalho de forma fria, mecânica e robótica, que não se deixe levar pela emoção.

Ingrid, Simon sabia, acreditava no oposto.

As pessoas querem alguém de verdade – atencioso, empático – como médico. Que veja o outro como semelhante, um ser humano que está assustado, sofrendo e necessitando de encorajamento e conforto. Essa é uma responsabilidade que Ingrid levava muito a sério. Quando um pai ou uma mãe chegava com o filho para vê-la, não poderia estar mais vulnerável. A pessoa está estressada, assustada, confusa. Médicos que não compreendem isso, que agem como se o paciente fosse um objeto precisando de reparos, podem não só piorar a experiência como também deixar passar alguma coisa no diagnóstico.

Às vezes, como naquele momento, a pessoa está com medo, sofrendo, estressada, aterrorizada e confusa quando se senta diante do médico que dirá palavras que irão mudar sua vida. Podem ser as piores ou melhores do mundo ou, como nesse caso, algo entre uma coisa e outra.

Assim, Ingrid iria gostar muito da doutora Heather Grewe, que transmitia exaustão e empatia. Ela tentava suavizar, buscando uma combinação entre a terminologia do mundo real e o jargão médico. Simon se concentrou na conclusão final.

Ingrid ainda estava viva.

Precariamente.

Estava em coma.

As próximas 24 horas seriam cruciais.

Ele assentia enquanto escutava, mas as palavras da médica de alguma forma o tinham lançado no vazio. Estava tentando se segurar, mas já flutuava para longe. Yvonne, sentada ao lado dele, permanecia firme, de pés no chão. Fazia perguntas práticas, provavelmente boas, mas que não mudavam o significado nem esclareciam o diagnóstico impreciso. Esta é outra coisa que se aprende sobre os médicos. Às vezes achamos que são bons, mas os limites do que sabem ou podem fazer são ao mesmo tempo espantosos e restritos.

Eles estavam monitorando de perto a condição de Ingrid, mas não havia nada a fazer a não ser esperar. A doutora Grewe se levantou e estendeu a mão. Simon se ergueu e retribuiu o gesto. Yvonne fez o mesmo. Visitas ainda não eram permitidas e eles voltaram pelo corredor em direção à sala de espera.

Fagbenle puxou Simon e o levou para um canto.

– Preciso que você faça uma coisa – disse.

– Ok – Simon, ainda vacilante, conseguiu assentir.

– Quero que veja isto aqui.

Ele passou a Simon uma lâmina de papelão com seis fotografias, três em cima e três embaixo. Eram retratos de homens e sob cada um havia um número.

– Quero que veja com calma e me diga se...

– Número cinco – declarou Simon.

– Me deixe terminar. Quero que veja isto com calma e me diga se reconhece algum destes homens.

– Reconheço o número cinco.

– Como você sabe quem é o número cinco?

– É o homem que atirou na minha esposa.

Fagbenle assentiu.

– Eu gostaria que você fizesse um reconhecimento formal, pessoalmente.

– Isto – apontou Simon para o papel – não é o suficiente?

– Acho que seria melhor fazer isso pessoalmente também.

– Não quero deixar minha esposa neste momento.

– Não precisa. O suspeito também está aqui... se recuperando do tiro. Venha cá.

Fagbenle se dirigiu ao corredor. Simon olhou para Yvonne, que fez sinal para ele ir. A caminhada não era longa, era só até o fim do corredor.

– Vocês pegaram Rocco também? – perguntou Simon.

– Sim, ele foi detido.

– E o que ele disse?

– Que você e sua esposa entraram no estabelecimento dele, ele estava de costas, houve tiros e ele correu. Não faz ideia de quem atirou ou foi atingido, nada disso.

– É mentira.

– Sério? Rocco, o grande traficante, está mentindo para nós? Uau, estou chocado.

– Perguntou a ele sobre minha filha?

– Disse que não a conhece. "Garota branca é tudo igual para mim", declarou, "especialmente as viciadas".

Simon aguentou firme.

– Você pode prendê-lo?

– Sob que acusação? Você mesmo disse que Rocco não agrediu vocês, certo?

– Certo.

– Foi Luther quem apertou o gatilho. Por falar nisso, chegamos.

Ele parou em frente a uma sala com um policial uniformizado sentado à porta.

– Oi, Tony – disse Fagbenle.

Tony, o guarda, olhou para Simon.

– Quem é este?

– O marido da vítima.

– Ah. – Tony assentiu para Simon. – Lamento.

– Obrigado.

– Ele está aqui para fazer o reconhecimento – explicou Fagbenle. – O agressor ainda está apagado?

– Nada, está acordado.

– Desde quando?

– Cinco, dez minutos.

Fagbenle se virou para Simon.

– Não é uma boa ideia fazer isso agora.

– Por que não?

– Protocolo. A maioria das testemunhas tem medo de ficar cara a cara com o agressor.

Simon franziu a testa.

– Vamos fazer isso logo.

– Não o preocupa que ele veja você?

– Ele me viu quando atirou na minha esposa. Acha que eu me importo?

Fagbenle deu de ombros como quem diz "Fique à vontade" e abriu a porta. Na televisão passava um programa em espanhol. Luther estava sentado na cama, o ombro enfaixado.

– O que ele está fazendo aqui dentro?

– Ah, então você conhece este homem? – perguntou Fagbenle.

Os olhos de Luther foram da esquerda para a direita.

– Uh...

– Sr. Greene? – indagou o detetive.
– Sim, este é o homem que atirou na minha esposa.
– Isso é mentira! – protestou Luther.
– Tem certeza? – perguntou Fagbenle.
– Sim – disse Simon. – Absoluta.
– Eles atiraram em mim! – gritou Luther.
– Atiraram, Luther?
– Sim. Ele é um mentiroso.
– Onde eles atiraram em você exatamente?
– No ombro.
– Não, Luther, estou me referindo à localização geográfica.
– Como?
– O lugar, Luther – respondeu Fagbenle, revirando os olhos.
– Ah, no porão. No terreno do Rocco.
– Então por que encontramos você escondido em um beco a dois quarteirões de distância?

A burrice era evidente.

– Eu corri. Dele.
– E se escondeu em um beco mesmo quando a polícia saiu à sua procura?
– Ei, eu não gosto de polícia, é isso.
– Ótimo. Obrigado por confirmar que estava na cena do tiroteio, Luther. Isso vai nos ajudar bastante a entender essa história.
– Eu não atirei em ninguém. Vocês não têm prova.
– Você tem uma arma, Luther?
– Não.
– Nunca atirou com uma?
– Uma arma? – Ele fez cara de quem estava encurralado. – Acho que uma vez, tipo, há vários anos.
– Cara, você não vê TV?
– O quê?
– Não vê os programas policiais?

Luther pareceu confuso.

– Tem sempre uma parte em que um criminoso idiota diz "Não fui eu que atirei", como você acabou de fazer. E depois o policial explica que fizeram um teste de resíduo de pólvora... acendeu alguma luzinha aí, Luther? E eles descobrem o resíduo, na forma de partículas de pólvora, na mão e na roupa do criminoso idiota.

O rosto de Luther perdeu a cor.

– E, veja, depois disso tudo, a polícia... é aí que eu entro... pega o cara por prova irrefutável. Nós temos testemunhas, resíduo de pólvora e prova científica de que o nosso criminoso idiota é um mentiroso. Fim de jogo para ele, que confessa e tenta fazer um acordo.

Luther se recostou e piscou.

– Quer nos contar por que fez isso?

– Eu não fiz isso.

Fagbenle suspirou.

– Você já está cansando a gente.

– Por que não pergunta a ele o motivo? – disse Luther.

– Como é?

Luther apontou para Simon com o queixo.

– Pergunte a ele.

Simon respirava fundo. Estava se controlando desde que entrara no quarto, mas naquele instante tudo desabou. Ingrid, a mulher que ele amava como a nenhuma outra, estava ali perto, naquele mesmo prédio, com a vida por um fio por causa daquele merda. Inconscientemente, Simon deu um passo em direção à cama, levantando as mãos para esganar aquele tipo inútil, aquele nada, aquele pedaço de estrume sem valor, que havia tentado tirar a vida de um ser tão precioso.

Fagbenle esticou o braço para conter Simon, um bloqueio mais mental que físico. O policial o encarou e fez um aceno de cabeça compreensivo, porém firme.

– O que eu devia perguntar a ele, Luther? – disse Fagbenle.

– O que os dois estavam fazendo no Rocco, hein? Vamos supor que eu tenha mesmo feito isso. Não é verdade, só estou supondo. Como é a palavra, hipodermicamente, vamos dizer que eu fiz.

Fagbenle tentou não franzir a testa.

– Vá em frente.

– Talvez Rocco precisasse de proteção.

– Por que Rocco precisaria de proteção?

– Não sei. Estou falando hipodermicamente.

– Então Rocco pediu a você que atirasse na doutora Greene?

– Doutora? – Ele se sentou, ereto, assustado. – De que você está falando? Não atirei em nenhuma doutora. Não jogue isso para cima de mim. – Ele apontou para Simon. – Só atirei na velha dele.

Simon não sabia se devia lhe dar um soco ou soltar uma gargalhada. Mais uma vez aquela situação de pura indignação – de que um zero à esquerda ordinário tivesse o poder de destruir uma coisa tão vital, estimada e querida como Ingrid – o consumia, o fazia perceber que não havia nada de justo no mundo, nenhum controle, nenhuma força central, apenas caos aleatório. Queria matar aquele lixo, esmagá-lo como se fosse um inseto, se é que um inseto pode ser tão insensível e prejudicial. Esmagá-lo para o bem da humanidade – haveria muito a ganhar e nada a perder. E de repente ele se sentiu exausto ao pensar que no final não havia sentido em fazer aquilo. Tudo não passava de uma grande piada.

– Eu só estava protegendo meu patrão – disse Luther. – Legítima defesa, entende o que estou falando?

Simon sentiu o telefone vibrar. Olhou para a tela. Era Yvonne:

Podemos ver Ingrid agora.

Assim que Simon entrou no quarto e viu Ingrid na cama, mais imóvel que o sono, com tubos por todo lado e máquinas fazendo barulho – quando assimilou tudo aquilo, os joelhos se dobraram e o corpo desabou. Não se segurou. Poderia ter esticado a mão e agarrado a barra de acessibilidade para cadeira de rodas à sua direita. Mas não o fez. Deixou-se cair com força e se permitiu um grito silencioso, porque sabia que precisava disso.

Quando terminou, ficou de pé e já não havia mais lágrimas. Sentou-se ao lado de Ingrid, segurou sua mão e falou com ela. Não ordenou que vivesse nem disse quanto a amava, nada disso. Se ela pudesse ouvir, não gostaria de palavras assim. Em primeiro lugar, Ingrid não apreciava melodramas e, mais do que isso, ela não ia gostar de ver Simon expressando pensamentos desse tipo quando não podia retribuir nem sequer comentá-los. Declarações de amor ou de perda sem resposta não faziam sentido para ela. Era como jogar bola sozinho. Tinha que ser uma via de mão dupla.

Ele falou então sobre assuntos gerais: seu trabalho, o dela, a reforma da cozinha que poderia um dia acontecer (ou, mais provavelmente, não), sobre política, sobre o passado e sobre algumas lembranças que ele sabia serem do agrado dela. Ela gostava quando Simon repetia certas histórias. Era do tipo que escutava com atenção, com todo o seu ser; então um sorriso aflorava em seus lábios e Simon via que ela estava ali com ele, revivendo o momento com uma clareza que poucas pessoas conseguiam experimentar.

Mas claro que não havia sorriso em seu rosto agora.

A certa altura – Simon não sabia dizer quanto tempo se passara –, Yvonne pôs a mão em seu ombro.

– Me conte o que aconteceu – pediu ela. – Tudo.

E ele contou.

Yvonne mantinha os olhos no rosto da irmã. Ela e Ingrid tinham tomado caminhos muito diferentes, e talvez isso explicasse a ruptura. Ingrid escolhera uma espécie de boa vida para começar – a atividade de modelo, as viagens, experiências com drogas que curiosamente a tornaram menos solidária com Paige –, ao passo que Yvonne fora do tipo obediente, a filha estudiosa que amava os pais e seguia no bom caminho.

No fim das contas, Ingrid concluíra, como ela mesma dizia, que procurar mundo afora faz com que a pessoa descubra que o essencial está no próprio lar. Assim, voltou para casa e fez um curso na Bryn Mawr College a fim de obter todos os requisitos para estudar medicina. Com o tipo de determinação e dedicação exclusiva que Yvonne admiraria em outra pessoa, Ingrid se destacou na faculdade e na residência.

– Você não pode ficar aqui – disse Yvonne quando ele terminou.

– De que você está falando?

– Vou ficar com a minha irmã. Mas você não pode ficar aqui sentado, Simon. Precisa encontrar Paige.

– Não posso sair agora.

– Você precisa. Não tem escolha.

– Sempre prometemos que... – Simon calou-se.

Não iria explicar a Yvonne o que ela já sabia. Ele e Ingrid eram como uma só pessoa. Se um deles ficava doente, o outro estaria ao lado. Aquela era a regra, parte do acordo naquilo tudo.

Yvonne entendia, mas mesmo assim balançou a cabeça.

– Ingrid vai sair dessa. Ou não. E, se ela acordar, vai querer ver o rosto da filha.

Ele não respondeu.

– E você não vai encontrá-la ficando sentado aqui.

– Yvonne...

– Ingrid diria isso a você se pudesse, Simon. Você sabe.

A mão de Ingrid parecia sem vida naquele momento, nenhum sinal de sangue circulando nela. Simon contemplou a esposa, desejando que ela lhe desse algum tipo de resposta ou sinal, mas ela parecia encolher, desvanecendo-se bem na frente dele. Aquilo na cama não parecia mais ser Ingrid, era só um corpo vazio, como se seu ser já tivesse abandonado aquele local. Ele não era tão ingênuo a ponto de pensar que o som da voz de Paige poderia trazê-la de volta, mas também não achava que ficar sentado ali teria esse efeito.

Simon soltou a mão de Ingrid.

– Antes de ir, vou precisar...
– Eu tomo conta das crianças, do negócio e de Ingrid. Agora vá.

capítulo treze

Já ESTAVA QUASE AMANHECENDO quando um carro deixou Simon novamente nos blocos de concreto do Bronx. Não havia ninguém na rua – ninguém acordado. Dois caras dormiam na calçada em frente ao terreno baldio coberto de mato, bem perto de onde ele e Ingrid haviam entrado poucas horas antes. Alguém tinha colocado uma fita de isolamento policial, mas ela fora partida ao meio e voava ao sabor da brisa.

Simon chegou ao decrépito cortiço de tijolinhos que a filha chamara de lar. Dessa vez, entrou sem qualquer hesitação ou medo. Começou a subir a escada, mas parou no segundo andar em vez de se dirigir ao terceiro. Ainda não eram seis da manhã. Simon não tinha dormido, claro. Sentia-se impaciente e motivado por alguma coisa que saberia em breve.

Bateu na porta e aguardou. Imaginou que poderia acordá-lo, mas não se importou muito. Dez segundos depois, não mais que isso, a porta se abriu. Cornelius parecia não ter dormido muito também. Os dois se olharam por um longo momento.

– Como ela está? – perguntou Cornelius.

– Em estado crítico.

– É melhor você entrar.

Simon não sabia o que esperar quando adentrou o apartamento de Cornelius – algo parecido com o buraco sujo que Paige chamara de lar –, mas foi como se tivesse atravessado um portal mágico para outro mundo. O lugar poderia aparecer num daqueles programas de TV que Ingrid adorava assistir. Estantes de livros embutidas feitas de carvalho emolduravam as janelas da parede oposta. À direita, ficava um sofá vitoriano clássico verde em capitonê. As almofadas eram bordadas com tema botânico. Havia gravuras de borboletas penduradas à esquerda. Sobre uma mesa de madeira trabalhada encontrava-se um tabuleiro de xadrez. Por um momento, Simon pôde visualizar Paige sentada ali com Cornelius, o modo como ela franzia a testa e mexia no cabelo ao se concentrar numa jogada.

Uma cocker spaniel surgiu balançando o rabo com tanta força que mal podia se equilibrar. Cornelius a pegou no colo e a apertou.

– Esta é Chloe.

Havia fotografias na frente dos livros da estante. De família. Muitas. Simon foi em direção a elas para ver melhor. Parou diante da primeira, uma foto típica de família com um arco-íris ao fundo – um Cornelius mais jovem, uma mulher que parecia ser a esposa dele e três garotos adolescentes sorrindo, dois deles já mais altos que o pai.

Cornelius colocou Chloe no chão e se juntou a Simon.

– Esta foto tem uns oito, dez anos. Eu e Tanya criamos os três garotos aqui neste apartamento. Já são adultos agora. Tanya... faleceu há dois anos. Câncer de mama.

– Lamento – disse Simon.

– Quer se sentar? Você parece exausto, cara.

– Se eu me sentar, tenho medo de não conseguir mais levantar.

– Não é má ideia. Você vai precisar de um descanso se quiser seguir em frente.

– Mais tarde, talvez.

Cornelius colocou cuidadosamente a fotografia de família no lugar, como se ela fosse muito frágil, e apontou para o retrato de um fuzileiro naval uniformizado.

– Este é Eldon. Nosso mais velho.

– Fuzileiro naval.

– Sim.

– Ele se parece com você.

– É, parece.

– Você serviu, Cornelius?

– Fui cabo da Marinha. Primeira Guerra do Golfo. Operação Tempestade no Deserto. – Ele se virou e encarou Simon. – Você não parece surpreso.

– Não estou.

Cornelius coçou o queixo.

– Você me viu?

– Só por um segundo.

– Mas o suficiente para deduzir?

– Acho que teria adivinhado de qualquer modo – disse Simon. – Não sei como agradecer.

– Não agradeça. Eu vi quando Luther foi em direção ao porão e então o segui. Devia ter feito alguma coisa antes de ele atirar em Ingrid.

– Você salvou nossas vidas.

Cornelius olhou para trás em direção às fotos de família, como se as imagens pudessem transmitir algum tipo de sabedoria.

– E então, por que você voltou aqui? – perguntou.
– Você sabe.
– Para encontrar sua filha.
– Sim.
– Ela esteve lá também. Naquele porão. Assim como você. – Cornelius foi para o canto mais distante da sala. – Nunca mais a vi depois disso.
– E em seguida Aaron acabou morto.
– Sim.
– Acha que eles mataram Paige?
– Não sei. – Cornelius se abaixou. Abriu um armário, revelando um cofre. – Mas você deve estar preparado para receber más notícias, não importa como isso termine.
– Eu estou – disse ele.
Cornelius apertou o polegar contra a porta do cofre. Simon ouviu o bipe enquanto a impressão digital era lida. A porta se abriu.
– E você não deve ir lá desta vez sem apoio.
Ele enfiou a mão dentro do cofre e retirou duas pistolas. Ficou de pé e fechou o armário. Entregou uma arma a Simon e ficou com a outra.
– Não precisa fazer isso – falou Simon.
– Você não veio aqui só para me agradecer, veio?
– Não.
– Vamos encontrar o Rocco.

O Judge Lester Patterson Houses era um dos mais antigos e maiores conjuntos habitacionais da cidade, ostentando quinze monótonos espigões de tijolos gastos. Estava localizado numa área de cerca de 7 hectares e abrigava mais de 1.800 famílias.

Cornelius foi na frente. Como os elevadores do Prédio 6 estavam quebrados, eles subiram pela escada. Era cedo, mas havia vida no local. Crianças desciam para ir à escola às gargalhadas. Os adultos davam início à jornada até os pontos de ônibus e estações de metrô mais próximos para chegar ao trabalho. A maioria das pessoas estava saindo, descendo pela escada, enquanto Simon e Cornelius seguiam no contrafluxo a caminho do oitavo andar.

A mãe e os irmãos de Rocco moravam no apartamento 8C. Duas crianças saíram correndo pela porta, deixando-a aberta. Simon fechou a mão, bateu e uma voz feminina falou a ele que entrasse.

Ele foi em frente. Cornelius permaneceu na porta. Rocco se levantou de uma poltrona reclinável e andou até ele. Simon ficou mais uma vez impressionado com o tamanho do homem. Uma mulher veio da cozinha.

– Quem é este? – perguntou ela.

Rocco fuzilava Simon com o olhar.

– Não se preocupe, mãe.

– Não me diga para não me preocupar. Esta é a minha casa.

– Eu sei, mãe. Ele já está de saída. – Rocco ficou bem perto de Simon, mostrando todo o seu tamanho. O olhar de um ficava na altura do peito do outro. – Não está?

Simon inclinou a cabeça para ver além de Rocco, tarefa um pouco difícil.

– Estou procurando minha filha – disse ele para a mãe de Rocco. – Acho que o seu filho sabe onde ela está.

– Rocco?

– Não dê ouvidos a ele, mãe.

Mas ela não estava disposta a isso. Quando partiu para cima dele, o grandalhão pareceu encolher.

– Você sabe onde está a filha deste homem?

– Não, mãe. – Ele parecia ter 10 anos de idade naquele momento. – Estou falando a verdade.

Então ela se virou para Simon.

– Por que acha que ele saberia, senhor?

– Deixe eu falar um instante com ele, mãe. – Rocco seguiu em direção à porta. – Vou resolver isso.

Ele usava seu tamanho para empurrar Simon de volta ao corredor, seguindo-o para fora e fechando a porta atrás deles.

– Não foi legal vir até a casa da minha mãe, cara... – Ele viu Cornelius. – Que porra você está fazendo aqui?

– Só estou dando uma força para ele.

Rocco estalou os dedos e apontou para Cornelius.

– Agora entendi. Foi você que mandou o cara até mim da primeira vez. Fora daqui, os dois.

Simon não se mexeu.

– Rocco?

O grandalhão olhou para ele de cima.

– O quê?

– Minha esposa está em coma, lutando para sobreviver. Ela foi baleada no seu porão pelo seu empregado. Minha filha está desaparecida. Foi vista pela última vez lá no seu porão. – Simon não recuou, não oscilou nem sequer se mexeu. – Eu não vou a lugar algum até você me contar tudo o que sabe.

– Acha que tenho medo de você?

– Deveria – disse Cornelius.

– E por quê?

– Olhe para ele, Rocco. O homem está desesperado. Você sabe muito bem que não vale a pena se meter com um cara desesperado.

Rocco olhou bem para Simon, que sustentou o olhar.

– Eu vou dizer à polícia que você mandou Luther atirar em nós – declarou Simon.

– O quê? Você sabe que isso não é verdade.

– Você gritou o nome dele.

– Para tentar impedir, cara. Eu não queria que ele atirasse!

– Eu não sei disso. Acho que foi uma ordem. Que você mandou ele atirar na gente.

– Ah, entendi. – Rocco abriu os braços. Olhou para Simon e depois para Cornelius. – Então é assim?

Cornelius deu de ombros.

– Eu só quero encontrar minha filha – declarou Simon.

Rocco girou a cabeça, como se estivesse ponderando.

– Ok, tudo bem. Mas depois vou querer vocês fora daqui.

Simon assentiu.

– É, Paige me procurou. Ela foi até o porão. Vi logo que alguém tinha batido nela.

– Ela disse quem?

– Não precisava dizer. Eu sabia.

– Aaron.

Rocco não se deu o trabalho de responder.

– Mas por que Luther atirou em nós?

– Porque ele é maluco.

Simon balançou a cabeça.

– Precisa ter algo além disso.

– Eu não mandei ele fazer aquilo.

– Quem mandou?

– Olhe, cara, meu ramo de negócios não é fácil. Tem sempre alguém tentando vir para cima da gente. Aaron era um saco de merda, mas era um dos nossos. Achamos que uma rival, uma "empresa" concorrente, digamos assim, apagou ele. Talvez os Fidels.

– Fidels?

– Uma gangue cubana – explicou Cornelius.

E, mesmo no meio daquilo tudo, com a esposa lutando pela vida e a filha sabe Deus onde, Simon soltou uma gargalhada alta. O som ecoou pelo corredor. As pessoas se viraram para olhar.

– Você só pode estar brincando comigo.

– Não estou.

– Uma gangue cubana chamada Fidels?

Cornelius deixou que um sorriso aflorasse nos lábios antes de dizer:

– O nome do líder é Castro.

– Vocês estão inventando isso.

– Juro por Deus.

Simon se virou na direção de Rocco.

– Por que minha filha procurou você depois de apanhar?

– O que acha?

– Para uma dose – respondeu Simon. – Você deu a ela?

– Ela não tinha dinheiro.

– Isso quer dizer que não deu?

– Não sou uma instituição de caridade – rebateu Rocco.

– Então o que aconteceu depois?

– Ela foi embora, cara. O que soube depois foi que Aaron estava morto.

– Você acha que Paige foi a responsável por isso?

– Minha aposta é nos Fidels – afirmou ele. – Mas, sim, acho que há uma chance de que Paige tenha matado ele. Ou talvez tenha sido você, cara. Vai ver, foi o que Luther pensou. Ele estava lá quando Paige apareceu. Pense um pouco. Digamos que eu seja pai. Se um cara batesse na minha filha do jeito que Aaron fazia, eu me vingaria. Talvez essa tenha sido a sua jogada.

– Qual jogada?

– Talvez você tenha matado Aaron. E agora está procurando a filha para completar o resgate.

– Essa não é a minha jogada – disse Simon.

Mas ele meio que desejava que fosse. Rocco estava certo. Se alguém faz mal a uma filha, o pai tem a obrigação de impedir, não importa como. E Simon não tinha impedido. Deixara Paige escapar, tentando atirar para ela tábuas de salvação inúteis em vez de fazer o que um homem faria.

Qualquer coisa para salvar a filha.

Protegê-la. Salvá-la.

Que pai ele se revelara.

– Ela deve estar por aqui em algum lugar – sugeriu Rocco. – Pode procurar por ela, cara, não te condeno por tentar. Mas ela é uma viciada. Mesmo que você a encontre, essa história não vai ter um final feliz.

Cornelius seguiu na frente, de volta para o seu apartamento. Quando fechou a porta atrás deles, Simon enfiou a mão no bolso e tirou a arma.

– Aqui – disse ele, estendendo-a na direção de Cornelius.

– Fique com ela.

– Tem certeza?

– Tenho – respondeu ele.

– Acha que Rocco vai conseguir encontrá-la?

– Com a recompensa em dinheiro?

Simon acabara fazendo uma oferta simples para Rocco: encontre Paige e receba 50 mil dólares.

– É – respondeu Cornelius. – Se ela ainda estiver por aqui, ele vai achá-la.

Alguém bateu na porta.

– Coloque a arma no bolso – sussurrou Cornelius.

Depois falou em voz alta:

– Quem é?

Uma voz que parecia ser de uma velha senhora, pequena, com sotaque – polonês, russo, do Leste Europeu –, respondeu:

– É Lizzy, Sr. Cornelius.

Ele abriu a porta. A mulher era como Simon imaginara: pequena e velha. Estava com um tipo estranho de vestido branco, comprido e esvoaçante, quase uma camisola. O cabelo grisalho caía pelas costas, solto e despenteado, e parecia oscilar agitado por uma brisa, embora não houvesse nenhuma.

– Em que posso ajudar, Srta. Sobek? – perguntou Cornelius.

A velha observou ao redor de Cornelius com seus olhos grandes e notou Simon.

– Quem é você? – perguntou.

– Meu nome é Simon Greene, senhora.

– É o pai da Paige – acrescentou Cornelius.

A velha lançou a Simon um olhar tão carregado que ele quase deu um passo para trás.

– Você ainda pode salvá-la, sabe?

Suas palavras gelaram Simon.

– A senhora sabe onde minha filha está?

A Srta. Sobek balançou a cabeça, o longo cabelo grisalho dançando pelo rosto como uma cortina de contas.

– Mas sei o que ela é.

Cornelius limpou a garganta, tentando mudar de assunto.

– A senhorita quer alguma coisa?

– Tem uma pessoa lá em cima.

– Lá em cima?

– No terceiro andar. Uma mulher. Ela acabou de entrar no apartamento da Paige. Achei que você gostaria de saber.

– A senhorita a reconheceu?

– Nunca a vi antes.

– Obrigado, Srta. Sobek. Vou até lá dar uma olhada.

Cornelius e Simon saíram para o corredor. A Srta. Sobek se afastou rapidamente.

– Por que ela veio até você com essa informação? – perguntou Simon, seguindo-o pelo corredor.

– Eu não sou apenas um morador.

– Você é o síndico?

– Sou o dono.

Eles subiram a escada e chegaram ao corredor do terceiro andar. A fita amarela na porta do apartamento – isolando a cena do crime, como relembrou Simon – estava partida. Cornelius esticou a mão em direção à maçaneta. Simon percebeu que ele havia – intencionalmente ou não – posto a mão sobre a arma no bolso. É isso que acontece quando se está armado? Ela está sempre ali ao lado, como uma espécie de pacificadora que acalma ou traz conforto em situações de estresse?

Cornelius empurrou a porta e viu que havia uma mulher lá dentro. Se ela se assustou com a interrupção, disfarçou muito bem. Era baixa e atarracada, talvez latina, e vestia um blazer azul e calça jeans.

Ela falou primeiro:

– Você é Simon Greene?

– Quem é você?

– Meu nome é Elena Ramirez. Sou detetive particular. Preciso falar com a sua filha.

* * *

Elena Ramirez mostrou a eles um cartão de visita chique em alto-relevo, uma espécie de licença de investigador e uma identidade mostrando que era agente reformada do FBI. Agora estavam todos de volta ao apartamento de Cornelius: os dois homens, sentados em poltronas de couro, e Elena Ramirez, no sofá verde em capitonê.

– Então, onde está sua filha, Sr. Greene? – perguntou ela.
– Eu não entendo. Seu cartão diz que a senhorita é de Chicago.
– Correto.
– Então por que quer falar com a minha filha?
– É com relação a um caso em que estou trabalhando – respondeu Ramirez.
– Que caso?
– Isso eu não posso dizer.
– Srta. Ramirez?
– Pode me chamar de Elena, por favor.
– Elena, não estou a fim de joguinhos. Não me importa em qual caso você esteja trabalhando e não tenho nenhuma razão para ser cauteloso, então serei direto e espero que você seja também. Eu não sei da minha filha. É por isso que estou aqui. Estou tentando localizá-la. Basicamente, não tenho outra pista além da probabilidade de ela estar se drogando num raio de um quilômetro de onde estamos neste momento. Está me entendendo?
– Pode apostar – respondeu Elena.
– E agora você aparece... uma detetive particular de Chicago... e quer falar com a minha filha. Eu adoraria que você falasse com ela. Era o que eu mais queria, de verdade. Então talvez a gente pudesse ajudar um ao outro.

O celular de Simon vibrou. Estava com ele na mão, sempre checando se havia alguma mensagem com novidades, sentindo uma vibração fantasma a cada dez segundos. Dessa vez era real.

Yvonne escreveu:

Estabilizando, o que a doutora acha bom. Está num quarto particular. Ainda em coma. Sam e Anya conosco.

– Só para ter certeza de que estou entendendo – disse Elena Ramirez. – Sua filha está desaparecida. Correto?

Simon ainda estava com os olhos na tela do celular.

– Sim.
– Desde quando?
Não havia nada a ganhar sendo evasivo.
– Desde que o namorado dela foi assassinado.
Elena Ramirez respirou fundo, cruzou os braços e pensou naquilo.
– Eu também estou procurando uma pessoa desaparecida – confessou Elena.
– Quem?
– Um homem de 24 anos que desapareceu em Chicago.
Cornelius falou pela primeira vez desde que haviam se sentado:
– Há quanto tempo ele está desaparecido?
– Desde quinta passada.
– Quem é ele? – perguntou Simon.
– Eu não posso revelar o nome.
– Pelo amor de Deus, Elena. Se o seu jovem de 24 anos que está desaparecido for alguém que a minha filha conhece, talvez a gente possa se ajudar.
Elena Ramirez considerou aquilo por um momento.
– O nome dele é Henry Thorpe.
Simon pegou o celular e começou a digitar.
– O que está fazendo? – perguntou ela.
– Não reconheço esse nome. Estou checando com meu filho e minha outra filha. Eles devem estar mais por dentro dos amigos de Paige.
– Eu não acho que Paige e Henry sejam amigos.
– Qual é a ligação entre eles então?
Elena Ramirez deu de ombros.
– Parte do motivo de eu estar aqui é tentar descobrir isso. Sem entrar em maiores detalhes, parece que, não muito tempo antes do desaparecimento, Thorpe esteve em contato com sua filha ou talvez com o namorado dela, Aaron Corval.
– Em contato como?
Ela pegou um bloquinho de notas, lambeu as pontas dos dedos e começou a folhear.
– Primeiro teve uma ligação telefônica. Do celular da sua filha para o de Henry. Isso foi duas semanas atrás. Depois trocaram mensagens durante um tempo, seguidas por e-mails.
– O que dizem as mensagens e os e-mails?
– Não sei. As mensagens estão nos celulares deles, imagino. Nós não po-

demos acessar. Os e-mails foram deletados. Só conseguimos ver que foram enviados, nada além disso.

– O que faz você pensar que essas comunicações são importantes?

– Não sei se elas são, Sr. Greene. Isso é o que eu faço. Quando alguém desaparece, procuro por anomalias... algo que não se encaixe na rotina da pessoa.

– E esses e-mails e mensagens...

– Anomalias. Você consegue imaginar uma razão para que Henry Thorpe, um rapaz de 24 anos, de Chicago, de repente entre em contato com sua filha ou com Aaron Corval?

Simon não precisou pensar muito sobre isso.

– Por acaso Henry Thorpe tem histórico de uso de drogas?

– Sim.

– Poderia ser isso.

– Sim – disse Elena. – Mas pode-se comprar drogas em Chicago.

– Poderia ser alguma coisa mais profissional nesse sentido.

– É. Mas acho pouco provável, e você?

– Também – respondeu Simon. – E, de qualquer forma, minha filha e seu cliente estão ambos desaparecidos.

– Sim.

– Então o que eu posso fazer para ajudar? – perguntou Simon.

– A primeira coisa que me perguntei foi por que as comunicações passaram de mensagem de texto por celular para e-mail via computador.

– E?

– Até que ponto sua filha e o namorado estavam envolvidos com drogas?

Simon não via razão para mentir.

– Bastante.

Cornelius estalou os dedos, ligando os fatos.

– Provavelmente Paige vendeu o celular para conseguir dinheiro para uma dose. – Ele se virou para Simon. – Acontece o tempo todo por aqui.

– Esse celular não está mais ativo – concordou Elena. – Então essa é a minha teoria também.

Simon não tinha tanta certeza.

– Então Paige migrou do celular para o computador?

– Sim.

– E onde está esse computador agora?

– Provavelmente também foi vendido – respondeu Cornelius.

– Esse é o meu palpite – disse Elena. – Pode ter levado com ela quando desapareceu, imagino. Ou o assassino roubou. Mas a grande pergunta é: como ela conseguiu um computador? Ela não tinha como comprar, certo?

– Dificilmente – falou Simon. – Se ela estava vendendo o celular para comprar drogas, como teria dinheiro para um computador?

– O que indica que talvez ela tenha roubado.

Simon não fez nenhum comentário. Sua filha. Viciada. Vendendo os próprios pertences. Ladra. E o que mais?

– Você é bom com computadores, Sr. Greene?

– Pode me chamar de Simon. E a resposta é não.

– Se souber como fazer... como o meu técnico, Lou... você pode checar o endereço IP – explicou Elena. – Às vezes é possível rastrear o computador até uma cidade, rua ou mesmo um indivíduo.

– Lou foi capaz de descobrir de quem era o computador dela?

– Não – respondeu Elena. – Mas descobriu que era de Amherst, Massachusetts. Mais especificamente, do campus da Amherst College. Seu filho não estuda lá?

capítulo catorze

Anya estava dormindo numa das cadeiras amarelas quando Simon e Elena chegaram à sala de espera do hospital. A cabeça da menina estava recostada no ombro gigante do tio, Robert, marido de Yvonne. Ele era um homem grande, barulhento, ex-jogador de futebol americano, já quase careca, e tinha um charme espontâneo. Excelente advogado – os jurados adoravam o sorriso cativante, os gracejos descomplicados que mascaravam uma mente jurídica ágil, o andar imponente durante um interrogatório –, Robert era, depois de Yvonne, o melhor amigo de Simon.

Robert ajeitou Anya com cuidado para poder se levantar sem que ela acordasse. Cumprimentou Simon com um enorme abraço de urso. Ele era bom nisso e, por um momento, Simon fechou os olhos e se deixou abraçar.

– Você está bem?

– Não.

– Já imaginava.

Os dois se soltaram e olharam para Anya ainda adormecida.

– Eles não deixam ninguém com menos de 18 entrar no quarto de Ingrid – explicou Robert.

– Então o Sam está...

– Ele e Yvonne estão lá dentro com ela, sim. Quarto 717.

Robert lançou um olhar interrogativo na direção de Elena Ramirez. Simon achou que ela podia explicar, deu um tapinha no ombro do cunhado, agradeceu e se dirigiu para o quarto 717. Cornelius tinha ficado em casa. Não havia mais nada que pudesse fazer – já tinha feito mais do que o suficiente – e ele achava que seu tempo poderia ser mais bem aproveitado se ficasse em Mott Haven, como "olheiro".

– Mas se você precisar de mim... – Cornelius acrescentara quando trocaram telefones.

Simon abriu a porta do quarto da esposa. Os sons o atingiram primeiro. Aquelas malditas máquinas com seus bipes, ruídos de sucção e outros sinais metálicos absolutamente opostos à ideia de afeto e cuidado.

Seu filho, Sam, um belo garoto de 18 anos, estava sentado numa cadeira ao lado da cama da mãe. Ele se virou para o pai, o rosto ensopado de lágrimas. Sam sempre fora uma criança emotiva, o que Ingrid chamava carinhosamente de "rapaz de choro fácil", como o pai. Quando a mãe de Simon morrera três anos antes, o garoto tinha chorado durante quatro horas ininterruptas, sem intervalo, soluçando sem parar, e Simon não conseguia acreditar que ele pudesse chorar daquele jeito sem desmaiar de exaustão.

Era impossível confortar Sam quando ficava assim. Mesmo sendo muito emotivo, qualquer contato físico só fazia piorar. Precisava ficar sozinho, ele dizia. Se alguém tentasse pará-lo ou confortá-lo de alguma forma, não dava certo. Mesmo quando era pequeno, Sam lançava olhares suplicantes que diziam "Me deixem botar para fora, ok?".

Yvonne estava junto à janela e deu um sorriso desanimado para Simon.

Ele atravessou o quarto. Pôs a mão no ombro do filho e se curvou para beijar o rosto da esposa. Ingrid parecia pior, sem cor, enfraquecida, como se aquilo tudo fosse uma cena de filme em que a morte lutava contra a vida e levava a melhor naquele momento.

Ele sentiu uma mão invadir seu peito e torcer seu coração.

Simon encarou Yvonne e depois lançou um olhar em direção à porta, sugerindo que ela saísse um pouco. A cunhada entendeu prontamente a mensagem e deixou o quarto. Simon pegou uma cadeira e a levou para perto de Sam. O garoto vestia uma camiseta vermelha com logo da Sriracha Hot Chili Sauce. Ele adorava camisetas com logo. Ingrid comprara aquela para ele duas semanas antes, após Sam ter contado a eles que a comida da universidade era boa, mas que tinha descoberto que pôr molho Sriracha deixava tudo melhor. Então Ingrid entrou na internet, encontrou uma camiseta com logo do molho Sriracha e mandou para o filho.

– Você está bem?

Era uma pergunta idiota, mas o que deveria dizer? Lágrimas silenciosas ainda escorriam pelo rosto de Sam, que, quando ouviu essas palavras, tentou conter uma nova enxurrada. O filho estava muito feliz em Amherst. Paige, por sua vez, ficara um pouco saudosa de casa na universidade – por que diabo não tinham prestado mais atenção naquilo? Por que escutaram os conselhos não solicitados de dar-lhe mais tempo e evitar ficarem muito disponíveis para ela? Sam se adaptara à vida de calouro no campus imediatamente. Qualquer um que ele conhecia era a pessoa mais legal do mundo. O colega de quarto, Carlos, um moleque preguiçoso de Austin que usava uma barbicha, era mais legal ainda. Sam logo ingressara em clubes esportivos e acadêmicos.

Provavelmente Ingrid ficaria chateada por Simon tê-lo tirado disso tudo. Sam mantinha os olhos na mãe.

– O que aconteceu?

– O que seus tios contaram?

– Só falaram que a mamãe tinha sido baleada. Disseram que eu tinha que esperar por você.

Yvonne e Robert haviam mais uma vez feito a coisa certa.

– Você sabe quem é Aaron, certo?

– O cara que Paige...

– Sim. Ele foi assassinado.

Sam piscou.

– E Paige desapareceu.

– Não entendo.

– Eles moravam juntos no Bronx. Sua mãe e eu fomos até lá para ver se conseguíamos encontrá-la. Foi aí que atiraram nela.

Ele deu os detalhes para o filho sem parar, sem tomar fôlego, sem fazer uma única pausa nem mesmo quando Sam começou a ficar pálido e a piscar mais.

A certa altura, Sam perguntou:

– Você acha que Paige fez mesmo isso? Que ela matou Aaron?

Simon ficou paralisado.

– Por que está pensando isso?

Sam deu de ombros.

– Preciso perguntar uma coisa, Sam.

Os olhos do garoto pousaram outra vez no rosto da mãe.

– Você viu sua irmã recentemente?

Ele não respondeu.

– Sam, é importante.

– Sim – admitiu ele em voz baixa. – Vi.

– Quando?

Ele não tirava os olhos da mãe.

– Sam?

– Há duas semanas, talvez.

Isso não fazia sentido. Sam estava na universidade duas semanas antes. Tivera alguns dias de férias, mas estava se divertindo tanto no campus que não quis ir para casa. A menos que fosse mentira, que ele não adorasse a faculdade, ou o maldito molho apimentado Sriracha, ou Carlos, ou os esportes, ou nada daquilo.

– Onde? – perguntou Simon.

– Ela foi até Amherst.

– Paige foi até o seu campus?
Ele assentiu.
– Linha de ônibus Peter Pan. Custa 24 dólares saindo de Port Authority.
– Ela apareceu lá sozinha?
Ele fez que sim.
– Você sabia que ela estava indo?
– Não. Ela não me avisou. Apenas... apareceu.
Simon tentou visualizar a cena. O fotogênico pátio da universidade com estudantes de aparência saudável jogando *frisbee* ou reclinados ao sol com seus livros sendo invadido por alguém que pertencera àquele lugar como qualquer um deles um ano antes, mas que era agora uma advertência horrível, como os carros destruídos que a polícia deixa em volta das delegacias a fim de ensinar os garotos a não beber e dirigir.
A menos que, outra vez...
– Como ela estava?
– Do mesmo jeito que apareceu naquele vídeo.
Essas palavras extinguiram a pequena chama de esperança de Simon.
– Ela contou por que apareceu por lá?
– Disse que precisava se afastar do Aaron.
– Falou o motivo?
Sam fez que não com a cabeça.
– O que aconteceu então?
– Perguntou se podia ficar comigo uns dias.
– E você não nos contou?
Seus olhos continuavam sobre Ingrid.
– Ela pediu que eu não contasse.
Simon queria dizer mais alguma coisa sobre isso, sobre não confiar nos pais, mas aquele não era o momento.
– Seu colega de quarto não se importou com a presença dela?
– Carlos? Ele achou que seria legal. Como se ela fosse um projeto da faculdade para ajudar os desfavorecidos, tipo isso.
– Quanto tempo ela ficou?
Sua voz era baixa.
– Não muito.
– Quanto tempo, Sam?
As lágrimas começaram a brotar em seus olhos outra vez.
– Sam?

– Tempo suficiente para fazer uma limpa na gente – disse; as lágrimas escorriam agora, mas a voz permanecia clara. – Paige dormiu no colchão inflável do Carlos, no chão. Nós pegamos no sono. Quando acordamos, ela já tinha ido. E as nossas coisas também.

– O que ela levou?

– Nossas carteiras. Nossos notebooks. Carlos tinha um brinco de diamante.

– Como é que você não me contou isso? – Simon odiou a irritação na sua voz. – Sam?

Ele não respondeu.

– Carlos contou aos pais?

– Não. Eu tinha um dinheiro. Aos poucos estou pagando o prejuízo que ele teve.

– Me diga quanto é e vamos pagar tudo a ele logo. E você?

– Eu liguei para o seu escritório – respondeu Sam. – Disse a Emily que tinha perdido o cartão de crédito. Ela me mandou outro.

Simon se lembrou disso. Não havia pensado duas vezes naquilo. Cartões eram perdidos ou roubados o tempo todo.

– Estou usando os computadores da biblioteca por enquanto. Não chega a ser um problema.

– Como você pôde não me contar?

Bater outra vez naquela tecla era burrice, mas Simon não conseguia se conter.

O filho desabou.

– É tudo culpa minha – disse Sam.

– O quê? Não.

– Se eu tivesse contado a vocês...

– Não, Sam. Não mudaria nada.

– A mamãe vai morrer?

– Não.

– Você não sabe.

O que era verdade.

Simon não protestou nem disse mais nenhuma mentira. Não havia razão para isso. Mentiras só iriam piorar as coisas em vez de trazer conforto. Ele olhou de relance para a porta. Yvonne os observava pela janelinha de vidro. Simon andava de um lado para outro. Quando se é muito próximo de alguém, quando se passa muito tempo juntos, como ele e Yvonne passavam, era possível ler os pensamentos um do outro.

Simon saiu do quarto e Yvonne assumiu.

Ele encontrou Elena Ramirez mexendo no celular no final do corredor.

– Me conte – disse ela.

Ele contou.

– Isso explica como Paige tinha um computador – afirmou Elena.

– E agora? – perguntou Simon.

Elena conseguiu dar um sorriso.

– Você acha que nós somos uma equipe?

– Acho que a gente pode se ajudar.

– Concordo. Precisamos ligar os fatos. – Elena mexeu um pouco mais no celular. – Vou mandar para você os detalhes sobre a família Corval. Eles farão algum tipo de funeral para Aaron de manhã. Talvez você devesse ir até lá. Pode ser que Paige apareça. Procure por alguém escondido nos arredores. Se não, tente falar com a família. Veja se consegue descobrir como Aaron poderia ter conhecido Henry Thorpe.

– Ok – concordou Simon. – E o que você vai fazer?

– Visitar outra pessoa com quem Henry Thorpe teve contato.

– Quem?

– Não tenho o nome – disse Elena. – Só o local.

– Onde?

– Um estúdio de tatuagens em Nova Jersey.

capítulo quinze

O HOTEL-FAZENDA CORVAL estava localizado no extremo leste de Connecticut, perto da fronteira com Rhode Island. Simon chegou às oito e meia da manhã. O funeral de Aaron, segundo Elena Ramirez, começaria às nove.

A sede era uma casa de fazenda branca em estilo americano com acréscimos de bom gosto dos dois lados. Cadeiras de balanço de vime verde enfileiravam-se pelo pórtico que ia de um lado a outro. Uma placa dizia que o estabelecimento pertencia à família desde 1893. Era praticamente um cartão-postal da Nova Inglaterra. À direita, um ônibus deixava turistas para um passeio de trator. O celeiro nos fundos da propriedade era um zoológico que prometia interações com diversos animais: cabras, ovelhas, alpacas e galinhas – embora Simon se perguntasse como alguém interagia com uma galinha.

Na época do Natal, os visitantes escolhiam e cortavam os pinheiros que iam levar para casa. Em outubro, o lugar era preparado para ser a Fazenda Assombrada, com atrações como Labirinto Assombrado, Silo Assombrado, Passeio de Trator Assombrado, com o motorista Cavaleiro Sem Cabeça Assombrado. Havia também colheitas sazonais de abóbora e maçã. Era possível fazer a própria sidra numa cabana pequena à direita.

Simon estacionou o carro e seguiu até a porta de entrada do hotel-fazenda. Uma placa ornamentada dizia "Apenas para hóspedes". Ele a ignorou e entrou num saguão. A decoração era mais formal do que Simon esperava. Cadeiras de cerejeira, com recosto Windsor na forma de leque, estavam dispostas dos dois lados de um sofá canapé de mogno com pés esculpidos no formato de patas aladas. O relógio de parede ficava ao lado de uma lareira gigantesca, como uma sentinela. Uma cristaleira também de mogno exibia porcelanas finas; outra, livros encadernados em couro. Havia retratos a óleo de homens robustos com expressões severas – antigos patriarcas da família Corval.

– Posso ajudá-lo?

Uma mulher atrás de uma mesa sorria para ele. Vestia blusa quadriculada, a mesma padronagem usada naqueles restaurantes italianos que tentam ser muito autênticos. Simon se perguntou se a mulher seria a mãe de Aaron, mas depois examinou os velhos retratos a óleo até chegar a uma fotografia emoldurada de um casal sorridente, perto dos 60 anos, que estava atrás da recepcionista. Uma placa embaixo dizia:

OS CORVALS
WILEY E ENID

– Estou aqui para o funeral – informou Simon.
A mulher lhe lançou um olhar desconfiado, quase venenoso.
– Posso perguntar seu nome?
– Simon Greene.
– Não o conheço, Sr. Greene.
Ele assentiu.
– Eu conhecia Aaron.
– O senhor conhecia Aaron – repetiu ela, um tom de dúvida na voz. – E está aqui para prestar sua homenagem.
Simon não se deu ao trabalho de responder. A mulher pegou um panfleto e o abriu com cuidado. Seus óculos de leitura estavam pendurados por uma corrente. Ela os colocou na ponta do nariz.
– Dê a volta no celeiro. Vire à direita aqui. Vai ver o labirinto no milharal. Não entre nele. Esta semana tivemos que mandar funcionários até lá duas vezes para retirar pessoas perdidas. Ande por aqui.
Ela apontava no mapa.
– Tem um caminho pelo bosque. Vá por ele. Vai ver uma seta verde numa árvore apontando para a direita. Isso é para os turistas que vão fazer trilha. Vire à esquerda em vez disso.
– Complicado – disse Simon.
Ela lhe entregou o panfleto e fechou a cara.
– Esta recepção aqui é só para hóspedes.
– E sutil.
Simon agradeceu e saiu. Um passeio de trator estava em andamento, levando algumas pessoas em velocidade muito baixa. Todas sorriam, embora parecessem bastante desconfortáveis. Uma família – marido, esposa, filha e filho – acenou para ele em conjunto. Ele retribuiu e, bum!, voltou no tempo, quando levava as crianças para colher maçãs em Chester, ao norte da fronteira com Nova Jersey.
Era um dia de outono glorioso, e ele se lembrava de ter posto Paige nos ombros para que ela alcançasse um galho alto. Porém, sua recordação mais

forte naquele momento, parado ali, tentando não olhar para aquela família feliz, inocente, abençoadamente ignorante, era de como Ingrid estava linda com sua camisa de flanela escura para dentro da calça jeans justa e botas de cano alto. Simon tinha se virado na direção dela, Paige rindo em seus ombros, e Ingrid sorrira de volta para ele, passando o cabelo por trás da orelha. Naquele momento, só de pensar em como seus olhares haviam se encontrado, Simon sentiu os joelhos vacilarem.

Ele pegou o celular e olhou para a tela por alguns segundos, desejando que lhe trouxesse boas notícias, mas não havia nada.

Simon seguiu a rota passando pelo celeiro-zoológico. As galinhas estavam soltas. Uma correu até ele, parou e o encarou. Simon se sentiu tentado a acariciá-la. Um homem vestindo macacão de fazendeiro dava uma demonstração que envolvia ovos e uma incubadora. Os pés de milho no labirinto tinham 3 metros de altura. Havia uma fila para entrar e uma placa dizia aos visitantes que o tema do labirinto para aquele ano era os CINQUENTA ESTADOS – DESCUBRA TODOS.

Ele avistou a trilha para os turistas, seguiu a seta verde que indicava um caminho à direita e dobrou à esquerda. O bosque ficou mais denso. Simon olhou para trás, de onde viera, mas não conseguiu mais ver a clareira.

Seguiu. O caminho se transformou em declive, cada vez mais íngreme. Ouviu o que parecia ser água correndo a distância. Um riacho, talvez. O caminho enveredou para a direita. As árvores à sua frente escassearam até Simon alcançar uma clareira. Era um quadrado perfeito, projetado mais pelo homem que por desejo da natureza. Uma cerca de estacas baixas, de 30 centímetros, não mais que isso, formava um perímetro em torno de pequenos túmulos.

O cemitério da família.

Simon parou.

Atrás da clareira havia de fato um riacho ruidoso e um banco de madeira descolorido. Simon não achava que os mortos se importassem muito, mas para os vivos aquele era um local zen para se sentir pesar e meditar sobre os que já se foram.

Um homem que ele reconheceu como sendo Wiley Corval, pai de Aaron, estava de pé sozinho, olhando para uma sepultura recente. Simon esperou.

Wiley Corval levantou por fim a cabeça e olhou na direção dele.

– Quem é você? – perguntou.

– Meu nome é Simon Greene.

Wiley Corval lançou um olhar inquiridor.
– Sou o pai de Paige.
– Foi ela quem fez isso?
Simon não disse nada.
– Ela matou meu filho?
– Não.
– Como pode ter certeza?
– Não tenho. – O homem estava para enterrar o filho. Não era hora de mentir. – Só posso lhe dizer que minha filha não é assassina, mas isso não vai oferecer muito conforto, vai?
Wiley Corval apenas o encarou em silêncio.
– E não acho que tenho sido Paige. A morte... foi violenta. Está sabendo dos detalhes?
– Sim.
– Não acho que ela seria capaz de fazer aquilo.
– Mas você não tem certeza, não é?
– Não, não tenho.
Ele se virou para o outro lado.
– Vá embora.
– Paige está desaparecida.
– Não me importo.

A distância, Simon podia ouvir gargalhadas estridentes de crianças, vindas provavelmente do labirinto no milharal. Aaron Corval crescera ali, naquele quadro vivo de um pintor de paisagens, e vejam como acabou. Mas, sendo bem honesto, Paige não tinha sido criada numa versão ligeiramente alterada de uma infância idílica? E não só no papel. Todos nós vemos cercas de estacas ou fachadas bonitas, pais sorridentes, irmãos saudáveis, tudo isso, e uma parte nossa entende que não fazemos a menor ideia do que acontece por trás de portas fechadas, de que existe ódio e abuso, sonhos despedaçados e expectativas frustradas.

Mas esse não fora o caso de Paige.

Suas vidas eram perfeitas? Claro que não.

Quase perfeitas? Tão perfeitas quanto possível, imaginava Simon.

E, no entanto, a filha deles sucumbira ao que havia de pior lá fora. Simon já se fizera um milhão de perguntas, ponderara cada decisão – teria demonstrado interesse suficiente, prestado atenção nos amigos e nos estudos dela, apoiado seus hobbies? Eles foram severos demais ou indulgentes demais?

Houve aquela ocasião em que Simon explodira de raiva e jogara um copo no chão durante o jantar. Uma só vez. Anos antes. Ele se lembrava de como Paige, com apenas 8 anos na época, começara a tremer.

A culpa foi sua?

Ele repassava cada maldito momento como aquele porque, embora sua mãe o houvesse prevenido de que "Criança não vem com manual de instruções" e as pessoas logo aprendam que o filho já chega programado, que, na batalha entre natureza e criação, a natureza dá banho –, ainda assim, quando as coisas saem mal, quando algo tão sinistro assim invade a alma de um filho, não tem como você não se perguntar o que fez de errado.

Atrás dele, uma mulher indagou:

– Quem é este?

Simon se virou na direção dela. Ele também a reconheceu da foto no vestíbulo – a mãe de Aaron, Enid. Havia pessoas caminhando com ela, umas dez ou doze, calculou Simon, inclusive um homem de colarinho de clérigo que carregava uma Bíblia.

– Apenas um gentil cavalheiro que pegou o caminho errado – respondeu Wiley Corval.

Simon pensou em revidar aquilo com a verdade – um confronto total, para o inferno com as amenidades –, mas concluiu que provavelmente não iria funcionar. Balbuciou uma desculpa e passou pela família e os amigos no caminho de volta à fazenda. Não havia ninguém jovem como Aaron ali, e Simon lembrou que uma vez Paige mencionara algo sobre Aaron ser filho único. Isso significava que não haveria irmão para questionar – e nenhuma daquelas pessoas parecia ter idade para ser um amigo íntimo, isso se um viciado como Aaron tivesse algum.

E agora?

É melhor deixá-los fazer sua cerimônia, pensou. Independentemente do que o filho tivesse se tornado, Wiley e Enid o haviam perdido agora – de forma brutal, repentina, permanente. Era necessário dar-lhes aquele momento.

Ao retornar à clareira, um grupo de crianças que Simon calculou ter entre 10 e 11 anos saiu, sem fôlego, do labirinto. Começaram então a se parabenizar espalmando as mãos. Simon pegou o celular. Havia várias mensagens. Ele foi para os contatos favoritos. Ingrid estava em primeiro lugar. Yvonne em segundo, depois vinham Paige (cujo número não estava mais ativo, mas ele ainda mantinha ali), Sam e Anya. Por ordem de idade, os filhos. Era justo.

Ele tocou no número de Yvonne.

– Nenhuma alteração – disse ela.
– Tenho que ficar aí com ela.
– Não, não tem.

Ele olhou de novo para as crianças que tinham saído do labirinto. Todas estavam com os celulares nas mãos, algumas tirando fotos, individuais e de grupo.

– Inverta os papéis – pediu Yvonne. – Você foi baleado. Quem está deitado aqui em coma é você. Ia gostar de ver Ingrid sentada ao seu lado segurando a sua mão? Ou...

– Tudo bem, ok, entendi.
– E aí? Encontrou a família do Aaron?

Ele a informou sobre o que tinha acontecido.

– Então qual é o plano?
– Ficar por aqui. Esperar até o funeral acabar. Tentar falar com eles de novo.
– O pai não parece receptivo – disse Yvonne. – As mães tendem a ser mais compreensivas.
– Isso foi sexista – retrucou ele.
– Sim.
– Como estão as coisas no trabalho?
– Estamos cobrindo você.

Simon desligou e voltou para o carro. Pegou outra vez o celular e começou a ouvir as mensagens de voz. Nenhuma notícia do tiroteio chegara aos jornais, de modo que a maioria das mensagens era felizmente de clientes, não de consolo. Ele retornou as ligações de alguns clientes, sem mencionar sua situação, como se fosse mais um dia de trabalho. Realizar algo rotineiro era reconfortante.

Estava bloqueando o pensamento em Ingrid. Sabia disso. Mas sabia também que esse era o caminho certo a trilhar no momento.

Meia hora mais tarde, enquanto discutia com o doutor Daniel Brocklehurst, neurocirurgião do hospital Mount Sinai, as vantagens financeiras de ser aposentado na Flórida em vez de no Arizona, Simon avistou os participantes do funeral voltando por uma elevação do terreno. Na frente vinham Corval e o clérigo. Wiley trazia as costas curvadas num sinal aparente ou melodramático de pesar, e o religioso estava com os braços em torno de seus ombros, murmurando o que Simon supunha serem palavras de conforto. Os demais os seguiam, alguns semicerrando os olhos sob o sol, outros cumprimentando turistas que passavam.

Na retaguarda do grupo – bem no final, vejam só – vinha Enid Corval, mãe de Aaron. Por um breve instante, Simon os imaginou como um bando de gazelas e ele como o leão, se preparando para derrubar o membro mais desgarrado do grupo. Imagem boba, mas foi o que veio à sua mente.

Esse membro seria Enid, a mãe.

Simon continuou observando. Ela parecia distraída. Olhou para o relógio, diminuiu o passo e ficou cada vez mais destacada do restante do grupo. Sozinha.

Estranho, pensou Simon. Tratava-se da mãe. Era de esperar que alguém estivesse com ela, prestando consolo. Não, não havia ninguém.

Ela também estava vestida de forma distinta. O restante do grupo, inclusive Wiley Corval, havia optado por usar blazer azul, calça cáqui e mocassim sem meia, estilo iate clube. Enid usava calça jeans, tênis branco com velcro e um suéter amarelo largo.

Wiley e o clérigo subiram os degraus do pórtico. A recepcionista que tinha ajudado Simon saudou Corval na porta com um beijo na bochecha. O restante do grupo marchava atrás dele.

Exceto Enid.

Estava tão afastada dos outros que permaneceu do lado de fora após a porta se fechar. Olhou para a esquerda, depois para a direita e se dirigiu para os fundos do hotel-fazenda.

Simon não sabia ao certo que movimento deveria fazer. Sair do carro e confrontá-la? Ficar onde estava e ver aonde ela iria?

Quando Enid Corval desapareceu atrás do prédio, Simon saiu do carro para ter uma visão melhor. Viu quando a mulher entrou numa caminhonete. Ela deu partida no veículo e saiu de ré. Ele correu de volta para o carro e apertou o botão da ignição.

Trinta segundos depois, seguia a picape de Enid Corval pela Tom Wheeler Road.

A estrada era cercada de muros baixos feitos de pedra, que ofereciam uma pequena proteção às extensas terras que se estendiam pelos dois lados. Simon não sabia muito sobre aquela área – se eram realmente fazendas ou só aparentavam ser ou sabe-se lá o que mais –, mas a maior parte das propriedades parecia bastante desgastada e dilapidada.

Quinze minutos depois, a caminhonete de Enid parou num estacionamento de terra com veículos semelhantes. Não havia placa visível informando o nome ou a descrição do estabelecimento. Enid saiu do veículo e caminhou até um celeiro adaptado, com laterais em placas de alumínio que foram colocadas de qualquer maneira. A cor era de um laranja brilhante.

Simon entrou no estacionamento, constrangido em seu Audi, e parou num canto distante. Olhou para a esquerda. Escondidas da estrada, no lado mais afastado do celeiro, havia umas vinte motocicletas enfileiradas em duas linhas perfeitamente retas. Harley-Davidson, na maioria. Ele não entendia muito sobre motocicletas, nunca andara em uma, mas mesmo assim reconheceu o logo icônico da Harley em algumas.

Enid atravessou o estacionamento de terra em direção à porta dupla do celeiro, estilo *saloon*. Dois caras parrudos com perneiras de couro e bandanas pretas cambalearam para fora quando ela chegou. Os braços grossos, meio flácidos, estavam cobertos de tatuagens. Ambos tinham barriga e a barba obrigatória. Motoqueiros.

Eles a cumprimentaram calorosamente com apertos de mãos e abraços. Ela beijou o rosto de um deles e desapareceu no interior do estabelecimento. Simon deliberou se esperaria Enid voltar – o local claramente não era do tipo dos que ele costumava frequentar –, mas isso lhe pareceu perda de tempo. Desligou o carro e foi atrás da mulher.

Quando empurrou a porta para entrar, esperava que a música parasse e que todos se virassem a fim de observar o intruso. Nada disso aconteceu. Nem música tocando havia. Uma televisão tão antiga que ainda tinha antenas acopladas transmitia um jogo de beisebol. O bar era estranho. Muito amplo em algumas partes, com espaço suficiente para um baile, talvez, mas Simon duvidava que tivesse havido algum recentemente. Havia um jukebox num canto à direita, mas estava desligado. O piso tinha muita poeira, quase tanto quanto no estacionamento.

Enid Corval tomou um assento no bar. Considerando-se que eram apenas onze da manhã, o movimento parecia muito bom. Havia talvez umas dez pessoas espalhadas pelos mais ou menos trinta bancos, espaçados de forma regular, nenhum perto demais do outro, como mictórios masculinos em banheiros públicos. Todo mundo aconchegado sobre a bebida, olhos baixos, em atitude protetora, antissocial. Um grupo de motoqueiros à direita jogava sinuca numa mesa com grandes rasgos no pano verde.

Havia latas de cerveja Pabst Blue Ribbon por todo lado.

Simon usava camisa social, gravata e mocassim preto – afinal de contas, fora para um funeral –, ao passo que metade dos caras ali vestia camiseta sem manga, visual que nenhum homem com mais de 40 anos devia experimentar, por melhor físico que tivesse. E aqueles caras não estavam no auge da boa forma.

Parabéns a eles por não se importarem, pensou Simon.

Ele se sentou a dois bancos de distância de Enid. Ela não olhou em sua direção, não tirou os olhos da bebida. Num banco do outro lado, um cara de chapéu sacudia a cabeça para cima e para baixo, como se estivesse acompanhando a música, mas não havia nenhuma e ele também não estava usando fone de ouvido. Um arco-íris de placas enferrujadas de automóveis tomava a maior parte da parede do fundo – provavelmente representando todos os cinquenta estados, mas Simon não estava realmente a fim de conferir. Viam-se anúncios em neon de duas marcas de cerveja. Um lustre estranhamente trabalhado pendia do teto. O lugar, como a sede do hotel-fazenda, era todo em madeira escura, mas essa era a única semelhança, como se aquela fosse a mais pobre das primas pobres da rica madeira do hotel.

– O que vai querer?

O cabelo da garota que atendia no bar tinha a cor e a textura do feno da fazenda e era cortado num estilo tipo *mullet*, o que fez Simon lembrar um jogador de hóquei dos anos 1980. Ela tanto poderia ter uns 45 anos bem castigados como uns 65 bem conservados, mas não havia dúvida de que já tinha visto de tudo e no mínimo duas vezes.

– Que cervejas vocês têm? – perguntou ele.

– Temos Pabst. E Pabst.

– Pode escolher para mim.

Enid ainda tinha os olhos na sua bebida quando disse:

– Você é o pai da Paige.

– Wiley contou à senhora?

Ela fez que não com a cabeça, ainda sem olhar para ele.

– Ele não me disse nada. Por que veio aqui hoje?

– Para prestar minhas condolências.

– Isso é mentira.

– Sim, tem razão. Mas lamento sua perda.

Ela não reagiu nem agradeceu.

– Então por que está aqui?

– Minha filha está desaparecida.

A moça do bar abriu a lata e a colocou na frente dele.

Enid finalmente virou a cabeça na direção de Simon.

– Desde quando?

– Desde o assassinato do Aaron.
– Isso não deve ser coincidência.
– Concordo.
– Sua filha provavelmente o matou e fugiu.
Simples assim. Sem emoção nenhuma na voz.
– Faz diferença se eu disser que não acho que esse seja o caso? – disse Simon.
Enid fez um gesto que dizia "talvez sim, talvez não".
– Você é de apostar?
– Não.
– É, mas você é corretor da bolsa ou algo assim, não é?
– Presto consultoria financeira.
– Tanto faz o nome. Você especula, certo? Tenta descobrir o que é seguro e o que é arriscado, essas coisas?
Simon assentiu.
– Então sabe quais são as duas possibilidades mais prováveis, não sabe?
– Diga.
– Primeira, sua filha matou Aaron e fugiu.
– E a segunda?
– Quem quer que tenha matado Aaron pegou ou matou sua filha também. – Enid Corval tomou um gole da bebida. – Se pensar bem, a possibilidade dois é muito mais provável.
– O que a leva a pensar isso? – perguntou Simon.
– Os viciados não são muito bons em não deixar pistas ou em escapar da polícia.
– Então a senhora acha que ela não o matou?
– Eu não disse isso.
– Vamos supor que esteja certa – disse Simon, tentando parecer metódico, imparcial. – Por que alguém pegaria Paige?
– Não faço ideia. Odeio dizer isso, mas são grandes as chances de que ela esteja morta. – Enid tomou outro gole. – Ainda não sei direito por que você está aqui.
– Esperava que a senhora soubesse de algo.
– Fazia meses que eu não via Aaron.
– Reconhece este sujeito?
Simon passou o celular para ela. Elena Ramirez havia enviado uma fotografia de Henry Thorpe, o filho desaparecido de seu cliente.
– Quem é ele?

– O nome dele é Henry Thorpe. É de Chicago.

Ela balançou a cabeça.

– Não o conheço. Por quê?

– Ele pode estar envolvido nisso.

– Envolvido como?

– Não faço ideia. É por isso que estou aqui. Ele também está desaparecido.

– Como Paige?

– É o que parece.

– Não posso ajudar, infelizmente.

Um motoqueiro carrancudo de cabeça raspada afastou o banco que havia entre eles para se encostar no bar. Simon notou uma tatuagem com uma cruz de ferro preta e uma metade de suástica, talvez, aparecendo por baixo da manga. O sujeito percebeu o olhar de Simon e o encarou com dureza. Simon sustentou o olhar e sentiu o perigo começar a aumentar.

– Está olhando o quê? – perguntou o motoqueiro.

Simon não piscou nem se moveu.

– Eu perguntei a você...

– Ele está comigo – respondeu Enid.

– Oi, Enid, eu não quis...

– E você está interrompendo uma conversa particular.

– Eu... como eu podia saber? – Ele pareceu assustado. – Só vim pegar umas cervejas, Enid.

– Está certo. Gladys vai levar para você. Espere ali na mesa de sinuca.

E com essa o motoqueiro se foi.

– Enid – disse Simon.

– Sim?

– Este lugar é o quê?

– Um clube particular.

– Seu?

– Você está aqui para perguntar sobre sua filha ou sobre mim?

– Só estou tentando assimilar tudo isso.

– Assimilar o quê?

– Você se importa de me falar sobre Aaron?

– O que quer saber sobre ele?

– Não sei. Qualquer coisa. Tudo.

– Não vejo muito sentido nisso.

– Há ligações aqui – afirmou Simon, as palavras soando estranhas, mesmo para ele, ao saírem de sua boca. – Elos. Não sei quais, mas sinto que estou deixando passar alguma coisa. Então estou fazendo perguntas, abrindo caminho e tendo esperança.

Ela franziu a testa:

– Você vai precisar se esforçar mais.

– Minha esposa foi baleada ontem – disse Simon.

Enid olhou para ele com ar de interrogação.

– Ela está viva, mas... nós estávamos procurando pela nossa filha. No lugar onde eles moravam. Onde Aaron foi morto.

Ele contou a história, tomando goles de Pabst enquanto prosseguia. Não se lembrava da última vez que tomara uma cerveja gelada tão cedo, mas naquele dia, naquele lugar, estava caindo bem. Olhava ao redor do salão enquanto falava. O motoqueiro não era o único com tatuagens da supremacia branca. Vários caras ali também tinham suásticas e, sim, ele era minoria e havia coisas mais importantes a tratar no momento. Mas aquilo eram os Estados Unidos agora, seu país, com esse lixo se mostrando em público, e ele sentiu o sangue ferver.

– Você viu onde Aaron cresceu – comentou Enid quando ele terminou.

– Naquela fazenda.

– Não é realmente uma fazenda. É uma atração turística. Legal, não acha?

– Parece ser.

– Parece ser – repetiu ela, assentindo. – Quando Aaron era pequeno, ele morava na atual sede do hotel-fazenda. Naquela época, eles só alugavam seis quartos. A família ocupava o restante. Depois, expandiram o negócio. Começaram a alugar todos os dez quartos. Há cinco, seis anos, construímos aqueles anexos, de forma que agora são 24 quartos. Temos um restaurante muito bom também. Wiley sempre o chama de "bistrô". Acha que fica mais chique. E a loja de presentes tem um bom movimento. Vende suvenires e velas, esse tipo de porcaria. Estou fugindo do assunto, não?

– De forma alguma.

– Você quer saber sobre Aaron.

Simon não respondeu.

– Bem, mesmo ainda garoto, ele sempre foi um pouco taciturno, se quer saber.

Um dos caras tatuados trocou um olhar com ela por uma porta nos fundos. Enid assentiu e ele saiu.

– Não vejo como isso pode ajudar você – disse ela.

– Eles.
– O quê?
– A senhora disse "eles só alugavam seis quartos". Eles.
– E daí?
– Achei que diria "nós" em vez de "eles".
– Ainda não éramos "nós" – disse ela. – Wiley e eu ainda não éramos casados na época.
– Que época?
– Quando Wiley morava na sede.
– Mas a senhora falou que Aaron morou lá.
– Sim. Com Wiley. Sou madrasta dele. Quando entrei em cena, o menino já tinha 9 anos. Verdade seja dita, não sou do tipo maternal. Surpreso? Aaron e eu nunca fomos próximos.
– E a mãe verdadeira? Onde está?
Enid olhou de soslaio para a porta de trás. O cara tatuado retornara, certificando-se de que ela o notasse. Seu copo estava vazio. Gladys, a do cabelo cor de feno, o reabasteceu sem que ela pedisse.
– Sra. Corval? – disse Simon.
– Pode me chamar de Enid.
– Enid, o que aconteceu com a verdadeira mãe do Aaron?
– Isso não tem nada a ver com o que estamos falando.
– Pode ser que tenha.
– Como? – Enid se virou, colocando um braço sobre o balcão, e o encarou.
– Eu avisei Aaron desde o primeiro dia aqui: não experimente. Nunca. Nem uma prova. Ele via todo dia o que essa porcaria faz com a pessoa. Mesmo assim, acabou assassinado num buraco cheio de viciados. Então me diga, Sr. Greene, como a mãe biológica poderia ter alguma coisa a ver com a morte do filho? E, enquanto você pensa, como poderia a mãe biológica dele ter alguma coisa a ver com o desaparecimento da sua filha?
– Não sei – respondeu Simon.
– Eu seria provavelmente mais culpada, não acha?
Ele não disse nada.
– O pai dele e eu nos casamos. Quando Aaron era adolescente, cismou de começar a andar por aqui. Este é o problema de ser criado em um lugar calmo. As pessoas acham isso mágico ou sei lá o quê. A beleza cansa. Arma ciladas. Alguém como Aaron já tinha essa tendência. Fazia parte dele. Como de mim, mesmo que não fôssemos parentes de sangue.

Simon queria perguntar o que era aquele lugar, mas essa seria a abordagem errada. Mudou de estratégia e falou:

– A mãe biológica do Aaron estava no funeral hoje?

Ela manteve a cabeça baixa.

– Não pode ao menos me dizer...

– Não – disse Enid. – Ela não estava lá.

– Ela ainda está viva? Mantinha algum tipo de relacionamento com o filho?

– Eu não o conheço, Sr. Greene.

– Sim, conhece o suficiente. Não me importa o que a senhora faz aqui ou o que acontece no hotel-fazenda, nada disso. Não tenho a intenção de lhe causar nenhum problema. Mas, sem querer ser repetitivo, minha filha está desaparecida.

– E eu não vejo o que isso tem a ver com...

– Provavelmente não tem – interrompeu ele. – Só que não é o que parece. A polícia acha que talvez Paige tenha matado o namorado para se salvar. Ou que talvez eu o tenha matado, ou minha esposa, para proteger nossa filha. Ou que talvez tenha sido uma transação de drogas que deu errado. Todas essas são boas teorias, mas estou pedindo sua ajuda.

Ela começou a rodar o copo, olhos fixos na bebida.

– A mãe do Aaron está viva ou não?

– A verdade? – Enid levantou a cabeça e estudou o rosto dele por um longo tempo. – Eu não sei.

– Não sabe se ela está viva ou morta?

– Isso mesmo. – Ela se virou para Gladys. – Pegue outra cerveja para o meu amigo aqui e leve para a mesa do canto. Ele e eu precisamos conversar um pouco.

capítulo dezesseis

A ENTRADA DO *Tatuagem Enquanto Vc Espera* estava bloqueada por barreiras de trânsito antigas, em forma de A, do tipo com listras laranja e brancas.

Elena Ramirez observou dois carros de polícia com todas as insígnias possíveis, além de dois outros veículos que pareciam não identificados. Ela parou seu Ford Fusion alugado, com aquele cheiro insuportável de cereja, na entrada da loja, entre a estrada e as barreiras.

Um policial franziu a testa e caminhou até ela.

– Não pode ficar aí.

– O que está acontecendo aqui?

– Por favor, retire o carro do local.

Elena poderia ter mostrado a credencial, mas isso provavelmente não a levaria a lugar nenhum. Também não tinha noção de qual era o caso ou por que a polícia estava ali, e nunca era boa ideia continuar às cegas.

Hora de fazer uma pequena investigação.

Elena agradeceu ao policial, deu ré e retornou à estrada. Encostou o veículo cerca de 100 metros depois, no Sonic Drive-In. Pegou o celular e fez algumas ligações.

Precisou de cerca de meia hora para saber os detalhes sobre o duplo assassinato do dia anterior.

As vítimas eram Damien Gorse, 29 anos, coproprietário da loja, e Ryan Bailey, 18, aluno do último ano do ensino médio, que trabalhava ali meio expediente. O relatório inicial indicava que as duas vítimas haviam sido baleadas durante um roubo que deu errado. Errado, pensou Elena, era a palavra-chave.

Ela fez mais algumas ligações, esperou, conseguiu a confirmação. Depois, voltou à autoestrada, parando junto às barreiras. O mesmo policial arrastou uma delas para o lado, a fim de que ela passasse. Ele lhe indicou que estacionasse à esquerda. Ela agradeceu e seguiu suas instruções.

Elena olhou pelo espelho retrovisor e tentou dar um sorriso solidário. Argh. Essa parte seria um pé no saco. Os policiais e seus egos. Uma receita dura de engolir. Acrescente uma pitada de disputa por território, o costumeiro exibicionismo dos machões, mais a raridade de se conseguir um caso de assassinato, ainda por cima duplo, e Elena esperava um festival de merdas de proporções épicas.

Um homem que ela calculou ter uns 30 e poucos anos, talvez 40, saiu pela porta da frente do estúdio de tatuagens, tirou as luvas usadas para investigar a cena do crime e caminhou até ela. O passo dele era confiante, mas sem exageros. O cara era muito bonito. Estava mais para lenhador do que para garoto bonito, o que costumam chamar de "rústico". Se ainda tivesse um tipo – e Elena se sentia apática nessa área desde a morte de Joel –, seria esse cara.

O policial a cumprimentou com um aceno de cabeça e deu um meio sorriso, saudação apropriada naquelas circunstâncias.

– Você deve ser a agente especial Ramirez – disse o homem.

– Reformada.

Ela apertou sua mão. Era grande. Como a de Joel. Sentiu outra pontada.

– Sou o detetive Dumas. Todo mundo me chama de Nap.

– Nap – repetiu ela. – Eu sou Elena. Faço trabalho particular agora.

– É. Minha chefe me contou.

– Seria ela a promotora Loren Muse?

– Exato.

– Soube que ela é boa.

– Sim – concordou Nap. – Ela é.

Não havia ressentimento em seu tom por ter uma mulher jovem acima dele. Nenhuma demonstração forçada de admiração em relação a isso também. Bons indicadores.

Era assim que funcionava: a firma de Elena, a VMB Investigações, era uma das mais prestigiadas do país, com escritórios em Chicago, Nova York, Los Angeles e Houston. Investigadores como os da VMB precisavam de acesso, de modo que eles faziam generosas doações para campanhas políticas e grupos policiais benevolentes de várias patentes. Um dos sócios mais antigos, Manny Andrews, era um importante aliado do atual governador, que nomeou Loren Muse promotora distrital. Assim, Manny Andrews ligou para o governador, que ligou para Muse, que por sua vez ligou para o detetive encarregado do caso, Nap Dumas.

A mensagem: cooperem.

Não há nada de ilegal nisso. Quem fica boquiaberto diante desse tipo de troca de favores é irremediavelmente ingênuo. O mundo sempre funcionou na base do "Coce as minhas costas que eu coço as suas". Quando isso despenca, por bem ou por mal, a sociedade vai junto.

Os policiais geralmente se eriçam diante dessa coçação de costas, o que leva ao exibicionismo territorial para o qual Elena havia se preparado. Nap Dumas parecia não se importar com aquilo. Por enquanto.

– Venha comigo – disse.

Ele caminhou para a ala esquerda do prédio.

Elena, que ainda mancava por causa de uma bala de muito tempo atrás, emparelhou a seu lado.

– Peguei este caso tem uma hora – informou Nap. – Ainda estou me inteirando também.

– Agradeço por me deixar ver a cena do crime.

Um pequeno sorriso maroto aflorou aos lábios de Dumas.

– Sem problemas.

Elena não se deu o trabalho de retrucar.

– Alguma chance de você me contar qual é o seu interesse nisso?

– Estou trabalhando num caso que pode ter algo em comum – respondeu Elena.

– Ei – disse Dumas. – Vamos com calma nos detalhes.

Ela sorriu. Um pouco além, notou um Ford Flex com painel de madeira. Dois técnicos vestidos de branco periciavam a cena.

– Pode me dizer que tipo de caso? – perguntou ele.

Ela cogitou ser grossa, lembrando-o de que sua chefe já lhe dissera para cooperar e que ela não podia falar sobre o caso porque era confidencial, mas isso seria errado ali. Aquele tal de Nap parecia ser legal. Mais até do que isso, na verdade. Aura boa, diria a mãe de Elena. Ela sempre fora cética a esse respeito – primeira impressão, instinto – porque, verdade seja dita, as pessoas podem ser totalmente psicopatas e enganar outras. Mas, na verdade, elas raramente enganavam Elena. À medida que os anos passavam, ela ia percebendo que seu instinto funcionava melhor do que imaginava. Os caras que lhe davam arrepios logo de cara acabavam sempre se revelando cretinos mesmo. Os pouquíssimos caras que transmitiam essa aura positiva acabavam se mostrando dignos de confiança.

E Nap fazia com que ela se lembrasse de Joel. O seu Joel. Que Deus a ajudasse.

A pontada passou para o coração e ficou lá.

– Nap?

Ele aguardava.

– Acho que seria melhor esperar – disse Elena.

– Hein?

– Eu não vou esconder nada – declarou ela. – Mas neste exato momento eu gostaria de ouvir o que você acha sem nenhuma opinião preconcebida.

– Opinião preconcebida – repetiu Dumas.

– Sim.

– Está se referindo a contexto e fatos?

– Você parece ser bem direto.

– Você também.

– A gente pode fazer o meu jogo por enquanto?

Nap hesitou, mas não por muito tempo. Ele fez que sim com a cabeça enquanto os dois se aproximavam do Ford Flex e falou:

– Pelo que podemos entender, os tiros começaram aqui, quando Damien Gorse estava entrando no carro.

– Então Gorse foi baleado primeiro?

– Temos quase certeza que sim. – Nap inclinou a cabeça. – Isso é importante?

Elena não respondeu.

Ele suspirou.

– Certo. Opiniões preconcebidas.

– Quantos atiradores? – perguntou ela.

– Não sabemos. Mas a balística inicial indica que a mesma arma matou as duas vítimas.

– Então talvez só fosse um.

– Difícil dizer, mas parece que sim.

Elena avaliou a cena. Olhou para os fundos do prédio e depois para cima, em direção ao céu.

– Nenhuma câmera de segurança no estacionamento?

– Nenhuma.

– E dentro da loja?

– Também nenhuma. Só um alarme comum, com botão de pânico e sensor de movimento.

– Imagino que a loja trabalhe com dinheiro.

– Sim.

– O que eles fazem com ele?

– Um dos dois donos, Gorse, leva o dinheiro para casa toda noite e guarda no cofre deles.

– Cofre deles?

– Como?

– Você disse "cofre *deles*". Os donos dividem um cofre?
– Sim, eles moram juntos. E, para responder à sua próxima pergunta, Gorse foi roubado. O dinheiro, a carteira e umas joias foram levadas.
– Então você acha que foi roubo?
Nap deu um breve sorriso. Como o do Joel, outra vez. Droga.
– Bem, achava – respondeu ele.
A implicação era clara: achava... até você aparecer.
– E onde está o sócio?
– Chegando do aeroporto. Deve estar aqui a qualquer momento.
– Aeroporto?
– O nome dele é Neil Raff. Ele estava de férias em Miami.
– Ele é suspeito?
– Um sócio viajando na hora do assassinato?
– Certo – disse ela. – Então é óbvio que ele é.
– Ainda é cedo para afirmar.
– Alguma ideia da quantia que Gorse tinha com ele?
– Não, ainda não. Em determinados dias, já sabemos, o faturamento podia chegar a alguns milhares de dólares e em outros beirava zero. Depende obviamente de como foi o movimento naquele dia e de quantas pessoas usaram cartão.
Não havia desenho a giz de corpo nem nada disso, mas Nap tinha fotografias da cena do crime. Elena as estudou por um momento.
– Você acha que o criminoso roubou a vítima primeiro e depois atirou – começou Elena – ou atirou e depois roubou?
– Atirou primeiro – respondeu Nap.
– Parece muito seguro disso.
– Olhe o bolso do Gorse na fotografia.
Ela olhou, assentindo.
– Virado do avesso.
– A camisa está para fora da calça também. Um anel sobrou, como se estivesse muito difícil de arrancar... ou porque alguém interrompeu.
Elena entendia agora.
– Onde o atirador estava?
Nap mostrou.
– Os primeiros policiais que chegaram ao local imaginaram que o atirador estivesse de carro e tivesse atirado de dentro dele, ou que talvez tivesse estacionado e esperado.

– Mas você não acha isso?

– Pode até ser – respondeu Nap. – Mas meu palpite é que ele veio da área arborizada. Veja este ângulo.

Elena concordou.

– É possível – continuou Nap – que o assassino tenha vindo de carro mais cedo, estacionado e depois se escondido entre as árvores. Mas não acho isso também.

– Por que não?

– Porque só havia mais uma pessoa aqui na hora dos disparos... a segunda vítima, Ryan Bailey. Ele não tinha carro. Pegava o ônibus do shopping e vinha andando.

Ela olhou ao redor, ignorou os carros da polícia, oficiais e não oficiais.

– Quando os primeiros policiais chegaram aqui, havia algum carro no estacionamento além do de Gorse?

– Nenhum – respondeu Nap. – O estacionamento estava vazio.

Elena deu um passo para trás.

– Então se alguém... o assassino, digamos... chegou de carro e parou no estacionamento, Gorse teria notado ao sair.

– Concordo – disse Nap. – Damien Gorse é o dono. É hora de fechar a loja. Se visse um carro estranho no seu estacionamento, acho que ele iria até lá para checar. A menos que houvesse um motorista para dar fuga.

Elena franziu a testa.

– Motorista para dar fuga?

– Eu uso o jargão policial. De qualquer jeito, a gente vai analisar todo o conteúdo relevante das câmeras dos arredores.

– Pelo que entendi, uma das duas vítimas ligou para o 911.

– Sim, Ryan Bailey. A segunda vítima.

– O que ele disse na ligação?

– Nada.

– Nada?

Nap explicou a teoria com que estava trabalhando. O atirador mata Damien Gorse ao lado do Ford Fusion. Começa a revistar os bolsos do morto. Pega o dinheiro, o relógio, a carteira, e está arrancando as joias quando a porta se abre e Ryan Bailey sai. Bailey vê o que está acontecendo, corre pra dentro da loja, aciona o alarme e se esconde no armário.

Elena franziu outra vez a testa.

– O quê? – perguntou Nap.

– Bailey disparou o alarme de dentro do estúdio de tatuagens?

Nap assentiu.

– O botão de pânico fica bem perto da porta dos fundos.

– É um alarme silencioso? – perguntou ela.

– Não.

– Alto?

– O alarme? Sim, bem alto.

Elena franziu a testa mais uma vez.

– O que foi?

– Mostre para mim – pediu ela.

– Mostrar o quê?

– O armário onde Ryan Bailey se escondeu.

Nap a observou por um momento, depois entregou a ela um par de luvas. Elena as calçou, e ele fez o mesmo. Os dois caminharam em direção à entrada dos fundos.

– Saco de lixo cheio – disse Nap, apontando para um saco rasgado sobre o chão. – Achamos que Bailey saiu para jogá-lo na lixeira.

– E foi aí que ele interrompeu o roubo?

– É a nossa teoria.

Só que não fazia sentido.

Outro policial entregou-lhes uma veste branca e pantufas para que pudessem entrar na cena do crime. Elena vestiu a dela por cima da roupa. Havia mais técnicos de laboratório cobertos de branco no interior. O armário era adjacente à porta dos fundos.

Elena franziu novamente a testa.

– O quê?

– Não faz sentido.

– Por que não?

– Você acha que Ryan Bailey saiu para jogar o lixo.

– Certo.

– Ele pega nosso assassino saqueando o corpo do Gorse.

– Isso.

– Então nosso criminoso não sabia que o garoto estava aqui dentro. É o mais provável.

– Não sei, possivelmente. E daí?

– Ryan Bailey sai então. Vê o assassino. Corre de volta para dentro da loja e aciona o alarme. Depois se esconde no armário.

– Certo.

– E nosso assassino o persegue, certo?

– Certo.

– Aí o assassino o segue até aqui dentro. Procura por ele. O tempo todo o alarme está soando.

– É, e daí?

– Mas por quê? – perguntou ela.

– Como assim, por quê? Ryan Bailey tinha visto o assassino. Poderia identificá-lo.

– O assassino quis então silenciá-lo.

– Sim.

– Então isso afasta a hipótese de assassinato encomendado – disse Elena.

– Como assim?

– Conhece algum assassino profissional que não usaria máscara de esqui ou algum tipo de disfarce? Um profissional teria corrido quando o alarme soou. O que o garoto poderia nos contar? Que um homem usando máscara de esqui matou seu patrão? A única razão para o assassino segui-lo até o interior da loja e matá-lo seria o fato de Ryan Bailey poder reconhecê-lo.

Nap assentiu.

– Ou talvez fosse alguém que os dois conhecessem.

– De qualquer forma, não acho que isso se encaixe no meu caso. O meu cara seria um profissional. Usaria máscara – declarou Elena.

– Então, qual é o seu caso?

Foi quando ela viu o computador em cima da mesa. Elena não sabia com quem Henry Thorpe havia estado em contato – apenas que as comunicações vieram de um endereço IP e de um wi-fi localizados naquele prédio.

Elena se virou para Nap:

– Posso dar uma olhada neste computador?

capítulo dezessete

Enid corval e simon estavam confortavelmente instalados num dos reservados de estofamento rasgado daquele "clube particular".

Ele já tinha ligado quase todos os pontos. Não em relação à mãe de Aaron. Não fazia ideia sobre isso. Mas em relação ao clube. Eles estavam vendendo alguma coisa nos fundos, provavelmente drogas. Ali não era só um pub ou bar. Era um clube particular de verdade, com regulamento diferente. O hotel-fazenda era a fachada, a legitimidade e talvez o lugar onde ela lavava um bocado do dinheiro proveniente do clube.

Simon poderia, é claro, estar muito errado nas suas suposições. Essa especulação não chegava sequer ao nível de conjectura inconsistente, e ele não ia trazê-la à baila a menos que fosse absolutamente preciso.

Mas a teoria parecia correta para ele.

– Wiley e eu... nosso casamento é meio antiquado. – Ela parou, balançou a cabeça. – Nem sei por que estou contando isso. Acho que é porque estou ficando mais velha e Aaron está morto. E talvez você esteja certo, Sr. Greene.

– Simon.

– Prefiro Sr. Greene.

– Talvez eu esteja certo sobre o quê?

Enid abriu os braços.

– Talvez esteja tudo interligado. Essas coisas do passado e o agora. Quem sou eu para afirmar?

Simon esperou, mas não muito. Enid continuou:

– Eu não sou dessas bandas. Cresci em Billings, Montana. Não vai querer ouvir a história de como acabei aqui nessa parte de Connecticut. O vento sopra como só ele. É a vida. Mas quando conheci Wiley ele tinha um filho de 9 anos chamado Aaron. Muitas mulheres achavam atraente a imagem do pai solteiro, que criava o garoto sozinho e tinha o belo hotel-fazenda. As pessoas perguntavam ao Wiley sobre o filho e o que tinha acontecido com a mãe do menino, mas ele desconversava educadamente. Não gostava de falar sobre isso. Ficava com lágrimas nos olhos. Até mesmo comigo.

– Mas então?

– Ah, eu já tinha ouvido a história antes de ele me contar. Todo mundo aqui sabe partes dela. Wiley e a mãe do garoto se conheceram numa época da vida em que ele não queria ter nada a ver com o hotel-fazenda. Como todo mundo que foi criado aqui, Wiley queria cair fora. Então ele viajou para a Europa fazendo mochilão e conheceu uma garota na Itália. O nome dela era Bruna, da Toscana. Foi isso que Wiley me contou. Os dois trabalharam num vinhedo por um tempo. Ele disse que trabalhar no vinhedo era um pouco como trabalhar no hotel-fazenda, trazia lembranças. Deixava-o com certa vontade de voltar para casa, era o que ele dizia. – Ela apontou para a lata de Pabst com o queixo. – Não está bebendo sua cerveja.

– Eu tenho que dirigir.

– Duas cervejas? Espere aí, você não é assim tão fraco.

Mas era. Ingrid podia tomar bebidas destiladas por horas sem o menor problema. Já para Simon bastavam duas cervejas para ele tentar dar um beijo de língua em uma tomada.

– O que aconteceu então?

– Eles se apaixonaram. Wiley e Bruna. Romântico, não? Tiveram Aaron. Uma história feliz até... bem, até a Bruna morrer.

– Ela morreu?

Enid ficou imóvel. Imóvel demais.

– Como? – perguntou ele.

– Acidente de carro. Uma colisão frontal na autoestrada A11. Sim, o Wiley sempre acrescentava esse detalhe. Autoestrada A11. Eu procurei no mapa uma vez. Não sei por quê. Liga Pisa a Florença. Bruna estava indo visitar a família, segundo ele. Wiley não quis ir. Os dois tiveram uma briga por causa disso antes de ela sair. Supostamente, ele deveria estar no carro com ela. Era o que Wiley dizia. Então ele se sente culpado. É um assunto muito difícil para ele. Fica muito abalado.

Enid olhou para Simon por sobre o copo.

– Você parece cética – disse ele.

– Pareço?

– Sim.

– Wiley conta a história com emoção. Muito teatral, meu marido. Faz acreditar em cada palavra.

– Mas você não acreditava?

– Ah, eu acreditava. Mas também me perguntava por que Bruna visitaria a família sem levar o filho bebê. Você levaria, certo? Uma jovem mãe viajando para ver a família levaria o bebê.

– Você questionou Wiley sobre isso?

– Não, nunca perguntei nada. Por que faria isso? Quem questionaria uma história dessas?

O ar rançoso de cerveja esfriou de repente. Simon desejava saber o desenrolar da história, porém, mais que isso, queria que Enid contasse sem ele pedir. Ficou em silêncio.

– Wiley voltou para casa depois do acidente. Para o hotel-fazenda, quero dizer. Ele estava com medo de que a família da Bruna entrasse com um pedido de custódia ou que o detivesse... eles não eram casados legalmente nem nada... então ele veio para os Estados Unidos com o bebê. Foram morar no hotel-fazenda...

A voz sumiu quando ela deu de ombros.

Fim da história.

– Então – disse Simon – a mãe do Aaron está morta.

– É o que Wiley diz.

– Mas quando eu perguntei se ela estava viva você disse que não sabia.

– Que esperto, Sr. Greene. – Ela levantou o copo e riu. – Por que diabo estou lhe contando tudo isso?

Ela o encarou e aguardou a resposta.

– Porque tenho uma cara honesta? – supôs Simon.

– Você se parece com meu primeiro marido.

– Ele era honesto?

– Porra nenhuma. Mas, ah, cara, ele era ótimo de cama.

– Então temos algo em comum.

Enid deu uma risada.

– Gosto de você, Sr. Greene. E, ah, dane-se. Não vejo como isso possa ajudá-lo, mas... eu vi coisas estranhas. E o mal permanece. Não vai embora. Se você não o enterra direito, ele retorna. Você joga o mal no meio do oceano, ele volta para você como um tsunami.

Simon esperou.

– Você guarda seus passaportes velhos? – perguntou ela. – Depois de eles expirarem?

– Sim.

Na verdade, ele recomendava aos clientes que fizessem o mesmo, para o caso de precisarem provar que estiveram em algum lugar. Era imbatível quando se tratava de salvar documentos oficiais, porque nunca se sabe.

– Wiley também. Mas não onde alguém poderia encontrá-los com facilidade. Eles estão encaixotados no porão. Mas eu os encontrei. E sabe o que descobri?

– O quê?
Enid pôs a mão ao lado da boca e sussurrou teatralmente:
– Wiley nunca esteve na Itália.

O escritório na *Tatuagem Enquanto Vc Espera* tinha paredes de vidro. Assim, quem se sentava ali podia olhar para as cadeiras, os artistas e a área de espera, e vice-versa. O monitor do computador, entretanto, ficava em frente a uma das paredes. Dessa forma, ao mesmo tempo que a privacidade era quase nula, não dava para ninguém ver o que a pessoa sentada à mesa acessava ali.

A mesa era para duas pessoas, que se sentavam uma de frente para a outra. Estava cheia de pedaços de papel, três pares de óculos para leitura comprados na farmácia, uma dezena ou mais de canetas variadas e marcadores. Havia um saquinho de pastilhas para garganta sabor cereja à esquerda, alguns livros de bolso, contas espalhadas sem qualquer critério.

No centro da mesa via-se uma fotografia ligeiramente desbotada de seis homens sorrindo largamente. Dois deles estavam em primeiro plano, com os braços passados em torno do ombro um do outro; os demais, um pouco mais atrás, de braços cruzados. Tinha sido tirada em frente à loja – no dia da abertura, a julgar pelas fitas e tesouras gigantes.

Elena pegou a foto e mostrou a Nap, que assentiu e apontou para um dos caras que estava na frente, à direita.

– Esta é a vítima. Damien Gorse.

Nap deslizou o dedo em direção ao cara ao lado de Damien – um tipo fortão com traje completo de motoqueiro e bigode grisalho que parecia um guidom.

– Este é o sócio, Neil Raff.

Elena se sentou na cadeira giratória em frente ao monitor. O mouse do computador era vermelho, em formato de coração. Por um momento, ela só olhou. Um coração. O mouse de Damien Gorse tinha o formato de um coração. Como investigadora, ela sempre agia com discrição e pensava de forma analítica, porque era sempre o melhor a fazer. Focava em sua meta particular – nesse caso, encontrar Henry Thorpe –, mas Joel sempre lhe dizia para não se esquecer da devastação, das vidas perdidas, destruídas ou despedaçadas de modo irrevogável. O mouse era um presente, só podia ser, não era o tipo de coisa que alguém compra para si. A pessoa que o deu a Damien queria que ele soubesse que era de alguma forma amado.

"Não deixe essas emoções te entristecerem", Joel dizia, "deixe que te energizem."

Quando Elena tocou no mouse, a tela se iluminou. Apareceu uma fotografia de Damien Gorse e Neil Raff, com uma mulher mais velha entre os dois. Eles estavam sorridentes em uma praia.

No centro da tela, uma caixa de diálogo pedia a senha. Elena levantou os olhos para Nap como se ele pudesse saber. O policial deu de ombros. Havia Post-its por todo o computador. Ela os examinou, buscando o que poderia ser uma senha, mas nada chamou sua atenção. Abriu a gaveta de cima. Nada.

– Tem alguém que possa desbloquear isto? – perguntou ela.

– Sim, mas ele ainda não chegou.

A porta da frente se abriu e um homem, que ela reconheceu pelas fotografias como Neil Raff, irrompeu por sua própria loja. Naquele momento, vestia jeans em vez de couro – quase mais fora de moda que na foto – e o bigode de guidom estava completamente branco. Mas não havia como confundi-lo com outra pessoa. Atordoado, virava a cabeça e olhava para a loja, como se a estivesse vendo pela primeira vez. Os olhos estavam vermelhos e inchados de tanto chorar.

Nap se precipitou em direção ao homem. Elena assistia. Pôs a mão em seu ombro, baixou a cabeça e falou com suavidade. Nap era bom. Outra vez, alguma coisa no jeito como ele se portava a fez pensar em Joel. Isso a agitou. Deus, como sentia saudade dele. De cada parte. Das conversas, da companhia, do coração, mas naquele momento não conseguia deixar de pensar em como sentia falta do sexo. Poderia soar estranho para alguns, mas fazer amor com Joel foi a melhor coisa que lhe acontecera. Sentia falta do peso dele sobre ela. Do jeito como a olhava quando estava dentro dela, como se fosse a única mulher no mundo. Sentia falta – e isso não era nada feminista de sua parte – de como se sentia protegida ao lado de Joel.

Estava pensando naquilo porque percebeu de repente, olhando as fotos de Gorse e Raff, algo no que Nap dissera sobre os donos levarem o dinheiro para casa e guardarem no cofre *deles*. E, observando a devastação no rosto de Neil, viu que reconhecia aquela dor em particular, a devastação destruidora que vem das entranhas, de se perder não um amigo ou sócio, mas o parceiro de uma vida.

Poderia estar projetando, mas achava que não.

Nap fez Raff se sentar no sofá de couro da área de espera. Puxou uma cadeira e se acomodou em frente ao homem que sofria. Tinha um bloco de notas na mão, mas não queria arriscar parecer outra coisa que não completamente atento e solidário. Portanto, não escreveu nada. Elena esperou. Não havia muito mais a fazer.

Meia hora mais tarde, após dar seus pêsames, ela moveu outra vez o mouse em forma de coração, despertando a tela. A fotografia apareceu.

– Oh, Deus – disse Raff, virando-se para Nap. – Alguém já contou para Carrie?

– Carrie?

– A mãe do Damien. Ah, meu Deus, ela vai ficar arrasada.

– Como a gente pode encontrá-la?

– Deixe eu ligar para ela.

Nap não disse nada.

Raff continuou:

– Ela mora em um condomínio em Scottsdale agora. Sozinha. Damien é tudo que ela tem.

É, pensou Elena. *É tudo que ela tem*. Ainda usando o tempo presente. É comum.

– Damien tinha irmãos? – perguntou Nap.

– Não. Carrie não podia ter filhos. Damien era adotado.

– E o pai dele?

– Fora de cena. Os pais se divorciaram de forma horrível quando ele tinha 3 anos. O pai adotivo não fez mais parte da vida do Damien desde então.

Elena apontou para a caixa de diálogo na tela.

– Você sabe a senha do Damien?

Raff piscou e olhou para outro lado.

– Claro que sei a senha dele.

– Pode me dizer qual é?

Ele piscou mais um pouco, os olhos marejados.

– Guanacaste. – Raff soletrou para ela. – É uma província da Costa Rica – acrescentou.

– Ah – disse Elena, porque não sabia o que dizer.

– Nossa... nossa lua de mel foi lá. É o nosso lugar preferido.

Elena digitou as letras e esperou os ícones aparecerem na tela.

– O que está procurando? – perguntou Raff.

– Este era o computador do Damien?

– É o nosso computador, sim.

Outra vez o tempo presente.

– Tem outros computadores na sua rede? – indagou ela.
– Não.
– E os clientes? Eles conseguem acessar a rede?
– Não. Ela é protegida por senha.
– E este é o único computador nela?
– Sim. Damien e eu compartilhamos, embora eu não seja muito bom com tecnologia. Às vezes eu me sentava aqui e usava, e o Damien ficava do outro lado da mesa. Mas a maior parte do tempo era ele quem mexia no computador.

Elena também não era muito boa com tecnologia – por isso sua firma tinha Lou –, mas ela sabia o básico. Entrou no navegador e começou a verificar o histórico. Neil Raff estivera em Miami nos últimos cinco dias, então a navegação recente teria sido feita por Damien Gorse.

– Ainda não entendo o que estão procurando – disse Raff.

Havia um bocado de buscas por imagens. Ela clicou ao acaso em algumas. Tratava-se, como era de esperar, de tatuagens, uma ampla variedade delas. Havia rosas e arame farpado, caveiras com ossos cruzados, corações de todas as cores e tamanhos. Tinha uma do palhaço Pennywise, do filme *It – A coisa*, algumas envolvendo atos sexuais explícitos (quem fazia uma tatuagem dessas?), as que diziam "mamãe", as que homenageavam um amigo falecido, as que cobriam um braço inteiro e muitas com desenhos de asas para a área do cóccix.

– Tiramos da internet as ideias para as tatuagens – explicou Raff. – Mostramos aos clientes o que já foi feito para podermos tentar algo melhor.

O restante do histórico de pesquisa parecia igualmente rotineiro. Damien Gorse tinha acessado o Rotten Tomatoes e comprado ingressos de cinema. Comprara também meias e cápsulas de café na Amazon. Entrara num desses sites de DNA que revelam a composição ancestral da pessoa. Elena às vezes pensava em fazer um desses testes. A mãe era mexicana e jurava que o pai biológico da filha também era, mas ele havia morrido antes de Elena nascer. Além disso, a mãe sempre ficava estranha quando Elena perguntava algo a respeito disso, então, quem sabe?

– Posso ajudar? – perguntou Raff.

Era mais uma súplica que uma pergunta.

Elena mantinha os olhos na tela.

– Você... ou, na verdade, Damien... conhece alguém chamado Henry Thorpe?

Ele pensou.

– Não que eu me lembre.

– Ele tem 24 anos. É de Chicago.

– Chicago? – Raff pensou mais um pouco. – Acho que não conheço ninguém com esse nome. E também nunca ouvi Damien mencioná-lo. Por que está perguntando?

Elena ignorou a pergunta.

– Você e Damien estiveram em Chicago recentemente?

– Fui até lá no meu último ano do ensino médio. Acho que Damien nunca foi.

– E o nome Aaron Corval? Diz alguma coisa?

Raff acariciava o bigode-guidom com a mão direita.

– Não, acho que não. Ele também é de Chicago?

– Connecticut. Mas mora no Bronx agora.

– Lamento, mas não conheço. Posso saber por que está perguntando?

– Seria melhor nesse momento se você pudesse só responder às minhas perguntas.

– Bem, não reconheço nenhum desses dois nomes. Posso pesquisar no nosso banco de dados de clientes, se quiser...

– Seria ótimo.

Raff se inclinou sobre o ombro dela e começou a digitar.

– Você pode imprimir para a agente a lista completa de clientes? – perguntou Nap.

– Acham que um dos nossos clientes...?

– Só checando todas as possibilidades – respondeu Nap.

– Como se escreve Thorpe? – Raff perguntou a Elena.

Ela sugeriu que ele tentasse com e sem o *e* no final. Nada. A mesma coisa com Aaron Corval.

– Quem são esses homens? – perguntou Raff. Havia uma irritação na voz agora. – O que eles têm a ver com Damien?

– Você disse que só você e o Sr. Gorse usavam esse IP e wi-fi, certo?

– Sim. E?

– Não me peça a explicação técnica, mas Henry Thorpe teve contato com alguém que usou o IP deste computador – declarou ela.

Nap apenas escutava.

– E o que isso quer dizer? – indagou Raff.

Havia mais irritação em sua voz agora.

– Quer dizer só isso. Alguém que usou este computador se comunicou com Henry Thorpe.

– E daí? Esse tal de Thorpe pode ser algum vendedor de tinta, sei lá.

– Não é.

Elena o encarou com firmeza.

– Damien não tinha segredos para mim – disse Raff.

Tinha. Finalmente o pretérito.

– Vai ver, nosso computador foi hackeado ou algo desse tipo.

– Não foi o que aconteceu, Neil.

– Então o que está insinuando?

– Não estou insinuando nada. Estou só perguntando.

– Damien não me trairia.

Ela não tinha ido nessa direção, mas talvez devesse. Talvez houvesse algum tipo de ligação romântica ali. Henry Thorpe era gay? Ela não tinha se dado ao trabalho de perguntar.

E se fosse esse o caso – se Damien e Henry fossem amantes –, como Aaron Corval se encaixava nisso? Paige Greene não era sua namorada? Poderia haver alguma ligação? Algum enredo romântico que Elena ainda não tivesse considerado no centro disso tudo?

Mas ela não via como.

Nap bateu em seu ombro.

– Posso falar com você um instante?

Elena se levantou da cadeira. Pôs a mão no ombro de Raff.

– Sr. Raff?

Ele olhou para ela.

– Eu não estou insinuando nada. De verdade. Só estou tentando ajudar a encontrar quem fez isso.

Ele assentiu, olhos baixos.

Nap saiu pela porta de trás. Ela o seguiu.

– O que foi? – perguntou.

– Aaron Corval.

– O que tem ele?

– Não é difícil usar o Google – disse Nap. – Ele foi assassinado dias atrás.

– Certo.

– Então quer me dizer o que está acontecendo?

capítulo dezoito

A ROTA DE SIMON de volta a Manhattan passava pelo hotel-fazenda Corval. Ele quase passou direto – queria voltar logo para o hospital –, mas, como se diz, quem não arrisca não petisca. Entrou no estacionamento e parou na mesma vaga que havia ocupado antes.

A sede estava silenciosa. Se os participantes do funeral se dirigiam para uma reunião quando Enid partiu para o clube, esta já devia ter terminado. Simon buscou reconhecer alguém que tivesse estado no funeral perto do riacho, mas o único rosto familiar era a mulher com a blusa quadriculada que ficava na recepção. Ela estava com outro mapa do terreno aberto em cima da mesa enquanto mostrava "a trilha de caminhada mais difícil da propriedade" para um casal vestido com cores semelhantes, que Simon chamaria anacronicamente de yuppie.

A mulher notou Simon esperando e não gostou. Ele se balançava na ponta dos pés e olhava em volta. Havia uma escada à direita. Simon pensava se devia subir ou não, mas que bem faria isso? Atrás dele havia uma porta de vidro coberta com renda. Dava acesso a outro aposento.

Talvez a reunião tivesse acontecido lá.

Quando seguiu em direção a ela, ouviu a mulher atrás da mesa dizer:

– Desculpe, esta área é particular.

Simon não parou. Alcançou a porta, girou a maçaneta e entrou.

De fato, houvera algum tipo de celebração ali. Viam-se restos de canapés espalhados sobre uma toalha de mesa branca, manchada, no centro da sala. Uma escrivaninha antiga de tampo corrediço, com escaninhos de correspondência e pequenas gavetas para papéis, ficava à direita de Simon. Wiley Corval se remexeu na cadeira e se levantou.

– O que você está fazendo aqui?

A mulher da recepção entrou atrás dele.

– Mil desculpas, Wiley.

– Tudo bem, Bernadette. Eu resolvo isso.

– Tem certeza? Eu posso chamar...

– Pode deixar comigo. Feche a porta e cuide dos nossos hóspedes, por favor.

Ela fuzilou Simon com o olhar antes de voltar para o saguão. Fechou a porta com um pouco mais de força que o necessário, fazendo tremer o vidro.

– O que quer? – perguntou ele, rispidamente.

Wiley Corval vestia naquele momento um colete marrom de lã espinha de peixe, com botões metálicos. Trazia uma corrente de ouro pendurada num dos botões, ligada sem dúvida a um relógio de bolso. A camisa branca tinha mangas bufantes que se estreitavam em direção ao punho.

"Vestido para o papel de estalajadeiro", pensou Simon.

– Minha filha está desaparecida.

– Já me disse isso. Não faço ideia de onde ela esteja. Por favor, vá embora.

– Tenho umas perguntas.

– E eu não sou obrigado a respondê-las. – Ele se pôs mais ereto, jogando os ombros para trás, teatral. – Estou de luto pelo meu filho hoje.

Não havia motivo para ser sutil.

– Será que era mesmo? – perguntou Simon.

Uma expressão de surpresa tomou o rosto de Wiley, como esperado, mas havia algo mais profundo.

Medo.

– Que era o quê?

– Seu filho.

– Do que você está falando?

– Você não se parece nada com ele.

A boca de Wiley se abriu.

– Está falando sério?

– Me fale sobre a mãe do Aaron.

Ele pareceu que ia dizer algo, mas se conteve e depois um sorriso passou por seu rosto. Um sorriso sinistro. Supersinistro. Simon quase deu um passo para trás.

– Você andou falando com a minha esposa.

Algo ocorreu a Simon naquele momento, algo que talvez Enid tivesse insinuado, ou talvez fosse por estar vendo Wiley pessoalmente, vestido para representar um papel, ou talvez tivesse sido a expressão do homem quando Simon o vira pela primeira vez no bosque.

Não havia nenhum pesar emanando de Wiley Corval.

É claro que todos os clichês se aplicavam ali – cada um sofre de um jeito, o fato de não se ver o sofrimento de um homem não significa que ele não esteja triste, poderia estar exibindo uma falsa expressão de coragem –, mas todos pareciam ilusórios. Enid havia descrito o marido como teatral. Simon agora entendia o motivo, como se tudo que Wiley fizesse fosse parte de uma peça, inclusive suas emoções.

Aquele garotinho. Vivendo sozinho com um homem que dizia ser seu pai.

Simon tentava conter a imaginação, mas ela era como um cavalo selvagem, correndo, desenfreada, em direção aos piores pensamentos, aos cenários mais terríveis e depravados.

Isso não pode ser verdade, pensava Simon.

E, no entanto...

– Vou obter uma ordem judicial.

– Para quê? – perguntou Wiley, abrindo os braços, o retrato da mais pura inocência.

– Teste de paternidade.

– Sério? – Aquele maldito sorriso sinistro. – Aaron foi cremado.

– Posso obter o DNA dele de outras formas.

– Pouco provável. E, mesmo que consiga o DNA dele e o meu, isso só confirmaria que sou o pai dele.

– Você está mentindo.

– Estou?

Ele está gostando disso, pensou Simon.

– Vamos supor que você faça o teste e o resultado revele que eu não sou o pai biológico do Aaron. O que isso provaria?

Simon não disse nada.

– Talvez a mãe dele tenha me traído com outro. Que diferença isso faria tantos anos depois? O teste não mostraria isso, claro... é tudo hipotético. Eu era o pai do Aaron... mas o que você acha que teria condições de provar? – Wiley deu dois passos em direção a Simon. – Meu filho era um traficante de drogas que vivia com a sua filha viciada no Bronx. Ele foi assassinado lá. Independentemente de qualquer boato que Enid tenha contado a você, é preciso entender que o assassinato não tem nada a ver com a infância dele.

Fazia sentido, claro. Num nível superficial, não havia como argumentar contra nada daquilo. Não existia a mínima prova que ligasse qualquer possível horror ocorrido a um menino naquele mesmo hotel a seu assassinato violento décadas depois num cortiço do Bronx.

E, no entanto...

Simon mudou de tática.

– Quando Aaron começou a se envolver com drogas?
O sorriso forçado retornou.
– Talvez você devesse perguntar isso a Enid.
– Quando ele se mudou para longe?
– Quando quem se mudou para longe?
– De quem estamos falando? Aaron.
Outro sorriso. Nossa, ele estava *realmente* gostando daquilo.
– Enid não contou a você?
– Não contou o quê?
– Que Aaron não se mudou para longe.
– Como assim?
– Enid tem um lugar. Uma espécie de clube.
– E daí?
– Lá tem um apartamento nos fundos – disse Wiley. – Aaron morava lá.
– Até quando?
– Eu não saberia dizer. Aaron e eu... nós estávamos brigados.
Simon tentava acompanhar.
– Então quando foi que ele se mudou para perto da Lanford College?
– O que está dizendo?
– Ele se mudou para lá. Acho que Aaron estava trabalhando num clube quando conheceu minha filha.
Wiley gargalhava alto agora.
– Quem disse isso a você?
Simon sentiu outra vez um arrepio.
– Você acha que eles se conheceram na Lanford? – indagou Wiley.
– Não foi?
– Não.
– Onde se conheceram?
– Aqui. – Ele assentiu confirmando diante do olhar de surpresa no rosto de Simon. – Paige veio até aqui.
– Ao hotel?
– Sim.
– Você a viu?
– Vi. – A gargalhada se fora agora, o sorriso desapareceu. A voz se tornou grave. – Também a vi... depois.
– Depois de quê?
– Depois de ela ter ficado com Aaron uns meses. A diferença, o que ele

fez com ela... – Wiley Corval se calou, balançou a cabeça. – Se você fez mal ao meu filho, quase não posso culpá-lo por isso. Só posso dizer que lamento.

Mentira. Ele não lamentava. Aquilo tudo era uma encenação.

– O que Paige queria quando veio aqui? – perguntou Simon.

– O que você acha?

– Não faço ideia.

– Queria conhecer o Aaron.

Não fazia sentido.

Por que Paige, uma estudante universitária aparentemente feliz, iria até ali para procurar um saco de lixo como Aaron Corval? Como sua filha ficou sabendo quem era ele? Teriam se conhecido antes? De acordo com Wiley Corval, não. Paige teria ido até o hotel-fazenda especificamente para conhecer Aaron. Seria para comprar drogas? Esta também parecia uma hipótese remota. Dirigir aquela distância toda – o hotel ficava a horas da Lanford College – para comprar drogas parecia ridículo.

Aaron e Paige teriam se conhecido pela internet?

Talvez fosse o mais provável. Se conheceram on-line e Paige foi de carro até o hotel para encontrá-lo pessoalmente.

Mas por quê? Como seus caminhos se cruzaram? Paige não parecia do tipo que namora on-line ou pelo Tinder, nada disso – e, mesmo que fosse, mesmo que Simon estivesse sendo ingênuo em relação à filha, ela não poderia se envolver com alguém mais perto da universidade?

Não fazia sentido.

Estaria Wiley mentindo sobre Paige ter ido ao hotel? Tentando jogar fumaça e desviar sua atenção do que Enid contara sobre a paternidade de Aaron?

Simon achava que não.

Wiley Corval era uma imundície nada confiável e talvez coisa pior. Mas o que ele dissera sobre Paige ter ido até ali conhecer Aaron tinha um estranho porém inconfundível toque de verdade.

Simon voltou para o clube de Enid, mas ela já tinha saído. Ele clicou no número de Yvonne na lista de chamada rápida.

Ela atendeu ao primeiro toque.

– Se houver alguma alteração, te ligo.

– Nenhuma alteração até agora?

– Nenhuma.

– E os médicos?
– Sem novidade.
Simon fechou os olhos.
– Passei o dia telefonando – informou Yvonne.
– Para quem?
– Amigos com bons contatos. Quis ter certeza de que estamos com os melhores médicos possíveis.
– E? – perguntou ele.
– E estamos. Me fale sobre a visita ao hotel-fazenda.
Ele fez um relato. Quando terminou, Yvonne disse apenas:
– Puta merda.
– Eu sei.
– E para onde você vai agora?
– Não sei bem.
– Sabe, sim – disse ela.
Conhecia o amigo bem demais.
– Alguma coisa naquela universidade mudou a minha filha – comentou ele.
– Concordo. Simon?
– Sim.
– Me ligue daqui a três horas. Quero saber que você chegou a Lanford em segurança.

capítulo dezenove

– NAQUELE FIM DE SEMANA – contou Eileen Vaughan a Simon –, Paige pediu meu carro emprestado.

Eles estavam sentados na sala de estar com teto no estilo catedral. A grande janela do dormitório dava para o pátio da Lanford College, tão verde que poderia ser uma pintura ainda fresca. Eileen Vaughan fora a colega de quarto de Paige em seu ano de caloura. No primeiro dia da filha na universidade, quando Simon, Ingrid, Sam e Anya, cheios de esperança, a acompanharam até aquele campus, Eileen Vaughan fora a primeira a saudá-los. Ela se mostrara inteligente, simpática e, pelo menos aparentemente, era a colega de quarto perfeita. Simon anotara seu número de telefone, "para qualquer emergência", e era por isso que ainda o tinha naquele momento.

Simon e Ingrid tinham deixado a Lanford College aquele dia muito animados. De olhos semicerrados contra o sol do campus, haviam se dado as mãos enquanto caminhavam de volta para o carro, mesmo com Sam resmungando por causa daquela "demonstração pública de afeto" dos pais, e com Anya perguntando em tom de deboche se eles "podiam parar com aquilo".

No carro, Simon pensara sobre seus anos de faculdade, sobre o dormitório para quatro pessoas em que ele morara, como aquele em que ele estava agora, mas não igual. A sala de estar do dele era cheia de caixas vazias de pizza e latas de cerveja mais vazias ainda, decorada no estilo boteco, enquanto a de Eileen Vaughan parecia ter saído do catálogo de uma loja, tudo em madeira clara, móveis de verdade e tapetes recém-aspirados. Não havia nada irônico ou típico de universidade, como bongos decorativos, pôsteres do Che ou, porra, qualquer pôster. Em vez disso havia tapeçaria feita à mão com motivos budistas e padrões geométricos. O efeito geral parecia mais o de um ambiente decorado para stand de vendas do que o universitário autêntico, o dormitório que se usa para seduzir possíveis alunos (e mais ainda os pais) durante as visitas ao campus.

– Paige já tinha feito isso antes? – perguntou ele a Eileen.

– Pedido meu carro emprestado? Nunca. Ela me dizia que não gostava de dirigir.

Era mais do que isso, pensou Simon. Paige não sabia dirigir. Ela conseguira a carteira após fazer aulas em uma autoescola em Fort Lee, mas, como eles moravam em Manhattan, ela nunca dirigira de verdade.

– Você sabe como Paige era... – continuou Eileen, sem perceber como o uso de "era" em vez de "é" bateu fundo no peito de Simon.

Era apropriado, claro. Paige "era", se considerássemos o campus e provavelmente a vida de Eileen, mas enquanto olhava para aquela garota simpática e de aparência saudável – sim, deveria chamá-la de mulher, mas naquele momento só a via como uma garota, garota como sua filha – Simon sentiu um golpe surdo, profundo, no coração que o fez lembrar que a filha deveria estar ali, ocupando um daqueles quatro quartos com cama box e escrivaninha com luminária.

– Mesmo quando tinha que comprar alguma coisa no supermercado ou na farmácia, ela pedia que eu dirigisse – disse Eileen.

– Então você deve ter ficado surpresa quando ela pediu o carro emprestado.

Eileen usava calça jeans e um suéter de tricô cinza-escuro com gola alta. O cabelo longo, ruivo, estava repartido no meio e pendia por trás dos ombros. Os olhos eram grandes e azuis. Ela exalava juventude, universidade e possibilidades, e isso matava Simon.

– Fiquei – respondeu Eileen, hesitante.

– Você não parece ter tanta certeza.

– Posso perguntar uma coisa, Sr. Greene?

Ele ia corrigi-la e dizer que o chamasse de Simon, mas a formalidade parecia correta ali. Ela era amiga da sua filha. E ele estava perguntando sobre Paige.

– Claro.

– Por que agora?

– Como?

– Isso foi há muito tempo. Isso que aconteceu com Paige... Sei que concordei em vê-lo, mas não foi fácil para mim também.

– O que não foi fácil?

– O que aconteceu com Paige. Digo, aqui, na Lanford. Dividíamos aquele quarto pequeno, nós duas, e, não sei, nos dávamos bem. Ela logo se tornou minha melhor amiga. Eu sou filha única. Não quero exagerar, mas Paige era uma irmã para mim. E então...

Eileen ficara ferida, se recuperara, e agora Simon estava reabrindo os pontos. Sentia-se mal fazendo aquilo, mas ela era jovem e, trinta minutos depois que ele saísse pela porta, Eileen iria assistir a uma aula ou uma das colegas de quarto a levaria para jantar. Depois iriam estudar na biblioteca e provavelmente passariam numa festa em outro dormitório – e aquelas "feridas" seriam cicatrizadas outra vez.

– O que aconteceu? – perguntou Simon.

– Paige mudou.

Sem hesitação.

– Por quê?

– Não sei.

Ele tentou pensar num jeito de abordar aquilo.

– Quando?

– Foi perto do fim do primeiro semestre.

– Depois da viagem com seu carro?

– Sim. Bem, não. Alguma coisa já não ia bem antes disso.

Simon inclinou-se um pouco para a frente, tentando não invadir o espaço pessoal dela.

– Quanto tempo antes?

– Não tenho certeza. É difícil lembrar. É que...

Ele fez sinal com a cabeça para que ela continuasse.

– Quando Paige pediu meu carro emprestado, lembro que senti algo estranho em relação a isso. Não só porque era algo incomum, mas também porque ela parecia distante nos últimos tempos.

– Alguma ideia do motivo?

– Não. Eu fiquei magoada. Talvez estivesse com um pouco de raiva dela. – Eileen olhou para cima. – Devia ter me aproximado, entende? Em vez de ficar tão magoada, de pensar só em mim. Talvez, se eu tivesse sido uma boa amiga...

– Nada disso é culpa sua, Eileen.

Ela não parecia convencida.

– Seria possível que Paige estivesse usando drogas? – perguntou Simon.

– Antes de conhecer o namorado?

– Uma teoria é que Paige já estivesse usando drogas... Aaron podia ter sido a fonte, não sei.

Eileen pensou naquilo.

– Acho que não. Sei que aqui é um campus universitário e que supostamente o que não faltam são drogas. Mas não é bem assim. Eu nem saberia onde comprar alguma coisa mais forte que maconha.

– Talvez tenha sido isso – disse Simon.
– O quê?
– Talvez Paige quisesse comprar algo mais forte.
– Aí ela foi até Aaron?
– É uma teoria.

Eileen tinha dúvidas.

– Paige nem fumava maconha. Não quero fazer com que ela pareça uma espécie de puritana. Ela bebia e tudo, mas nunca a vi chapada, doidona e tal. A primeira vez que a vi assim foi depois de ela conhecer Aaron.

– Então voltamos ao mesmo ponto – disse Simon. – Por que Paige pediu seu carro emprestado? Por que foi até aquela parte tão remota de Connecticut?

– Eu não sei. Sinto muito.

– Você disse que ela estava diferente.

– Sim.

– E os outros amigos dela?

– Eu acho que... – Ela olhou para cima e para a esquerda. – É, pensando bem, acho que Paige meio que se afastou. De todos nós. Uma de nossas amigas, Judy Zyskind... você conhece?

– Não.

– Judy é minha companheira de dormitório agora. Ela está num jogo de lacrosse no momento, em Bowdoin, senão pediria que ela mesma explicasse. Bem, não acho que esse seja o motivo, mas Judy achava que talvez alguma coisa tivesse acontecido com Paige numa dessas festas de fraternidade.

Simon sentiu um calafrio.

– Tipo o quê?

– A gente conversa muito sobre estupro aqui no campus. Muito. Não estou dizendo que seja exagerado, porque precisamos realmente falar sobre isso. Mas acho que Judy está mais alerta. Então, quando alguém se afasta, é nisso que pensamos. Eu me lembro de uma noite em que Judy confrontou Paige sobre algum cara que ela achava que estava perturbando sua filha.

– Que cara?

– Não sei. Elas não disseram o nome.

– E isso foi antes do Aaron?

– Foi.

– Como Paige reagiu?

– Ela disse que a coisa não tinha nada a ver com isso.

– E disse com o que tinha a ver?

Eileen hesitou, desviou o olhar.

– Eileen? Ela disse mais alguma coisa?

– Sim.

– O quê?

– Acho que Paige só estava tentando despistar. Tirar a gente do pé dela.

– O que ela disse?

– Ela disse que... – Eileen voltou a encarar Simon – estava com problemas em casa.

Simon piscou e se recostou na cadeira, assimilando o golpe. Não esperava por essa.

– Que tipo de problema?

– Ela não detalhou.

– Você não faz ideia?

– Eu achei, bem, com o que aconteceu depois, com Aaron e as drogas e tudo o mais, achei que talvez você e a Dra. Greene estivessem tendo problemas.

– Não estávamos.

– Ah.

A cabeça de Simon girava.

Problemas em casa?

Ele tentou juntar as peças. Não era o casamento – ele e Ingrid estavam bem, melhor do que nunca, na verdade. Também não era nada financeiro – os pais estavam no auge de suas carreiras. E quanto aos irmãos? Nada incomum, nada de que ele pudesse se lembrar. Houvera um pequeno episódio com o professor de ciências de Sam, mas não, isso fora no ano anterior, e não justificaria o comentário de estar com "problemas em casa".

A menos que alguma coisa estivesse acontecendo que Simon não soubesse.

Mas, mesmo que esse fosse o caso – mesmo que Paige imaginasse ou percebesse um problema real em casa, relacionado à família –, como isso a teria levado a dirigir até Connecticut e a Aaron?

Ele perguntou isso a Eileen.

– Sinto muito, Sr. Greene, mas eu não sei.

Eileen Vaughan olhou para o celular da forma como uma pessoa mais velha olharia para o relógio. Ela se mexeu no sofá e, pela expressão corporal, Simon percebeu que a estava perdendo.

– Eu tenho uma aula daqui a pouco – disse ela.
– Eileen?
– Sim?
– Aaron foi assassinado.
Os olhos dela se arregalaram.
– Paige fugiu.
– Fugiu?
– Está desaparecida. E acho que quem matou Aaron está atrás dela também.
– Eu não entendo. Por quê?
– Não sei. Mas acho que isso que juntou os dois... que levou Paige a procurar Aaron... é o responsável. Essa é a razão de eu precisar da sua ajuda. Tenho que descobrir o que aconteceu com ela, neste campus, que a fez pedir o seu carro emprestado e ir até Aaron.
– Eu não sei.
– Entendo. E entendo que você queira que eu vá embora. Mas estou pedindo a sua ajuda.
– Mas como posso ajudar?
– Comece do início. Conte tudo o que aconteceu, não importa quão insignificante possa parecer.

– Sabe aquele papo durante a Semana de Orientação, em que eles dizem que você pode ser tudo que quiser, que essa é a sua chance de começar de novo e aproveitar todas as oportunidades? – indagou Eileen Vaughan.
Simon assentiu.
– Paige levou isso a sério.
– Mas isso não é uma coisa boa?
– Eu achei que ela estava exagerando. Queria participar de uma peça. Tentou entrar em dois grupos de canto *a capella*. Tornou-se membro de um clube de nerds que constroem robôs. Concorreu a uma vaga no judiciário dos calouros e ganhou. Ficou obcecada pelo Clube da Árvore Genealógica, que é ligado à nossa aula de genética, para descobrir de onde viemos e essas coisas. Além de tudo isso, também queria escrever uma peça. Parando para pensar, era muita coisa. Ela estava exigindo muito de si mesma.
– Ela teve algum namorado?
– Nenhum sério.
– O cara que sua colega do lacrosse mencionou...

– Não sei nada sobre isso. Posso mandar uma mensagem para Judy, se você quiser.

– Por favor.

Eileen pegou o celular, os dedos dançaram sobre a tela. Ela assentiu ao terminar.

– E quanto à vida acadêmica? – perguntou Simon. – Que aulas ela estava fazendo?

Um pai deveria ter conhecimento sobre isso, claro, mas, antes de tudo acontecer, Simon se orgulhara de não ser um desses "pais helicóptero". Ele não sabia sobre as aulas da filha nem mesmo no ensino médio. Alguns pais usavam um programa on-line chamado Skyward todos os dias para checar se os filhos faziam o dever de casa ou se iam bem nas matérias. Ele não sabia nem como se conectar. Na época, achara presunçosamente que isso fazia dele um pai melhor.

Fique fora do caminho. Confie em seu filho.

E isso tinha sido fácil com Paige. Ela se autodirigia, se distinguia. Ah, que satisfação Simon sentia naquela época, que superioridade insensata experimentava em relação àqueles pais dominadores e superenvolvidos gabando-se de nem sequer saber sua senha do Skyward, como aqueles otários que se gabam nas festas de não terem televisão em casa.

A arrogância antes da queda.

Eileen anotou o nome das disciplinas e dos professores que as ministravam. Entregou a ele o papel e disse:

– Eu realmente preciso ir agora.

– Se importa se eu for andando com você?

Ela respondeu que seria ótimo, mas de má vontade.

Simon leu a lista de disciplinas enquanto se dirigiam para a porta.

– Alguma coisa se destaca para você?

– Na verdade, não. A maioria das turmas era bem grande. Não creio que os professores se lembrem dela. A única exceção seria o professor Van de Beek.

Eles começaram a atravessar o pátio verde brilhante.

– O que Van de Beek ensinava?

– O tal curso de genética de que falei.

– Onde posso encontrá-lo?

Ainda caminhando, Eileen procurou alguma coisa no celular.

– É este aqui.

Ela passou o celular.

O professor Louis van de Beek era jovem, provavelmente ainda não tinha 30 anos, e parecia um daqueles professores que fazem as alunas suspirarem. O cabelo preto era um pouco longo demais, e a pele, ligeiramente pálida. Tinha bons dentes, um belo sorriso. Usava uma camiseta preta justa na foto, os braços bronzeados cruzados sobre o peito.

O que havia acontecido com os professores em roupas formais?

Sob o retrato estava escrito "Professor de Ciências Biológicas". Também informava o endereço de seu gabinete em Clark House, o e-mail, o site e, por fim, os cursos que ministrava, que incluíam Introdução a Genética e Genealogia.

– Você disse que ele era uma exceção.

– Sim. Porque a turma de Genética e Genealogia era pequena – explicou ela. – Então acabamos conhecendo melhor o professor. Mas, para Paige, ele era algo mais.

– Como o quê?

– O professor Van de Beek presidia esse clube da Árvore Genealógica que mencionei, com o qual ela estava obcecada. Sei que ela o visitava em seu gabinete. Bastante.

Simon franziu outra vez a testa. Eileen devia ter notado.

– Ah, não, não é nada disso.

– Tudo bem.

– Quando Paige chegou aqui, ela não sabia ao certo em que iria se graduar. Como todos nós. Você sabia disso, certo?

Ele assentiu. Simon e Ingrid tinham encorajado isso. Não havia necessidade de se restringir, diziam-lhe. Explore. Tente coisas novas. Você vai encontrar sua paixão.

– Paige falava muito sobre a mãe e o trabalho dela – disse Eileen. Depois acrescentou rápido: – Não que ela não falasse de você também, Sr. Greene. Acho que ela considerava o seu trabalho igualmente interessante.

– Tudo bem, Eileen.

– Voltando ao assunto, acho que ela idolatrava um pouco a mãe, como se fosse uma heroína. O professor Van de Beek também é conselheiro dos calouros que querem fazer medicina.

Simon engoliu em seco.

– Paige queria ser médica?

– É, acho que sim.

A revelação esmagou-o outra vez. Paige queria ser médica. Como a mãe.

– De qualquer forma, não acho que isso tenha alguma coisa a ver com ela conhecer Aaron, mas o professor Van de Beek era uma parte significativa da vida dela aqui – completou Eileen.

Eles passaram em frente ao dormitório Ratner, onde Paige e Eileen tinham morado no primeiro ano, caminhando por onde Simon dera adeus à filha fazia uma eternidade.

Os dolorosos golpes continuavam vindo.

Quando Eileen viu alguns amigos em frente ao prédio Isherwood, disse a Simon que a aula era ali e deu um rápido adeus. Ele acenou enquanto ela se afastava e depois se dirigiu para Clark House. Quando pisou no hall de entrada, uma mulher mais velha que estava sentada atrás da mesa, com cara de quem já vira tudo antes da administração Eisenhower, fechou a cara para ele.

Numa placa pequena estava escrito SRA. DINSMORE. Sem primeiro nome.

– Posso ajudar? – perguntou ela, a voz indicando que qualquer ajuda viria com muita relutância.

– Estou procurando o professor Van de Beek.

– Não vai encontrá-lo.

– Como?

– O professor Van de Beek está de licença sabática.

– Desde quando?

– Não tenho permissão para responder a nenhuma pergunta adicional sobre o assunto.

– Ele está por aqui ou está viajando?

A Sra. Dinsmore usava um par de óculos preso em uma corrente em volta do pescoço. Ela os colocou naquele momento e fechou a cara com ainda mais desaprovação.

– Que parte de "Não tenho permissão para responder" o senhor achou confusa?

Simon tinha o e-mail de Louis van de Beek. Aquele parecia ser o caminho mais prudente a seguir.

– Foi um prazer, obrigado.

– Meu objetivo é agradar – retrucou a Sra. Dinsmore, de cabeça baixa, enquanto anotava alguma coisa.

Simon voltou para o carro. Ligou para Yvonne e ouviu mais uma vez que não houvera evolução no quadro de Ingrid. Queria fazer um milhão de perguntas, mas uma lembrança estranha lhe veio à cabeça. No início do relacionamento com Ingrid, Simon se preocupava com os mercados estrangeiros, com informações sobre levantes políticos e iminentes relatórios de ganhos – qualquer coisa que afetasse o portfólio de seus clientes. Era muito natural, parte do trabalho superficial, mas isso o tornava na verdade um analista financeiro menos focado e menos competente.

– A Oração da Serenidade – dissera Ingrid uma noite.

Ela estava de costas para ele, sentada no computador, e vestia uma das camisas sociais de Simon.

– O quê?

Ele chegou por trás e pousou as mãos nos ombros de sua bela esposa. Ela pegou um pedaço de papel e lhe entregou.

– Ponha na sua mesa – falou.

Deveria estar familiarizado com a oração, claro, mas não estava. Leu o que estava escrito e, estranhamente, ela mudou sua vida quase de imediato:

> Concedei-me, Senhor, a SERENIDADE necessária para
> aceitar as coisas que não posso modificar,
> CORAGEM para modificar as que posso
> e SABEDORIA para distingui-las.

Não, Simon não era nem um pouco religioso e a oração era curta e óbvia. No entanto, ela repercutia nele. E mais que isso, repercutia em relação a Ingrid. Ele não podia alterar a condição dela, que estava em coma no hospital. Essa dor era contínua e dilacerante, mas tinha que aceitá-la, porque era temerário pensar que pudesse mudar esse estado de coisas naquele momento.

Não podia.

Então aceite. Ceda. Mude as coisas a seu alcance.

Como encontrar a filha.

Quando chegou ao carro, ligou para Elena Ramirez.

– Alguma novidade? – perguntou.

– Você primeiro.

– Paige foi até Aaron, não o contrário. Eu sempre achei que eles tinham se conhecido perto da Lanford College. Mas foi ela quem o procurou.

– Então ela já o conhecia?

– De alguma forma.

– Provavelmente se conheceram on-line. Aplicativo de relacionamento ou algo desse tipo.

– Por que ela usaria um aplicativo desses?
– Por que qualquer um usaria?
– Ela estava no primeiro ano da faculdade, toda envolvida com os estudos e os novos amigos. E não é o papai coruja que está falando por mim.
– Papai coruja?
– Você sabe. Parcialidade.
– Ah, certo.
– Assim era minha filha, de acordo com a colega de quarto, não de acordo comigo. Você já falou com o cara da loja de tatuagens?
– Damien Gorse. Me dê atenção primeiro, Simon. Existe alguma outra coisa que você acha que eu devo saber?
– Só uma coisa realmente fatídica sobre a criação do Aaron. Ou sobre sua origem.
– Conte-me.
Simon passou então as informações da história que Enid contara sobre Aaron, Wiley e a falecida mãe italiana. Quando terminou, havia silêncio do outro lado da linha. Depois ele a escutou digitando num teclado.
– Elena?
– Estou tentando encontrar no Google fotos do Aaron e do pai.
– Por quê?
Houve uma pausa.
– Não vejo nenhuma. Encontrei algumas do pai no hotel-fazenda. Wiley.
– O que está acontecendo?
– Isso vai soar estranho... – começou ela.
– Mas?
– Mas você conheceu tanto Aaron quanto Wiley pessoalmente.
– Sim.
– Acha que eles são pai e filho? Biologicamente falando.
– Não. – Simon disse isso muito rápido, sem processar realmente a resposta. – Quero dizer... olhe, eu não sei. Tem alguma coisa errada. Por quê?
– Talvez não seja nada.
– Mas?
– Mas Henry Thorpe foi adotado – informou Elena. – Assim como Damien Gorse.
Simon sentiu um arrepio e disse:
– Você está chegando lá.
– Eu sei.

– Paige não foi adotada.
– Sei disso também.
– Elena?
– Sim?
– O que Damien Gorse contou a você?
– Nada, Simon. Gorse está morto. Alguém o assassinou também.

capítulo vinte

ASH PROCURAVA ESTAR sempre preparado.
Havia roupas limpas no carro para os dois. Eles conseguiram se trocar com o veículo em movimento e descartaram as roupas usadas numa cesta para caridade, atrás de uma loja da Whole Foods, perto da fronteira do estado de Nova York. Numa farmácia, Dee Dee, usando um boné de beisebol, comprou dez itens, mas apenas dois realmente importavam: tintura para cabelo e uma tesoura.

Ash não entrou com ela.

Havia câmeras por todo o lugar. Que eles olhassem para uma mulher ou um homem sozinho. Que se confundissem. Não era bom ficar em nenhum local por muito tempo.

Dee Dee tinha pensado que poderia tingir o cabelo no banheiro da própria farmácia, mas Ash não concordou.

Manter-se em movimento. Não dar a eles nenhum tipo de pista.

Seguiram por mais uns 15 quilômetros e encontraram um posto de gasolina à moda antiga – com menos câmeras, imaginou Ash. Dee Dee caminhou até o banheiro ainda de boné e, usando a tesoura recém-comprada, cortou fora a longa trança loura e aparou o resto do cabelo. Depois jogou tudo no vaso e deu descarga. Tingiu as mechas curtas de um castanho avermelhado, nada muito chamativo, e pôs o boné de volta na cabeça.

Ash dissera a ela para andar sempre de cabeça baixa, pois as câmeras do circuito interno filmavam de cima. Sempre. Então era melhor usar boné e manter os olhos no chão. Às vezes, dependendo do clima, óculos escuros eram uma boa ideia. Mas eles podiam também atrair o tipo errado de atenção.

– Isso é exagero – disse Dee Dee.

– Provavelmente.

Mas ela não discutiu. E quando Dee Dee realmente tinha problemas com suas precauções, discutia.

Já de volta à estrada, ela tirou o boné e passou a mão pelo cabelo.

– Como estou?

Ele arriscou um olhar e sentiu uma pontada no peito.

Dee Dee encolheu as pernas, encostou os joelhos no peito e adormeceu no banco do carona. Ash continuou a olhar furtivamente para ela. Ao parar em um sinal de trânsito, enrolou uma camisa que deixara no banco traseiro e a colocou entre a cabeça de Dee Dee e a porta do carro, para garantir que ela ficasse confortável e não se machucasse.

Três horas depois, quando Dee Dee acordou, falou:

– Preciso fazer xixi.

Eles pararam em mais um posto. Colocaram os bonés. Ash comprou frango empanado e batata frita para viagem. De volta à estrada, Dee Dee perguntou:

– Para aonde estamos indo?

– A gente não sabe o que a polícia tem sobre você.

– Isso não responde à minha pergunta, Ash.

– Você sabe aonde estamos indo – disse ele.

Dee Dee não retrucou.

– Sei que é perto da fronteira com Vermont – explicou Ash. – Mas não sei a localização exata. Você precisa me guiar.

– Eles não vão deixar você entrar. Pessoas desconhecidas são proibidas.

– Entendo.

– Ainda mais se for homem.

Ash revirou os olhos.

– E isso parece normal.

– São as regras. Nada de homens desconhecidos no Refúgio da Verdade.

– Eu não tenho que entrar, Dee. Só preciso deixar você lá.

– Por quê?

– Você sabe por quê.

– Acha que é mais seguro para mim.

– Bingo.

– Mas não cabe a você decidir o que é seguro. Nem a mim.

– Não me diga – replicou Ash. – Está nas mãos de Deus.

Ela sorriu para ele. Era algo sempre magnífico, mesmo com a cor de cabelo estranha e o corte novo. O sorriso chegou ao seu coração produzindo uma sensação boa.

– Não é só Deus. É a Verdade.

– E quem diz a verdade a você?

– Para os que nunca conseguem entender, é mais fácil chamá-lo de Deus.

– Ele fala com você?

– Por meio de seu representante aqui na Terra.

Ash já havia aprendido tudo sobre o absurdo da seita e indagou:

– Seria Casper Vartage?

– Deus fez a sua escolha.

– Vartage é um vigarista.

– O maligno não quer que a Verdade floresça. Ele morre sob a luz da Verdade.

– Igual ao tempo de Vartage na cadeia?

– Foi lá que ele recebeu a Verdade. Na solitária. Após ser agredido e torturado. Agora, quando a mídia e os não iniciados falam mal dele, é porque estão tentando silenciar a Verdade.

Ash balançou a cabeça. Era inútil.

– É a segunda saída depois da fronteira com Vermont – disse ela.

Ash mudou a estação no rádio e o clássico dos anos 1970 "Hey, St. Peter", com Flash and the Pan, começou a tocar. Ele tinha que sorrir. Na canção, um homem chega às portas do paraíso e implora a São Pedro que o deixe entrar porque tinha morado em Nova York e, portanto, já cumprira seu tempo no inferno.

– Vocês têm música lá no complexo? – perguntou Ash.

– Nós chamamos de Refúgio da Verdade.

– Dee Dee.

– Sim, temos música. Muitos dos nossos membros são músicos talentosos. Escrevem as próprias canções.

– Não têm música de fora?

– Isso não propagaria a Verdade, Ash.

– É uma das regras do Vartage?

– Por favor, não se refira a ele pelo antigo nome.

– Antigo nome?

– Sim. É proibido.

– Antigo nome – repetiu ele. – Da mesma forma que você agora é chamada de Holly?

– Sim.

– Foi ele que te deu esse novo nome?

– O Conselho da Verdade deu.

– Quem faz parte do Conselho da Verdade?

– A Verdade, o Voluntário e o Visitante.

– Três pessoas?

– Sim.

– Todos homens?

– Sim.
– Como a Trindade.
Ela se virou para ele.
– Nada parecido com a Trindade.
Nenhuma razão para entrar nesse mérito, pensou Ash.
– Imagino que a Verdade seja Casper Vartage.
– É ele, sim.
– E os outros dois?
– Eles são a prole da Verdade. Nasceram e cresceram no Refúgio.
– São filhos do Vartage, você quer dizer?
– Não é bem isso, mas, para os seus propósitos, sim.
– Meus propósitos?
– Você não entenderia, Ash.
– Outra regra de toda seita. – Ele levantou a mão antes que ela o repreendesse. – E o que acontece se você questionar a Verdade?
– Verdade é verdade. Por definição. Qualquer outra coisa é mentira.
– Uau. Então tudo que o seu líder diz é sagrado.
– Um leão pode não ser leão? Ele é a Verdade. Como o que ele diz pode não ser verdade?
Ash balançava a cabeça enquanto eles entravam em Vermont. Continuava lançando olhares furtivos na direção dela.
– Dee Dee?
Ela fechou os olhos.
– Quer realmente que eu te chame de Holly?
– Não – respondeu ela. – Tudo bem. Quando estou fora do Refúgio da Verdade, não sou Holly, sou?
– Certo.
– Dee Dee pode fazer coisas que Holly não pode – declarou ela.
– Bela moral.
– Não é?
Ash tentou segurar o riso.
– Acho que gosto mais da Dee Dee.
– Sim, acho que gosta. Porém a Holly é mais completa. A Holly é feliz e compreende a Verdade.
– Dee Dee? – Depois, interrompendo-se, ele suspirou. – Ou devo te chamar de "Holly"?
– Esta é a saída.

Ele entrou.

– O quê, Ash?

– Posso ser direto?

– Pode.

– Como é que você pode acreditar nesse lixo?

Ele a encarou. Ela pôs as pernas para cima, cruzando-as sobre o assento.

– Eu te amo muito, Ash.

– Eu também te amo.

– Você pesquisou no Google, Ash? Sobre a Verdade Resplandecente?

Ele pesquisara. O líder, Casper Vartage, nascera de forma misteriosa em 1944. A mãe afirmava ter acordado um dia com sete meses de gravidez – no mesmo momento em que o marido morria comandando o ataque sobre a praia da Normandia. Não havia prova de nada disso, claro, mas essa era a história. Quando era jovem em Nebraska, Casper fora considerado um "curandeiro de grãos" e fazendeiros o procuravam durante as secas e tal. Mais uma vez, ninguém comprova essa afirmação. Vartage se rebelou contra seus poderes – algo como a Verdade ser tão poderosa que ele tentou combatê-la – e acabou sendo preso por volta de 1970 por fraude. Dessa última parte, da fraude, havia provas, e muitas.

Após perder uma vista durante uma briga na prisão e ser jogado dentro de um buraco descrito como "caixa quente", Casper recebeu a visita de um anjo. Difícil dizer se Vartage inventou essa parte com a própria imaginação ou se o sol lhe causou alucinações. Seja como for, o anjo que o visitou é conhecido na engenhosa crença da seita como Visitante. Este contou a ele sobre a Verdade e o símbolo que precisava encontrar atrás de uma pedra no deserto do Arizona quando ficasse livre, o que supostamente ele fez.

Havia mais besteira como essas, típica mitologia absurda, e agora "A Verdade Resplandecente" tinha um complexo onde faziam lavagem cerebral nos discípulos, a maior parte mulheres, que apanhavam, eram drogadas ou estupradas.

– Não espero que você veja a Verdade – disse Dee Dee.

– E eu não entendo como você não compreende que essa seita é uma maluquice.

Ela inclinou o corpo na direção dele:

– Você se lembra da Sra. Kensington?

A Sra. Kensington, uma mãe adotiva que os dois tiveram em comum, levava os que se encontravam sob seus cuidados para a igreja duas vezes por semana: nas tardes de terça para estudos bíblicos e nos domingos de manhã para a missa. Sempre. Não os deixava escapar.

– Claro que você se lembra.
– Ela era boa com a gente – concordou ele.
– Era mesmo. Você ainda vai à igreja, Ash?
– Raramente.
– Mas você gostava de ir quando éramos crianças.
– Era calmo. Eu gosto de tranquilidade.
– Você se lembra das histórias que a gente ouvia naquela época?
– Claro.
– A Sra. Kensington acreditava em todas.
– Eu sei.
– Refresque minha memória então: que idade tinha Noé quando construiu a arca?
– Dee Dee.
– Tinha algo em torno de 500 anos, se me recordo. Você acha realmente que Noé pôs duas criaturas de cada espécie naquela arca? Só de insetos, existe um milhão de tipos. Acha que ele conseguiu colocar todos a bordo? Isso tudo faz sentido para você e todas as senhoras Kensingtons por aí... mas a Verdade não faz?
– Não é a mesma coisa.
– Claro que é. A gente se sentava naquela igreja e a Sra. Kensington ficava com lágrimas nos olhos, assentindo quando eles nos falavam sobre salvação. Você se lembra?

Ash franziu a testa.

– Deixe-me ver se consigo recapitular: um bebê celestial, que era pai de si mesmo, nasceu de uma virgem casada. Depois, o pai do bebê, que também era ele, o torturou e matou. Ah, mas aí ele voltou do reino dos mortos que nem um zumbi, e se você come a carne dele, que é um biscoitinho, toma o seu sangue de vinho e promete babar o ovo dele, ele tira de você todo o mal...
– Dee Dee...
– Espere, estou chegando à melhor parte: a razão pela qual existe o mal no mundo... você se lembra dessa parte, Ash?

Ele se lembrava, mas ficou quieto.

– Não? Ah, você vai adorar. O mal existe porque uma mulher cabeça de vento, que foi criada da costela de um homem, acabou sendo convencida por uma serpente falante a comer o fruto proibido. – Dee Dee bateu palmas e se recostou no assento do carro, gargalhando. – Vou precisar mencionar o resto? Os mares se abrindo, os profetas ascendendo aos céus montados em animais, Abraão oferecendo que nem um cafetão a sua mulher ao faraó? E o que dizer, mesmo hoje em dia, desses homens "sagrados" que moram em complexos romanos com arte homoerótica e vestem trajes que fariam uma drag queen corar?

Ele continuava a dirigir.

– Ash?

– O quê?

– Pode parecer que estou debochando dessas crenças ou da Sra. Kensington.

– Realmente parece.

– Mas não estou. O que quero dizer é que, talvez, antes de a gente descartar as crenças que são diferentes das nossas como sendo excêntricas, devêssemos dar uma olhada mais de perto nas histórias que as pessoas "normais" – ela desenhou as aspas no ar – acham dignas de crédito. A gente acredita que todas as religiões são malucas, menos a nossa.

Ele não queria admitir, mas Dee Dee tinha certa razão. E, no entanto, alguma coisa em seu tom...

– A Verdade é mais do que uma religião. É uma entidade viva, que respira. A Verdade sempre existiu. Sempre existirá. O Deus da maioria das pessoas vive no passado... milhares de anos atrás, preso em livros antigos. Por quê? Elas acham que Deus desistiu delas? O meu está aqui. Hoje. No mundo real. Quando essa Verdade morrer, a sua prole vai continuar. Porque a Verdade vive. A Verdade, se você pudesse ser objetivo, Ash, se não tivesse sofrido a lavagem cerebral das grandes religiões desde o nascimento, faz mais sentido do que serpentes falantes ou deuses elefantes, não faz?

Ash não disse nada.

– Ash?

– O quê?

– Fale comigo.

– Não sei o que dizer.

– Talvez seja porque você está ouvindo a Verdade.

– Não, não é por isso.

– Pegue a próxima à direita – informou ela. – Estamos chegando.

A estrada era de mão única naquele trecho, com florestas dos dois lados.

– Você não precisa voltar – disse Ash.

Dee Dee virou e olhou pela janela.
- Guardei um dinheiro - continuou ele. - A gente podia ir para algum lugar. Só você e eu. Comprar uma casa. Você pode ser a Holly comigo.
Ela não respondeu.
- Dee Dee?
- Oi.
- Você ouviu?
- Ouvi.
- Você não precisa voltar.
- Shh. Já estamos chegando.

capítulo vinte e um

Simon ligou para o número de telefone disponível na página de informações sobre o professor Van de Beek. Após dois toques, a ligação caiu na caixa postal. Ele deixou uma mensagem pedindo ao professor que ligasse de volta para falar sobre sua filha, Paige Greene. Depois reforçou enviando um e-mail com o mesmo pedido.

Telefonou para Sam e Anya, mas as ligações também caíram direto na caixa postal, o que não era uma surpresa. Jovens nunca falavam ao telefone, apenas mandavam mensagens de texto. Ele já devia saber. Enviou aos dois o mesmo recado:

Você está bem? Quer me ligar?

Sam respondeu imediatamente:

Tudo bem. Não, não precisa.

Nenhuma surpresa.

Ele seguiu em direção a Nova York. Simon e Ingrid compartilhavam um serviço de *streaming*, nuvem, algo assim, de modo que todos os documentos e fotos de ambos ficassem no mesmo lugar. As músicas também. Ele pediu então a Siri que tocasse a playlist mais recente de Ingrid e se recostou no assento para ouvir.

A primeira canção que ela colocara na lista o fez sorrir: "The Girl from Ipanema", a versão de 1964, cantada por Astrud Gilberto.

Sublime.

Simon balançou a cabeça, ainda admirando a mulher que o havia escolhido dentre todas as opções. Ele. Apesar dos contratempos da vida, das curvas e de todas as encruzilhadas na estrada, aquele fato – de que Ingrid o escolhera – o mantinha sempre equilibrado, o tornava grato e o guiava para casa.

O celular tocou. O nome do autor da chamada apareceu na tela de navegação do carro.

Yvonne.

Ele atendeu depressa.

– Não é nada sobre Ingrid – disse ela, imediatamente – Nenhuma alteração no estado dela.
– Então o que foi?
– E não tem nada errado.
– Ok.
– Hoje é a segunda terça-feira do mês – informou ela.
Ele havia se esquecido de Sadie Lowenstein.
– Nada sério. – Continuou Yvonne. – Posso ligar para a Sadie por você e adiar, ou posso ir eu mesma, ou...
– Não, eu vou.
– Simon...
– Não, eu quero. Fica no meu caminho, de qualquer maneira.
– Tem certeza?
– Tenho. Se alguma coisa mudar com Ingrid...
– Eu ligo para você. Ou Robert liga. Ele está vindo me render.
– Como estão as crianças?
– Anya está com sua vizinha. Sam fica no celular o tempo todo, mandando mensagens, sei lá. Ele começou a namorar uma garota há duas semanas. Sabia disso?
Outra pontada, embora menor dessa vez.
– Não.
– A namorada quer vir de Amherst para ficar aqui com ele, o que o está fazendo sorrir mesmo contra a vontade, mas Sam disse a ela que não viesse ainda.
– Já estou voltando.
– Eles sentem sua falta, mas não precisam de você. Entendem o que está fazendo.

Sadie Lowenstein morava em uma casa colonial de tijolinhos em Yonkers, Nova York, ao norte do Bronx. A vizinhança era simples, de classe média. Ela vivera ali 57 dos seus 83 anos. Podia se permitir algo melhor. E, como seu consultor financeiro, Simon sabia disso melhor que ninguém. Poderia ter também um imóvel na Flórida para os invernos severos, num condomínio, talvez, mas ela desconsiderava a ideia. Não tinha interesse. Fazia duas viagens por ano para Vegas. E pronto. Tirando isso, gostava de ficar na sua velha casa.
Sadie ainda fumava e tinha a voz rouca que comprovava isso. Vestia uma roupa de ficar em casa, uma espécie de camisolão. Estavam sentados na

cozinha, na mesma mesa redonda de fórmica em que Sadie se sentara com o marido, Frank, e os gêmeos, Barry e Greg. Eles já não estavam mais por lá. Barry morrera de aids em 1992. Frank sucumbira a um câncer em 2004. E Greg, o único ainda vivo, se mudara para Phoenix e raramente vinha visitá-la.

O piso era um linóleo diáfano. O relógio sobre a pia tinha dados vermelhos nos números, lembrança de uma das primeiras viagens para Vegas com Frank, talvez há vinte anos.

– Sente-se – disse Sadie. – Vou fazer um pouco daquele chá de que você tanto gosta.

Era de camomila com mel e limão, de uma marca comum. Ele não bebia chá. Para Simon, chá era fraco, um "café pretensioso", e, por mais que desejasse que fosse algo mais, acabava sempre sendo uma água marrom.

Mas, uma década antes – talvez mais, não conseguia se lembrar –, Sadie tinha preparado um chá com aquele sabor especial, comprado naquela loja especial, e tinha perguntado a ele se estava bom. Ele dissera "Muito bom", e ali estava o chá agora esperando por ele toda vez que a visitava.

– Está quente. Tome cuidado.

Havia um calendário, do tipo que tem fotos genéricas de montanhas e rios, pendurado na geladeira de cor amarelada. Os bancos costumavam distribuir de graça calendários desse tipo. Talvez ainda distribuíssem. Sadie os conseguia em algum lugar.

Simon contemplou o calendário, uma agenda e lista de afazeres à moda antiga. Ele fazia muito isso toda vez que vinha. A maioria dos quadrados para cada dia não tinha nada escrito. Estava em branco. Uma caneta azul riscara as palavras "dentista, 14h" no dia 6. Havia um círculo em torno do dia da coleta do lixo reciclável; segunda sim, segunda não. E ali, na segunda terça-feira do mês, escrito com marcador roxo em letras grandes, se via uma única palavra:

SIMON!

Sim, o nome dele. Com ponto de exclamação. E ponto de exclamação não era típico de Sadie Lowenstein.

Ele vira pela primeira vez aquela anotação no calendário oito anos antes, quando estava pensando em diminuir as visitas. Àquela altura, quando os investimentos e custos de Sadie vinham sendo muito fixos, não havia razão para a visita mensal. Era possível que um funcionário menos graduado cuidasse de tudo por telefone ou, no máximo, eles podiam fazer um pacote de visitas trimestrais.

Mas então Simon olhou para a geladeira e viu seu nome no calendário.

Contou a Ingrid sobre a marcação. Contou a Yvonne. Sadie não tinha mais família por perto. Os amigos haviam se mudado ou morrido. Então aquelas visitas significavam algo para ela, poder se sentar na velha mesa da cozinha onde ela criara uma família, com Simon examinando o portfólio enquanto os dois tomavam chá.

E assim, significava algo para ele também.

Simon nunca perdera um encontro com Sadie. Nem uma vez.

Ingrid ficaria zangada se o cancelasse naquele dia. Então ali estava ele.

Simon conseguiu acessar o portfólio pelo notebook. Analisou alguns títulos, mas isso era realmente irrelevante.

– Simon, você se lembra da nossa antiga loja?

Sadie e Frank tinham sido donos de uma pequena loja de artigos para escritório na cidade, o tipo de lugar que vende canetas, papel, faz fotocópias e cartões de visita.

– Claro – respondeu ele.

– Tem passado por lá ultimamente?

– Não. É uma loja de roupas agora, certo?

– Era. Todas aquelas roupas apertadas para adolescentes... Eu as chamava de "roupas de prostituta", lembra?

– Eu me lembro.

– Sei que não é legal. Você devia ter me visto quando era jovem. Eu era uma gata, Simon.

– Ainda é.

Ela fez um gesto com a mão descartando a ideia.

– Não seja puxa-saco. Mas naquela época eu sabia como usar minhas curvas, se é que me entende. Meu pai tinha crises por causa das roupas que eu usava. – Um sorriso nostálgico aflorou nos lábios dela. – Posso garantir que elas chamaram a atenção de Frank. Pobre garoto. Me viu em Rockaway Beach de biquíni... sem chance.

Ela sorriu na direção dele. Simon retribuiu.

– Deixe isso pra lá – disse Sadie, o sorriso e a lembrança se desvanecendo. – Mas o lugar de roupa para prostituta fechou. Agora é um restaurante. Adivinhe o tipo de comida?

– Qual?

Ela deu uma tragada no cigarro e fez uma careta, como se um cachorro tivesse feito cocô no seu piso de linóleo.
– Culinária *fusion* – cuspiu ela.
– Ah.
– Que diabo significa isso? Fusion virou país agora?
– Acho que não.
– E se chama Meshugas.
– É? Não acho que seja esse o nome.
– Alguma coisa assim. Tentando nos atrair. – Ela balançou a cabeça. – Culinária *fusion*. Por favor. – Ela suspirou e brincou com o cigarro. – O que há de errado?
– Oi?
– Com você. O que há de errado?
– Nada.
– Você acha que eu sou uma *meshuga*?
– Está falando em *fusion* comigo?
– Muito engraçado. Notei no instante em que você chegou. O que está acontecendo?
– É uma longa história.
Ela se inclinou para trás, olhou de um lado para outro e de volta para ele.
– Acha que tenho muita coisa para fazer neste momento?
Simon quase contou. Sadie o fitava com sabedoria e simpatia, e estava claramente receptiva. Apreciaria seu relato, escutando com um ouvido experiente e oferecendo no mínimo apoio moral.
Mas ele não contou.
Não era uma questão de privacidade. Era de conduta. Simon era seu consultor financeiro. Podia trocar amabilidades sobre a família, mas não podia dividir uma coisa daquelas. Seus problemas eram só seus, não de uma cliente.
– É algo com um dos seus filhos – declarou Sadie.
– O que a faz dizer isso?
– Quando a gente perde um filho... – começou ela, parou e deu de ombros. – Um dos efeitos colaterais é esse tipo de sexto sentido. E o que mais poderia ser? Ok, com qual dos filhos?
Era mais fácil falar:
– Com a mais velha.
– Paige. Não vou me intrometer.

– Você não está se intrometendo.
– Posso dar um pequeno conselho, Simon?
– Claro.
– É isso que você faz, certo? Dar conselhos. Vem aqui e me aconselha financeiramente porque é especialista em finanças. A minha especialidade é... ora, eu sempre soube que meu filho Barry era gay. Era estranho. Gêmeos idênticos. Criados na mesma casa. Ele costumava se sentar exatamente onde você está. Era a cadeira dele. Greg ocupava o lugar ao lado. Mas, desde pequenos, desde que consigo me lembrar, eles eram diferentes. Fica todo mundo louco quando digo que Barry, desde o primeiro dia, era, não sei, mais exuberante. Isso não quer dizer ser gay, as pessoas me dizem. Mas eu conheço a minha verdade. Os meus garotos eram idênticos... e diferentes. Se você visse os dois, mesmo quando eram pequenos, e tivesse que adivinhar qual deles era gay... pode dizer que estou estereotipando... você adivinharia. Barry gostava de moda e teatro; Greg, de beisebol e carros. Eu estava praticamente criando dois clichês.

Ela tentou sorrir. Simon cruzou as mãos e as pousou sobre a mesa da cozinha. Já tinha ouvido um pouco da história antes, mas não era um assunto que Sadie mencionasse com muita frequência.

E foi aí que a coisa começou a clarear para ele.

Os gêmeos, genética.

A história de Barry e Greg o fascinara desde a primeira vez que a ouvira. Ele se perguntava como gêmeos idênticos, que possuíam exatamente o mesmo DNA e foram criados no mesmo lar, acabaram com preferências sexuais tão distintas.

– Quando Barry ficou doente – continuou Sadie –, nós não víamos o que aquilo estava fazendo com Greg. Nós o ignoramos. Tínhamos que lidar com todo aquele horror imediato. E, enquanto isso, Greg via seu irmão gêmeo definhar. Não há motivo para entrar em detalhes, mas Greg nunca se recuperou da doença do Barry. Ele ficou assustado e... apenas fugiu. Eu não vi isso a tempo.

Greg era o único beneficiário dos bens da mãe, por isso Simon ainda mantinha algum contato com ele, que já tinha se divorciado três vezes e estava no momento noivo de uma dançarina de 28 anos, que conheceu em Reno.

– Eu o perdi. Porque não lhe dei atenção. Mas também...

Ela se interrompeu.

– Também o quê?

– Porque não consegui salvar Barry. Foi por causa disso, Simon. Mesmo com todos os problemas, todos os medos de Greg de talvez ser gay também, tudo isso, se eu tivesse salvado Barry, Greg teria ficado bem. – Ela inclinou a cabeça. – Você ainda consegue salvar Paige?

– Eu não sei.

– Mas tem alguma chance?

– Sim, tenho.

Genética. Paige viera estudando genética.

– Então vá salvá-la, Simon.

capítulo vinte e dois

N̄ão havia placas de sinalização para o Refúgio da Verdade, o que não era exatamente surpresa.

– Dobre à esquerda – disse Dee Dee. – Ali naquela caixa de correio velha.

Velha era pouco. A caixa parecia ter sido golpeada diariamente por adolescentes com um bastão de beisebol.

Dee Dee olhou para ele.

– O que foi?

– Outra coisa que eu li – disse Ash. – Você é forçada a fazer sexo com eles?

– Com...?

– Você sabe o que estou querendo dizer. Com a sua Verdade, seu Visitante, ou seja lá como esses líderes se autodenominam.

Ela não respondeu.

– Li que eles forçam as pessoas.

– A Verdade não pode ser forçada – disse ela, com voz suave.

– Parece um sim.

– Gênesis, 19:32 – disse ela.

– Oi?

– Você se lembra da história de Ló na Bíblia?

– Sério?

– Você se lembra ou não?

Aquilo parecia um desvio do assunto, mas Ash respondeu:

– Vagamente.

– Então, no Gênesis, capítulo 19, Deus permite que Ló, a esposa e as duas filhas escapem da destruição de Sodoma e Gomorra.

– Mas a mulher do Ló vira para trás quando não devia – disse ele, assentindo.

– Certo, e Deus a transforma em uma estátua de sal. O que, na verdade, é bem perturbador. Mas minha questão não é essa. São as filhas do Ló.

– O que têm elas?

– Quando eles chegam a Zoar, as filhas reclamam que não há homens por lá e bolam um plano. Se lembra disso?

– Não.

– A filha mais velha diz para a mais nova, estou citando o Gênesis 19:32: "Vamos embebedar nosso pai para a gente poder dormir com ele e dar continuidade a sua linhagem."

Ash não disse nada.

– E elas fazem isso. É incesto. Bem ali no Gênesis. As duas filhas embebedam o pai, dormem com ele e engravidam.

– Eu pensava que a Verdade não tivesse nada a ver com o Velho e o Novo Testamentos.

– E não tem.

– Então por que você está usando Ló como desculpa?

– Eu não preciso de uma desculpa, Ash. E não preciso da sua permissão. Só preciso da Verdade.

Ele ficou olhando para a frente pelo para-brisa.

– Isso ainda parece um "Sim, eu faço sexo com eles".

– Você gosta de sexo, Ash?

– Gosto.

– Então, se você estivesse num grupo onde tivesse que fazer sexo com várias mulheres, isso seria um problema?

Ele não respondeu.

Os pneus do carro levantavam poeira da estrada enquanto ele seguia para a floresta. Placas de "Propriedade particular" – uma ampla variedade delas, em diversas cores e tamanhos – tinham sido colocadas nas árvores. Quando se aproximaram do portão, Dee Dee baixou o vidro de sua janela e fez um gesto complicado com a mão.

O carro parou suavemente diante do portão. Dee Dee abriu a porta. Quando Ash fez o mesmo, ela o impediu com uma das mãos no seu ombro, balançando a cabeça.

– Fique aqui. Com as duas mãos no volante o tempo todo. Não tire nem para coçar o nariz.

Dois homens de uniforme cinza, que fizeram Ash pensar em uma encenação da Guerra Civil, saíram de uma pequena guarita. Os dois portavam AR-15s. Tinham barba grande e fizeram cara feia para ele. Ash tentou parecer tranquilo. Tinha suas próprias armas ao alcance e era provavelmente um atirador melhor do que aqueles dois valentões, só que nem mesmo o melhor atirador de elite é páreo para dois AR-15s.

Essa era a parte que as pessoas não entendiam.

Não é uma questão de talento ou habilidade. Você pode ser um LeBron

James, mas, se estiver jogando com uma bola de basquete murcha, não vai conseguir driblar tão bem quanto alguém que joga com uma bola cheia.

Dee Dee se aproximou dos guardas e fez algo com a mão direita que fez parecer que ela estava se benzendo, mas a forma do movimento era mais triangular. Os dois homens retribuíram o gesto/saudação.

Ritual, pensou Ash. Como em todas as religiões.

Dee Dee conversou com ambos por um breve instante. Eles não tiravam os olhos de Ash, o que requeria uma autodisciplina considerável quando se levava em consideração a aparência de Dee Dee. O próprio Ash olharia.

Talvez fosse por isso que a vida religiosa nunca o seduzira.

A Verdade. Que idiotice.

Ela voltou para o carro.

– Estacione ali à direita.

– Por que não posso dar meia-volta e ir embora?

– O que aconteceu com a sua vontade de me tirar disto tudo aqui?

Seu coração subiu até a boca quando ela disse aquilo, mas o sorriso de "Estou brincando" fez com que voltasse para o lugar. Ash tentou tirar o ar de decepção do rosto.

– Você está de volta – disse Ash. – Está a salvo. Não precisa mais de mim por perto.

– Espere aí, ok? Preciso verificar com o Conselho.

– Verificar o quê?

– Por favor, Ash. Apenas espere.

Um dos guardas entregou a Dee Dee um uniforme dobrado. Cinza. Como o deles. Ela vestiu por cima da roupa que estava usando. O outro lhe deu um acessório para a cabeça que parecia algo que se vê em conventos. Também cinza. Ela o colocou e amarrou sob o queixo, como um chapéu.

Dee Dee sempre andava de cabeça erguida, ombros para trás, a síntese da confiança. Mas naquele momento estava curvada, olhos baixos, subserviente. A transformação alarmou-o. Causou indignação.

Dee Dee saiu de cena, Ash pensou. *Agora é Holly que está aqui.*

Ele a observou atravessar o portão. Inclinou o tronco para a direita a fim de que seu olhar pudesse segui-la pelo caminho. Outras mulheres vagavam em torno, todas vestidas com o mesmo uniforme insípido. Nenhum homem. Talvez estivessem numa área diferente.

Os dois guardas viram que Ash estava observando Dee Dee e o complexo. E não gostaram. Colocaram-se na frente para bloquear a visão dele. Ash pensou em engatar a primeira marcha, pôr o pé no acelerador e atropelar os babacas. Em vez disso decidiu desligar o carro e saltar. Os guardas também não gostaram, mas eles não gostavam de muitas coisas que Ash fazia.

O que mais impressionou Ash quando saiu do carro foi o silêncio. Era puro, pesado, quase sufocante, mas de uma forma boa. Normalmente havia sons em todos os lugares, até nas partes mais profundas das florestas, mas ali só havia quietude. Ele ficou completamente parado por um instante, não queria arriscar perturbar o silêncio nem sequer fechando a porta do carro. Ficou de pé, cerrou os olhos e deixou a tranquilidade invadi-lo. Por um segundo, captou. Ou achou que captou. A sedução. Poderia se render àquilo, àquela calma, àquela paz. Seria muito fácil entregar o controle, a razão e os pensamentos. Apenas existir.

Render-se.

Sim, essa era a palavra certa. Deixar que outra pessoa fizesse o trabalho mental pesado. Viver no agora. Ser sugado para dentro da calmaria. Ouvir o coração batendo no peito.

Mas aquilo não era vida.

Eram férias, intervalo, casulo. Era a Matrix, ou realidade virtual, ou algo assim. E, talvez, quando se é criado como ele foi – ou então como Dee Dee foi –, uma ilusão reconfortante vence a dura realidade.

Mas não a longo prazo.

Ele pegou um cigarro.

– É proibido fumar – informou um dos guardas.

Ash não deu ouvidos.

– Eu disse...

– Shh. Não estrague o silêncio.

O Guarda Um foi em direção a Ash, mas o Guarda Dois esticou a mão para detê-lo. Ash se encostou no carro, deu uma tragada profunda e criou algo com a fumaça ao soltá-la. O Guarda Um não ficou satisfeito. Ash escutou um ruído de walkie-talkie. O Guarda Dois se inclinou para o aparelho e sussurrou alguma coisa.

Ash fez uma careta. Quem ainda usa walkie-talkie? Eles não tinham celular?

Alguns segundos depois, o Guarda Dois murmurou algo no ouvido do Um, que riu.

– Ei, valentão – disse o Guarda Um.

Ash soltou outra longa trilha de fumaça.

– Querem falar com você no santuário.

Ash caminhou em direção a eles.

– Nada de cigarro dentro do Refúgio da Verdade.

Ash ia discutir, mas para quê? Atirou o cigarro na estrada e o esmagou com o sapato. O Guarda Dois abriu o portão com um controle remoto. Ash assimilou os pormenores – a cerca, as câmeras de segurança, o controle remoto. Altíssima tecnologia.

Ele foi em direção à abertura, mas o Guarda Um o deteve com o AR-15.

– Está armado, valentão?

– Sim.

– Então passe a arma para mim.

– Ah, não posso ficar com ela?

Os dois apontaram os AR-15s para ele.

– O coldre está do meu lado direito – disse Ash.

O Guarda Um esticou a mão e não achou nada.

Ash suspirou:

– Este é o seu lado direito, não o meu.

O Um deslizou a mão para o outro lado do corpo de Ash e retirou o 38.

– Bela peça – comentou ele.

– Guarde no meu porta-luvas – pediu Ash.

– Perdão?

– Não vou entrar com ela, mas vou deixar aqui. Ponha no meu carro. A porta está aberta.

O Guarda Um não gostou daquilo, mas o Dois indicou com um sinal que fizesse assim. Ele o fez. Quando completou a tarefa, caprichou na batida de porta bem forte.

– Tem alguma outra arma? – perguntou o Um.

– Não.

Mesmo assim, o Guarda Dois o revistou superficialmente. Quando acabou, o Um indicou com a cabeça que Ash passasse pelo portão. Eles cercaram Ash enquanto entravam no complexo – o Guarda Um à direita, o Dois à esquerda.

Ele não estava de todo preocupado. Imaginava que Dee Dee tivesse falado com a Verdade, o Voluntário ou outro qualquer e que eles queriam vê-lo. Ela não tinha deixado claro, mas parecia bastante óbvio que alguém na seita estava pagando por aquelas execuções. Dee Dee não estava aparecendo com o dinheiro e com os nomes por si mesma.

Alguém na seita queria ver aqueles caras mortos.

Eles subiram uma elevação. Ash não sabia o que esperava encontrar no interior do Refúgio da Verdade, mas a palavra mais abrangente para descrever o complexo era... "genérico". Numa clareira, ele distinguiu uma construção pintada da mesma cor monótona que os uniformes, talvez de três andares. A arquitetura era retangular e funcional e tinha toda a personalidade de uma rede de motéis de beira de estrada. Ou de um quartel militar. Ou talvez, olhando melhor, parecesse uma prisão.

Não havia nada que quebrasse o cinza pardacento – nem um salpico de cor, uma textura, um aconchego.

Mas talvez fosse esse o objetivo. Não existia a menor distração.

Tinha a natureza, em segundo plano, e naturalmente havia beleza nela. Calma, silêncio e solidão. Para uma pessoa perturbada, desambientada em meio à sociedade normal, tentando desesperadamente escapar da modernidade, de seus ruídos e sua constante estimulação, que local poderia ser melhor? Era assim que as seitas funcionavam, não? Encontre os párias desiludidos. Ofereça respostas fáceis. Isole. Induza à dependência. Controle. Permita apenas uma voz que não possa ser questionada ou posta em dúvida.

Renda-se.

Algumas estruturas de três andares, de um cinza sombrio, formavam um pátio. Eles o guiaram por ali. Todas as janelas e portas davam para esse espaço. Dos quartos não era possível ver as árvores. O pátio tinha grama verde, e os bancos, também pintados de cinza, como as janelas, ficavam em frente a uma estátua grande colocada no alto de um pedestal, com a palavra VERDADE escrita em todos os lados. A imagem tinha talvez uns 3 metros de altura. Era de Casper Vartage, beatífico, as mãos erguidas, meio exaltação, meio abraço ao rebanho. Era isso que se via de cada janela – "A Verdade" encarando a todos.

Havia mais mulheres no pátio, todas uniformizadas, usando algum tipo de acessório na cabeça. Nenhuma delas falava ou emitia qualquer som. Nem sequer olhavam para aquele estranho em meio a elas.

Ash estava com um mau pressentimento.

O Guarda Um abriu uma porta e fez sinal para que entrasse. A sala tinha piso de madeira encerado. Dava para ver na parede os retratos de três homens. Eles formavam um triângulo. A Verdade, também conhecida como Casper Vartage, estava no alto. Os dois filhos – era possível notar a semelhança – estavam embaixo, um de cada lado. O Voluntário e o Visitante, supôs Ash. Havia cadeiras dobráveis empilhadas em um canto. Isso era tudo em termos de decoração. Se uma das paredes fosse espelhada, seria possível tomar aquilo por uma sala de academia.

Os guardas Um e Dois se posicionaram na porta.

Ash não gostou daquilo.

– O que está acontecendo?

Eles não responderam. O Guarda Dois saiu. Ele ficou sozinho com o Um, que estava fortemente armado e sorriu para ele.

A sensação ruim aumentou.

Ash começou a se preparar mentalmente. Supondo-se, o que ele já fizera, que a seita fosse a sua contratante. Talvez as pessoas que havia matado fossem todas ex-membros, embora isso não fizesse muito sentido. Gorse, por exemplo, era um gay dono de um estúdio de tatuagens que morava em Nova Jersey. Gano era um sujeito casado e com filhos nos arredores de Boston. Mas, mesmo assim, podia ser isso. Talvez tivessem sido membros na juventude e por alguma razão precisaram ser silenciados depois.

Ou talvez houvesse outro motivo. Não importava.

O importante era que Ash fizera o serviço. O dinheiro tinha sido pago. Ele sabia como obter fundos e transferi-los por aí para que não fossem encontrados. Fora remunerado integralmente – metade ao ser contratado, metade depois das execuções.

Mas agora a seita tinha encerrado seus negócios com ele. Talvez. Essa era uma das coisas que Dee Dee não sabia ainda – o motivo de ela querer que Ash esperasse. Quem quer que o estivesse contratando estava se comunicando através dela. Então talvez Dee Dee tivesse ido até o Conselho da Verdade quando ele a deixara. Era possível que a Verdade ou um de seus conselheiros houvesse dito "Ainda não terminamos".

E se eles quisessem amarrar completamente qualquer ponta solta?

Ash era profissional. Nunca abriria a boca. Isso era parte do que o cliente obtinha pagando pelo serviço.

Mas talvez os líderes da seita não soubessem disso a respeito dele.

Talvez imaginassem que, sob circunstâncias normais, teriam mais confiança, mas, como Ash e Dee Dee se conhecem – tinham até uma ligação especial –, talvez os Vartages se sentissem mais expostos.

A solução mais simples para o problema? A jogada esperta de Vartage e os filhos?

Matar Ash. Enterrar na floresta. Livrar-se do carro.

Se ele fosse o líder da seita, era isso que faria.

Uma porta do outro lado da sala se abriu. O Guarda Um baixou os olhos quando uma mulher que Ash calculou ter cerca de 50 anos entrou. Era alta, imponente e diferente de todos que ele tinha visto no complexo. Andava com a cabeça erguida, peito para a frente e ombros para trás. Vestia o uniforme cinza, mas havia listras vermelhas nas mangas, como algo militar. Contra o cinza apagado, as listras se destacavam como luzes de neon no escuro.

– Por que você está aqui? – perguntou ela.

– Só vim deixar uma amiga.

Ela olhou por sobre o ombro dele para o guarda. Como se sentisse o olhar, ele levantou a cabeça, meio que estremecendo. Aquela mulher não era a Verdade nem parte da trindade, mas, quem quer que ela fosse, excedia aquele guarda em importância.

O Guarda Um se colocou em estado de atenção.

– Como informei a você, Mãe Adeona.

– Adeona?

Ela se virou para encarar Ash.

– Você reconhece a referência?

Ele assentiu:

– Adeona era uma deusa romana.

– Está correto.

Ash adorava mitologia quando criança. Tentou se lembrar dos detalhes.

– Adeona era a deusa responsável por devolver as crianças para casa em segurança ou algo assim. Fazia par com outra deusa.

– Abeona – declarou ela. – Estou surpresa por você saber isso...

– É, sou cheio de surpresas. Então você tem o nome de um mito?

– Exatamente. – Ela abriu um largo sorriso. – Sabe por quê?

– Aposto que você vai me contar.

– Todos os deuses são mitos. Nórdicos, romanos, gregos, indianos, judaico-cristãos, pagãos, todos eles. Durante séculos as pessoas se curvaram para eles, se sacrificaram por eles e passaram a vida os seguindo. E era tudo mentira. Que triste, não acha? Que patético passar a vida iludido assim.

– Talvez – disse Ash.

– Talvez?

– Se você não conhece outra coisa, talvez isso seja bom.

– Você não acredita realmente nisso, não é?

Ele não respondeu.

– Os deuses são mentiras. Só a Verdade prevalece. Você sabe por que todas as religiões acabam caindo e se destruindo? Porque elas não são a Verdade. Ao contrário desses mitos, a Verdade sempre existiu.

Ash tentava não revirar os olhos.

– Qual é o seu nome? – perguntou ela.

– Ash.

– Ash de quê?

– Só Ash.

– Como você conhece a Holly?

Ele não respondeu.

– Talvez você a conheça como Dee Dee.

Ash continuou em silêncio.

– Você chegou com ela, Ash. Trouxe ela até aqui.

– Ok.

– Onde vocês dois estavam?

– Por que não pergunta a ela?

– Já perguntei. Preciso saber se ela está falando a verdade.

Ash estava parado, de pé. Mãe Adeona chegou mais perto. Deu um sorriso malicioso e disse:

– Sabe o que sua Dee Dee está fazendo neste momento?

– Não.

– Ela está nua. De quatro. Com um homem atrás dela e outro na frente.

Ela sorriu um pouco mais. Queria que ele reagisse. Sem sucesso.

– O que acha disso, Ash?

– Estou pensando no terceiro homem.

– Perdão?

– Você sabe. Verdade, Voluntário e Visitante. Se um está pegando Dee Dee por trás e o outro pela frente, onde está o terceiro?

Ela ainda sorria.

– Fizeram você de idiota, Ash.

– Não foi a primeira vez.

– Ela oferece seus favores a vários homens. Mas não a você, Ash.

Ele fez uma careta.

– Chama isso realmente de "favores"?

– Isso o magoa profundamente, eu sei. Você a ama.

– Muito perspicaz. Posso voltar para o meu carro agora?

– Onde vocês dois estavam?

– Não vou contar.

O aceno dela mal pôde ser percebido. Mas foi o bastante. O Guarda Um deu um passo à frente. Havia um bastão em sua mão. Duas coisas aconteceram simultaneamente: Ash reconheceu que o bastão era um tipo de arma de choque e o bastão tocou suas costas.

Então todos os seus pensamentos se fundiram em um tsunami de dor.

Ash caiu no chão de madeira, contorcendo-se como um peixe fora d'água. A eletricidade disparada nele atingiu tudo. Paralisou os circuitos do cérebro. Chamuscou a extremidade dos nervos. Fez os músculos se contraírem.

Ele começou a espumar pela boca.

Não conseguia se mexer. Nem sequer pensar.

Havia pânico na voz da mulher.

– Eu... em que voltagem estava isso?

– Máxima.

– Você está falando sério? Isso vai matá-lo.

– Então podemos terminar com tudo.

Ash viu a ponta do bastão se dirigindo outra vez em sua direção. Queria se mover, precisava disso, mas a eletricidade que o atravessava tinha produzido um curto-circuito nos comandos envolvendo seu controle muscular.

Quando o bastão o tocou novamente, desta vez no peito, Ash sentiu o coração explodir.

Depois só havia escuridão.

capítulo vinte e três

Nenhuma alteração.

Simon já estava cansado de ouvir isso. Sua cadeira estava colocada bem ao lado da cama de Ingrid. Simon segurava a mão da esposa. Contemplava seu rosto, a observava respirar. Ela sempre dormia de barriga para cima, exatamente daquele jeito, assim, parecia que estava ali apenas dormindo, o que podia ser óbvio ou não. Espera-se que um coma seja diferente, não? É claro que havia tubos, ruídos e que ele sabia que Ingrid gostava de vestir camisolas de seda com alças finas para dormir. Camisolas que ele adorava ver a esposa usar.

Nenhuma alteração.

Aquilo era o purgatório, nem céu nem inferno. Muita gente dizia que o purgatório era o pior: a suspensão, o desconhecido, o desgaste da espera interminável. Simon compreendia esse sentimento, mas por ora estava em paz com o purgatório. Se o estado de Ingrid piorasse, nem que fosse um pouquinho de nada, ele perderia completamente essa paz. Tinha consciência o suficiente para perceber que estava por um fio. Se recebesse más notícias, se algo mais desse errado para Ingrid...

Nenhuma alteração.

Bloquear então.

Certo, fingir que ela estava dormindo. Ficou olhando para o rosto da esposa, as maçãs pronunciadas, os lábios que ele beijou suavemente antes de se sentar esperando obter algum tipo de reação, porque, mesmo quando Ingrid dormia profundamente, os lábios reagiam por instinto, ainda que de forma mínima, a seu beijo.

Mas não naquele momento.

Simon se lembrou da última vez que a observara dormindo – na lua de mel em Antígua, dias após eles terem oficialmente se casado. Ele despertara antes do nascer do sol e vira Ingrid esparramada a seu lado, de barriga para cima, como estava agora, como sempre. Os olhos fechados, a respiração regular. Simon apenas contemplara, maravilhando-se com o fato de que seria assim que ele despertaria todos os dias a partir de então – junto à admirável mulher que era agora sua parceira de vida.

Ele a observara daquela forma durante apenas dez, talvez quinze segundos quando, sem abrir os olhos ou fazer qualquer movimento, Ingrid dissera:

– Pare com isso. É macabro.

Ele sorriu com a lembrança, sentado junto à cama com a mão dela ainda quente na sua. Sim, quente. Viva. O sangue circulando.

Ingrid não parecia doente ou morrendo. Estava apenas adormecida e em breve acordaria.

E a primeira coisa que iria fazer seria perguntar por Paige.

Ele também tinha algumas perguntas sobre isso.

Tinha ligado para Elena após deixar a casa de Sadie Lowenstein e dado a ela os detalhes sobre o interesse de Paige em genética e genealogia. Elena em geral escondia o jogo, mas aquilo significou algo para ela, que o bombardeou com perguntas pertinentes. Ele só conseguiu responder a algumas.

Quando ela esgotou as dúvidas, pediu o número do celular de Eileen Vaughan.

– O que está acontecendo? – perguntou ele.

– Talvez nada. Mas, pouco antes de ser morto, Damien Gorse também visitou um desses sites de DNA.

– E o que isso significa?

– Me deixa investigar umas coisinhas antes de a gente entrar nisso. Você está indo para o hospital?

– Sim.

Elena prometeu encontrá-lo lá e desligou.

As crianças pareciam bem. Anya estava na casa de Suzy Fiske e Simon achava que isso era provavelmente o melhor naquele momento. Sam havia feito amizade com alguns médicos residentes que trabalhavam no andar em que a mãe estava internada – ele era bom nisso, em fazer amigos com rapidez – e estava na sala deles, tentando estudar para a prova de física que faria em breve. Além de ser um garoto inteligente, também era estudioso. Simon, que fora um aluno do tipo que estudava só o suficiente para passar de ano, vivia constantemente surpreso com a ética de trabalho do filho: acordar cedo de manhã, malhar antes do café e ter a tarefa de casa pronta dias antes da entrega. E, ao contrário de muitos pais, ele às vezes incentivava o filho a desacelerar e se divertir um pouco. Sam era quase compulsivo.

Não naquele momento, claro. Agora os estudos eram uma distração oportuna.

Nenhuma alteração.

Bloquear então. Apesar de, naquele momento, ele estar bloqueando outras coisas além do estado de Ingrid.

Simon não se considerava um cara com muita imaginação, mas a pouca que tinha o engrenara na última marcha após ouvir sobre o teste de DNA. Isso o fizera derrapar naquela estrada escura, feia, com arame farpado e minas terrestres, que nunca desejara percorrer. No entanto, parecia não haver outra escolha.

As palavras de Eileen Vaughan continuavam ecoando: "Problemas em casa."

Yvonne entrou no quarto.

– Ei – disse ela.

– Existe alguma chance de Paige não ser minha filha?

Na lata.

– O quê?

– Você me ouviu.

Simon a encarou. Yvonne estava pálida, trêmula.

– Existe alguma chance de que eu não seja o pai biológico da Paige?

– Meu Deus, não.

– Eu preciso saber a verdade.

– O que é isso, Simon?

– Ela dormiu com outro?

– Ingrid?

– De quem mais eu estaria falando?

– Não sei. Essa conversa toda é muito maluca.

– Então a chance é zero.

– Zero.

Ele se virou em direção à esposa.

– Simon, o que está acontecendo?

– Você não pode dizer com certeza – falou ele.

– Simon.

– Ninguém pode dizer com certeza.

– Não, claro que ninguém pode dizer com certeza. – Um sinal de impaciência insinuara-se na voz de Yvonne. – Eu também não posso afirmar que você não seja pai de outras crianças por aí.

– Sabe quanto amo minha esposa.

– Eu sei, sim. E ela ama você do mesmo jeito.

– Mas não sei a história toda, não é?

– Não sei do que você está falando.

– Sabe, sim. Existe uma parte da Ingrid que é oculta. Mesmo para mim.

– Existe uma parte de todo mundo que é oculta.
– Não é isso que estou querendo dizer.
– Então não entendo o que você quer dizer.
– Sim, Yvonne, você entende.
– De onde surgiu isso?
– Está surgindo da minha busca pela Paige.
– E agora você acha o quê? Que não é pai dela?
Simon balançava o corpo naquele momento, a encarava diretamente.
– Eu sei tudo sobre você, Yvonne.
– Acha realmente que sabe?
– Sim.
Ela não disse nada. Simon olhou para Ingrid na cama.
– Eu amo minha esposa. Amo de todo o coração. Mas há partes dela que eu não conheço.
A cunhada continuava sem dizer nada.
– Yvonne?
– O que quer que eu diga? Ingrid tem um ar misterioso, garanto a você. Os caras ficavam loucos por causa disso. E, sejamos honestos, foi uma das coisas que o atraiu nela.
Ele assentiu.
– No início.
– Você a ama profundamente.
– Amo.
– E, no entanto, está se perguntando da pior maneira possível se ela o traiu.
– Traiu?
– Não.
– Mas tem alguma coisa.
– Não tem nada a ver com Paige...
– Com o que tem a ver então?
– ... ou com ela ter sido baleada.
– Mas existem segredos?
– Existe um passado, claro. – Yvonne levantou as mãos, mais em sinal de frustração que de confusão. – Todo mundo tem um.
– Eu não tenho. Você não tem.
– Pare com isso.
– Que tipo de passado ela tem?

– Um passado, Simon. – Seu tom era impaciente. – Só isso. Ela teve uma vida muito antes de você... escola, viagens, relacionamentos, empregos.

– Mas não é isso que você queria dizer. É sobre alguma coisa fora do comum.

Ela franziu a testa, balançou a cabeça.

– Não é meu papel contar.

– Muito tarde para isso, Yvonne.

– Não, não é. Você tem que confiar em mim.

– Eu confio em você.

– Bem. Estamos falando sobre história antiga.

Simon assentiu.

– O que está acontecendo aqui... o que mudou a minha filha e levou a toda essa destruição... acho que começou muito tempo atrás.

– Como pode ser?

– Não sei.

Yvonne se aproximou mais da cama.

– Vou te pedir uma coisa, Simon.

– Vá em frente.

– Melhor cenário: Ingrid sai dessa bem. Você encontra sua filha, que está ok. Ela larga as drogas. Completamente. Deixa todo esse capítulo feio para trás.

– Certo.

– Aí Paige decide se mudar para longe. Começar de novo. Conhece um cara. Um cara maravilhoso, que a coloca num pedestal, que a ama acima de tudo. Eles constroem uma vida ótima juntos e Paige não quer que o cara maravilhoso saiba que, em determinado momento, ela foi uma viciada e talvez coisa pior, morou em um cortiço, fazendo Deus sabe o que com Deus sabe quem para conseguir uma dose.

– Está falando sério?

– Sim, estou. Paige adora esse cara. Ela não quer ver o brilho nos olhos dele se apagar. Você não consegue entender isso?

A voz de Simon, quando ele finalmente a encontrou, era um murmúrio:

– Meu Deus, o que ela está escondendo?

– Não importa...

– Como não importa?

– ... da mesma forma que o passado de drogas da Paige não importaria.

– Yvonne?

– O quê?
– Você realmente acha que esse segredo mudaria o que sinto pela Ingrid?
Ela não respondeu.
– Porque, se for esse o caso, nosso amor é muito fraco.
– Não é.
– Mas?
– Mas mudaria a forma como você olha para ela.
– Desapareceria o brilho no olhar?
– Sim.
– Você está errada. Eu ainda a amaria do mesmo jeito.
Yvonne assentiu vagarosamente.
– Eu acredito.
– Então?
– O passado distante dela não tem nada a ver com isso. – Yvonne levantou a mão para impedir o protesto de Simon. – E não importa o que você diga, eu prometi. O segredo não é meu. Você tem que deixar isso pra lá.

Simon não estava disposto a fazer isso – precisava saber –, mas, justo naquele momento, sentiu a mão de Ingrid apertar a sua feito um torno. Seu coração palpitou. Virou a cabeça com rapidez em direção à esposa, na esperança de talvez ver seus olhos se abrirem ou um sorriso surgir no rosto. Mas o corpo inteiro convulsionou-se, ficou rígido, começou a ter espasmos. Os olhos não se abriram, tremularam sem controle de modo que ele só podia ver as órbitas.

Máquinas começaram a apitar. Um alarme soou.

Alguém se precipitou quarto adentro. Depois apareceu mais uma pessoa. Uma terceira o empurrou para o lado. Mais gente encheu o espaço, cercando a cama de Ingrid. O movimento era constante. Todos gritavam instruções urgentes, utilizando um jargão médico ininteligível, em um tom que beirava o pânico, enquanto a sexta pessoa a entrar no quarto, gentil porém firme, empurrou ele e Yvonne para fora.

Eles correram com Ingrid para o centro cirúrgico.
Ninguém dizia nada relevante a Simon. Houve um "percalço", uma das enfermeiras contou, acrescentando em seguida o velho lugar-comum:
– A médica falará com o senhor assim que possível.
Ele tinha mais perguntas, mas não queria distrair ninguém. *Só cuidem da minha esposa*, pensava. *Façam com que ela melhore. Depois me contem.*

Simon andava pela sala de espera lotada. Começou a roer a unha do indicador, algo que fizera muito quando jovem, embora tivesse parado para sempre no último ano da faculdade. Ou assim ele pensava. Andava de um canto para outro, parando em cada um deles, encostando-se contra a parede, porque o que mais queria fazer era desabar ali no chão e se encolher.

Procurou Yvonne na esperança de arrancar dela a maldita resposta sobre o passado da esposa, mas de repente não a encontrou em lugar nenhum. Por quê? Ela queria evitá-lo? Ou precisavam dela no trabalho, especialmente agora com seu sócio fora de combate? Yvonne dissera algo sobre isso, sobre tomar conta do escritório, se prepararem para a "longa espera", sobre não ser necessário ter os dois ali ao mesmo tempo.

Simon se sentia entre irritado e zangado com ela, porém também reconhecia que seu argumento de manter a promessa feita a Ingrid tinha mérito e até nobreza. Ele conhecia a esposa havia 24 anos – três antes de a filha mais velha nascer. Como seria possível que alguma coisa anterior ao nascimento da filha, ou até mesmo anterior a Simon e Ingrid se conhecerem, por mais bizarra, sórdida ou apenas horrível que fosse, influenciasse isso tudo?

Não fazia sentido algum.

– Simon?

Elena Ramirez apareceu de repente ao lado dele. Perguntou se havia alguma novidade no estado de Ingrid. Simon contou que a esposa estava sendo operada e pediu que Elena o atualizasse sobre o que estava acontecendo.

Os dois foram até um local mais reservado, distante da entrada e do público em geral.

– Ainda não consegui juntar todas as peças – disse Elena em voz baixa.

– Mas?

Ela hesitou.

– Você descobriu alguma coisa, certo?

– Sim. Mas ainda não sei como se liga a você ou a sua filha.

– Estou escutando.

– Vamos começar com Paige e esse clube de árvore genealógica.

– Ok.

– A gente sabe que Damien Gorse visitou um site genealógico de DNA chamado ConheçaSeuDNA.com. – Ela olhou em volta como se temesse que alguém pudesse escutar. – Então pedi ao meu cliente que conferisse os cartões de crédito do filho, Henry.

– E?

– Havia uma cobrança do ConheçaSeuDNA. Na verdade, Henry se cadastrou em vários sites genealógicos de DNA.

– Uau.

– Pois é.

– Então acho que preciso conferir os cartões de crédito de Paige. Ver se ela se cadastrou também – disse Simon.

– Sim.

– E Aaron? Ele estava no site?

– Não tem como saber, a menos que a gente encontrasse essa informação em um cartão de crédito. Acha que poderia pedir à mãe dele?

– Poderia pedir, claro, mas duvido que ela vá ajudar.

– Vale a tentativa – sugeriu Elena. – Mas, hipoteticamente falando, vamos supor que todos eles enviaram suas amostras para o mesmo site de DNA e foram testados. Você sabe como esses testes funcionam?

– Na verdade, não.

– Você cospe num tubo de ensaio e eles analisam o seu DNA. Sites diferentes fazem coisas diferentes. Alguns dizem que podem analisar o seu DNA e dar um diagnóstico genético de saúde, ver se você possui certas variantes que o tornam mais propenso a ter Alzheimer ou Parkinson, essas coisas.

– E o método é preciso?

– Parece questionável, mas isso não é o importante agora. Pelo menos, não acho que seja. O pacote básico é o mesmo que você veria se lesse algo sobre esses sites de DNA. Eles te dão uma composição genealógica... digamos, 15% italiano e 22% espanhol, esse tipo de coisa. Podem mapear a sua migração ancestral também, de onde os seus familiares saíram e onde se estabeleceram com o tempo. É muito louco.

– É, pode ser interessante, mas como isso se aplica nesse contexto?

– Duvido que se aplique.

– Esses testes também revelam quem são seus pais, certo? – perguntou Simon.

– E outros familiares, sim. Imagino que foi por isso que tanto Henry Thorpe quanto Damien Gorse fizeram o teste.

– Porque eles foram adotados – disse Simon.

– E não sabiam nada sobre os pais biológicos. Essa é a chave. É muito comum que pessoas adotadas se cadastrem nesses serviços, para poderem descobrir quem são os pais e saber sobre irmãos ou qualquer outro parente de sangue.

Simon esfregou o rosto.

– E Aaron Corval pode ter feito algo assim também. Para saber sobre a mãe.

– Sim. Ou talvez para provar que o pai não era de fato seu pai biológico.

– Está dizendo que talvez Aaron fosse adotado também?

– Pode ser, não sei ainda. Um dos problemas é que esses sites de DNA são altamente controversos. Milhões de pessoas já fizeram os testes, talvez dezenas de milhões. Mais de doze milhões só no ano passado.

Simon assentiu.

– Conheço um monte de gente que enviou suas amostras.

– Eu também. Mas todo mundo fica naturalmente com certo medo de mandar o seu DNA para uma empresa on-line. Então esses sites são radicais em relação a segurança e privacidade. O que eu entendo. Tentei todos os contatos que tenho. O ConheçaSeuDNA não vai me contar nada sem uma autorização judicial. E prometeram enviar qualquer pedido de autorização para a Suprema Corte.

– Mas as correlações que você fez...

– ... são até agora fracas, na melhor das hipóteses. Dois outros assassinatos sem ligação... Meios diferentes, em estados diferentes, com armas diferentes... Podem se vincular superficialmente a alguém em Chicago por meio de algumas mensagens on-line. Isso é menos do que nada em um tribunal.

Simon tentava assimilar o que ela estava dizendo.

– Acha então que Aaron, seu cliente e esse cara, Gorse, todos os três... poderiam ter alguma ligação consanguínea?

– Não sei. Talvez.

– Dois deles foram assassinados – disse Simon. – E o terceiro, o seu cliente, está desaparecido.

– Sim.

– O que leva à questão óbvia.

Elena assentiu.

– Paige.

– Certo. Como minha filha se encaixaria na sua hipótese?

– Tenho pensado muito sobre isso – respondeu Elena.

– E?

– Há casos em que a lei utiliza esses testes de DNA para solucionar crimes. Então talvez, não me pergunte como, sua filha tenha esbarrado em um crime.

– Que tipo de crime?

Elena deu de ombros.

– Não sei.

– E por que ela localizaria Aaron Corval?

– Não sabemos se ela localizou. Só sabemos que Paige foi encontrá-lo em Connecticut.

Simon assentiu.

– Talvez Aaron Corval tenha procurado Paige primeiro.

– Pode ser. O problema é que é difícil descobrir as conexões. O meu técnico de informática, Lou, está trabalhando nisso. Ele imagina que Henry estivesse usando um aplicativo de mensagens criptografadas, tipo WhatsApp ou Viber, e é por isso que ele não consegue ver tudo. Mas agora Lou já acha que talvez o Henry estivesse enviando mensagens pelo próprio site de genealogia. Eles têm serviços de mensagem parecidos com os aplicativos comuns.

Simon lançou um olhar vago para Elena.

– É, eu também não entendo – disse ela, fazendo um gesto de desânimo. – O importante é que o Lou está pesquisando os nomes. Minha equipe no escritório também está dando uma olhada no histórico do Aaron Corval... Certidão de nascimento, qualquer coisa. Aí talvez a gente consiga algo mais. O que me leva até a grande novidade.

Elena parou e expirou profundamente.

– O quê? – perguntou ele.

– Encontrei outra conexão.

Havia algo estranho em sua voz.

– Entre todos eles?

– Não. Entre Henry Thorpe e Damien Gorse.

– Qual?

– Os dois foram adotados.

– Isso a gente já sabia.

– Os dois foram adotados na mesma agência.

Bum!

– A agência se chama Esperança e Fé.

– Onde fica?

– No Maine. Numa cidade pequena chamada Windham.

– Não entendo. Seu cliente mora em Chicago. Damien Gorse morava em Nova Jersey. E os dois foram adotados no Maine?

- Sim.
Simon balançou a cabeça, perplexo.
- E o que fazemos agora?
- Você fica aqui com a sua esposa – disse ela. – Eu vou pegar um avião para o Maine.

capítulo vinte e quatro

A ÚLTIMA VEZ QUE ELENA aterrissara no Portland International Jetport, no Maine, estava viajando com Joel. A sobrinha/afilhada dele faria um "casamento temático" durante o fim de semana, em um rústico acampamento de pernoite para crianças, e Elena tinha ido contra a vontade.

Para começar, a ex-esposa de Joel, Marlene, uma beldade deslumbrante e cheia de curvas, estaria lá, de modo que Elena teria que lidar com os olhares curiosos da família, que nunca conseguiu entender o que um homem como ele, de 1,88 metro, bonito e carismático via numa mulher de 1,50 metro no máximo, atarracada e aparentemente sem encantos.

Elena também não entendia isso direito.

– Vai ser divertido – Joel havia assegurado.

– Vai ser um porre.

– Teremos uma cabana particular perto da água.

– Sério?

– Ok, não será particular – admitiu ele. – Nem perto da água. E vamos dormir em um beliche.

– Uau, parece ótimo.

Mesmo sob a melhor das perspectivas, a viagem tinha cara de pesadelo. Elena não gostava de acampar, de natureza, insetos, arco e flecha, caiaque ou qualquer outra atividade listada no "Roteiro do Casamento de Jack e Nancy". Era começo de junho e os acampamentos de verão ficavam disponíveis para retiros e eventos, a fim de fazer um extra antes das férias escolares e da invasão das crianças.

Para sua surpresa, porém, o fim de semana fora divertido, no fim das contas. O time de Elena ganhara algo chamado de Guerra das Cores, e o histórico dela de agente da lei veio a calhar para a equipe durante a batalha de Captura da Bandeira, que durou um dia inteiro. À noite – e essa era a lembrança que ainda a perseguia e sempre iria perseguir –, Joel arranjava uma garrafa de vinho e duas taças de alguma festividade na programação e enrolava tudo num saco de dormir extragrande. Quando as luzes se apagavam – como num acampamento de verdade –, ele descia da cama de cima, puxava Elena pela mão até o campo de futebol e fazia amor com ela sob o céu azul e cheio de estrelas do Maine.

Por que o sexo com Joel era tão bom?

Como ele era capaz de alcançar um lugar tão profundo dentro do seu corpo e da sua alma que nenhum outro homem jamais chegara perto de encontrar? Ela já tinha tentado analisar isso mil vezes e percebido que o sexo, o sexo bom, envolve confiança e vulnerabilidade. Elena confiava plenamente em Joel. Se abria e se mostrava completamente vulnerável com ele. Não havia qualquer julgamento, hesitação ou dúvida. Elena queria satisfazê-lo e vice-versa, e ela queria ser egoísta e ele também. Não havia outra dinâmica senão essa.

Não se consegue isso na vida com frequência. Talvez uma ou duas vezes. Mais provavelmente, nunca.

Elena sabia, mesmo com tudo que os amigos bem-intencionados lhe diziam, que jamais teria aquilo outra vez. Não havia razão para tentar. Ela não namorava – não que recebesse muitas propostas, na verdade – nem tinha interesse em ter outro relacionamento. Não estava sendo mártir nem sofrendo de autocompaixão, nada disso. Sentia apenas que, quando Joel morreu, aquela parte sua também morreu. Não havia mais ninguém por aí que pudesse lhe dar aquela confiança e vulnerabilidade. Isso era um fato, talvez triste, mas, como ouvia dizer nesse clima político patético, fatos nada têm a ver com sentimentos. Elena já tivera essa ligação maravilhosa, fora fantástica e agora acabara.

Seu quarto no hotel Howard Johnson tinha vista não apenas para um, mas para dois postos de gasolina mais uma loja de conveniência. Escolhera aquele hotel em vez dos relativamente mais pretensiosos Embassy Suites ou Comfort Inn baseada puramente em nostalgia. Quando era criança no Texas, o grande programa da família à noite era jantar e tomar sorvete em um Howard Johnson, sob o inconfundível telhado laranja com cúpula, encimado por um cata-vento. Elena e o pai sempre pediam mariscos empanados e naquele momento, com a mente divagando mais que o usual, um pouco de nostalgia pareceria e teria um gosto estranhamente bom.

Quando perguntou na recepção sobre o restaurante, a recepcionista olhou para ela como se estivesse falando outra língua.

– Nós não temos restaurante.

– Vocês são um Howard Johnson sem restaurante?

– Isso mesmo. A Portland Pie Company não é longe. E o Dock's Seafood fica a cerca de 2 quilômetros seguindo pela estrada.

Elena deu um passo para trás e, ali mesmo na recepção, fez uma pesquisa rápida no Google. Como não notara que os restaurantes Howard Johnson estavam vagarosamente encerrando suas operações havia anos? Em 2005 só tinham sobrado oito deles e naquele momento existia apenas um, em Lake George, Nova York. Ela chegou a conferir quanto tempo levaria uma ida até Lake George – quase cinco horas.

Longe demais. E as avaliações não eram nada estelares.

Em vez disso foi até um desses bares no estilo cervejaria, assistiu a um jogo e bebeu demais. Pensou nos dois homens mais importantes da sua vida, o pai e Joel, e em como ambos haviam sido tirados dela cedo demais. Uma corrida compartilhada a deixou de volta no Howard Johnson e ela foi dormir. A falta de um telhado laranja ou até mesmo do cata-vento deveria ter sido um alerta de que os tempos tinham mudado.

De manhã, vestiu um blazer azul, calça jeans e pediu pelo aplicativo uma corrida até a Esperança e Fé, em Windham. Meia hora, sem trânsito. O escritório de Elena já tinha providenciado para ela uma procuração para falar em nome das famílias de Henry Thorpe e também da recente vítima de assassinato Damien Gorse.

Tudo aquilo não passava de uma tremenda aposta.

A agência de adoção Esperança e Fé estava localizada em um pequeno prédio comercial atrás de um Applebee's, na Roosevelt Trail. O dono, um homem com cabelo grisalho indomável chamado Maish Isaacson, a cumprimentou com um sorriso nervoso e um fraco aperto de mão. Usava óculos com armação de tartaruga estilosos e barba revolta.

– Eu não vejo como posso ajudar – disse Isaacson pela terceira vez.

Gotas de suor pontilhavam sua testa. Ela lhe entregou as procurações quando os dois se sentaram. Isaacson leu os documentos com atenção e depois perguntou:

– Essas adoções foram há quanto tempo?

– A do Henry Thorpe foi há 24 anos. A do Damien Gorse, há uns trinta.

– Então, vou repetir: não vejo como posso ajudar.

– Eu gostaria de ver qualquer coisa que o senhor tenha sobre essas adoções.

– Depois de todos esses anos?

– Sim.

Isaacson cruzou as mãos.

– A Sra. Ramirez está ciente de que elas são adoções encerradas?

– Estou.

– Então, mesmo que eu tivesse essas informações, a senhora sabe que legalmente não poderia abrir o registro de adoções.

Ele lambeu um dedo de unha feita, puxou uma folha de papel de uma estante e a deslizou pela mesa para que Elena pudesse acompanhar.

– Por mais que as leis estejam um pouco mais flexíveis agora, você ainda precisa seguir certo protocolo.

Elena olhou para o papel.

– Então o primeiro passo é ir até o oficial de registros da comarca... posso lhe dar o endereço. E fazer uma petição junto ao tribunal. Feito isso, será marcada uma data para a senhora se encontrar com o juiz...

– Eu não tenho tempo para isso.

– Minhas mãos estão atadas, Sra. Ramirez.

– As famílias deram entrada aqui. Neste escritório. Elas fizeram uso dos seus serviços e querem que eu veja toda a papelada.

Ele coçou a cabeça, baixou os olhos.

– Com o devido respeito, as famílias não têm voz aqui. Os dois adotados são maiores de idade, de modo que competiria a eles fazer a petição ao tribunal ou a este escritório. O Sr. Gorse faleceu recentemente, pelo que fiquei sabendo. Isso procede?

– Sim, ele foi assassinado.

– Oh, Deus, isso é terrível.

– É por isso que estou aqui, a propósito.

– Sinto muito por essa tragédia, mas, legalmente falando, isso significa que seria necessário preencher um outro tipo de formulário legal. Eu não sei de nenhum caso em que um adotado tivesse morrido...

– Ele foi assassinado.

– ... e então um dos pais... a mãe, pelo que consta nesse documento... quisesse informações sobre os pais biológicos. Eu não tenho certeza se ela tem algum direito. Quanto a Henry Thorpe, ele está vivo, correto?

– Está desaparecido sob circunstâncias suspeitas.

– Ainda assim – disse Isaacson. – Não vejo como alguém, seja pai, tutor, o que for, possa fazer uma petição em seu nome.

– Os dois foram adotados aqui, Sr. Isaacson.

– Estou ciente disso.

– Os dois homens, crianças adotadas por meio da sua agência, estiveram recentemente em contato um com o outro. O senhor está a par disso?

Isaacson não disse nada.

– Agora um deles está morto, e o outro, desaparecido sob circunstâncias misteriosas.

– Eu vou ter que pedir que a senhora saia.
– Pode pedir – disse Elena.
Ela cruzou os braços. Não se mexeu. Só o encarava.
– Estou de mãos atadas nisso. – Tentou ele. – Eu gostaria de ajudar.
– Foi o senhor mesmo que cuidou dessas adoções?
– Nós cuidamos de muitas adoções ao longo dos anos.
– O senhor reconhece o nome Aaron Corval? Talvez se lembre do pai dele, Wiley. A família é dona de um hotel-fazenda em Connecticut.
Ele não disse nada. Mas sabia.
– O Sr. Corval era seu cliente? – perguntou ela.
– Não sei dizer.
– Ele está morto também. O Aaron Corval, quero dizer.
Seu rosto perdeu o pouco da cor que ainda restava.
– Ele foi adotado aqui?
– Não sei dizer – repetiu ele.
– Veja nos arquivos.
– Vou ter que pedir que a senhora saia.
– Mas eu não vou fazer isso. O senhor trabalhava aqui naquela época, quando essas adoções aconteceram.
– Eu fundei este lugar.
– Sim, eu sei. É uma linda história... como o senhor queria salvar crianças e uni-las a famílias amorosas por causa dos seus próprios problemas de paternidade. Já sei tudo sobre isso. Sei tudo sobre o senhor. Parece um cara decente, que tentou fazer o melhor, mas se houver qualquer coisa errada em algum dos seus documentos de adoção...
– Não há.
– Mas se houver, vou descobrir. Vou vasculhar tudo que o senhor já fez na vida e, se eu encontrar um erro, honesto ou não, vou usá-lo para tirar vantagem. Olhe para mim, Sr. Isaacson.
Ele encarou Elena.
– O senhor sabe de alguma coisa.
– Não sei.
– É, sabe, sim.
– Todas as adoções feitas aqui estão de acordo com a lei. Se algum funcionário cometeu alguma fraude...
Agora estavam chegando a algum lugar. Elena se inclinou para a frente.
– Se esse for o caso, Sr. Isaacson, serei sua melhor amiga. Estou aqui para

ajudar. É só me deixar ver os arquivos. Os seus, não os oficiais. Me deixe rastrear a fraude e consertá-la.

Ele não disse nada.

– Sr. Isaacson?

– Não posso lhe mostrar os arquivos.

– Por que não?

– Eles se foram.

Ela aguardou.

– Há cinco anos houve um incêndio. Todos os nossos registros se perderam. Na verdade, isso não foi realmente um problema. Tudo que é importante está guardado no escritório do oficial de registros, como eu disse. Mas, mesmo que eu quisesse lhe mostrar os arquivos, o que legalmente não posso fazer, eles se encontram no escritório do oficial de registro. É lá que precisa ir.

Ela o encarou.

– O senhor está me escondendo alguma coisa, Sr. Isaacson.

– Não foi feito nada ilegal.

– Ok.

– E acho que, se tivesse sido, bem, teria sido o melhor para as crianças. Elas foram sempre a minha preocupação. As crianças.

– Tenho certeza disso. Mas agora essas crianças estão se tornando alvos e sendo mortas.

– Não vejo como isso nos envolve.

– Talvez não envolva – disse ela, sem mencionar que o único vínculo até aquele momento era a agência de adoção Esperança e Fé. – Talvez eu consiga inocentá-lo. O senhor se lembra desses casos?

– Por um lado, sim. Por outro, não.

– Como assim?

– Esses casos necessitaram de um pouco de privacidade extra.

– De que forma?

– As crianças eram filhas de mães solteiras.

– Mas não havia um monte de mães solteiras naquela época?

– Sim – disse ele meio devagar, puxando a barba. – Mas eram garotas que vinham de um ramo bastante ortodoxo da cristandade.

– Que ramo?

– Eu nunca soube. Mas acho também que... elas não gostavam de homens.

– O que isso quer dizer?

– Não sei. Realmente não sei. Mas eu não tinha acesso aos nomes das mães.
– Você é o dono aqui.
– Sim.
– Então você precisa assinar os papéis.
– Eu assinava. Era a única vez que eu via o nome das mães. Mas não me lembro de nenhum.

Ele lembrava. Claro que lembrava.

– E os nomes dos pais?
– Eram sempre catalogados como "desconhecido".

Ele puxava a barba com tanta força que a mão estava cheia de pelos.

– O senhor mencionou antes um funcionário – disse ela.
– O quê?
– Você disse "se algum funcionário cometeu fraude". – Elena tentava ao máximo manter os olhos nos dele, mas Isaacson desviava os seus. – Alguém trabalhou nesses casos?

Ele mexeu a cabeça. Poderia ter sido um sinal afirmativo, ela não tinha certeza, mas tratou como se fosse.

– Quem?
– O nome dela é Alison Mayflower – declarou o homem.
– Ela era assistente social?
– Sim. – Depois de pensar melhor, acrescentou: – Mais ou menos.
– E essa Alison Mayflower era quem trazia os casos?

Sua voz era baixa, distante:

– Alison veio até mim no mais estrito sigilo. Disse que havia crianças em dificuldades. Eu ofereci minha ajuda, que foi aceita sob condições.
– Que tipo de condições?
– Para começar, eu não poderia saber sobre a origem das crianças. Não poderia fazer nenhuma pergunta.

Elena parou para refletir. Quando estava no FBI, sua equipe havia desbaratado algumas igrejas e agências, aparentemente autorizadas, por adoção ilegal. Em alguns casos, bebês brancos tinham tanta procura que a realidade macroeconômica da sociedade capitalista entrava em cena – lei da oferta e procura – e, então, alcançavam preços mais altos. Em outros casos, um dos pais em potencial tinha algo em seu histórico que tornava difícil a adoção legal. Então, de novo, o dinheiro trocava de mãos.

Às vezes, muito dinheiro.

Elena precisava ser cuidadosa. Não estava ali para prender Isaacson por vender bebês ou por algo que ele talvez tivesse feito há vinte ou trinta anos. Ela queria informações.

Como se lesse seus pensamentos, ele disse:

– Eu realmente não sei de nada que possa ajudá-la.

– E essa Alison Mayflower? Ela poderia me ajudar?

Isaacson assentiu vagarosamente.

– O senhor sabe onde ela está agora?

– Alison deixou de trabalhar comigo há vinte anos. Se mudou.

– Para onde?

Ele encolheu os ombros.

– Não a via há anos. Perdi contato.

– "Via".

– O quê?

– O senhor disse "via", não "vejo".

– É, acho que disse. – Ele passou a mão pelo cabelo e deu um suspiro profundo. – Ela deve ter se mudado de volta, não sei. Mas eu a vi no ano passado trabalhando em uma cafeteria em Portland. Um desses lugares veganos estranhos. Mas quando ela me viu...

– Mas quando ela viu o senhor... – Elena o incentivou.

– Saiu pelos fundos. Eu a segui, só para dizer oi, mas quando a alcancei... – Ele deu de ombros. – Não sei, poderia não ser Alison. Parecia diferente. O cabelo dela era comprido e preto como a noite. O daquela mulher era bem curto e totalmente branco, então... – Ele pensou naquilo um pouco mais. – Não, não era Alison. Tenho certeza.

– Sr. Isaacson?

Ele levantou os olhos para ela.

– Onde fica essa cafeteria?

capítulo vinte e cinco

A PRIMEIRA COISA QUE ASH viu quando abriu os olhos foi o belo rosto de Dee Dee.

Poderia ter achado que havia morrido, estava tendo alucinações ou algo assim. Só que, se fosse esse o caso, Dee Dee estaria com sua trança loura de volta, não com as mechas pintadas de castanho avermelhado que fora forçada a fazer.

Ou talvez não. Talvez na morte as pessoas preservassem a última visão que tiveram, não a preferida.

– Está tudo bem – disse a jovem com uma voz suave ainda confusamente celestial. – Só não se mexa.

Ele olhou para além dela enquanto recuperava a consciência. É, ainda estava no complexo da seita. A decoração da sala era mais para inexistente que austera. Nada nas paredes do mesmo cinza inescapável, nenhuma mobília à vista.

Havia outras pessoas na sala. Dee Dee tentou impedi-lo de se sentar, mas Ash não estava gostando nada daquilo. No canto mais afastado ele viu Mãe Adeona, de olhos no chão e mãos cruzadas. Mais perto dele, de ambos os lados da cama, estavam dois homens que reconheceu dos retratos vistos na outra sala – o Visitante e o Voluntário.

Um dos filhos de Casper Vartage – o Visitante, talvez? – deu meia-volta e saiu pela porta sem dizer nada. O outro se virou para Mãe Adeona e disparou:

– Você teve sorte.

– Sinto muito.

– O que estava pensando?

– Ele era um forasteiro e um invasor – disse Mãe Adeona, os olhos ainda baixos. – Eu estava defendendo a Verdade.

– Isso é mentira – retrucou Dee Dee.

O filho a silenciou com um gesto de mão, os olhos ainda cravados na mulher mais velha.

– Não cabe a você, Mãe.

A mulher mantinha os olhos no chão.

– Se tinha preocupações, devia ter vindo ao Conselho.

Mãe Adeona assentiu com docilidade.

– Está certo, claro.

O filho de Vartage se virou.

– Pode ir.

Antes de deixar a sala, a mulher mais velha andou até o leito de Ash.

– Quero oferecer minhas mais sinceras desculpas.

Mãe Adeona se aproximou mais da cama dele e tomou a mão esquerda de Ash nas suas. E o olhou nos olhos.

– Não posso exprimir quanto lamento ter machucado você. Para sempre seja a Verdade.

Mãe Adeona apertou então as duas mãos de Ash com mais força.

Foi quando enfiou um pedaço de papel entre elas.

Ash a encarou. Mãe Adeona fez um gesto imperceptível de assentimento, fechou as mãos dele em volta do papel e deixou a sala.

– Como está se sentindo? – perguntou Dee Dee.

– Bem.

– Vista-se então, baby. A Verdade quer conhecer você.

A cafeteria vegana Green-N-Leen, observou Elena, anunciava todos os seus produtos em um quadro-negro que exibia uma variedade de giz colorido. Além do trivial "vegano", o quadro estava cheio de palavras como orgânico, comércio justo, sem carne, tempeh, falafel, tofu, cru, 100% natural, eco, fresco, sem glúten, cultivado localmente, sustentável, do campo para a mesa. Numa placa lia-se COMA COUVE. Em outra, COMA ERVILHAS E NÃO PORCOS, escrito em um mosaico feito de vegetais verdes. À direita havia um mural de cortiça com tachinhas anunciando todo tipo de feira de produtos naturais, além de aulas de ioga e de culinária vegana.

Alison Mayflower estava atrás do balcão.

Ela parecia caracterizada para o papel de vegana saudável e mais experiente: era alta, bronzeada, um tanto magra demais, talvez, maçãs do rosto salientes, pele sedosa, cabelo curto e tão branco que parecia artificial. Os dentes eram imaculadamente brancos também, embora o sorriso fosse hesitante, vacilante e inseguro. Ela piscou muito quando Elena se aproximou, como se estivesse esperando más notícias ou algo pior.

– Posso ajudar?

Numa caixinha de gorjetas estava escrito MOEDA PESA – DEIXE COM A GENTE. Elena gostou. Entregou a Alison um cartão de visita com seus números particulares de telefone. A mulher pegou e começou a ler.

– Alison Mayflower – disse Elena.

A mulher – Elena lhe deu cerca de 60 e poucos anos, embora pudesse se passar por mais jovem – piscou mais um pouco e deu um passo para trás.

– Não conheço este nome.

– Conhece, sim. É o seu. Você trocou.

– Acho que está me confundindo com outra pessoa...

– Tem duas escolhas aqui, Alison. Primeira: vamos até um lugar mais reservado agora, temos uma conversa particular e depois eu vou embora para sempre.

– Ou?

– Segunda opção: destruo sua vida por completo.

Cinco minutos depois, as duas se dirigiram até os fundos da cafeteria. Um homem de barba e coque, que Alison chamara de Raoul, assumiu o balcão e ficou encarando Elena enquanto limpava xícaras de café apenas com um pano de prato. A detetive tentou não revirar os olhos.

Assim que se sentaram, Elena foi direto ao motivo de estar ali. Não enrolou nem desviou do assunto. Foi curta e grossa.

Assassinatos, desaparecimentos, adoções, a história toda.

Primeiro veio a negativa

– Não sei nada sobre isso.

– Claro que sabe. Você fez adoções na Esperança e Fé. Pediu a Maish Isaacson que elas permanecessem sigilosas. Posso arrastá-lo até aqui para confirmar...

– Não há necessidade disso.

– Então vamos pular a parte que você finge não saber do que estou falando. Não me interessa se você andou vendendo bebês nem nada.

A verdade era que Elena se interessava. Quando aquilo tudo terminasse, se outros crimes tivessem sido cometidos, ela os denunciaria à agência legal responsável e cooperaria de todas as formas para que Mayflower e Isaacson fossem punidos. Mas naquele dia, naquele momento, a prioridade era encontrar Henry Thorpe, e, se ela envolvesse as autoridades, ninguém abriria a boca.

Isso podia esperar.

– Dei a você os nomes – continuou Elena. – Se lembra de algum?

– Eu cuidei de muitas adoções.

O piscar de olhos estava de volta. Ela se encolheu na cadeira, o queixo encostado no peito, os braços cruzados. Elena estudara expressão corporal quando estava no FBI. Em algum momento da vida, Alison Mayflower sofrera abuso, provavelmente físico, cometido por figuras paternas ou por um parceiro, ou ambos. Pestanejar era o que Alison fazia antes de sofrer um ataque. Encolher-se era sujeitar-se, implorar clemência.

Raoul continuava encarando Elena. Tinha 25, talvez 30 anos, jovem demais para ser a origem dos abusos sofridos por Alison.

Talvez ele conhecesse a história dela e não quisesse que a colega padecesse mais. Ou talvez tivesse apenas intuído. Não era necessário ser nenhum tipo de perito em decifrar indícios não verbais para perceber.

Elena tentou outra vez:

– Fez aquilo para ajudar as crianças, não foi?

O rosto se inclinou, os olhos ainda piscavam rápido, mas havia ali algo parecido com esperança.

– Sim, é claro.

– Você estava salvando aquelas crianças de alguma coisa?

– Sim.

– Do quê? – Elena chegou mais perto. – Do que as estava salvando, Alison?

– Eu queria que elas tivessem bons lares. Só isso.

– Mas tem algo peculiar nessas adoções, certo? – Elena tentava pressionar. – Você precisou manter sigilo sobre elas. Então foi até uma pequena agência no Maine. Rolou dinheiro, ou o que for, isso não interessa.

– Tudo que fiz foi para ajudar os meninos – disse ela entre uma piscadela e outra.

Elena assentia, tentando fazer com que ela dissesse mais, mas uma palavra a fez parar:

Meninos.

Alison Mayflower disse que fizera aquilo para ajudar os *meninos*. Não crianças, recém-nascidos, bebês.

– Eles eram todos meninos? – perguntou Elena.

Alison não respondeu.

– O nome Paige...

– Só meninos – murmurou Alison, balançando a cabeça. – Você não entende? Fiz aquilo para ajudar esses meninos.

– Mas eles estão morrendo nesse momento.

Uma única lágrima rolou pelo rosto de Alison.

Elena pressionou ainda mais:

– Vai ficar sentada aí e deixar isso acontecer?

– Meu Deus, o que eu fiz?
– Conte para mim, Alison.
– Não posso. Preciso ir.
Ela começou a se levantar. Elena pôs a mão em seu braço. Uma mão firme.
– Eu quero ajudar.
Alison Mayflower fechou os olhos.
– É uma coincidência.
– Não, não é.
– É, sim. Quando você faz muitas adoções, sabe que algumas das crianças vão encarar tragédias ao longo da vida.
– De onde vinham esses meninos? Quem eram os pais, as mães?
– Você não está entendendo – disse Alison.
– Então me explique.
Alison soltou o braço e esfregou onde Elena tinha segurado. Sua expressão era diferente agora. Ainda estava piscando, assustada, mas havia desafio ali.
– Eu os salvei – falou.
– Não, você não os salvou. O que quer que tenha feito, mantido em segredo esses anos todos, está de volta.
– Impossível.
– Talvez você tenha pensado que estava tudo enterrado...
– Mais do que enterrado. Queimado. Eu destruí todas as provas. Nem sei mais os nomes. – Seus olhos brilharam quando ela se inclinou sobre a mesa.
– Escute. Não existe nenhum jeito de alguém fazer mal a essas crianças. Eu me certifiquei disso.
– O que você fez, Alison?
Ela não disse nada.
– Alison?
– Esta senhora está incomodando você, Allie?
Elena tentou não bufar quando levantou os olhos para encarar Raoul. Ele franzia a testa para ela e tinha as mãos na cintura feito um Super-Homem *hipster*.
– Esta é uma conversa particular – disparou Elena. – Se você e o seu coque puderem voltar para trás do balcão...
– Eu não falei com a senhora. Falei com...
E então, sem aviso, Alison Mayflower deu o fora.
Elena foi pega de surpresa. Num segundo Alison estava ali, sentada docilmente na frente dela; no instante seguinte, saía como se tivesse sido

impulsionada por um estilingue. A mulher seguiu pelo corredor, em direção aos fundos da cafeteria.

Droga.

Elena era várias coisas, mas rápida, especialmente com seu problema físico, não era uma delas. Ela tentou ir atrás de Alison, mas enquanto ficava de pé, gemendo, pôde ver que a esbelta vegana já estava longe.

Quando começou a seguir Alison, Raoul e seu coque se interpuseram no caminho. Elena não diminuiu a velocidade. Ele esticou as mãos para impedi-la de continuar. No momento em que a tocou, ela o agarrou pelo ombro, se preparou e desferiu um chute forte no saco do rapaz.

Raoul caiu primeiro de joelhos. O coque acompanhou. Depois tombou no chão como uma árvore ceifada. Elena quase gritou "Madeira!".

Mas não o fez, claro. Saiu pelos fundos, passou por banheiros com cortina hippie de contas em vez de portas e jogou o corpo contra a entrada de serviço, que se escancarou para um beco. Elena olhou de um lado para outro.

Porém Alison Mayflower se fora.

capítulo vinte e seis

AINDA ESPERANDO POR NOVIDADES da médica, Simon andava pela sala de espera e rememorava o que ele e Elena Ramirez haviam conversado. Como não tinha o número da madrasta de Aaron, Enid, ligou então para o hotel-fazenda Corval, onde uma mulher cuja voz se parecia muito com a da recepcionista que ele tinha enfrentado anotou o recado.

Não daria em nada.

Próxima tarefa: verificar o cartão de crédito de Paige. Simon colocara no débito automático o cartão que a filha usava na Lanford College e, mesmo tendo sido forçado a cancelá-lo quando Paige começou a comprar drogas para ela e Aaron, ainda podia acessar os lançamentos antigos. Ele os baixou e começou a examiná-los.

Era um exercício doloroso. As primeiras despesas da filha eram típicas de uma universitária inocente: lanchonetes locais para pequenas refeições, loja da Lanford College para material escolar e blusas com o logo da universidade e farmácia para artigos de higiene. Havia duas cobranças do Sorvete Italiano da Rita, em Poughkeepsie, e um lançamento de 65 dólares, provavelmente para um vestido de verão, de um lugar chamado Elizabeth's Boutique.

Não havia qualquer cobrança do site ConheçaSeuDNA.

Mas Simon encontrou uma despesa de 79 dólares em nome de algo chamado Ance-Story. Pesquisou a empresa na internet e, sim, era um site de genealogia que se concentrava em "preencher os galhos da árvore genealógica" dos clientes por meio de testes de DNA. Estava lendo o material do site quando uma voz feminina cansada chamou seu nome.

A doutora Heather Grewe ainda vestia o traje azul cirúrgico clássico. Azul clássico. Simon gostava. Achava a cor adequadamente sóbria e, portanto, reconfortante. Muitos enfermeiros e funcionários optavam por vestir uniformes modernos ou estranhos, como rosa-choque, floridos, com o Bob Esponja e o Pac-Man. Bem, Simon até entendia. Quando se trabalhava em um hospital o dia inteiro, talvez alguns funcionários quisessem fazer mudanças e tentar algo diferente. Claro, o contraste de usar um uniforme em cor forte em um ambiente austero fazia sentido, mas, a menos que se estivesse na ala pediátrica, Simon preferia o clássico sóbrio, sério, e ficou contente ao ver a cirurgiã de Ingrid vestida dessa forma.

– Sua esposa saiu da cirurgia. Está estável.
– Ainda em coma?
– Receio que sim, mas nós sanamos o problema imediato.

A doutora Grewe começou a explicar em detalhes, mas era difícil para Simon acompanhar as minúcias médicas. O panorama geral – as palavras em letras maiúsculas, se preferirem – parecia ser o mesmo:

NENHUMA ALTERAÇÃO.

Após a doutora Grewe terminar a explanação, Simon agradeceu e perguntou:

– Posso ver minha esposa?
– Sim, é claro.

Ela o conduziu até a área de recuperação. Simon não fazia ideia de como um corpo em coma podia parecer ainda mais exausto. A batalha feroz de Ingrid contra o que a arrastara de volta à sala de cirurgia a deixara claramente esgotada. Ela jazia completamente imóvel, como antes, mas agora a imobilidade parecia um pouco pior; estava encovada, frágil. Ele ficou com medo de pegar a mão da esposa, como se ela fosse se quebrar na sua.

Mas pegou.

Tentou imaginar Ingrid de pé, saudável, bonita e vibrante. Tentou fazer uma reminiscência de outras épocas naquele mesmo hospital, tempos mais felizes, quando Ingrid segurava algum dos filhos recém-nascidos, mas a visão não se fixava. Tudo que podia ver agora era aquela Ingrid fraca, pálida, exaurida, mais para lá do que para cá. Ele a contemplava e pensava sobre o que Yvonne contara acerca do passado e de segredos.

– Eu não me importo.

Disse as palavras em voz alta para a esposa em coma.

O que quer que Ingrid tivesse feito antes – e Simon tentou imaginar o pior: crime, drogas, prostituição, até assassinato –, ele perdoaria. Não se importava. Não faria perguntas.

Pôs os lábios no ouvido da esposa:

– Eu preciso que você volte, querida.

Era verdade. Mas também não era. Não se importava com o passado de Ingrid. Mas havia perguntas que ainda precisavam ser feitas.

Às seis da manhã, falou com a enfermeira de plantão, se certificou de que eles tinham o número do seu celular e saiu do ar saturado do hospital para a rua. Normalmente pegaria o metrô para casa, mas queria estar na superfície caso recebesse alguma ligação. Àquela hora, o percurso do hospital até o apartamento no Upper West Side levaria quinze minutos no máximo. Tendo o celular com ele, poderia voltar imediatamente se houvesse alguma emergência.

Não queria deixá-la, mas havia algo que precisava fazer.

Simon pediu uma corrida no aplicativo e fez o motorista parar em frente a uma farmácia 24 horas na Columbus Avenue, perto da 75th Street. Entrou correndo, comprou uma embalagem com seis escovas de dentes e voltou para o carro. Quando chegou em casa – quanto tempo fazia desde a última vez que estivera na própria casa? –, o apartamento estava silencioso. Atravessou o corredor na ponta dos pés e olhou para o interior do quarto à direita.

Sam estava dormindo de lado, em posição fetal, pernas bem encolhidas. Era assim que sempre dormia. Simon não quis acordá-lo, por ora. Seguiu até a cozinha e abriu a gaveta onde ficavam os sacos Ziploc. Tirou alguns e fez silenciosamente o caminho até o que eles chamavam de "banheiro das meninas", o que Paige dividira com a irmã mais nova, Anya.

O fato de as crianças nunca trocarem suas escovas de dentes até as cerdas estarem gastas ou praticamente inexistentes se tornara uma espécie de piada recorrente na casa. Assim, anos antes, Simon se encarregara de comprar um pacote de escovas novas a cada dois meses e de trocá-las ele mesmo. Ia fazer isso naquele dia também, de modo que ninguém percebesse sua verdadeira intenção, mesmo que... Ora, quem iria perceber?

A escova de Paige ainda estava lá desde a última visita... havia quanto tempo?

Ele pegou a escova que era da filha cuidadosamente pelo cabo e a colocou dentro de um dos sacos plásticos. Esperava que houvesse DNA suficiente nela para obter uma amostra. Ia sair do banheiro, mas parou de repente.

Confiava em Ingrid. Confiava de verdade.

Porém, agindo de acordo com sua filosofia pessoal "o seguro morreu de velho", Simon colocou a escova de dentes de Anya em um segundo saco plástico. Depois foi até o outro banheiro e pegou a de Sam também.

Tudo aquilo parecia uma traição doentia, terrível.

Quando terminou, seguiu até o próprio quarto e colocou todos os sacos na mochila de trabalho. Olhou a tela do celular. Nada. Ainda era cedo, mas mandou uma mensagem para Suzy Fiske:

> Ei, estou em casa por um instante. Se você estiver desperta, pode acordar Anya e pedir que ela venha até aqui para tomar café?

Não estava certo de quanto tempo teria que esperar pela resposta, mas imediatamente viu os pontinhos que indicavam que Suzy estava digitando:

Vou acordá-la. Alguma novidade sobre Ingrid?

Ele respondeu que não tinha novidades e lhe agradeceu profusamente por tomar conta de Anya. Ela digitou de volta falando que a menina era um doce, que tê-la por perto na verdade tornava as coisas mais fáceis. Mesmo sabendo que Suzy só estava sendo simpática, Simon percebia que também havia verdade naquelas palavras. A vizinha tinha duas filhas e, como a maioria das irmãs nessa idade, elas brigavam. Dessa forma, quando se acrescentava um terceiro elemento àquela mistura, havia uma mudança na composição química, suficiente para tornar as coisas um pouco mais agradáveis.

Simon respondeu:

Ainda assim, fico muito agradecido.

Ele voltou para a cozinha. Todos os seus amigos homens de Nova York de repente passaram a gostar de cozinhar. Ou assim diziam. Gabavam-se de algum risoto complicado que haviam feito recentemente ou falavam com eloquência de alguma receita da newsletter semanal do jornal ou algo do gênero. Quando, perguntava-se Simon, cozinhar se tornara a nova reivindicação dos pretensiosos, substituindo todos os sommeliers amadores? Cozinhar não era, para a maioria das pessoas, uma chatice? Quando se liam livros de história ou quando se viam filmes antigos, ser o cozinheiro não parecia um dos piores trabalhos de uma casa? Qual seria a próxima chatice promovida a grande arte? Passar aspirador de pó, talvez? Os amigos começariam então a discutir as vantagens entre as marcas disponíveis?

Sob estresse, a mente gosta de divagar.

A verdade era que Simon tinha um prato, uma especialidade, por assim dizer, que ele preparava com grande desenvoltura nas manhãs de fim de semana, quando a família estava reunida, e ele, com disposição: panqueca com gotas de chocolate.

O segredo por trás da receita do café da manhã para a família amada?

Acrescentar muitas gotas de chocolate.

– Parece mais chocolate com gotas de panqueca – dizia a esposa, brincando.

As gotas de chocolate ficavam no armário de cima. Ingrid fazia questão de tê-las sempre, para o caso de precisar, mesmo fazendo muito tempo que Simon não preparava sua famosa especialidade. Isso o deprimia. Sentia falta de ter os filhos em casa. Esquecendo por um momento a trágica decadência de Paige (como se ele pudesse), ver a filha mais velha partir para a universidade fora mais traumático do que Simon imaginara. Quando Sam também se fora, o trauma duplicara. Seus filhos estavam partindo. Não estavam mais crescendo – já eram crescidos. Estavam abandonando-o. Sim, era correto e natural. Pior seria se não estivessem. Mas isso o incomodava. A casa ficava muito silenciosa. Odiava aquilo.

Quando Sam terminou o ensino médio, o presidente da turma postou um meme bem-intencionado na rede social da escola. A foto era a clássica imagem de autoajuda, uma praia linda ao pôr do sol, as ondas suaves. E o texto dizia:

AME SEUS PAIS. ESTAMOS TÃO OCUPADOS CRESCENDO QUE MUITAS VEZES ESQUECEMOS QUE ELES ESTÃO FICANDO VELHOS.

Ele e Ingrid haviam lido o meme juntos, naquela mesma cozinha, e então ela dissera:

– Vamos imprimir isso, enrolar e enfiar no rabo de um pretensioso qualquer.

Deus, ele a amava.

Estava sentado enquanto os dois liam o meme, Ingrid reclinada sobre seu ombro. Ela passou os braços em torno do pescoço dele e chegou mais perto. Simon sentia a respiração da esposa no ouvido enquanto ela sussurrava:

– Quando as crianças estiverem todas fora de casa, poderemos viajar mais.

– E andar nus pela casa – acrescentou ele.

– Ah, é.

– E fazer muito mais sexo.

– A esperança é a última que morre.

Ele fez um bico fingido.

– Mais sexo faria você mais feliz? – perguntou ela.

– Eu? Não. Estava pensando em você.

– Você é muito altruísta.

Simon ainda sorria diante da lembrança quando Sam falou:

– Oba, panquecas do papai.
– É.
O rosto do filho se iluminou.
– Isso quer dizer que a mamãe melhorou?
– Não, na verdade, não.
Droga. Deveria ter pensado nisso – que o filho, ao vê-lo fazendo panquecas, chegaria a essa conclusão.
– Quer dizer que – continuou Simon – ela gostaria que a gente fizesse alguma coisa normal e não ficasse só se lamentando.
Podia ouvir sua "voz de pai" errando o alvo.
– Não é mais uma coisa normal quando você faz panquecas – disse Sam. – É especial.
O filho tinha razão. Acabou estando certo e errado ao mesmo tempo. O café da manhã foi normal – e especial. Anya viera do apartamento dos Fiskes e atirara os braços em volta do pescoço do pai, como se ele fosse um salvador. Simon retribuiu o abraço, fechou os olhos e permaneceu assim pelo tempo de que a filha precisava.

Os três se sentaram em torno da mesa circular – Ingrid insistira que tivessem uma mesa redonda na cozinha, mesmo que uma retangular se encaixasse melhor, porque "estimulava a conversação". E, apesar de haver duas cadeiras gritantemente vazias, parecia uma ocasião normal e especial. Em pouco tempo, Anya estava com a cara cheia de chocolate e Sam zombava dela por isso. Depois, a menina recordou como a mãe chamava a invenção de Simon de "chocolate com gotas de panqueca".

A certa altura, Sam ficou abatido e chorou, mas pareceu normal e especial também. Anya deslizou da cadeira e abraçou o irmão, que não protestou e até se sentiu reconfortado pela irmã caçula. Simon sentiu uma pontada profunda no coração por Ingrid perder aquele momento entre os filhos. Mas ele se lembraria. Assim que ela acordasse, ele contaria o episódio em que o filho buscara apoio na irmã mais nova e ela o consolara. Um dia, quando os pais fossem mais velhos ou já falecidos, eles teriam sempre um ao outro.

Isso deixaria Ingrid feliz.

Enquanto Sam e Anya lavavam a louça – regra de família: quem preparava a comida não participava da limpeza –, Simon voltou para o quarto. Fechou a porta. Havia uma tranca nela, o tipo de coisa precária que alguém instala para que as crianças não entrem num momento inoportuno. Ele trancou e depois abriu o armário de Ingrid. No fundo havia seis cabides com vestidos protegidos por capas. Ele abriu o zíper da capa que estava no quarto cabide, o que continha um vestido azul discreto, e deslizou a mão até a parte inferior.

Era onde eles escondiam dinheiro.

Retirou de lá 10 mil dólares dispostos em maços e os enfiou na mochila junto das escovas de dentes. Depois, olhou o celular para ver se havia algo de importante e voltou para a cozinha. Anya havia se vestido para a escola. Deu um abraço de despedida no pai e saiu com Suzy Fiske. Quando fechou a porta, Simon teve ainda outra das suas conversas imaginárias com Ingrid, dessa vez perguntando a ela que presente deveriam dar a Suzy quando aquilo tudo acabasse – um vale-presente na confeitaria, um dia de spa ou algo mais pessoal, como uma joia?

Ingrid saberia.

Percebeu então que estava tendo essas conversas imaginárias com a esposa o tempo todo, repassando o que tinha aprendido com ela e vendo sua reação. Estava até mesmo se abstendo da pergunta óbvia que desejava fazer. Aquela em torno da qual ele e Elena estavam dançando e que o corroía desde que toda essa questão genealógica dera as caras.

Pendurou a mochila no ombro.

– Sam? Está pronto?

Os dois desceram de elevador e pegaram um táxi.

O motorista, como a maioria dos taxistas de Nova York, falava em voz baixa num fone de ouvido em uma língua estrangeira, que Simon não conseguia identificar. Isso não era novidade, claro, todo mundo estava acostumado com aquilo, mas ele se surpreendia com os laços familiares ridiculamente fortes daquelas pessoas. Mesmo amando muito a esposa (e até tendo conversas imaginárias com ela), não conseguia imaginar uma situação em que ficasse ao telefone conversando com Ingrid ou com qualquer outra pessoa durante horas sem fim. Com quem esses motoristas passavam o dia conversando? Deviam ser muito amados para ter alguém (ou "alguéns") que quisesse compartilhar tantas novidades com eles.

– A mamãe teve um problema – disse Simon ao filho. – Mas está melhor agora.

Ele explicou. Sam mordia o lábio enquanto escutava. Quando chegaram ao hospital, Simon falou:

– Suba e fique sentado lá com sua mãe. Encontro vocês daqui a pouco.

– Aonde você vai?

– Tenho que fazer uma coisa.

Sam o encarou.

– O que foi?

– Você deixou a mamãe levar um tiro.

Simon abriu a boca para se defender, mas desistiu.

– Você deveria ter protegido ela.

– Eu sei – declarou ele. – Sinto muito.

Então Simon se afastou e deixou o filho sozinho. Reviveu aquele momento. Viu Luther apontando a arma. Se viu saindo do trajeto da bala enquanto o projétil atingia Ingrid no lugar dele.

Que frouxo.

Mas foi isso mesmo que aconteceu?

Teria ele se esquivado da bala? Não sabia. Não achava que essa "recordação" fosse real, mas... Voltando no tempo, tentando ser objetivo, percebia que não tinha visto nada disso, que a culpa e o tempo estavam substituindo lembranças verdadeiras por outras que o machucariam para sempre.

Poderia ter feito mais? Poderia ter ficado na direção da bala?

Talvez.

Parte dele reconhecia que aquele pensamento era injusto. Tudo acontecera muito rápido. Não houve tempo para reagir. Mas isso não mudava a realidade. Deveria ter feito mais. Deveria ter empurrado Ingrid para longe. Deveria ter pulado na frente dela.

"Você deveria ter protegido ela..."

Simon entrou no pavilhão Shovlin e pegou o elevador até o 11º andar. A recepcionista o conduziu pelo corredor até o laboratório. Um técnico chamado Randy Spratt o cumprimentou apertando-lhe a mão com uma luva de látex.

– Não sei por que não podemos fazer isso através dos canais adequados – reclamou Spratt.

Simon abriu a mochila e entregou os três sacos plásticos contendo as escovas de dentes. Havia originalmente planejado trazer apenas a de Paige, mas no caminho decidiu que, se iria percorrer aquela estrada escura e úmida, que a percorresse por completo.

– Preciso saber se sou o pai deles. – Ele apontou para a escova de dentes amarela que fora de Paige. – Esta é prioridade.

Simon não queria fazer aquilo, claro. Não era uma questão de confiança, pensava. Era uma questão de tranquilidade.

Depois também se deu conta de que isso era uma enorme simplificação. Não importava.

– Você disse que pode apressar o resultado – falou.

Spratt assentiu.

– Me dê três dias.

– Não serve.

– Como?

Simon enfiou a mão na mochila e tirou um maço de dinheiro.

– Eu não estou entendendo.

– Aqui estão 10 mil dólares em espécie. Me entregue o resultado até o final do dia e eu lhe dou mais 10 mil.

capítulo vinte e sete

A VERDADE ESTAVA MORRENDO. Ao menos, era isso que parecia a Ash enquanto o observava dos pés da cama.

Os filhos de Casper Vartage estavam parados, um de cada lado do leito paterno, duas testemunhas devastadas protegendo o pai em seus últimos dias. O sofrimento emanava deles. Era possível sentir a dor. Ash não sabia o nome verdadeiro dos irmãos nem tinha certeza de que alguém soubesse. Não se lembrava e não se importava com qual era o Visitante e qual o Voluntário.

Dee Dee estava ao lado de Ash, mãos cruzadas, olhos baixos como em prece. Os dois irmãos faziam o mesmo. Mais afastadas, duas mulheres uniformizadas soluçavam baixo em uníssono, quase como se tivessem recebido ordens para providenciar uma trilha sonora para a cena.

Só a Verdade mantinha os olhos completamente abertos. Jazia no meio da cama vestido com uma espécie de túnica branca. A barba grisalha era longa, assim como o cabelo. Parecia uma representação renascentista de Deus, como a pintura da Criação na Capela Sistina, que Ash vira pela primeira vez em um livro da biblioteca da escola. A imagem sempre o fascinara, a ideia de Deus tocando Adão, como se iniciasse assim a raça humana.

Deus naquela pintura era musculoso e forte. A Verdade não era assim. Ela desfalecia praticamente em tempo real. Mas o sorriso de Casper Vartage ainda era radiante; os olhos, sobrenaturais quando encontraram por um momento os de Ash e o fizeram entender o que estava acontecendo naquele lugar. A Verdade o conduzia apenas com o olhar. O carisma do velho, mesmo doente em cima de uma cama, era quase sobre-humano.

A Verdade levantou a mão e fez sinal para que Ash se aproximasse. O rapaz se virou em direção a Dee Dee, que indicou com a cabeça que fosse em frente. A Verdade não se moveu, mas os olhos seguiram Ash, outra vez como numa espécie de pintura renascentista.

Ele pegou a mão do jovem. O aperto foi surpreendentemente forte.
– Obrigado, Ash.

Ash sentiu a força do homem, seu magnetismo. Nunca entraria completamente naquela, claro, mas isso não significava que não visse o que estava acontecendo e até se emocionasse. Todos têm seus talentos. Alguns correm mais rápido, são mais fortes ou melhores em matemática que outros. As pessoas param para ver atletas porque se impressionam com o que eles podem fazer com uma bola, um disco de borracha ou qualquer outra coisa. Aquele homem, Casper Vartage, também tinha habilidades. Loucas habilidades. Alguém poderia se perder ou ser hipnotizado por elas, especialmente se fosse do tipo que não pensa com clareza ou não possui determinada disposição de espírito.

Ash não era assim.

Era focado, e naquele momento estava curioso e irritado. Trabalhava com o anonimato. Através de senhas, mensagens anônimas em sites seguros e aplicativos. Nunca ficava frente a frente com os que o contratavam. Nunca.

Dee Dee sabia disso e também conhecia os perigos.

Ele soltou a mão do velho e a fuzilou com o olhar, como se perguntasse por que o trouxera ali. A resposta dela, um sorriso muito sereno, parecia indicar que ele devia ter mais paciência.

As duas mulheres que soluçavam deixaram o quarto, e os dois guardas, inclusive o desgraçado que o atingira com o bastão, entraram. Mais uma vez, Ash não gostou nada daquilo. Não gostou especialmente do olhar presunçoso no rosto do Guarda Um.

O velho fez força para falar, mas só conseguiu dizer:
– Para sempre seja a Verdade Resplandecente.

Os outros no quarto ecoaram:
– Para sempre seja a Verdade Resplandecente.

Ritual. Ash odiava rituais sem propósito.
– Vá – disse o velho. – A Verdade sempre prevalecerá.

O restante dos presentes no quarto entoou:
– A Verdade sempre prevalecerá.

O guarda sorriu maliciosamente para Ash, deixou os olhos percorrerem de alto a baixo Dee Dee e depois mexeu as sobrancelhas para ele outra vez. Ash não esboçou nenhuma reação. Olhou para Dee Dee. Ela sabia.

Começava a fazer algum sentido agora.

Um dos irmãos entregou a Ash a chave de um automóvel.
– Um carro novo espera por vocês. Não rastreável.

Ash pegou a chave. Na primeira oportunidade que tivesse, iria parar na estrada e trocar de placa com um carro similar, só por segurança. Quando cruzassem as fronteiras interestaduais, ele provavelmente trocaria outra vez.
– Temos certeza de que você vai dar conta disso – disse o outro irmão.

Ash não replicou e se encaminhou em direção à porta. O guarda continuou sorrindo com malícia o tempo todo. E ainda sorria quando Ash o alcançou e o encarou. Ele ainda sorria quando Ash, que estava com uma faca, passou a lâmina por sua garganta.

Ash não recuou. Deixou o sangue da artéria carótida borrifar seu rosto. Não desviou. Aguardou as manifestações de surpresa. Elas vieram rápido.

Ele investiu contra o outro guarda, que ainda contemplava a cena em estado de choque, e arrancou sua arma.

O Guarda Um, o da artéria carótida cortada, caiu no chão, tentando em vão impedir que o sangue esguichasse. Parecia estar se estrangulando. Os sons que emitia eram primitivos, guturais.

Ninguém se mexia. Ninguém falava. Todos apenas observavam o guarda se contorcer e espernear até as convulsões diminuírem e cessarem.

Os irmãos Vartages pareciam pasmos. Assim como o guarda sobrevivente. Dee Dee tinha um sorriso no rosto. Isso não o surpreendia. O que o surpreendia era o olhar de cumplicidade no rosto da Verdade.

Será que ele sabia que Ash faria aquilo?

A Verdade fez para ele um gesto parecido com assentimento, como se dissesse: *mensagem recebida*.

Para Ash, aquilo era simples. O guarda lhe fizera mal, portanto pagara o preço. Você me bate e eu revido com um pouco mais de força. Retaliação total. Intimidação total.

Era também uma mensagem para os remanescentes no quarto. Se mexer comigo, vou mexer com você de forma ainda pior. Ash fazia o trabalho que era pago para fazer. Recebia por isso e, depois, fim de papo. Não se obteria qualquer benefício ao tentar irritá-lo.

Na verdade, isso seria um grande erro.

Ash olhou para os irmãos.

– Imagino que tenham pessoas para limpar isso.

Os dois assentiram.

Dee Dee lhe entregou uma toalha para que limpasse o sangue do rosto, o que ele fez com rapidez.

– Nós podemos sair sozinhos – afirmou ele.

Ash e Dee Dee tomaram o caminho de volta para o portão de entrada. Um Acura RDX os aguardava. Ele abriu a porta do carona para a jovem. Enquanto o fazia, olhou para cima e viu Mãe Adeona no alto de uma elevação. Ela o encarava e, mesmo àquela distância, ele podia ver a súplica nos olhos da mulher.

Ela balançou a cabeça de modo agourento.

Ash a ignorou.

Fez a volta e se sentou atrás do volante. Dirigiu novamente pelo caminho cercado de árvores, observando pelo retrovisor os portões do Refúgio da Verdade ficarem menores. Entrou na estrada principal e, quando chegaram ao primeiro sinal de trânsito, pegou o bilhete de Mãe Adeona, abriu e leu:

NÃO O MATE, POR FAVOR.

Tudo em letras maiúsculas. Logo abaixo estava escrito em letra cursiva:

Não mostre esta mensagem para ninguém, nem para ela. Você não faz ideia do que está realmente acontecendo.

– O que é isto? – perguntou Dee Dee.

Ele lhe entregou o bilhete.

– Mãe Adeona me passou isso antes de sair do quarto.

Dee Dee leu.

– O que ela quer dizer com "Você não faz ideia do que está realmente acontecendo"? – perguntou Ash.

– Nem desconfio – respondeu ela. – Mas estou contente por você confiar em mim.

– Confio mais em você do que nela.

– Ter lhe dado aquela faca provavelmente ajudou.

– Não foi mal – disse Ash. – Você sabia que eu ia matar aquele guarda?

– Retaliação total. Intimidação total.

– Ficou preocupada com a forma como seus líderes iriam reagir?

– A Verdade sempre proverá.

– E matar o guarda era a verdade?

Ela olhou pela janela.

– Ele está morrendo. Você sabe disso, certo?

– Está falando da Verdade?

Dee Dee sorriu.

– A Verdade não pode morrer. Mas, sim, a encarnação atual dela.

– A morte dele tem alguma coisa a ver com o motivo pelo qual fui contratado?

– Isso importa?

Ash pensou.

– Não, realmente não.

Ela se recostou no banco e abraçou os joelhos contra o peito.

– O que você acha do bilhete da Mãe Adeona? – perguntou ele.

Dee Dee começou a brincar com uma mecha de cabelo longa que ela não havia notado depois de cortar o cabelo.

– Não sei ao certo.

– Você vai contar a Verdade?

Ele notou como soou engraçado – o jogo de palavras com a alcunha do cara – no instante em que falou.

– Quero dizer, você vai contar...

– Ok, sei o que quer dizer.

– E aí? Vai contar?

Dee Dee pensou a respeito.

– Não neste momento. Agora quero que a gente se concentre em fazer nosso trabalho.

capítulo vinte e oito

Quando Simon retornou à UTI, ficou surpreso ao ver que o detetive Isaac Fagbenle o aguardava. Por um segundo, a esperança inflou seu peito – teria encontrado Paige? –, mas a expressão do detetive indicava que ele não trazia boas notícias. A esperança desapareceu mais rápido ainda do que surgira, substituída pelo seu oposto.

Seria o desespero? A aflição?

– Não é nada sobre Paige – disse Fagbenle.

– O que é então?

Simon olhou por sobre o ombro do detetive até onde Sam estava sentado, à cabeceira de Ingrid. Nada de novo ali, então voltou a atenção para Fagbenle.

– É sobre Luther Ritz.

O homem que baleara sua esposa.

– O que tem ele?

– Está solto.

– O quê?

– Sob fiança. Rocco pagou para ele.

– Luther não está em prisão preventiva?

– Presunção de inocência, Oitava Emenda. Como ainda fazemos na América, você sabe.

– Ele está livre? – Simon soltou um suspiro. – Acha que isso põe Ingrid em perigo?

– Na verdade, não. A segurança do hospital é muito boa.

Uma enfermeira abriu caminho por entre eles, lançando um olhar irritado a ambos por bloquearem a entrada. Os dois se afastaram dali.

– É o seguinte: o caso contra Luther não é garantido – disse Fagbenle.

– Como assim?

– Ele alega que você atirou nele primeiro.

– Eu?

– Sim, você, sua esposa, um dos dois.

– Não fizeram um exame de resíduo de pólvora nele?

– Sim. Ele alega duas coisas. A primeira, que estava praticando tiro, nada relacionado a você. E a segunda, caso não aceite a primeira opção, ele revidou porque você atirou primeiro.

– Quem vai acreditar nisso? – indagou Simon, irônico.

– Você ficaria surpreso. Olhe, não conheço todos os detalhes, mas Luther Ritz alega legítima defesa. Isso vai levar a algumas perguntas difíceis.

– Como quais?

– Perguntas do tipo "Por que você e Ingrid estavam lá naquele porão?", por exemplo.

– Para encontrar nossa filha.

– Tudo bem. Nesse caso, você estava agitado e preocupado, certo? Então foi a um antro de drogados que sua filha frequentava. Ninguém contou onde ela estava. Talvez você tenha ficado mais do que agitado e preocupado. Desesperado, tão desesperado que você ou sua esposa, um dos dois puxou uma arma...

– Você não pode estar falando sério.

– ... e Luther acabou baleado. Aí ele revidou.

Simon fez uma careta.

– Luther está em casa agora, convalescendo de um ferimento grave...

– E minha esposa está... – Simon sentiu o rosto ficar vermelho. – Em coma a alguns metros de nós.

– Eu sei disso. Mas alguém baleou o Luther.

Fagbenle se aproximou mais. Então Simon entendeu o que estava acontecendo ali.

– E, enquanto a gente não souber quem o baleou, a alegação do Luther de legítima defesa vai levar a dúvidas consideráveis. As testemunhas, se alguma se apresentar, não vão corroborar a sua versão dos acontecimentos. Vão corroborar a do Luther. – Fagbenle sorriu. – Você não tinha nenhum amigo naquele covil de drogados, tinha, Simon?

– Não – respondeu ele, a mentira vindo rápida e fácil. Cornelius tinha atirado em Luther e os salvado, mas Simon não diria isso sob hipótese alguma. – Claro que não.

– Exatamente. Logo, não há outros suspeitos. O advogado dele vai alegar que você se encarregou de atirar em Luther Ritz. Teve tempo depois disso, com todo mundo debandando, para esconder a arma e, se estava usando luva, para se livrar dela.

– Detetive?

– O quê?

– Você está me prendendo?

– Não.

– Então isso tudo pode esperar, certo?

– Acho que sim. Não engulo a história do Luther, que fique claro. Mas tem uma coisa que eu acho estranha.

– O que é?

– Você se lembra de quando entramos no quarto dele para você fazer o reconhecimento?

– Sim.

– E Luther, bem, digamos que ele não é uma pessoa muito brilhante, acho que me entende. Ele foi suficientemente burro para admitir que foi baleado no local, lembra?

– Sim.

– Então ele não é nenhum exemplo de sagacidade.

– Certo.

– E no entanto, quando perguntei a ele por que tinha feito aquilo, você recorda a primeira coisa que Luther disse?

Simon não respondeu.

– Ele apontou na sua direção, Simon, e falou: "Por que você não pergunta a ele?"

Simon se lembrava. Lembrava também do sentimento de raiva que tomara conta dele enquanto encarava Luther, aquele desperdício de humanidade que havia tomado a decisão de tentar pôr fim à vida de Ingrid. O atrevimento daquilo tudo, de que alguém tão insignificante pudesse deter tanto poder, o enfurecera.

– Ele estava desesperado, detetive.

– Estava?

– Sim.

– Não acho que ele seja tão esperto, Simon. Acho que o Luther sabe de alguma que ainda não nos contou.

Simon pensou por um momento.

– Como o quê?

– Me diga você – retrucou Fagbenle. – Quem atirou no Luther, Simon? Quem salvou você e sua esposa?

– Eu não sei.

– Isso é mentira.

Simon não disse nada.

– E esse é o problema, meu amigo – continuou Fagbenle. – Depois que uma mentira entra na sala, mesmo com o melhor dos motivos, uma penca delas vem junto. Depois essas mentiras formam um bando e massacram a verdade. Então vou perguntar a você mais uma vez: quem atirou no Luther?

Os dois estavam olhos nos olhos naquele momento, a centímetros de distância.

– Já disse a você – respondeu Simon entre dentes. – Eu não sei. Tem alguma outra coisa que você queira?

– Não, acho que não.

– Então eu gostaria de ficar com minha esposa.

Fagbenle deu um tapinha no ombro de Simon, num gesto que era uma tentativa de ser simpático e intimidador ao mesmo tempo:

– Eu entro em contato.

Enquanto Fagbenle saía pelo corredor, o celular de Simon tocou. Ele não reconheceu o número e ficou em dúvida se deixava cair na caixa postal, mas o código de área era o da Lanford College. Ele resolveu atender.

– Alô?

– Sr. Greene?

– É ele.

– Recebi seu e-mail e sua mensagem de texto, então estou retornando. Aqui é Louis van de Beek. Sou professor na Lanford College.

Ele tinha quase se esquecido de ter deixado aquelas mensagens.

– Obrigado por retornar a ligação.

– Sem problemas.

– Liguei por causa da minha filha, Paige.

Silêncio do outro lado.

– Você se lembra dela? Paige Greene.

– Sim. – A voz parecia muito distante. – Claro.

– Você sabe o que aconteceu com ela?

– Sei que Paige deixou a universidade.

– Ela está desaparecida, professor.

– Lamento muito saber disso.

– Acho que alguma coisa aconteceu a ela na faculdade. Alguma coisa na Lanford deu início a isso tudo.

– Sr. Greene?

– Sim?

– Se eu me recordo bem, sua família mora em Manhattan.

– Isso mesmo.

– Você está aí agora?

– Na cidade? Sim.
– Estou dando aula este semestre na Universidade Columbia.
A alma mater de Simon.
– Talvez – prosseguiu Van de Beek – devêssemos falar sobre isso pessoalmente.
– Consigo chegar aí em vinte minutos.
– Vou precisar de um pouco mais de tempo. Você conhece o campus?
– Sim.
– Tem uma estátua grande na escada em frente ao prédio principal.
O prédio principal se chamava Low Memorial Library. A estátua de bronze, muito estranhamente batizada de Alma Mater, representava a deusa grega Palas Atena.
– Eu sei.
– Podemos nos encontrar lá em uma hora.

A polícia apareceu na cafeteria Green-N-Leen porque alguém ligou para o 911 quando Raoul e seu coque caíram por causa da joelhada dada por Elena. A princípio, ele, que ainda estava protegendo os ovos machucados, quis prestar queixa.
– Ela atacou as joias da minha coroa! – gritava Raoul.
Os policiais reviravam os olhos, mas sabiam que precisavam pegar um depoimento. Elena empurrou Raoul e o coque para um canto e disparou:
– Se você der queixa, eu dou queixa.
– Mas...
– ... levei a melhor sobre você, sim, eu sei.
Raoul ainda segurava os genitais como se tivesse encontrado um passarinho machucado.
– Mas você me atacou primeiro – disse Elena.
– O quê? Do que você está falando?
– Raoul, você é novo nisso. Eu não. A câmera de segurança vai mostrar que você se esticou e me tocou primeiro.
– Você estava correndo atrás da minha amiga!
– E você me atacou para impedir, então me defendi. É assim que vai parecer. E pior. Olhe para mim, Raoul. – Elena abriu os braços. – Sou baixa, gordinha e, mesmo sabendo que você está muito em contato com seu lado feminino e é muito ligado em feminismo, o vídeo de uma mulher de meia-idade, pequena, roliça, esmagando suas bolas vai viralizar.

Os olhos de Raoul se arregalaram. Ele não tinha pensado nisso, mas talvez seu coque tivesse.

– Vai querer comprar essa briga, Raoul?

Ele cruzou os braços no peito.

– Raoul?

– Tudo bem – disse ele, no tom mais petulante possível. – Não vou dar queixa.

– É, mas agora que comecei a pensar nisso, acho que eu é que vou.

– O quê?

Elena fez um trato. O nome "verdadeiro" de Alison Mayflower – Allie Mason – e o endereço atual em troca de deixar o mal-entendido para trás. Alison morava em uma fazenda nos arredores de Buxton. Elena foi até lá. Não havia ninguém. Ela pensou em se sentar do lado de fora da casa e esperar, mas parecia não ter ninguém vivendo ali há muito tempo.

De volta ao Howard Johnson, Elena se sentou naquele quarto que não poderia ser mais típico de hotel de beira de estrada e tentou planejar a próxima jogada. Lou, da matriz do escritório, descobrira que Allie Mason morava na fazenda com outra mulher, chamada Stephanie Mars.

Seria uma amiga? Parenta? Companheira? Isso importava?

Deveria viajar meia hora até Buxton e tentar outra vez?

Não havia razão para pensar que Alison Mayflower seria mais cooperativa desta vez, mas era tentando com obstinação que Elena ganhava sua grana. E não é que o primeiro encontro não tivesse rendido frutos. Tinha. Havia claramente algo misterioso naquelas adoções. Ela já suspeitava disso antes, mas, após o encontro com Alison Mayflower, teve certeza. Sabia também que, na cabeça dela, as crianças precisaram ser salvas. E a grande peça nova naquele enigma maldito, embora Elena não tivesse a menor ideia de como se encaixava, era: todos os bebês adotados eram meninos.

Por quê? Por que não meninas?

Ela pegou um bloco, uma caneta e fez uma tabela com as idades.

Damien Gorse era o mais velho; Henry Thorpe, o mais novo. Entretanto, eles tinham dez anos de diferença. Era muito tempo para Alison Mayflower estar metida naquilo tudo.

Isso significava que seu envolvimento era profundo. Muito profundo.

O celular tocou. Era Lou, da matriz, ligando através de um aplicativo especial que havia instalado no telefone de Elena. O tal aplicativo tornava todas as chamadas não rastreáveis ou algo desse tipo.

– Os informantes da Casa Branca utilizam esse recurso – dissera Lou. – É por isso que nunca são pegos.

Ele não recorria ao aplicativo de segurança com muita frequência.

– Está sozinha? – perguntou ele quando Elena atendeu.

– Você não ligou para fazer sexo por telefone, né?

– Ah, não. Abra seu notebook, engraçadinha.

Ela podia perceber a excitação na voz dele.

– Pode falar.

– Mandei um link para você por e-mail. Clique nele.

Elena abriu o navegador e fez login no e-mail.

– Já clicou?

– Um segundo. Estou digitando a senha.

– Sério? Você não tem ela salva?

– Como é que salva?

– Esqueça. Me avise quando tiver clicado no link.

Elena encontrou o e-mail de Lou e fez como indicado. Um site chamado Ance-Story surgiu.

– Bingo – disse ela.

– O quê? Por quê?

– Deixe só eu verificar um negócio aqui.

Elena pegou o celular e verificou as mensagens. Havia uma de Simon informando que no cartão de crédito da filha Paige não tinha nada relacionado ao ConheçaSeuDNA, mas ele havia encontrado uma cobrança de 79 dólares para o Ance-Story.

Ela informou Lou sobre essa mensagem.

– Certo – disse ele. – Então a notícia vai ser mais bombástica do que eu pensava.

Os olhos de Elena percorriam a página inicial. Nenhuma dúvida: o Ance--Story era definitivamente um daqueles sites genealógicos de DNA. Havia todo tipo de fotografias de pessoas se abraçando e frases de propaganda graciosas do tipo "Descubra quem você realmente é" ou "Você é único – Descubra sua origem étnica". Havia outros links que poderiam ajudar o possível cliente a "encontrar novos parentes".

Na parte inferior da página eram exibidos os pacotes que o suposto cliente poderia adquirir. A primeira opção, pelo valor de 79 dólares, oferecia uma análise da ancestralidade e uma chance de estabelecer relações com parentes de mesmo DNA. A segunda opção, chamada "Para sua saúde também", disponibilizava tudo que era oferecido no primeiro pacote, porém, por mais 80 dólares, o usuário recebia um "relatório médico completo que podia ajudar a aumentar a longevidade".

A palavra RECOMENDADO estava estampada em letras piscantes sobre o pacote mais caro. Que surpresa. A própria companhia sugeria que se gastasse mais dinheiro em seus produtos. Quem diria.

– Está na página inicial? – perguntou Lou.
– Sim.
– Clique em Entrar.
– Ok.
– Você vai ver dois campos. Nome de Usuário e Senha.
– Certo.
– Ok, esta é a parte do aspecto legal. Eu liguei pelo aplicativo de segurança porque descobri como entrar na conta de Henry Thorpe.
– Como fez isso?
– Quer mesmo saber?
– Não.
– Sei que a gente conseguiria a autorização do pai dele...
– Mas ele não tem esse direito. Já ouvi isso hoje.
– Então o que a gente estaria fazendo ao entrar... bem, não tenho certeza se é legal. Tecnicamente poderia ser visto como invasão hacker. Quero te avisar.
– Lou?
– Sim?
– Me dê o Nome de Usuário e a Senha.

Ele deu. Elena digitou. Surgiu uma página que dizia: "Bem-vindo de volta, Henry. Aqui vai sua composição étnica."

Ele era 98% europeu. Sob essa classificação, era 58% britânico, 20% irlandês, 14% judeu asquenaze, 5% escandinavo e o restante negligenciável.

– Desça até o final da página – pediu Lou.

Ela passou por algo chamado Seus Cromossomos.

– Está vendo o link que diz "Seus parentes de DNA"?

Ela respondeu que sim.

– Clique aí.

Apareceu uma nova página. No alto estava escrito "Parentescos por ordem de proximidade". Ao lado, a observação que indicava "Você tem 898 parentes".

– Oitocentos e noventa e oito parentes? – indagou Elena.
– É melhor o Henry Thorpe arranjar uma mesa de Ação de Graças maior,

não é? Isso é normal, talvez seja até o mínimo. A grande maioria é de primos distantes que compartilham muito pouco do DNA exclusivo dele. Mas clique em Página Um.

Ela percebia o entusiasmo na voz de Lou.

Elena clicou. A página levou um tempo para carregar.

– Está vendo?

– Calma, estou usando o wi-fi de um Howard Johnson.

E então ela compreendeu. O caso todo começou a fazer sentido. Como quando toda uma pilha daquelas peças de um grande quebra-cabeça começa de repente a se encaixar.

– Quatro pessoas estão listadas como meios-irmãos de Henry.

– Minha nossa! – exclamou ela.

– É.

O nome de Damien Gorse, de Maplewood, Nova Jersey, aparecia primeiro. O nome completo. Bem assim. O dono do estúdio de tatuagens assassinado era meio-irmão do cliente de Elena.

Abaixo, também listado como "meio-irmão do sexo masculino", viam-se apenas iniciais.

– AC do nordeste – disse Elena. Não levou muito tempo para adivinhar.

– Aaron Corval.

– Provavelmente.

– Algum jeito de confirmar?

– Estou trabalhando nisso. Sabe, o site não permite que as pessoas se registrem anonimamente. Ele dá duas opções: nome completo ou iniciais. Mas tem que ser verdadeiro. Eu diria que metade das pessoas usa o nome completo, e a outra metade, as iniciais.

Depois, também listado como meio-irmão do sexo masculino, vinham as iniciais NB de Tallahassee, Flórida.

– Alguma forma de rastrear NB?

– Nenhuma que seja legal.

– E ilegal?

– Na verdade, não. Eu podia mandar uma mensagem para ele como Henry Thorpe e ver se ele me diz o nome.

– Faça isso – disse ela.

– Isso viola...

– Podem rastrear isso de volta até a gente?

– Não me insulte.

– Então faça – replicou Elena.
– Fico excitado quando você quebra as regras.
– Maravilha. Precisamos também entrar em contato com as autoridades. Talvez elas possam conseguir uma autorização judicial para o que já temos, não sei.
– Não podemos dar a eles o que temos, lembra?
– Certo, tudo bem. Mas se a gente descobrir a identidade do NB, ele precisa ser avisado. Talvez seja o próximo.
– Pode haver mais.
– Como assim "mais"? Mais o quê?
– Irmãos.
– Por que acha isso? – perguntou ela.
– Henry Thorpe pôs o DNA dele em pelo menos três desses sites.
– Por que ele faria isso?
– Muitas pessoas fazem isso. Quanto maior o número de bases de dados em que você entra, mais chance tem de encontrar parentes de sangue. O que quero dizer é que ele encontrou quatro meios-irmãos só no Ance-Story. Pode ter encontrado mais em outros lugares, não sei.
– São todos meios-irmãos, certo?
– Certo. Por parte de pai.
Ela olhou a página.
– E este último cara, o quarto meio-irmão?
– O que tem ele?
– Está registrado como Kevin Gano, de Boston. Você deu uma checada nele?
– Dei. E... prepare-se. Esta é demais. Está pronta?
– Lou...
– Gano está morto.
Elena já esperava por isso e mesmo assim levou um baque.
– Assassinado?
– Suicídio. Conversei com a polícia local. Nada de suspeito no caso. Ele perdeu o emprego, parecia deprimido. Entrou na garagem e deu um tiro na cabeça.
– Mas eles não estavam procurando nada de suspeito – disse Elena. – Provavelmente ele estava...
Ela se calou. O coração parou.
– Elena?

Ela não disse em voz alta, mas de repente a resposta parecia óbvia. Um suicídio. Dois assassinatos.

E um desaparecimento.

Henry Thorpe estava provavelmente morto. Se o assassino quisesse se assegurar de que não vinculariam Thorpe com os outros – se quisesse evitar que um policial começasse a procurar elos entre as vítimas de assassinato, digamos, em um site de DNA –, faria com que uma das vítimas parecesse desaparecida.

Droga.

Estaria ela procurando um homem morto?

– Elena?

– Oi, estou aqui. Uma outra coisa em que precisamos dar uma olhada.

– O quê?

– Sabemos que Paige Greene também se registrou no Ance-Story.

– Sim. Bem, ela não é meia-irmã. A lista completa está lá. Todos são homens.

– Talvez haja algum outro jeito.

– Existe um mecanismo de busca. Use.

Ela digitou "Paige Greene". Nada. Depois só Greene, as iniciais e outras formas que Lou sugeriu. Nada também. Ela examinou a lista de parentes. Havia um primo de primeiro grau, também do sexo masculino, registrado, e depois alguns primos de terceiro grau.

Nenhuma Paige. Nada de PG.

– Paige Greene não é parenta – disse Lou.

– Então como ela se encaixa nisso tudo?

capítulo vinte e nove

UM APLICATIVO DE MOBILIDADE urbana mostrou a Simon que pegar o Trem 1 Sul para chegar à Universidade Columbia levaria onze minutos no total, o que era consideravelmente mais rápido do que ir de táxi ou de carro. Ele esperava pelo elevador que mergulha os usuários nas entranhas de Washington Heights quando o celular tocou.

Era uma chamada sem identificação.

– Alô?

– Terei o resultado do teste de paternidade daqui a duas horas.

Era Randy Spratt, do laboratório de genética.

– Ótimo – respondeu Simon.

– Encontro você no pátio atrás da ala pediátrica.

– Ok.

– Sr. Greene, está familiarizado com a expressão "pagamento na entrega"?

Era espantosa a facilidade com que as pessoas caíam em pequenas formas de corrupção.

– Estarei com o dinheiro.

Spratt desligou. Simon se afastou do elevador e ligou para o celular de Yvonne. Ela atendeu com um "oi" incerto.

– Não se preocupe. Não estou ligando para perguntar sobre o grande segredo de Ingrid. Preciso de um favor – disse ele.

– O que está acontecendo?

– Tenho que fazer um saque de 9.900 dólares na nossa agência perto do hospital.

A quantia tinha que ser inferior a 10 mil dólares. Para qualquer soma acima disso, o banco produzia um relatório de transação de moeda para a Rede de Combate a Crimes Financeiros. Em suma, o saque seria relatado à Receita, e Simon não queria tratar disso naquele momento.

– Você pode resolver isso pra mim, por favor?

– É para já. Para que é o dinheiro?

– Talvez você e Ingrid não sejam as únicas a ter segredos.

Era algo imaturo para dizer, mas ele não teve outro jeito.

Assim que desligou, a porta do elevador se abriu revelando uma cabine esquálida e mal iluminada. Passageiros se amontoaram até que uma espécie de alarme começasse a soar. Elevadores de metrô, que mergulham no interior da terra, são provavelmente a coisa mais próxima que une os habitantes das cidades a um mineiro de carvão, o que, claro, não chega nem perto.

O Trem 1 estava praticamente lotado, embora não como uma lata de sardinhas. Simon preferiu ficar de pé. Ele costumava verificar o celular ou ler um jornal, qualquer coisa para escapar da sensação claustrofóbica de estar trancado com estranhos, mas, ultimamente, gostava de olhar ao redor, para o rosto dos colegas passageiros. Um vagão de metrô é um microcosmo do nosso planeta. Continha todas as nacionalidades, facções, credos e gêneros. Além de manifestações públicas de afeto e discussões. Dava para ouvir música e vozes, risadas e lágrimas. Havia gente rica vestida com roupa de trabalho (muitas vezes, o próprio Simon) e pedintes. Todos eram iguais no trem. Pagavam a mesma passagem. Tinham direito aos mesmos assentos.

Por alguma razão, ao longo dos últimos dois anos, o metrô não fora algo a evitar. Ele se tornara, quando não havia problemas com obras e atrasos, uma espécie de refúgio.

Simon entrou no campus da Universidade Columbia pelo portão central, que ficava na Broadway com a 116th Street. Era a mesma entrada que tinha cruzado quando era aluno do ensino médio, visitando o local, para um aguardado tour com o pai, o homem mais extraordinário que conhecera. Ele era eletricista, e a ideia de que um filho seu pudesse um dia ir para uma das melhores universidades do país o deixava atordoado e intimidado.

O pai sempre fizera Simon se sentir seguro.

Duas semanas antes de Simon se graduar, o pai morreu após um infarto fulminante enquanto dirigia para Milburn, Nova Jersey, para fazer um trabalho. Foi um golpe devastador para a família – o começo do fim, de muitas formas. Quando Simon se tornou pai, tentava se lembrar de como o próprio pai fazia, como um aprendiz que procura estudar o mestre, mas sempre se sentia como se não estivesse à altura.

Os filhos de Simon o amariam da mesma forma?

Teriam por ele o mesmo respeito?

Será que Simon faria com que os filhos se sentissem seguros do mesmo modo?

E, sobretudo, será que o pai dele se distrairia e deixaria a filha se tornar uma viciada? Será que ficaria parado enquanto a esposa era baleada?

Esses eram os pensamentos que o atormentavam quando entrou no campus onde passara quatro anos.

Estudantes circulavam, apressados, a maioria de cabeça baixa. Poderia fazer as rabugentas observações de sempre sobre como todos os jovens ficam olhando para o celular ou trazem fones enfiados nos ouvidos, como querem excluir o mundo de modo a ficarem cercados de gente e ainda assim completamente sozinhos. Sua geração, no entanto, foi igualmente ruim, que sentido fazia então criticar?

Simon viu a estátua de bronze de Palas Atena, a deusa grega da sabedoria, sentada em seu trono. Se alguém olhasse bem de perto, era possível encontrar uma pequena coruja escondida na capa, perto da perna esquerda. Diz a lenda que o primeiro membro de uma nova turma a encontrar o animal torna-se o orador. O braço esquerdo de Palas Atena está esticado, supostamente, para saudar os visitantes, mas Simon às vezes encarava isso mais como o gesto de sua avó quando dizia: "O que é que se pode fazer?"

O celular tocou de novo. O identificador de chamadas revelou que era Elena Ramirez.

– Alguma novidade? – perguntou ele.

– Sim, um monte.

Elena mencionou superficialmente as verdadeiras razões de sua ida ao Maine e disse que havia algo bem suspeito em relação às adoções. Focou mais no que seu técnico de informática tinha ajudado a descobrir sobre DNA e genealogia. Simon subia a escada do prédio da Low Library. Sentou-se sobre o mármore frio para escutar enquanto Elena contava o que havia descoberto – as adoções, os meios-irmãos no site de DNA, as mortes súbitas.

– Alguém está matando todos eles – disse Simon a certa altura.

– Parece que sim.

Não soube o que sentiu quando ela informou que Paige, que se registrara para fazer o teste de DNA, não era parente deles. Era para ter sido um alívio – por significar que ele era de fato o pai –, mas depois lhe ocorreu um pensamento:

– Não sabemos com certeza – disse ele.

– Não sabemos com certeza o quê, Simon?

– Que Paige não é uma meia-irmã.

– Como assim?

– Talvez ela não tenha se registrado com o nome verdadeiro. Li que há casos em que as pessoas colocam o DNA de outras ou nomes falsos, e outras coisas mais. Talvez ela seja esse outro meio-irmão, o das iniciais.

– NB?

– Sim.

– Não, Simon, não tem como.

– Por que não?

– Ele está registrado como homem. Se Paige colocou o próprio DNA lá, mesmo usando um nome falso, eles saberiam se a amostra é feminina ou masculina. Aquele DNA era de um homem. Então NB não pode ser Paige.

– Talvez ela tenha usado outro pseudônimo.

– Pode ser. Mas agora a gente controla a página de Henry Thorpe. Lá estão listados todos os familiares dele. Não tem nenhum do sexo feminino que seja mais próximo do que uma prima de terceiro grau.

– Então não estou entendendo ainda. Como Paige está envolvida?

– Acho que através do Aaron, mas não tenho certeza. Talvez a gente esteja olhando para isso da maneira errada.

– Como assim?

– Pode ser que sua filha tenha colocado o DNA de outra pessoa em vez do dela.

– Já pensei nisso, mas por qual motivo?

– Isso eu não sei. Precisamos rastrear os movimentos dela. Talvez Paige tenha descoberto alguma coisa. Um crime ou algo que não fizesse sentido. Algo que a tivesse levado até Aaron.

Simon pensou naquilo.

– Vamos dar um passo atrás e ver o que sabemos com certeza.

– Ok, tudo bem.

– Primeira coisa: todos esses homens vieram do mesmo pai biológico.

– Isso.

– Todos eles foram provavelmente adotados na mesma pequena agência no Maine.

– Certo.

– E houve algum tipo de acobertamento. O nome do pai não está especificado nos registros de adoção.

– Pelo que sabemos até o momento, não está – disse Elena.

Simon trocou o celular de mão.

– Você já leu sobre esses casos em que um médico especialista em reprodução acaba usando o próprio sêmen para engravidar as pacientes? Houve um episódio em Indiana, eu acho, em que uma mulher encontrou oito irmãos desconhecidos nesses sites de DNA, do tipo que você está falando aí, e depois os irmãos se reuniram e descobriram que o médico usava o próprio esperma fingindo que vinha de um banco de sêmen ou algo desse tipo.

– É, eu lembro – disse Elena. – Existem uns casos assim. Houve um famoso em Utah e outro no Canadá.

– Você parece cética.

– Só não vejo como isso funcionaria para a gente. As mulheres desses casos não estavam dando os bebês para adoção. Elas os queriam mais do que tudo.

Elena tinha razão.

– Tem alguma coisa que a gente não está entendendo ainda – disse ele.

– Concordo. Então darei outra investida em Alison Mayflower, porque foi ela que ajudou nas adoções. Vou ameaçar prendê-la, o que for preciso. Quero também tentar deixar o FBI interessado, mas terei que fazer isso por um canal secundário.

– Por quê?

– Toda essa informação que acabei de dar você não pode contar para ninguém. Poderiam alegar que foi obtida ilegalmente, fruto de prevaricação ou algo assim. De qualquer maneira, mesmo que a gente procure os agentes federais hoje, o caso não será prioridade. Vai levar dias, provavelmente semanas, só para o caso ser entregue a alguém. A gente não tem... – Houve uma pausa. – Simon, espere aí, estou recebendo outra ligação.

Os olhos de Simon vagaram pelos arredores. Ele se lembrou de algo que havia impressionado o pai durante o tour. O campus principal – onde Simon estava naquele momento, sentado nos degraus, em frente à College Walk, por onde entrara, depois passando por South Fields – tinha como limites as bibliotecas Low e Butler.

– Duas bibliotecas, Simon – dissera o pai, balançando a cabeça. – Existe símbolo melhor para o aprendizado?

Um pensamento estranho para evocar naquela situação, mas ele evitava que outro, mais importante e desagradável, o consumisse: mesmo que conseguisse entender o que estava acontecendo em relação aos meios-irmãos e às adoções, como isso poderia ajudá-lo a encontrar a filha? Elena voltou à linha.

– Simon?

Um homem passou, apressado, por ele na escada, a caminho, sem dúvida, da estátua da Alma Mater. Simon reconheceu o rosto do perfil on-line: professor Louis van de Beek. Com o celular ainda contra o ouvido, Simon se levantou para segui-lo.

– Oi, alguma novidade? – perguntou ele.

– Tenho que desligar. Alison Mayflower quer se encontrar comigo.

capítulo trinta

Ash estacionou o carro atrás da casa. Não podia ser visto da rua, mas mesmo assim Dee Dee ficou de guarda para o caso de alguém surgir no acesso para veículos. Ash verificou o porta-malas. As sacolas estavam todas lá. Ele as abriu e espalhou as armas no banco traseiro.

Todas presentes e contadas.

Pegou o que precisava, colocou o restante de volta na sacola e assoviou com dois dedos. Quando Dee Dee apareceu, lhe entregou uma pistola FN Five-SeveN.

– Você teve tempo para pensar – disse ele.

– Sobre?

– O bilhete da Mãe Adeona. Primeira coisa: quem é ela?

– Ela faz parte do Conselho. É o mais alto posto a que uma mulher pode chegar.

– Acha que ela é leal à seita?

– Não chame de seita – repreendeu Dee Dee. – E sim. Só existe mais uma mãe, que é chamada de Mãe Abeona. Elas eram de uma Verdade tão pura que foram as que ele escolheu para criar o Visitante e o Voluntário.

– Então os filhos do Vartage são só meios-irmãos? – perguntou ele.

– Sim.

– E qual dos dois é o filho da Mãe Adeona?

– O Voluntário.

– Então a Mãe Adeona é a mãe do Voluntário. E a Mãe Abeona é a mãe do Visitante.

– Isso. – Eles começaram a se dirigir para os fundos da casa. – Por que você se importa, Ash?

– Não me importo. Mas não gosto de ter alguém lá dentro trabalhando contra a gente, você gosta?

– Nunca pensei sobre isso dessa forma.

– Mãe Adeona fez alguém me torturar para descobrir o que íamos fazer. Depois ela me entrega um bilhete dizendo para eu desistir. Isso não preocupa você nem um pouco?

– Ah, me preocupa – respondeu ela.

Ash deu uma olhada em torno.

– Dee Dee?
– Oi?
– Por que estou achando que você não está me contando tudo?
Ela sorriu e o encarou. Ash notou o coração acelerar.
– Você sentiu, não sentiu? Quando estava com ele.
– Vartage é carismático. Tenho que concordar.
– E o Refúgio da Verdade?
– É tranquilo e silencioso – admitiu ele.
– É mais que isso. É sereno.
– E o que tem isso?
– Você se lembra de como eu era antes?
Ele lembrava. Um desastre. Mas não era culpa dela.
Foram muitos pais adotivos, professores, orientadores e conselheiros espirituais que não conseguiam manter as mãos e os pensamentos impuros longe dela.
– Eu me lembro – disse ele.
– Não pareço melhor agora, Ash?
– Sim, parece.
O sol batia nos olhos de Ash e ele queria continuar olhando para ela. Colocou então a mão na testa, meio batendo continência, meio fazendo uma viseira.
– Mas não precisa ser uma coisa ou outra.
– Para mim precisa.
– A gente pode fugir. – Então ele ouviu algo desconhecido na própria voz. Desespero. Nostalgia. – Posso encontrar um lugar para nós. Um lugar tranquilo como o seu refúgio. Calmo. Sereno.
– Poderíamos tentar – declarou ela. – Mas não iria durar.
Ash ia dizer mais, mas Dee Dee colocou um dedo silenciador nos lábios dele.
– O mundo real reserva muitas tentações para mim, Ash. Mesmo estando aqui fora agora, com você, eu preciso focar, ser disciplinada, senão serei pega outra vez. Vou sucumbir. E eu preciso de mais.
– Mais?
– Sim.
– E acreditar cegamente nesse disparate da verdade dá a você mais?
– Ah, eu não acredito nisso.
– Espere aí, o quê?

– A maioria das pessoas religiosas não acredita no dogma, Ash. A gente tira dele o que quer e descarta o resto. Nós construímos a narrativa de que gostamos: Deus bondoso, Deus vingativo, Deus ativo, Deus indiferente, o que for. Só queremos tirar alguma coisa disso. Talvez seja a gente conseguir a vida eterna enquanto as pessoas de quem não gostamos queimam pela eternidade. Ou talvez seja a gente obter algo de mais concreto... dinheiro, emprego, amigos. Só muda a narrativa.

– Estou surpreso por ouvir isso – declarou Ash.

– Sério?

Ele juntou as duas mãos em forma de concha na janela dos fundos, a fim de poder ver dentro da cozinha. Vazia. Luzes apagadas. Mais do que isso, a mesa estava coberta com uma longa toalha branca, do tipo que se coloca quando se encerra a temporada.

– Quando a Verdade viajou ao Arizona para encontrar no deserto o símbolo oculto, que representa toda a base da nossa crença em uma Verdade, você sabe que futuro ele previu? – perguntou Dee Dee.

Ash se afastou da janela.

– Quando a encarnação atual da Verdade morrer e ascender ao segundo nível, ele não será substituído por outro homem; a Verdade será unificada e fortalecida por duas pessoas que representarão toda a humanidade: um homem e, se juntando a ele, uma mulher. Uma mulher especial.

Dee Dee sorria.

Ash a fitou.

– Você.

Ela abriu os braços para indicar que ele estava correto.

– E o símbolo realmente previu isso, essa coisa sobre um homem e depois uma mulher?

– Não, claro que não, Ash.

Ele fez uma cara que indicava que não entendia.

– Essa é uma "interpretação" recente – explicou Dee Dee, desenhando as aspas com os dedos no ar.

– Então você sabe – disse Ash.

– Sei o quê?

– Que isso tudo é um disparate.

– Não, Ash, você não entende. Como todo mundo, extraio o que preciso disso. Mas é o que me nutre. Saber que isso não é literal não torna minha crença uma força menos potente. Torna mais forte. Me põe no controle.

– Em outras palavras – sugeriu Ash –, você inventou uma forma de se tornar dirigente.

– Esta é a sua opinião. Você tem o direito de achar o que quiser. – Dee Dee olhou as horas. – Vamos. Já está quase na hora.

Ela subiu a elevação. Ash a acompanhou.

– Esses nossos trabalhos estimularam a Verdade a construir a nova interpretação dele a seu favor, não foi? – perguntou Ash.

Dee Dee continuava caminhando quando falou:

– Deus não é o único que trabalha de formas misteriosas.

– Professor Van de Beek? – indagou Simon.

– Por favor, me chame de Louis.

Van de Beek se parecia com a foto que estava na biografia encontrada na internet: jovem, charmosão, bronzeado. Além disso, vestia a mesma camiseta preta justa que aparece na foto on-line. Ele desviou o olhar quando apertaram as mãos, mas abriu um sorriso que devia funcionar para encantar as universitárias. Inclusive Paige, talvez. Ou aquele seria um pensamento machista?

– Lamento muito por Paige – disse Van de Beek.

– De que forma?

– Como?

– Você disse que lamenta. Lamenta o quê?

– O senhor não disse ao telefone que ela estava desaparecida?

– E é isso que lamenta, Louis?

O homem retraiu-se diante daquele tom, e Simon repreendeu-se por ser tão agressivo.

– Peço desculpas – falou Simon em um tom bem mais gentil. – É que... minha esposa foi baleada. A mãe da Paige.

– O quê? Ah, isso é terrível. Ela está...?

– Em coma.

O rosto do professor perdeu a cor.

– Oi, Louis!

Dois estudantes – ambos do sexo masculino, só para constar – viram Van de Beek ao subir os degraus da Low Library. Eles pararam esperando reconhecimento, mas a saudação não foi registrada.

O outro disse:

– Louis?

Simon odiava quando as pessoas chamavam os professores pelo primeiro nome.

Van de Beek saiu do transe em que estava.

– Ah, oi, Jeremy, oi, Darryl.

Sorriu para os alunos, que seguiram seu caminho, encabulados.

– Você queria me contar alguma coisa? – incitou Simon.

– O quê? Não, foi o senhor que me deixou mensagens.

– Sim, e, quando eu retornei a ligação, ficou claro que você queria dizer alguma coisa.

Van de Beek começou a morder o lábio inferior.

Simon acrescentou:

– Você era o professor preferido da Paige. Ela confiava em você.

Aquilo era, na melhor das hipóteses, uma informação de terceira mão, mas provavelmente certeira e, no mínimo, lisonjeira.

– Paige era uma aluna maravilhosa – disse ele. – Do tipo com que nós, professores, sonhamos quando crescemos querendo lecionar.

Parecia uma fala que ele já dissera muitas vezes no passado, mas soava sincera.

– O que aconteceu então? – perguntou Simon.

– Não sei.

– Eu enviei a vocês uma jovem brilhante, curiosa. Era a primeira vez dela sozinha, longe da única casa e da única família que ela conheceu. – Simon sentiu algo crescendo dentro dele, algo que não conseguia descrever inteiramente. Um misto de raiva, tristeza, arrependimento e amor paternal. – Confiei em vocês para cuidarem dela.

– Nós tentamos, Sr. Greene.

– E falharam.

– O senhor não sabe. Mas se está aqui para espalhar acusações...

– Não estou. Estou aqui porque preciso encontrá-la. Por favor.

– Eu não sei onde ela está.

– Me conte o que você lembra.

Ele olhou para baixo, da posição superior em que se encontravam sobre os mortais.

– Vamos caminhar – disse Van de Beek. – É muito estranho ficar parado nestes degraus dessa maneira.

Ele começou a descer. Simon o acompanhou.

– Como eu disse, Paige era uma boa aluna. Muito esforçada. Vários jovens chegam à universidade assim, claro. Quase empolgados demais. Querem aproveitar todas as oportunidades e começam a pegar pesado demais. O senhor se lembra dos seus anos de graduação?

Simon assentiu.

– Lembro.

– Onde o senhor estudou, se me permite perguntar?

– Aqui.

– Columbia? – Eles atravessaram a College Walk em direção à biblioteca Butler. – Sabia o que queria ser quando chegou aqui?

– Não tinha ideia. Comecei na engenharia.

– As pessoas dizem que a universidade abre o mundo para você. De alguma forma, claro, é verdade. Mas, em geral, ela faz o oposto. Você entra pensando que pode fazer qualquer coisa quando sair. Que suas opções são infinitas. Mas o fato é que elas diminuem a cada dia que passa aqui. Quando você se forma, a realidade é outra.

– O que isso tem a ver com Paige? – perguntou Simon.

O professor desviou o olhar, um sorriso nos lábios.

– Ela fez isso tudo rapidamente, mas da melhor forma. Encontrou a sua vocação: a genética. Ela queria ser médica. Uma pessoa que cura, como a mãe. Descobriu isso em semanas. Começou a vir aos atendimentos o máximo de vezes possível. Queria saber qual caminho seguir para se tornar minha monitora. Eu achava que ela estava indo realmente bem. E aí alguma coisa mudou.

– O quê?

Ele continuou andando.

– Sr. Greene, é preciso que entenda uma coisa. Existem regras sobre o que podemos contar aos pais dos alunos. Se um estudante pede sigilo, temos que dar isso a ele... até determinado limite. Está familiarizado com as regras do campus em relação ao Título IX, a lei federal para combater casos de estupro?

O sangue de Simon congelou. Eileen Vaughan dissera alguma coisa quando ele a visitara na Lanford, algo sobre ela e Judy Zyskind suspeitarem de que Paige fora vítima de agressão sexual durante uma festa de fraternidade. Simon tinha meio que bloqueado a informação porque, em primeiro lugar, era muito horrível de pensar e, em segundo, e com mais razão, porque Paige descartara a hipótese quando Judy a confrontara. Fora essa a parte que ficara marcada em Simon. Judy havia pressionado Paige e, de acordo com Eileen, Paige tinha não só negado como encerrado a conversa com:

"Ela disse que estava com problemas em casa..."
Eles saíram do caminho e alcançaram a estrutura de vidro chamada Lerner Hall. Havia uma cafeteria no térreo. Van de Beek ia abrir a porta, mas Simon agarrou seu cotovelo.

– Minha filha sofreu alguma agressão sexual? – perguntou ele.
– Acho que sim.
– Você acha?
– Paige veio até mim de modo confidencial. Estava transtornada. Tinha havido algum incidente numa festa no campus.

Simon sentiu os punhos se fecharem.
– Ela contou isso a você?
– Começou a contar, sim.
– E o que isso quer dizer?
– A primeira coisa que fiz, antes de deixá-la entrar em detalhes, foi informar que eu teria que seguir as instruções do Título IX.
– Que instruções?
– Relatório obrigatório – disse o professor.
– Como assim?
– Se um aluno me conta sobre um incidente de agressão sexual, independentemente do que o aluno queira, preciso relatar isso ao coordenador do Título IX.
– Mesmo que a vítima não queira que você faça isso?
– Mesmo assim. Para ser sincero, não sou muito fã dessa norma. Entendo o raciocínio, mas acho que isso faz com que alguns estudantes fiquem menos inclinados a confiar no professor porque sabem, gostando ou não, que esse professor terá que relatar o incidente. Então ficam calados. E foi isso que aconteceu aqui.
– Paige não conversou com você?
– Ela foi embora. Tentei ir atrás dela, mas ela saiu correndo. Eu liguei. Mandei mensagem. E-mail. Dei uma passada no dormitório dela uma vez. Ela não quis falar comigo.

Simon sentiu os dedos endurecerem mais ainda.
– E você não pensou em avisar aos pais dela?
– Pensei, claro. Mas, novamente, existem regras em relação a isso. Eu também consultei a coordenação do Título IX.
– E o que a coordenadora disse?
– Era um coordenador.

Jura?
– E o que ele disse?
– Ele conversou com Paige e ela negou que tivesse acontecido alguma coisa.
– E nem assim você pensou em ligar para os pais dela?
– Não, Sr. Greene.
– Então a minha filha, que foi possivelmente estuprada, ficou sofrendo em silêncio.
– Existem normas. Nós temos que segui-las.

Quando tudo acabasse, Simon faria o que pudesse para revidar, mas naquele momento tinha que focar na tarefa em questão. Embora não quisesse. Só queria desabar e chorar pela filha.

– Então foi aí que Paige começou a entrar em parafuso?

Van de Beek pensou a respeito. A resposta surpreendeu Simon:

– Não, na verdade, não. Sei que parece estranho, mas quando a vi novamente...
– Que foi...?
– Uns dias depois. Paige apareceu na aula. Parecia melhor. Eu estava de pé atrás do peitoril e olhei para ela, um pouco surpreso por vê-la, e ela assentiu para mim, como quem diz "Estou bem, não se preocupe". Em alguns dias, ela voltou para o atendimento. Nem posso dizer como fiquei feliz ao revê-la. Tentei abordar o assunto, mas ela disse que não tinha sido nada demais, que tinha exagerado na reação. Não estou dizendo que ela estivesse totalmente recuperada. Dava para ver que estava tentando bloquear o episódio. Reforcei que ela deveria buscar ajuda, conversar com alguém. Uma das questões mais complicadas é que as garotas estão no mesmo campus que o suposto agressor.
– Estuprador.
– O quê?
– Não o chame de suposto agressor. Chame-o de estuprador.
– Eu não sei o que ele era.
– Mas sabe quem foi, certo?

Ele parou.

– Você sabe, não?
– Ela não me contou.
– Mas você sabe o nome do garoto.

Van de Beek desviou o olhar.

– Tenho um palpite. Pelo menos agora eu tenho.
– Como assim?

O professor passou as mãos pelos cabelos e soltou um longo suspiro.

– É aqui que a história fica bizarra, Sr. Greene.

Já não era?, pensou Simon.

– Não sei a ordem, não tenho certeza do que aconteceu primeiro, a deterioração da Paige ou...

Ele se calou.

– Ou o quê?

– Houve outro... – Ele fez uma pausa e levantou os olhos, como se estivesse procurando a palavra certa. – Incidente no campus.

– Incidente – repetiu Simon.

– Sim.

– Você está falando de estupro?

Van de Beek estremeceu.

– Paige não usou a palavra "estupro". Nunca. Só para constar.

Simon sabia que aquele não era o momento para entrar em um debate semântico.

– Houve outra agressão?

– Sim.

– Feita pelo mesmo garoto?

Ele balançou a cabeça.

– Exatamente o oposto.

– Como assim?

– O garoto que eu acredito que possa ter atacado a sua filha – disse Van de Beek, medindo mais as palavras – dessa vez foi a vítima.

Ele encarou Simon, que não piscou.

– O nome dele é Doug Mulzer, aluno de economia, segundo ano, de Pittsburgh. Bateram nele com um bastão de beisebol depois de uma festa de fraternidade no campus. Quebraram as pernas do rapaz. E depois, a extremidade menor do bastão foi... – Ele começou a gaguejar. – Bem, essa parte da agressão nunca se tornou pública. A família não queria, mas o boato se espalhou. Ele ainda está se recuperando em Pittsburgh.

Simon sentiu um arrepio subir pela espinha.

– E você acha que Paige teve alguma coisa a ver com isso?

O professor abriu a boca, fechou, tentou de novo. Simon percebeu que ele estava se esforçando para ser cuidadoso com as palavras.

– Não posso afirmar isso.

– Mas?

– Mas no dia seguinte, durante a aula, Paige estava sorridente. Todo mundo estava chateado com o que havia acontecido. Mas ela ficava olhando para mim e rindo de um jeito estranho, e pude ver pela primeira vez que ela estava com os olhos vidrados. Como se tivesse usado alguma coisa. Como se estivesse drogada.

– Então os indícios contra ela são que ela usou alguma coisa e sorriu? Talvez ela tenha tomado algo para anestesiar a dor.

Van de Beek não disse nada.

– Não me interessa o que ela tomou – disse Simon, imaginando a revoltante agressão. – Paige não faria uma coisa dessas.

– Concordo.

Outro estudante passou e cumprimentou o professor. Van de Beek fez um aceno, distraído.

– Ela não faria uma coisa dessas. Pelo menos, não sozinha.

Simon gelou.

– Mas, quando Paige saiu da aula naquele dia, notei que havia um homem esperando por ela. Não era um garoto, um estudante. Era um homem que eu diria ser uns dez anos mais velho.

Aaron, pensou Simon. *Era o Aaron.*

capítulo trinta e um

— Toda essa informação que acabei de dar, você não pode contar para ninguém – dissera Elena. – Poderiam alegar que foi obtida ilegalmente, fruto de prevaricação ou algo assim. De qualquer maneira, mesmo que a gente procure os agentes federais hoje, o caso não será prioridade. Vai levar dias, provavelmente semanas, só para o caso ser entregue a alguém. A gente não tem...

Elena ouviu um clique na linha. Estava recebendo outra ligação. Era uma chamada sem identificação. A maioria das pessoas suspeitaria de que se tratasse de algum tipo de spam, mas Lou havia instalado algo nos celulares para impedir isso. Se ela recebesse uma chamada, seria importante.

E a última pessoa para quem ela tinha dado seu cartão fora Alison Mayflower.

– Simon, espere aí, estou recebendo outra ligação.

Ela tocou a tela.

– Alô?

– Ah, oi.

A voz feminina não passava de um sussurro. Não era Alison Mayflower. Era uma voz jovem de 20, talvez 30 anos.

– É a Srta. Ramirez?

– É ela. Quem fala?

– Ah, meu nome não é importante.

– Pode falar mais alto?

– Desculpe, estou um pouco nervosa. Eu estou ligando... estou ligando em nome de uma amiga minha. Você a encontrou hoje em uma cafeteria.

– Continue.

– Ela precisa vê-la. Poxa, como precisa. Mas ela está com medo.

Alison Mayflower, recordou-se Elena, morava com outra mulher chamada Stephanie Mars. Poderia ser ela na linha.

– Entendo – disse Elena com sua voz mais gentil. – Talvez possamos nos encontrar em algum lugar onde ela se sinta confortável.

– Sim. Alison gostaria muito disso.

– Pode aguardar só um segundo?

– Ok.

Elena foi rápida.

– Simon?

– Oi, alguma novidade?

– Tenho que desligar. Alison quer se encontrar comigo.

Elena retornou à ligação.

– Eu sei onde vocês duas moram. Posso ir...

– Não! – exclamou depressa a jovem mulher. – Eles vão seguir você! Não entende?

Elena chegou a levantar a mão para acalmá-la, o que não faz sentido quando se está ao celular, e disse:

– Claro, entendo.

– Eles estão vigiando você. Estão vigiando a gente.

A mulher parecia mais do que um pouco paranoica, mas, de fato, pelo menos três pessoas haviam morrido.

– Não se preocupe – disse Elena, mantendo um tom calmo e casual. – Vamos bolar um plano. Algo com que vocês duas se sintam confortáveis.

Levou cerca de dez minutos para chegarem ao que parecia deixar a mulher tranquila. Elena pegaria um Uber até a loja Cracker Barrel Old Country, perto da Route 95. Ela ficaria de pé, bem visível, na frente. Stephanie – que finalmente dissera o nome com todas as letras – piscaria o farol duas vezes e se aproximaria.

– Que carro você estará dirigindo? – perguntou Elena.

– Prefiro não dizer. Por segurança.

Elena entraria no veículo e seria levada para encontrar Alison em um "local secreto". Sim, Stephanie usara de fato a expressão "local secreto".

– Venha sozinha – disse ela.

– Eu vou. Prometo.

– Se nós virmos que alguém está seguindo você, cancelamos tudo.

Elas combinaram que Stephanie "ligaria e deixaria tocar uma vez", como sinal de que estaria "posicionada" na Cracker Barrel. Quando desligou o telefone, Elena se sentou na cama e pesquisou Stephanie Mars no Google. Apareceu pouca coisa.

Elena vestiu seu outro blazer azul, o que tinha mais espaço para coldre e arma. Pensou em ligar de volta para Simon, mas preferiu enviar uma mensagem informando que esperava se encontrar com Alison Mayflower em breve. O celular estava carregando. Ela avisou Lou de que iria sair para encontrar uma pessoa. Ele havia instalado um rastreador de ponta em seu celular. Assim, a matriz podia saber sua localização 24 horas por dia, sete dias por semana, se necessário.

Passou-se uma hora até que o chamador não identificado ligasse outra vez. Elena esperou. Um toque e parou. O sinal. Ela estivera verificando o tempo todo seus aplicativos de transporte. Um deles mostrava um carro a oito minutos de distância. Chegou em quinze.

A Cracker Barrel, em South Portland, tinha o mesmo exterior rústico falso que todas essas lojas têm. O pórtico da frente abrigava uma variedade de cadeiras de balanço, todas vazias. Elena esperava de pé. Não demorou. Um veículo piscou o farol para ela, que tirou disfarçadamente uma foto do carro, certificando-se de que pegara a placa, e a enviou para Lou.

Por segurança. Nunca se sabe.

Quando o carro parou, Elena abriu a porta do carona e olhou para o interior. A motorista era uma jovem atraente que usava um boné do Red Sox.

– Stephanie?

– Entre, por favor. Rápido.

Elena não era muito ágil, então isso levou algum tempo. Assim que se sentou, antes mesmo de a porta estar completamente fechada, Stephanie Mars acelerou.

– Está com seu celular? – perguntou a jovem.

– Sim.

– Ponha no porta-luvas.

– Por quê?

– Isto é entre você e Alison. Nada de gravação, ligação ou mensagem.

– Não sei se fico à vontade entregando meu celular.

Stephanie pisou no freio.

– Então cancelamos tudo agora. Você está armada, não está?

Elena não respondeu.

– Coloque a arma no porta-luvas também. Não sei se você trabalha para eles.

– Quem são eles?

– Agora, por favor.

– Um dos garotos adotados está desaparecido. Eu trabalho para o pai dele.

– E a gente deve confiar na sua palavra? – A jovem balançou a cabeça, incrédula. – Por favor, deixe o telefone e a arma no porta-luvas. Tudo será devolvido depois que você conversar com Alison.

Sem escolha, Elena pegou o celular e a arma. Abriu o porta-luvas, colocou os dois dentro e fechou. Não seria difícil recuperá-los se houvesse uma emergência.

Elena estudava o perfil de Stephanie. O cabelo era entre castanho e ruivo, provavelmente curto – difícil dizer ao certo, com aquele boné –, e ela era, em resumo, linda. Maçãs do rosto salientes. Pele imaculada. Mantinha as duas mãos no volante, tipo dez para as duas, muito concentrada na estrada, como se não tivesse muita prática na direção.

– Antes de eu deixar você ver Alison, preciso fazer algumas perguntas.
– Tudo bem – concordou Elena.
– Quem contratou você exatamente?

A detetive ia responder que não tinha permissão para dizer, mas seu cliente dissera que tudo bem, que não se importaria se alguém soubesse.

– Sebastian Thorpe. Ele adotou um garoto chamado Henry.
– E esse Henry está desaparecido?
– Sim.
– Alguma pista de onde ele esteja?
– É nisso que estou trabalhando.
– Eu não entendo.
– Não entende o quê?
– Que idade tem Henry Thorpe?
– Vinte e quatro.
– Como a adoção pode ter alguma coisa a ver com a vida dele agora?
– Pode ser que não tenha.
– Ela é uma pessoa boa, sabe, a Alison. Nunca faria mal a ninguém.
– E eu não quero fazer mal a ela – disse Elena. – Só quero encontrar o filho do meu cliente. Mas esse é o problema. Se Alison fez alguma coisa ilegal...
– Nunca faria.
– Eu sei. Mas se algo relativo a essas adoções não estava estritamente de acordo com a lei e se ela não cooperar... tudo vai desabar.
– Parece uma ameaça.
– Não foi a intenção. É só para passar a gravidade da situação. Sou a melhor chance de Alison fazer a coisa certa... e ficar longe de ter problemas com a lei.

Stephanie Mars agarrou o volante com mais força, as mãos tremiam.

– Não sei o que é melhor.
– E eu não quero fazer mal a nenhuma de vocês duas.
– Você promete que não vai contar a ninguém sobre isso?

Elena não podia fazer aquela promessa. Dependeria do que Alison

Mayflower falasse. Bem, uma mentirinha àquela altura era a menor das suas preocupações.

– Sim, prometo.

O carro dobrou à direita.

– Onde ela está? – perguntou Elena.

– Minha tia Sally tem um chalé de verão. – A jovem conseguiu dar um sorriso. – Foi onde Alison e eu nos conhecemos. Elas são amigas, tia Sally e Alison. Minha tia faz um churrasco todo ano no início da estação e, há seis anos, Alison e eu fomos convidadas. Eu sei que ela é mais velha do que eu, bem, você já a conhece. Ela é jovem de várias formas. A gente se conheceu lá, no quintal. Ela faz o melhor filé de costela... E a gente começou a conversar e... – Ela deu de ombros, sorriu, deu uma olhadela para Elena. – E foi isso.

– Parece legal – disse Elena.

– Você tem alguém?

A pontada. Sempre a mesma pontada.

– Não – respondeu Elena. Depois acrescentou: – Eu tinha, mas ele morreu.

Não sabia por que dissera aquilo. Talvez fosse uma manobra subconsciente para criar um elo. Ou talvez ela sentisse necessidade de falar aquilo.

– O nome dele era Joel.

– Sinto muito.

– Obrigada.

– Estamos quase lá.

Elas chegaram à entrada para carros. No final, havia um chalé de madeira autêntico, sem aquela aparência falsa da loja Cracker Barrel. Elena não pôde evitar um sorriso.

– Tia Sally tem bom gosto.

– É, tem, sim.

– Ela está em casa?

– Sally? Não. Ainda está em Philly. Não aparecerá aqui pelos próximos meses. Eu venho por minha conta uma vez por semana, tipo zeladora. Ninguém conhece este lugar, na verdade, e você pode ver um carro surgindo a um quilômetro de distância, por isso Alison achou que aqui seria seguro.

Ela estacionou o carro e olhou para Elena com seus olhos grandes.

– A gente está confiando em você. Venha.

Ao sair do carro, duas palavras vieram à mente: "verde" e "tranquilo". Elena inspirou profundamente o ar puro. A perna doía. Aquele velho ferimento, companheiro constante. Stephanie Mars lhe contara sobre seu primeiro, e casual, encontro com Alison no churrasco. Sina, destino, caos, qualquer que fosse o modo como duas almas se encontram. Joel adorava provocar ao dizer que ele e Elena tiveram o melhor "encontro romântico" da história e, apesar de ela descartar a ideia, talvez ele estivesse certo.

Durante uma batida no complexo de uma milícia de supremacistas brancos nos arredores de Billings, em Montana, Elena fora baleada na "extremidade superior da coxa" – uma forma mais elegante de dizer "bunda". O tiro não machucou tanto quanto se poderia pensar, ao menos não na hora. Foi mais constrangedor que doloroso e, sendo uma das raras mulheres hispânicas naquele tipo de trabalho, ela havia sentido uma decepção por si mesma e pelo seu povo.

Foi no hospital mais próximo, enquanto se recuperava com a nádega apoiada numa almofada inflável em forma de pneu, para que não houvesse pressão sobre o ferimento, que o agente especial Joel Marcus entrou em seu quarto – e na sua vida.

– Eu mal podia imaginar como iria gostar de ver aquela bunda suspensa no ar futuramente – dizia ele com frequência, brincando.

Ela sorria com a recordação quando Stephanie abriu a porta e chamou:

– Alison? Amor?

Nenhuma resposta.

Inconscientemente, Elena começou a procurar a arma, mas, claro, tinha ficado no carro. Stephanie Mars correu para o interior da casa e Elena foi atrás dela. A moça dobrou à esquerda e andou mais rápido. Elena virou a cabeça nessa direção para segui-la.

Mas a jovem tinha parado. E se virou lentamente para ela.

Seu belo rosto abriu um sorriso quando Elena sentiu um objeto frio pressionar a parte de trás do crânio.

Seus olhares se encontraram – o castanho triste de Elena e o verde indômito da jovem.

E Elena entendeu.

Pensou em Joel quando ouviu o clique e torceu, no momento anterior ao disparo, para estar com ele outra vez.

capítulo trinta e dois

A̲SH ESTAVA DE PÉ ao lado do corpo de Elena.

Ela havia caído de cara no chão, cabeça virada para o lado em um ângulo anormal, olhos abertos. O sangue escorria da parte de trás da cabeça, mas Ash colocara uma lona para facilitar a limpeza. Dee Dee pôs a mão em seu braço e apertou. Ele levantou os olhos e viu aquele sorriso. Um homem conhece os vários sorrisos de seu grande amor. O sorriso de quando ela estava feliz, de quando estava rindo de verdade ou de quando olhava nos olhos do homem que amava, tudo isso.

Ash conhecia aquele sorriso – o que ela guardava para a violência extrema – e não gostava dele.

– É diferente para você matar uma mulher em vez de um homem? – perguntou Dee Dee.

Ash não estava com paciência para lidar com a pergunta naquele momento.

– Onde está o celular dela?

– No porta-luvas.

Ele havia instalado um dispositivo de bloqueio no porta-luvas, de modo que, se alguém estivesse rastreando a localização dela – e ele suspeitava que sim –, não obteria nenhum sinal.

– Traga o carro para os fundos e me dê o celular – ordenou Ash.

Dee Dee pôs as mãos, uma de cada lado, no rosto dele.

– Você está legal, Ash?

– Estou bem, mas a gente precisa agir depressa.

Ela lhe deu um beijo rápido no rosto e correu até o carro. Ash começou a embrulhar o corpo na lona. Os dois já tinham cavado um buraco para que ninguém encontrasse Elena. Quando Dee Dee trouxesse o celular da detetive, ele enviaria algumas mensagens de "Está tudo bem" para todos que a procurassem. Levaria alguns dias, talvez mais, até alguém começar a investigar de fato o desaparecimento de Elena Ramirez.

A essa altura, Ash e Dee Dee já teriam terminado os trabalhos. Não haveria pistas.

– Irônico – disse Dee Dee quando Ash contou sobre o plano.

E, mesmo que o verdadeiro significado da palavra soasse indefinido para Ash, "irônico" parecia se encaixar ali. Elena Ramirez fora contratada para encontrar o "desaparecido" Henry Thorpe. Mas o tempo todo ele já estava morto. E, agora, a detetive também seria considerada "desaparecida".

Dee Dee retornou com o celular e o bloqueador.

– Aqui.

– Termine de embrulhar o corpo.

Dee Dee simulou uma reverência para ele.

– Você está de mau humor.

Ash se abaixou ao lado do cadáver de Elena e pegou a mão dela. Devia haver ainda algum impulso elétrico percorrendo o corpo para que o polegar pudesse desbloquear o celular. Ele apertou o aparelho contra o dedo de Elena.

Bingo.

A imagem de fundo da tela era uma foto da detetive com um sorriso aberto, os braços em volta de um homem muito mais alto que ela, que também sorria.

Dee Dee olhou por sobre seu ombro.

– Acha que esse é o Joel dela?

– Desconfio que sim. – Ash escutara toda a conversa das duas porque Dee Dee deixara o celular ligado. – Você tem mesmo uma tia chamada Sally? – perguntou ele.

– Não.

Ash balançou a cabeça, admirado.

– Você é boa.

– Lembra a nossa montagem de *Amor, sublime amor* no ensino médio?

Ele trabalhara construindo os cenários. Ela tinha interpretado uma das garotas da gangue Shark.

– Era para eu ser a Maria. Eu arrasei no teste, mas o Sr. Orloff deu o papel para Julia Ford porque o pai dela era dono daquela concessionária da Lexus.

Dee Dee não disse isso com raiva nem piedade. Estava sendo precisa. Ash estava apaixonado, sem dúvida, mas Dee Dee era mesmo talentosa. Ninguém no auditório conseguia tirar os olhos dela, mesmo com sua participação menor.

Poderia ter sido uma grande atriz, uma estrela, mas que tipo de chance ela poderia ter sendo uma beldade órfã preocupada o tempo todo em repelir homens adultos?

O tom de Ash era carinhoso:

– Você estava ótima naquela peça, Dee Dee.

Ela mexia na lona naquele momento, enrolando-a em volta do corpo de Elena.

– Sério.

– Obrigada, Ash.

Ele tocou em Ajustes e encontrou o ícone Privacidade. Depois, Serviços de Localização, descendo a tela toda até Serviços do Sistema. Desceu mais e achou Locais Importantes. Quando tocou em cima para ver, a tela pediu outra vez o polegar. Ele pegou o dedo de Elena para usar novamente. Em seguida, trocou a senha para conseguir entrar sem precisar utilizar a digital da antiga dona da próxima vez.

As pessoas não se dão conta de quanto de sua privacidade elas disponibilizam casualmente. Em qualquer iPhone, a qualquer hora, era possível fazer o que Ash fazia naquele momento: ver o histórico completo dos locais que o dono do celular – Elena Ramirez, nesse caso – visitara recentemente.

– Droga – disse ele.

– O quê?

– Ela esteve no estúdio de tatuagens.

– Era de imaginar, Ash. Foi por isso que tivemos que agir depressa.

Ele verificou a lista de locais e viu alguns lugares em Nova York. Mais recentemente, Elena Ramirez havia estado no Centro Médico Columbia, próximo à 168th Street. Ash se perguntou o motivo.

Depois percebeu algo ainda mais preocupante.

– Ela esteve no Bronx.

Dee Dee terminou de amarrar a corda em torno da lona.

– No mesmo local?

Ele tocou na tela e assentiu.

– Ah, isso não é bom – concluiu Dee Dee.

– Temos que correr.

Ele examinou o histórico e as mensagens do celular. A mais recente delas, recebida oito minutos antes, dizia:

Você já se encontrou com Alison? Me atualize quando puder, por favor.

Dee Dee notou a expressão de Ash.

– O que foi?

– Tem outra pessoa chegando perto.
– Quem?
Ash virou o celular para que Dee Dee pudesse ler a tela.
– A gente vai ter que fazer alguma coisa com um cara chamado Simon Greene.

capítulo trinta e três

SIMON DESABOU SOBRE o assento do metrô. Olhou pela janela sem prestar muita atenção, deixando o túnel passar em sua obscuridade nebulosa. Tentava processar o que tinha acabado de saber. Nada fazia sentido. Conseguira reunir mais peças do quebra-cabeça, peças importantes, talvez até uma explicação sobre o que dera início à espiral descendente da filha até a dependência das drogas. Porém, quanto mais peças juntava, mais nebulosa se tornava a imagem final.

Quando voltou à rua, recebeu uma mensagem de Yvonne.

Dinheiro disponível. Mas você tem que assinar. Procure Todd Raisch.

O banco ficava entre uma lanchonete Wendy's e uma padaria de luxo. Não havia fila e só tinha um caixa. Ele deu o nome e pediu para falar com Todd Raisch. O homem era todo profissional. Levou Simon até uma sala nos fundos.

– Tudo bem ser em notas de cem? – perguntou.

Simon respondeu que sim. Raisch contou o dinheiro.

– Quer uma sacola?

Ele já tinha uma de plástico, que Ingrid guardara após uma ida recente ao empório Zabar's. Colocou o dinheiro dentro e enfiou a sacola na mochila. Agradeceu a Raisch e foi embora.

Enquanto atravessava a Broadway em direção ao hospital, ligou para Randy Spratt, o técnico em genética. Quando ele atendeu, Simon disse:

– Estou com o dinheiro.

– Dez minutos.

Desligou. Verificou se havia alguma mensagem de Elena Ramirez.

Nada. Provavelmente ainda era cedo, mas enviou uma mensagem de texto rápida:

Você já se encontrou com Alison? Me atualize quando puder, por favor.

Sem retorno imediato. Sem pontinhos dançantes indicando que uma resposta estava a caminho.

Simon ficou olhando para o celular enquanto andava, mais para desviar o pensamento do encontro iminente. Havia se apressado em fazer o teste de paternidade sem levar em consideração as repercussões. Mas, naquele momento em que tinha alguns segundos para refletir – antes de a resposta, gostasse dela ou não, bater na sua cara –, se perguntava o que faria se descobrisse o pior.

E se por acaso não fosse o pai biológico de Paige?

E se também não fosse pai de Sam nem de Anya?

Mais devagar, pensou.

Porém não havia mais tempo para desacelerar, havia? A verdade, de uma forma ou de outra, andava rápido em sua direção como um trem de carga. Ele ainda não conseguia entendê-la de fato. Para começar, Sam era a cara dele, todo mundo dizia, e, embora ele mesmo não pudesse ver isso – algum pai conseguia? –, sabia que...

Sabia o quê?

Simplesmente não era possível. Ingrid nunca faria aquilo com ele.

E, no entanto, aquela vozinha chata o torturava. Lembrava-se de ler estatísticas apontando que 10% dos pais criam sem saber o filho de outro homem. Ou seriam 2%? Ou seria tudo maluquice?

Quando Simon chegou ao espaço aberto atrás da ala pediátrica, Randy Spratt já estava sentado em um dos bancos. Costas eretas, mãos enfiadas no fundo dos bolsos do jaleco, olhar dardejando em volta como um roedor assustado.

Simon se sentou ao lado dele. Os dois olhavam para a frente.

– Está com o dinheiro? – sussurrou Spratt.

– Isso não é pagamento de resgate, viu?

– Está ou não está?

Simon meteu a mão na mochila para pegar a sacola plástica. Hesitou. Não precisava abrir aquela caixa de Pandora. Talvez a ignorância fosse uma benção em certos casos. Vivera feliz sem saber sobre o "passado secreto" de Ingrid.

Certo, e veja aonde isso os levara.

Simon entregou o dinheiro. Durante um segundo, temeu que Spratt fosse conferir a quantia ali mesmo, mas a sacola desapareceu rapidamente no jaleco.

– E então? – perguntou Simon.

– A escova de dentes que você disse que era prioridade, a amarela.

Simon sentiu a boca ficar seca.

– Sim.

– Pedi urgência neste, que é o único resultado que tenho com uma conclusão definitivamente científica.

Curioso que Spratt não dissesse isso antes de ser pago, mas talvez não fosse importante.

– E qual é a conclusão? – perguntou Simon.
– Positivo.
– Espere, isso significa que...?
– Que você é o pai biológico.

Alívio, um doce alívio inundou os pulmões e as veias de Simon.

– E, para constar, mesmo os resultados sendo por enquanto preliminares, todos os indícios apontam que você é o pai biológico dos três.

Sem falar mais nada, Randy Spratt se levantou e foi embora. Simon ficou sentado ali, incapaz de se mover. Observou uma senhora, que vestia o jaleco padrão do hospital e caminhava com um andador, ir até o canteiro de plantas. Ela se abaixou e cheirou as flores, literal e metaforicamente. Simon fez a mesma coisa dali mesmo, só sentado, olhando. Um grupo de jovens médicos residentes se sentou na grama, comendo sanduíches comprados em uma carrocinha próxima. Pareciam todos cansados e felizes ao mesmo tempo, como Ingrid durante a residência, quando trabalhava por um número ridículo de horas mas sabia que era uma das poucas sortudas que tinha encontrado sua vocação.

Ser médico, Simon sabia, era de fato uma vocação.

Pensamento estranho, mas era isso mesmo. Ou talvez nem tão estranho assim. Simon soubera recentemente que Paige compartilhava a vocação da mãe. Sob circunstâncias normais, isso significaria muito para ele. De alguma forma, ainda significava.

Precisava encontrá-la.

Verificou o celular, esperando ter notícias de Elena Ramirez. Nenhuma mensagem nova. Ele digitou outra para ela:

> O teste de DNA revelou que sou pai da Paige. Ainda não sei como ela se envolveu com Aaron, mas acho que tem a ver com as adoções ilegais. Me ligue quando terminar com Alison Mayflower.

Era hora de voltar ao quarto da esposa. Simon se levantou, ergueu o rosto para o céu, fechou os olhos. Precisava de mais um momento. Ele e Ingrid haviam feito umas aulas de ioga com o intuito de conectá-los como casal, e o professor enfatizara a importância da respiração. Simon inspirou profundamente, reteve o ar e o soltou devagar.

Não adiantou.

Sentiu o celular vibrar. Elena estava respondendo:

Indo para a fronteira do Canadá para o encontro. Talvez fique incomunicável por uns dias. Onde você vai estar?

Canadá? Não sabia o que pensar daquilo. Digitou:

No hospital por agora, mas isso pode mudar.

Enviou e esperou. Os pontos dançantes apareceram, indicando que Elena estava digitando:

Me informe sobre qualquer novidade. Preciso estar atualizada, mesmo que não possa responder.

Simon respondeu que sim enquanto passava pela segurança do hospital e pegava o elevador para a UTI. Ficou tentado a perguntar a Elena por que o Canadá e por que talvez não pudesse responder, mas imaginou que ela explicaria mais tarde. Quando a porta do elevador se abriu, a dor terrível do que Van de Beek lhe contara retornou em dobro.

O que havia acontecido a Paige naquele campus?

Bloqueie, disse para si. *Bloqueie ou você não vai conseguir dar outro passo.*

As enfermeiras estavam no quarto com Ingrid, dando banho e trocando a roupa. Enquanto isso, Sam andava pelo corredor. Quando o jovem viu o pai, lhe deu um rápido e forte abraço.

– Desculpe – disse Sam.

– Tudo bem.

– Eu não quis dizer aquilo. De ser sua culpa que a mamãe fosse baleada.

– Eu sei.

Sam deu um sorriso cansado.

– Sabe o que ela diria se me ouvisse culpando você?

– O quê?

– Que eu estava sendo machista. Diria que eu nunca a culparia se fosse o contrário.

Simon gostou daquilo.

– Sabe de uma coisa? Acho que tem razão.

– Onde você estava? – perguntou Sam.

Ele desejava proteger o filho, era natural, mas também não queria aliená-lo.

– Estava conversando com um dos professores da Paige.

Sam o encarou.

Simon usou os termos mais vagos possíveis para contar a Sam sobre a agressão sexual. Podia não querer alienar o filho, mas também não gostaria de deixá-lo transtornado. Sam escutava sem interromper. Lutava para permanecer firme, mas o pai reconhecia o tremular revelador do lábio inferior.

– Quando foi isso exatamente? – perguntou Sam depois de Simon terminar o relato.

– Não tenho certeza. Lá pelo fim do primeiro semestre.

– Ela me ligou uma noite, a Paige, do nada. A gente só trocava umas poucas mensagens. Nunca ligávamos um para o outro.

– O que ela disse?

– Só disse que queria conversar.

– Sobre?

– Não sei. – Sam deu de ombros de forma exagerada. – Era tarde, uma sexta à noite. Eu estava em uma festa na casa do Martin. Não prestei muita atenção realmente. Eu só queria acabar com a conversa. E foi o que fiz.

Simon pôs a mão no ombro do filho.

– Pode não ter sido na mesma noite, Sam.

– Certo – disse ele, com a voz mais inexpressiva que conseguiu. – Pode não ter sido.

Simon ia reforçar, mas ouviu alguém limpar a garganta. Virou-se e ficou surpreso ao ver o homem que salvara a vida de Ingrid atrás dele.

– Cornelius?

Ele ainda usava o jeans rasgado e a barba rebelde grisalha e branca.

– Como está Ingrid? – perguntou.

– Difícil dizer. – Simon trouxe o filho para a conversa. – Sam, este é Cornelius. Ele... – Não podia revelar que o visitante atirara em Luther e salvara não só Ingrid, mas ele também. – Cornelius é o dono do prédio onde Paige morava no Bronx. Ele tem sido de grande ajuda para nós.

Sam estendeu a mão.

– Prazer.

– Igualmente, rapaz.

Cornelius olhou para Simon:
– Posso falar com você um segundo?
– Claro.
– Eu preciso mesmo ir ao banheiro – disse Sam antes de sair pelo corredor.
Simon se virou para Cornelius.
– O que aconteceu?
– Quero que você venha comigo – falou Cornelius.
– Aonde?
– Ao meu apartamento. O Rocco estará lá. Com Luther. Eles querem dizer uma coisa que você precisa ouvir.

capítulo trinta e quatro

A<small>SH E DEE DEE</small> haviam se preparado e agiram com rapidez.

Jogaram o corpo de Elena dentro de um carrinho de mão perto da porta dos fundos. Ash foi com o carrinho até a floresta enquanto Dee Dee ficou no chalé e terminou a limpeza.

Cavar buracos leva um tempo. Cobrir, nem tanto.

Enquanto seguiam de carro para o sul, Dee Dee ainda mexia no celular de Elena.

– Não tem muita coisa aqui – disse a jovem. – Elena Ramirez é importante dentro da VMB Investigações. Já sabíamos disso. O cliente dela era o pai do Henry Thorpe. Já sabíamos disso também. – Ela levantou os olhos. – Está aprovado, por falar nisso.

– O que está aprovado?

– Simon Greene. Você vai receber o mesmo valor pago pelos outros trabalhos.

– Pesquise o nome dele no Google – pediu Ash. – Quero ver o que a gente consegue descobrir.

Ela começou a digitar. Não demorou muito e a página do grupo PPG Gestão Patrimonial apareceu, com a biografia de Simon Greene. Havia duas fotos dele – uma 3x4 e outra em grupo, com toda a equipe da PPG.

Eles cruzaram a fronteira estadual.

– A bateria está em 12% – disse Dee Dee. – A gente tem carregador para este tipo de celular?

– Veja no bolso atrás do meu banco.

Ela estava se esticando para fazer isso quando o celular de Elena vibrou. Era uma nova mensagem de Simon Greene. Ela leu em voz alta:

O teste de DNA revelou que sou pai da Paige. Ainda não sei como ela se envolveu com Aaron, mas acho que tem a ver com as adoções ilegais. Me ligue quando terminar com Alison Mayflower.

Ash pediu que ela lesse outra vez. Depois disse:

– Se a gente não responder, ele pode começar a se preocupar com Elena Ramirez e juntar os fatos.

– Que tal...? – Ela começou a digitar:

Indo para a fronteira do Canadá para o encontro. Talvez fique incomunicável por uns dias. Onde você vai estar?

Ash assentiu.
Dee Dee olhava para a tela enquanto Ash pisava no acelerador.
– Ele está digitando a resposta – informou ela.
– Acho melhor sairmos do aplicativo de mensagens quando você terminar aí.
– Por quê?
– Pode haver algum meio de rastrear, não sei.
O celular vibrou outra vez:

No hospital por agora, mas isso pode mudar.

– Hospital – repetiu Dee Dee. – Devo perguntar qual?
– Não, ele vai ficar desconfiado. Além do mais, a gente já sabe. No histórico da Elena tem visitas recentes a um hospital ao norte de Manhattan.
– Boa. Que tal...?
Ela digitou e depois leu em voz alta para ele:

Me informe sobre qualquer novidade. Preciso estar atualizada, mesmo que não possa responder.

Ash assentiu e lhe disse que enviasse. Ela obedeceu.
– Agora desligue.
Eles seguiram em silêncio por mais alguns minutos até Dee Dee falar:
– O quê?
– Você sabe.
– Não sei.
– A mensagem do Simon Greene – disse Ash.
– O que tem ela?
– Acho que o tal Aaron é Aaron Corval.
– Também acho.
– Quem é Paige então?
– A namorada do Aaron, certo?

– Por que o pai dela estaria envolvido?

– Não sei. – Dee Dee olhou para Ash enquanto se sentava em cima dos pés. – Pensei que você não se importasse com os porquês.

– Normalmente não me importo.

– Você não gostou de matar aquela mulher – disse Dee Dee. – Tudo bem matar um homem, mas não uma mulher?

– Quer parar? Não é isso.

– É o que então?

– Alguém juntou os pontos. Isso faz com que os motivos e os detalhes sejam da minha conta agora.

Dee Dee se virou e olhou pela janela.

– A menos que você não confie em mim – declarou ele.

– Você sabe que confio em você. Mais do que em qualquer um nesse mundo.

Ash sentiu uma pequena agulhada no peito.

– E aí?

– Como estava escrito nos Símbolos, o Visitante e o Voluntário devem ser as primeiras crianças do sexo masculino a nascerem da Verdade – disse ela. – Ser do sexo masculino é, claro, imprescindível. As filhas, e a Verdade tem no mínimo umas vinte, não importam realmente em termos de liderança. Mas o sangue masculino é o elo mais puro porque é o único com componente físico. O cônjuge não compartilha o sangue. Nem o melhor amigo. Então, em termos de prova científica...

– Dee?

– Sim?

– Esquece o jargão. Já saquei. Os dois filhos do Vartage herdam a liderança.

– Herdam tudo. Essa é a questão. É por isso que está escrito nos Símbolos: "Os dois filhos erguer-se-ão."

– E o que isso tem a ver com todo o resto?

– Também está escrito que o Refúgio da Verdade e todos os bens da Verdade serão divididos igualmente entre os herdeiros homens – informou ela.

– E daí?

– Não está especificado que são só os dois herdeiros mais velhos. Está entendendo o que estou falando?

Ash começava a compreender.

– Vartage tem mais filhos?

– Sim.

– E esses outros filhos...

– ... foram colocados para adoção, sim – disse Dee Dee. – Vendidos, na verdade. As filhas ficaram. Elas seriam úteis. Mas os filhos poderiam herdar e arruinar as profecias. Isso tudo foi há anos, antes do meu tempo.

– Aí o Vartage vendeu os outros filhos?

– Uma situação de ganha-ganha, Ash. A gente mantém a profecia dos dois filhos e ganha bastante dinheiro para o Refúgio.

– Uau.

– Pois é.

– E as mães concordaram com isso?

– Algumas, sim – respondeu Dee Dee. – Outras não.

– Como é que ficou então?

– A Verdade dormia com muitas mulheres. Obviamente, algumas ficaram grávidas. Elas foram avisadas de que, se os bebês fossem homens, seriam destinados para coisas maiores. Isso significava que seriam enviados para o Grande Refúgio em Arkansas. Isso seria o melhor para os filhos homens.

– Tem outro refúgio em...?

– Não, Ash, não tem.

Ele balançou a cabeça.

– E as mães engoliram essa história?

– Mais ou menos. Foi um conflito interno para essas mães, entre a vontade da Verdade e os instintos maternais. A Verdade em geral vencia.

– E quando os instintos maternais venciam?

– Diziam para as mães que os bebês tinham morrido no parto.

Ash não ficava chocado com frequência. Naquele momento ficou.

– Sério?

– Sim. Faziam um grande funeral e tudo o mais. Algumas das mães acreditavam que os bebês haviam nascido mortos por culpa delas, que, se tivessem concordado em mandar o filho para o Grande Refúgio...

– Meu Deus.

Dee Dee assentiu.

– Os bebês do sexo masculino eram vendidos. Você faz ideia de quanto pode valer um bebê branco saudável? Muita grana. Alison Mayflower, que ainda é fiel à Verdade, agia como intermediária.

– Quantos bebês a Verdade vendeu?

– Todos os do sexo masculino.

– Isso eu já entendi. Mas foram quantos?

– Quatorze.

Ele manteve a mão no volante.

– E agora a Verdade está morrendo.

– Sim.

– E os garotos Vartages, o Visitante e o Voluntário ou sei lá o quê, estão com medo de que esses filhos biológicos apareçam para reivindicar uma parte da herança.

– Durante anos, a Verdade, o Voluntário e o Visitante, todos nós, não tínhamos o que temer. Não havia nenhuma possibilidade de ligar os bebês adotados ao Refúgio da Verdade. Eles estavam espalhados pelo país e, por segurança, Alison Mayflower destruíra todos os registros. Assim, a Verdade nunca poderia encontrar os filhos, e o mais importante, claro, os filhos nunca encontrariam a Verdade.

– O que deu errado então? – perguntou Ash.

– Você já ouviu falar desses sites novos de DNA, tipo 23andMe ou Ance--Story?

Ele já tinha.

– Várias pessoas adotadas disponibilizam seu DNA num banco de dados e esperam uma compatibilidade – explicou Dee Dee.

– Imagino então que alguns dos filhos da Verdade...

– Descobriram uns sobre os outros, sim.

– E depois ligaram isso de alguma forma ao Vartage?

– Pois é.

– Então dois filhos acessam o mesmo site, por exemplo, e descobrem que são meios-irmãos.

– Certo. Depois um terceiro. Um quarto. Todos muito recentemente.

– E alguém da sua seita decide que a melhor forma de eliminar o problema é, vamos dizer, eliminar o problema. – Ash olhou para ela. Dee Dee sorria outra vez. – Em troca de uma posição de liderança?

– Algo desse tipo.

Ele teve que balançar a cabeça, impressionado.

– Quanto vale o Refúgio da Verdade, Dee Dee?

– Difícil avaliar – respondeu ela. – Mas algo em torno de 40 milhões de dólares, provavelmente.

Isso o espantou.

– Nossa.

– Mas não é só o dinheiro.

– Não, claro.

– Pare de ser cínico por um segundo. Imagine só o que aconteceria com o Refúgio da Verdade se quatorze outros filhos surgissem com reivindicações. Isso iria de fato destruir a Verdade.

– Espere aí, Dee Dee.

– O quê?

– Você vai romper com a Verdade? Sabe que isso tudo é um grande disparate. Já admitiu para mim.

Dee Dee balançou a cabeça.

– Você é tão cego, Ash. Eu amo a Verdade.

– E está usando isso para conseguir o que quer.

– Sim, claro. As duas coisas não são incompatíveis. Ninguém acredita em todas as passagens de um livro sagrado, a gente escolhe umas e adota. E todo pastor que ganha dinheiro com religião, acredite ele no que prega ou não, está tirando algum proveito. É a vida, meu amor.

Era uma racionalização extravagante, mas, de certo modo, absolutamente verdadeira.

Estava ficando quente no carro. Ash ligou o ar-condicionado.

– Então nós só temos mais dois filhos para eliminar.

– Sim. Um no Bronx, outro em Tallahassee.

Depois Dee Dee acrescentou:

– Ah, e agora a gente também precisa se livrar do Simon Greene.

capítulo trinta e cinco

SIMON E CORNELIUS ESTAVAM em frente à mesma agência bancária onde, horas antes, Simon retirara o dinheiro para pagar os testes de DNA. Rocco enviara Cornelius para que Simon entendesse que não obteria aquela informação de graça. Assim, ali estava ele de volta ao banco, tentando sacar mais dinheiro.

Como já havia retirado uma soma relativamente grande e não queria atrair mais atenção, ligara para Yvonne pedindo ajuda. Ele a viu naquele momento, caminhando em sua direção.

– Algum problema? – perguntou ele.
– Não.

Yvonne olhou para Cornelius, aquele negro de camiseta surrada e barba branca cerrada, depois outra vez para Simon.

– Quem é este?
– Cornelius – respondeu Simon.

Yvonne virou na direção do homem.

– E quem é você, Cornelius?
– Só um amigo – respondeu ele.

Ela o examinou de cima a baixo e depois perguntou:

– E para que você quer esse dinheiro?
– Não é para ele – disse Simon. – Ele só está me ajudando.
– Ajudando como?

Simon explicou rapidamente sobre Rocco e Luther. Deixou de fora o fato de ter sido Cornelius quem salvara sua vida e a de Ingrid. Quando terminou, se preparou para os comentários de Yvonne. Ela não fez nenhum.

– Não fiquem à vista – disse ela. – Vou sacar o dinheiro da minha conta.

Simon quis dizer que iria pagá-la, mas Yvonne era irmã de Ingrid e ficaria irritada se ele falasse isso, então apenas assentiu. Quando ela entrou, os dois andaram pelo quarteirão para não ficarem parados em frente ao banco.

– Um bom momento para você me contar as novidades – sugeriu Cornelius.

Simon o inteirou dos últimos acontecimentos.

– Isso está confuso – disse ele.
– É. Por que você nos ajudou, Cornelius?
– Por que não ajudaria?

– Estou falando sério.

– Eu também. Não existem muitas chances de ser herói na vida real. A gente tem que aproveitar quando a oportunidade aparece.

Cornelius deu de ombros para enfatizar que fora algo trivial e simples; Simon acreditou que talvez fosse.

– Obrigado.

– Além do mais, sua esposa foi gentil comigo.

– Quando ela acordar, vou contar o que você fez, se não se importa.

– Sim, tudo bem – falou Cornelius. – Você ainda está com a arma que eu lhe dei?

– Estou. Acha que a gente vai precisar?

– Nunca se sabe. Mas não, não acho que será necessário. Mesmo assim, é melhor se precaver.

– Em que sentido?

– No sentido de não aparecermos por lá com milhares de dólares e desarmados.

– Entendi.

– E mais uma coisa – disse Cornelius.

– O quê?

– Não me deixe ser o amigo negro que morre. Detesto isso nos filmes.

Simon riu pela primeira vez em meses, ou pelo menos era assim que sentia.

O celular de Cornelius tocou e ele se afastou. Yvonne saiu do banco e entregou o dinheiro.

– Pedi 9.605 dólares.

– Por que essa quantia?

– Para não ser o mesmo valor que o seu e enganar algum computador por aí. Seiscentos e cinco, seis cinco. Cinco de junho. Sabe que dia é esse?

Ele sabia. Seu afilhado Drew, filho mais velho de Yvonne, nascera naquela data.

– Achei que poderia lhe trazer sorte – disse ela.

Cornelius retornou.

– Era Rocco.

– O que ele disse? – perguntou Simon.

– Ele vai lá para casa daqui a duas horas. Precisa achar Luther.

Cornelius esperou do lado de fora do hospital enquanto Simon e Yvonne subiam de volta ao quarto de Ingrid. Eles falaram com Sam. Os três se sentaram ao lado da cama por mais de uma hora e aguardaram que Rocco desse o ok a Cornelius. Quando as enfermeiras trocaram de turno, a nova, cumpridora das regras, entrou no quarto e declarou:

– Só podem ficar duas pessoas no quarto de cada vez. Vocês vão ter que se revezar. Alguém pode ficar na área de espera do corredor?

Sam se levantou.

– Eu preciso mesmo estudar um pouco.

– Você devia voltar para a faculdade – disse Simon. – Sua mãe ia querer isso.

– Talvez – retrucou ele. – Mas eu não quero. Quero ficar aqui.

Sam deu meia-volta e saiu.

– Ele é especial – comentou Yvonne.

– Sim.

Depois Simon acrescentou:

– Falei com um dos professores da Paige hoje.

– E aí?

– Ele acha que Paige pode ter sido estuprada no campus.

Yvonne não disse nada. Apenas olhou para a irmã na cama.

– Você ouviu o que eu disse?

– Sim, Simon, ouvi.

Ele observou seu rosto em busca de uma reação.

– Espere... você já sabia?

– Sou a madrinha dela. Ela... costumava me contar as coisas.

Simon sentiu o próprio rosto ficar vermelho.

– E vocês não pensaram em me contar?

– Ela me fez prometer que não contaria.

– Então, se o Drew viesse até mim com um baita problema e me dissesse para não te contar...

– Eu esperaria que você cumprisse sua promessa – completou Yvonne. – Escolhi você como padrinho para que o Drew tivesse alguém com quem conversar quando não quisesse vir até mim ou até o Robert.

Não fazia sentido discutir sobre aquilo no momento.

– Então, o que aconteceu? – perguntou Simon.

– Eu ajudei Paige a conseguir uma terapia.

– Não, quero saber o que aconteceu exatamente com esse estuprador.

– É uma longa história.

– Sério, Yvonne?

– Paige estava tendo problemas para se lembrar dos detalhes. Ele pode ter feito ela tomar alguma coisa, não sei. Ela demorou dias para fazer a denúncia, então o kit estupro não serviu muito. A terapia estava ajudando, eu acho. Ela estava tentando se lembrar, elaborar a história devagar.

– Que tal entrar com um processo contra esse canalha?

– Eu sugeri isso. Mas ela ainda não estava pronta. Não tinha nenhuma lembrança. Não conseguia nem dizer com certeza se tinha consentido ou não. – Yvonne levantou a mão para impedir a próxima pergunta. – Foi confuso, Simon.

Ele balançava a cabeça.

– Você devia ter me contado.

– Eu implorei a Paige que contasse. Mesmo depois de ela se afastar de mim. Porque em determinado momento ela parou de se abrir comigo também. Disse que estava bem, que já tinha resolvido. Não sei o que aconteceu. Paige parou de atender minhas ligações, começou a andar com o tal do Aaron...

– E você escondeu isso da gente? Ela entrando num parafuso desses e nem assim você disse uma palavra.

– Eu não disse uma palavra... para você.

Ele não podia crer no que estava ouvindo.

– Ingrid?

Alguém bateu na porta. Simon se virou rápido. Cornelius abriu e pôs a cabeça para dentro.

– Vamos – disse ele. – Rocco está esperando.

capítulo trinta e seis

Ash pegou a via expressa Major Deegan para o sul na altura de Cross Bronx.

– É de esperar que mais algum dos quatorze filhos vá mandar o DNA para esses sites de genealogia – disse Ash a Dee Dee.

Dee Dee assentiu enquanto ligava o celular para ver se havia novas mensagens.

– E o que acontece depois?

– A Verdade não passará dessa semana. Não entendo toda a parte legal, mas, depois que o testamento é validado, fica mais difícil fazer uma reivindicação.

– Ainda assim, alguém pode pensar nisso – comentou Ash.

– Como assim?

– Outro filho da Verdade pode colocar seu DNA no sistema.

– Ok.

– Ele vai ver que tem três ou quatro meios-irmãos... e vai descobrir que estão todos mortos.

– Certo. Um foi baleado durante um roubo. Outro cometeu suicídio. Um está só desaparecido, provavelmente fugido. Outro deve ser, não sei, esfaqueado, talvez por um sem-teto maluco drogado. Uma série horrível de coincidências. Isso se ele conseguir rastreá-los, o que não é fácil. As contas permanecem ativas depois das mortes, então a primeira coisa que qualquer "novo" filho faria seria mandar um e-mail para os meios-irmãos mortos. Eles não responderiam, e ele provavelmente pararia aí. Mas, mesmo que conseguisse rastrear todos os outros, que percebesse a ligação entre os casos e conseguisse a ajuda da polícia de diferentes estados para investigar esses crimes antigos, o que iria descobrir?

Dee Dee já havia pensado em tudo.

– Ash?

– Eles não encontrariam nada – concluiu ele.

– Certo, então... ah, espere aí.

– O que foi?

– Chegou uma mensagem do Simon Greene.

Ela leu em voz alta:

Indo para o apartamento do Cornelius, onde a gente se encontrou pela primeira vez. Talvez descubra alguma coisa. Como estão as coisas por aí?

– Alguma ideia de quem seja Cornelius? – perguntou Ash.
– Nenhuma.
– Isso não é bom.
– Vai ficar tudo bem.
– E qual é o trato com a Mãe Adeona? – perguntou ele.
– Isso eu não sei.
– Ela me disse para não confiar em você.
– Mas você confia, Ash.
– Confio, Dee Dee.
Ela sorriu.
– A gente pensa na Mãe Adeona mais tarde, ok?

Eles encontraram um lugar para estacionar em frente a umas barreiras de concreto em Mott Haven, no Bronx. Os dois carregavam pistolas e facas. Dessa vez pareceria uma briga de faca – algo que, pensava Ash, provavelmente ocorria muito entre as várias facções de drogas naquelas ruas.

Ele já ia abrir a porta quando ouviu Dee Dee dizer:
– Ash?

Seu tom o deteve. Ele olhou para Dee Dee. Ela apontou com o queixo para a frente. Pegou o celular e mostrou o *print* que tinha feito da página da PPG Gestão Patrimonial.

– É ele, certo? – perguntou.

Ash deu uma olhada. Sem dúvida. Simon Greene estava entrando no prédio.

– Quem é esse que está com ele?
– Meu palpite? Cornelius.

Dee Dee assentiu.
– Acho que isso não vai ser uma briga de faca, Ash.
– É.

Ela olhou em direção à sacola de armas no banco de trás:
– Acho que vai ser mais um massacre a tiros.

Rocco era gigante. Mesmo as pessoas que já o conheciam ficavam espantadas com seu tamanho quando o viam. Enquanto ele andava pelo apartamento de Cornelius, Simon meio que se sentia na história de *João e o pé de feijão*.

Rocco olhava de soslaio para os livros na estante.

– Você leu isso tudo, Cornelius?

– Li. Você deveria experimentar. A leitura confere empatia.

– Isso é comprovado? – Rocco pegou um livro da estante, folheou. – Você está com os 50 mil, Sr. Greene?

– Você está com a minha filha? – contra-atacou Simon.

– Não.

– Então não tenho os 50 mil.

– Onde está Luther? – perguntou Cornelius.

– Fique frio, Cornelius. Ele está chegando. – Rocco pegou o celular. – Luther?

Ouviu-se uma voz saindo pelo pequeno microfone:

– Já estou aqui, Rocco.

– Então pode ficar onde está – disse Rocco. – Nosso amigo aqui não está com o dinheiro.

– Eu estou com o dinheiro – interviu Simon. – Não são 50 mil, mas, se o que vocês me disserem me ajudar a encontrar minha filha, vão receber o restante da quantia. Dou minha palavra.

– Sua palavra? – Rocco era um homem enorme e tinha uma gargalhada à altura. – E o quê? Eu tenho que confiar em você só porque vocês, brancos, são confiáveis?

– Não, nada disso – respondeu Simon.

– Então o quê?

– Porque eu sou pai.

– Ooooooh... – Rocco agitou os dedos. – Acha que isso me impressiona?

Simon não disse nada.

– A única coisa que me impressiona agora é dinheiro vivo.

Simon jogou o dinheiro na mesa de centro.

– Quase 10 mil.

– Isso é pouco.

– Foi tudo o que consegui nessa pressa toda.

– Então tchauzinho.

– Espere aí, Rocco – pediu Cornelius.

– Eu quero mais.

– Você vai receber mais – disse Simon.

Rocco hesitou um pouco, mas o dinheiro na mesa o chamava.

– Então o negócio é o seguinte: tenho uma coisa para contar primeiro. É muito importante. Mas aí o meu garoto, Luther... Luther, você ainda está aí?

– Estou – respondeu ele pelo celular.

– Ok, fique aí. Caso eles tentem alguma coisa. Por segurança... – Rocco mostrou os dentes. – Quando eu acabar, vou dizer ao Luther para vir aqui, porque ele tem algo muito mais sério para contar.

– Estamos escutando – disse Cornelius.

Rocco pegou o dinheiro:

– Alguém confirmou ter visto sua filha.

Simon sentiu o pulso acelerar.

– Quando?

Rocco começou a contar as notas.

– Dois dias depois de o velho dela ter sido assassinado. Parece que sua filha ficou por aí um tempo. Escondida, talvez, não sei. Depois ela pegou o Seis.

O Trem 6, pensou Simon. A próxima estação de metrô.

– Alguém a viu com quase certeza – disse Rocco, ainda contando. – Não absoluta. Mas quase certeza. Tenho um outro garoto que está convencido de que a viu. Nenhuma dúvida.

– Onde? – perguntou Simon.

Rocco terminou de contar, franziu a testa.

– Aqui tem menos de 10 mil.

– Dou mais 10 para você amanhã. Onde o garoto viu Paige?

Rocco olhou para Cornelius, que assentiu.

– Em Port Authority.

– O terminal de ônibus?

– É.

– Alguma ideia de aonde ela estava indo?

Rocco tossiu sobre a mão fechada.

– Vou lhe dizer uma coisa, Sr. Greene. Vou responder à sua pergunta. Depois Luther... Luther, se prepare – disse, falando pelo telefone. – Bem, ele irá contar o resto. Por 50 mil. Não vou negociar mais. Sabe por quê?

– Rocco, calma – pediu Cornelius.

Rocco abriu os braços enormes.

– Porque quando você ouvir o que Luther tem a dizer, vai dar o dinheiro para a gente ficar de boca fechada.

Os olhos de Simon encontraram os de Rocco. Nenhum dos dois piscou.

295

Mas Simon entendeu. Rocco estava falando sério. O que Luther tinha a dizer era muito grave.

– Mas, primeiro, vou responder à sua pergunta. Buffalo. Sua filha, e uma fonte confiável confirmou, pegou um ônibus para Buffalo.

Simon se esforçou para pensar em alguém que ele ou a filha conhecessem na região de Buffalo. Nada lhe veio à cabeça. Claro que ela poderia ter saltado do ônibus antes, em qualquer lugar ao norte de Nova York, mas não conseguia pensar em ninguém.

– Luther?

– O que é, Rocco?

– Suba.

Rocco desligou o celular. Depois riu para Cornelius.

– Foi você, não foi, Cornelius? – O velho não disse nada. – Foi você que atirou no Luther.

O outro apenas o encarava. Rocco riu e levantou as mãos.

– Calma, calma, não se preocupe, não vou contar para ele. Mas logo você vai descobrir que ele teve suas razões.

– Que razões? – perguntou Simon.

Rocco se mexeu em direção à porta.

– Legítima defesa.

– Do que você está falando? Eu não ia...

– Você não, cara.

Simon apenas olhou para ele.

– Pense nisso. Luther não atirou em *você*. Atirou na sua esposa.

Rocco riu e pôs a mão na maçaneta.

Várias coisas aconteceram ao mesmo tempo.

Do corredor, Luther gritou:

– Rocco, cuidado!

Rocco, por instinto, abriu a porta.

E o tiroteio começou.

capítulo trinta e sete

CINCO MINUTOS ANTES, Ash tinha aberto a porta grafitada.
Ele entrou primeiro no saguão mal iluminado. Dee Dee o seguiu. Os dois não levavam as armas nas mãos. Ainda não. Mas elas estavam ao alcance, caso fosse necessário.

– Por que Simon Greene estaria aqui? – murmurou Ash.
– Visitando a filha, imagino.
– Então por que não disse isso na mensagem para Elena Ramirez? Por que falou desse cara, Cornelius?

Dee Dee pôs o pé no degrau precário.

– Não sei.
– A gente deveria voltar – sugeriu Ash. – Pesquisar mais.
– Você volta então.
– Dee Dee.
– Não, Ash, escute. Elena Ramirez e Simon Greene são cânceres. A gente precisa acabar com eles agora antes que se espalhem. Você quer ser mais cauteloso? Tudo bem. Volte para o carro. Eu tenho poder de fogo suficiente para lidar com a situação.
– Isso não vai acontecer – disse Ash. – E você sabe.

Um pequeno sorriso brincou nos lábios dela.

– Está sendo machista outra vez?
– Você também não me deixaria.
– É verdade.
– Este lugar... sabe o que me lembra? – perguntou ele.

Dee Dee assentiu e falou:

– A cervejaria do Sr. Marshall. O cheiro de cerveja choca.

Ele ficou espantado por ela se lembrar. JoJo Marshall fora um dos pais adotivos de Ash, e não dela. Ele o fazia trabalhar com os fermentadores. Dee Dee visitara Ash lá algumas vezes e, como ele, nunca esquecera o fedor.

Ela subiu os degraus. Ash tentou ultrapassá-la, para ir na frente, mas Dee Dee o impediu com o corpo e um olhar de desaprovação. Então ele permaneceu um passo atrás. Ninguém passou por eles na escada. A distância, podiam ouvir o leve rumor de alguém assistindo televisão em alto volume.

Tirando isso, nenhum outro som.

Ash olhou pelo corredor do segundo andar enquanto Dee Dee continuava a subir.

Não havia ninguém. Isso era ótimo.

Quando alcançaram o terceiro andar, ele fez um sinal com a cabeça. Os dois pegaram as armas. Mantinham-nas baixas, na lateral do corpo, e, se alguém abrisse uma porta naquele momento, com a iluminação precária do lugar, talvez nem percebesse que eles estavam segurando pistolas FN Five-SeveN com pente de vinte.

Eles se dirigiram ao apartamento B. Ash bateu na pesada porta de metal.

Estavam prontos.

Nenhuma resposta.

Bateu outra vez. Nada.

– Tem que ter alguém em casa – sussurrou Dee Dee. – A gente viu Greene entrar.

Ash deu uma olhada na pesada porta de metal que fora colocada, sem dúvida, para impedir arrombamentos, mas tinha sido feita sem engenhosidade. Era de aço, mas o portal, de madeira.

E fraca, com base no que Ash tinha visto daquele lugar.

Ele apontou a arma e fez sinal para Dee Dee se preparar. Levantou o pé e chutou o local onde o ferrolho entrava na madeira, que cedeu como se fossem gravetos secos.

A porta se escancarou. Ash e Dee Dee correram para dentro.

Ninguém.

Havia dois colchões de solteiro, um ao lado do outro, no chão, onde se viam manchas secas de sangue. Ash examinou tudo rapidamente e soube que alguma coisa estava muito errada. Olhou para o chão. Agachou.

– O que foi? – cochichou Dee Dee.

– Fita amarela.

– O quê?

– Isso foi local de crime.

– Não faz sentido.

Eles ouviram uma porta se abrir. Dee Dee se moveu rápido. Jogou a arma em cima de um dos colchões, saiu e fechou o que havia sobrado da porta. Um homem saía de seu apartamento. Usava fones de ouvido com uma música tão alta que ela podia ouvir a quase 5 metros de distância.

Ele estava perto da escada, quase pronto para descer, e ainda não tinha notado a presença dela. Dee Dee permaneceu imóvel, na esperança de que o homem não virasse em sua direção.

Mas virou.

Quando a viu, tirou os fones do ouvido.

Dee Dee o recompensou com um largo sorriso.

– Olá – disse ela, quase fazendo dessa simples saudação um gesto de duplo sentido. – Estou procurando o Cornelius.

– Andar errado.

– Como?

– Cornelius mora no segundo andar. Apartamento B.

– Que idiota que eu sou.

– É.

Parecia que ele viria em sua direção. Isso não seria bom. Ela enfiou a mão no bolso traseiro e preparou o canivete.

Teria que cortar a garganta do cara. Fazer isso rápida e silenciosamente.

Dee Dee acenou para ele.

– Obrigada pela ajuda. Se cuida.

O homem continuou caminhando na direção dela, mas foi como se alguma coisa primitiva lhe dissesse que seria melhor seguir adiante.

– É – disse ele, parando. – Você também.

Eles se olharam por mais um longo momento antes de o cara se virar para descer a escada correndo. Dee Dee ficou escutando por um segundo, para ver se ele pararia no segundo andar para avisar Cornelius. Mas ela ouviu quando ele chegou ao térreo e abriu a porta grafitada.

Depois que ele se foi, Ash saiu pela porta do apartamento e entregou a Dee Dee a arma dela. Ouvira tudo. Os dois se dirigiram silenciosamente para a escada e seguiram rumo ao apartamento B, no segundo andar. Ash pôs o ouvido junto à porta.

Vozes. Várias.

Ash deu o sinal. Eles apontaram as armas. O plano era simples: entrar atirando e matar todos os presentes.

Ele apontou para a fechadura a fim de estourá-la – não havia necessidade de nenhum tipo de sutileza –, mas, de repente, duas coisas aconteceram ao mesmo tempo.

A maçaneta começou a girar.

E, no corredor, um homem gritou: "Rocco, cuidado!"

* * *

– Rocco, cuidado!

Simon escutou a primeira rajada de tiros quando Rocco abriu a porta.

Dizem que o tempo desacelera em momentos de grande perigo, quase como Neo no filme *Matrix* sendo capaz de ver e se esquivar das balas. Isso é só uma ilusão, claro. O tempo é constante. Mas Simon se lembrava de ter lido que essa ilusão era causada pelo modo como armazenamos a memória. Quanto mais rica e densa é a lembrança de um acontecimento – por exemplo, uma ocasião em que alguém está aterrorizado –, mais tempo você acha que esse acontecimento durou.

Esse fenômeno também explica por que o tempo parece andar mais rápido à medida que as pessoas envelhecem. Quando se é criança, as experiências são novas, e as lembranças, intensas – o tempo parece passar mais devagar. Ao envelhecer, quando a pessoa se acomoda a uma rotina, as lembranças novas ou vibrantes são muito poucas e aí o tempo parece voar. É por isso que, quando uma criança pensa no último verão, acha que ele durou uma eternidade. Para os adultos, foi menos que um piscar de olhos.

Assim, enquanto Simon ouvia um homem – Luther – gritar em meio ao estampido das balas, tudo pareceu acontecer em câmera lenta.

Rocco escancarou a porta.

Simon estava um pouco atrás de Rocco, de modo que as costas e os ombros largos do gigante bloquearam sua visão. Não conseguiu ver nada.

Mas pôde ouvir os disparos.

O corpo de Rocco estremeceu. Ele se sacudiu e balançou, como se fizesse um tipo de dança macabra. Os pés começaram a pedalar para trás.

Mais balas o atingiram.

Quando o gigante finalmente caiu de costas, o prédio tremeu. Seus olhos estavam abertos e fixos no teto. Um cobertor de sangue lhe cobria o peito.

Nesse momento, Simon conseguiu avistar a porta.

Havia duas pessoas.

Um homem de cerca de 30 anos se encontrava virado para a esquerda, disparando do corredor, na direção de Luther, provavelmente. Uma mulher de cabelo ruivo curto, talvez um pouco mais jovem que o homem, apontou e acertou mais dois tiros na cabeça de Rocco.

Depois, ergueu a arma e mirou em Cornelius. Simon gritou:

– Não!

Cornelius já estava se mexendo, reagindo, mas não seria o bastante. A mulher estava muito perto, seria um tiro muito fácil.

Ela não erraria.

Simon se atirou contra ela, tentando alcançá-la antes que a jovem pudesse fazer outro disparo. Gritou, na esperança de distraí-la e de dar a Cornelius alguns décimos de segundos.

No momento em que a mulher começava a puxar o gatilho, Simon alcançou a porta e a empurrou com força. A extremidade da porta bateu no braço da jovem, desviando a pontaria o suficiente.

Sem tempo para hesitações.

Quando Simon aterrissou de pé, esticou o braço pela porta tentando agarrar o pulso da mulher. Seus dedos encontraram pele – uma parte do braço, talvez – e, com a mão, ele começou a cingi-la. Já estava quase conseguindo segurá-la com firmeza quando alguém, talvez o homem, jogou o corpo contra o outro lado da porta, que acertou o rosto de Simon, fazendo-o rodopiar.

Ele caiu sobre o cadáver de Rocco.

A jovem entrou na sala e mirou a arma na direção de Cornelius, que tentava tirar a sua do bolso enquanto fugia em direção à escada de incêndio.

Demorou muito.

Não tinha chance.

Simon não sabia se o tempo estava diminuindo de velocidade ou se os cálculos que fazia mentalmente haviam se acelerado. Mas conseguiu entender a verdade naquele momento: não havia chance de ambos, ele e Cornelius, sobreviverem.

Nenhuma chance.

O que deixava Simon sem escolha.

De sua posição no chão, chutou a porta para que fechasse na cara da mulher. De forma quase casual, ela bloqueou o movimento com o pé. Parecera um esforço fraco por parte de Simon, uma tentativa pífia de barrar a entrada dela.

Mas lhe deu tempo.

Não o bastante para impedir a carnificina.

Mas o suficiente para que ele rastejasse em direção ao amigo.

O movimento surpreendeu a mulher, que esperava que Simon avançasse contra ela. Mas ele seguiu um outro rumo. Isso não o salvaria. Muito pelo contrário, na verdade. Isso o colocava no caminho dos disparos.

Seu corpo era tudo que havia entre as balas da mulher e Cornelius.

Ela atirou.

Simon sentiu a dor lancinante quando a bala entrou pela parte inferior das costas, à esquerda.

Ele não parou.

Sentiu outra bala atingi-lo no ombro direito.

Atirou-se na direção de Cornelius como o último homem da linha de defesa sofrendo um ataque pelas costas, e passou os braços em torno da cintura do amigo.

Jogou Cornelius contra a janela.

O tempo devia ter desacelerado para o amigo também. Cornelius não foi contra seu instinto natural. Não resistiu ao empurrão, deixou o corpo cair para trás, usando esse tempo para sacar a arma.

Os dois homens caíram de costas. O vidro da janela se estilhaçou com o impacto.

Cornelius já estava com a arma apontada. Mirou por sobre o ombro de Simon e disparou enquanto começavam a cair.

Em algum lugar em meio à saraivada de balas, Simon ouviu um homem grunhir e a mulher gritar:

– Ash!

Cornelius e Simon, ainda enlaçados, aterrissaram com força na grade da escada de incêndio, Cornelius de costas e Simon por cima dele.

O impacto arremessou a arma da mão de Cornelius. Simon viu quando o objeto mergulhou em direção ao asfalto duro.

Novamente a mulher deu um grito doloroso:

– Ash! Não!

Os olhos de Simon começaram a tremular. A boca se encheu de algo com gosto de cobre, que ele percebeu ser sangue. Conseguiu então sair de cima de Cornelius. Tentou falar. Queria dizer ao amigo que corresse, que a ruiva não fora atingida e logo estaria atrás deles.

Mas as palavras não saíram.

Olhou para Cornelius, que balançou a cabeça.

Não iria embora.

A coisa toda – desde Rocco girando a maçaneta até aquele momento – levara menos de cinco segundos.

Dentro da sala, a mulher soltou um grito primitivo, gutural.

E então, mesmo no estado em que se encontrava, sentindo uma espécie de força vital deixando seu corpo, Simon percebeu que ela estava vindo na direção deles.

Vá, Simon tentou dizer a Cornelius.

Ele não foi.

Simon viu a ruiva alcançar a janela.

A arma na mão.

Outra vez: sem escolha.

Usando a força que lhe restava – e talvez o elemento surpresa –, Simon empurrou Cornelius escada abaixo.

Cornelius começou a cair pelos degraus de ponta-cabeça, como se desse cambalhotas.

Iria se machucar, pensou Simon. Talvez quebrasse alguns ossos.

Mas provavelmente isso não o mataria.

Naquele momento não restava mais nada. Simon sabia disso. Podia ouvir as sirenes se aproximando, mas a polícia chegaria tarde demais. Ficou de costas e olhou para cima, encarou os olhos verdes da mulher. Talvez tivesse um fiapo de esperança de que haveria alguma compaixão ali, um pouco de hesitação, mas, quando os viu, quando seus olhares se encontraram, soube que qualquer última esperança que tivesse estava perdida.

Ela iria matá-lo. E sentiria prazer nisso.

A mulher inclinou o corpo para fora da janela. Apontou a arma para a cabeça dele.

E de repente ela não estava mais lá.

Vindo por trás, alguém a empurrara pela janela. Simon ouviu um grito e depois o som quando ela aterrissou no asfalto.

Ele olhou para cima e viu surgir outra mulher – uma senhora que vestia um estranho uniforme cinza com listras vermelhas. Ela o encarou com preocupação, saiu depressa para a escada de incêndio e tentou conter o sangramento.

– Acabou – disse a mulher.

Simon queria perguntar quem ela era, se conhecia Paige, qualquer coisa, mas estava com muito sangue na boca. Sentiu o corpo enfraquecer e relaxar, os olhos revirarem para trás. Enquanto a escuridão descia, ainda podia ouvir as sirenes.

– Nossos filhos estarão a salvo agora.

E depois não viu mais nada.

capítulo trinta e oito

U<small>M MÊS SE PASSOU.</small>

Os ferimentos de Simon exigiram três cirurgias, dezoito dias no mesmo hospital que Ingrid, algumas doses de morfina e duas semanas (até então) de fisioterapia. Houve dor, danos e, talvez, numa curiosa semelhança com Elena Ramirez, ele andasse mancando, ou até de bengala, pelo restante dos seus dias, mas os estragos acabaram não causando risco de vida.

Cornelius saiu daquilo tudo com uma torção no tornozelo e escoriações sem importância. Rocco e Luther morreram baleados. O mesmo aconteceu com um matador de aluguel chamado Ashley "Ash" Davis. Sua parceira, uma jovem chamada Diane "Dee Dee" Lahoy, membro de uma seita, caiu da janela de cabeça, fraturando o crânio. Ainda não tinha recuperado a consciência e tudo indicava que jamais recuperaria.

O detetive Isaac Fagbenle tentou explicar a ele o acontecido, embora vários agentes da lei estivessem levando um tempo para juntar tudo. Havia algo sobre uma seita chamada Refúgio da Verdade, adoções sigilosas e matadores de aluguel.

Mas eram poucos os detalhes.

Para complicar, Casper Vartage, o líder do Refúgio da Verdade, havia morrido de causas naturais. Os dois filhos do líder alegaram total inocência e tinham advogados de primeira linha para defendê-los. Talvez, declararam os advogados, o pai tivesse feito algo, mas ele estava morto e os filhos não sabiam de nada.

– Nós vamos pegá-los – dissera Fagbenle a Simon.

Mas Simon não tinha tanta certeza. Os dois assassinos que poderiam testemunhar sobre o que os filhos de Vartage teriam feito estavam fora de combate.

A grande esperança da polícia parecia ser a mulher que salvara a vida de Simon, que se identificava como Mãe Adeona. Eles não conseguiram descobrir seu nome verdadeiro, para se calcular há quanto tempo ela fazia parte da seita. E não tinham como detê-la. Ela não cometera crime algum, apenas salvara a vida de Simon.

Havia outros pontos, claro. Quando Elena Ramirez soube das adoções ilegais, Ash e Dee Dee a mataram, concluiu a polícia. Havia imagens dela, captadas por câmeras de segurança na frente de uma loja da Cracker Barrel

Old Country, entrando num carro dirigido por Dee Dee Lahoy. Acreditava-se que ela teria sido levada até um chalé vazio para ser assassinada, porém o corpo ainda não havia sido encontrado. Quando os assassinos checaram as mensagens no celular de Elena e viram as interações com Simon, entenderam que ele também precisava ser silenciado.

E havia mais – como os meios-irmãos, inclusive Aaron Corval, encontraram uns aos outros, como prometeram manter em sigilo seu relacionamento até encontrarem o pai e como um deles, chamado Henry Thorpe, descobriu também a mãe, ex-participante da seita, que acabou enfrentando e depois delatando os Vartages.

Mas não houvera nada de novo sobre Paige.

Durante sua quinta noite no hospital, quando a dor estava muito aguda e ele apertava a bomba de morfina com toda a força, Simon despertou em estado de semitorpor e viu Mãe Adeona sentada ao lado da cama.

– Eles estavam eliminando todos os filhos – disse ela.

Simon sabia disso, embora o motivo permanecesse obscuro. Talvez a seita estivesse tentando encobrir os crimes da venda de bebês. Ou talvez o assassinato desses homens fosse parte de algum ritual sinistro ou de uma profecia. Ninguém parecia saber.

– Eu acredito na Verdade, Sr. Greene. Ela me sustenta. Tenho sido sua serva quase pela vida inteira. Pari um filho, e a Verdade me disse que ele seria um dos nossos próximos líderes. Eu o criei como tal. Pari outro filho e, quando a Verdade me disse que esse filho não poderia ficar conosco, o deixei ir, mesmo que isso significasse que jamais veria o meu garoto outra vez.

Simon a fitava através da gaze nebulosa de seus analgésicos.

– Mas, no ano passado, eu entrei em um site de DNA porque queria saber o que havia sido feito do meu filho. Nada de mais. Só descobrir um pouquinho. Um pouquinho da verdade. – Ela quase riu. – E sabe o que eu descobri?

Simon balançou a cabeça.

– Que o nome do meu filho é Nathan Brannon. Ele foi criado por Hugh e Maria Brannon, dois professores, em Tallahassee, Flórida. Formou-se na universidade estadual com louvor. Ele se casou com a namoradinha da época da escola e tem três garotos. O mais velho tem 10 anos, e os gêmeos, 6 anos. Ele agora é professor também, do ensino fundamental, e, segundo dizem, é um homem bom.

Simon tentou se sentar direito, mas os medicamentos o deixaram exausto demais.

– Ele queria me conhecer. O meu filho. Mas eu disse que não. Consegue imaginar como isso foi difícil, Sr. Greene?

Simon balançou a cabeça e conseguiu dizer:

– Não, não consigo.

– Mas, veja, para mim foi o suficiente saber que o meu filho era feliz. Precisou ser. Era o que a Verdade queria.

Simon esticou a mão para mais perto das de Mãe Adeona. A mulher a tomou. Ficaram sentados ali por um momento, no escuro, o rumor do hospital como uma trilha sonora distante.

– Mas aí eu descobri que eles queriam assassinar meu garoto. – Ela baixou finalmente o olhar e encontrou o dele. – Passei a vida inteira me curvando para minhas crenças. Mas aquilo... era se curvar demais. Dá para entender?

– Claro.

– Então eu tive que impedi-los. Não queria fazer mal a ninguém, mas não tive escolha.

– Obrigado – disse Simon.

– Tenho que voltar agora.

– Voltar para onde?

– Para o Refúgio da Verdade. Lá ainda é a minha casa.

Mãe Adeona se levantou e caminhou em direção à porta.

– Por favor. – Simon engoliu em seco. – A minha filha. Ela era namorada de um desses filhos.

– Ouvi dizer.

– Ela está desaparecida.

– Também ouvi dizer.

– Me ajude, por favor – pediu Simon. – Você é mãe. Você entende.

– Entendo. – Mãe Adeona abriu a porta. – Mas eu não sei de mais nada.

E então foi embora.

Uma semana depois, Simon implorou a Fagbenle que o deixasse examinar os arquivos. O detetive, talvez por pena, concordou.

Ingrid parecia estar melhor, havia então um vislumbre de luz ali. Apesar do que se vê na televisão, a pessoa não sai de repente do coma. O processo é bem mais complexo e demorado. Ela havia recuperado a consciência e falara com ele duas vezes em espasmos curtos. Nos dois casos, Ingrid parecera estar bastante lúcida. Mas o último deles fora há mais de uma semana. Não tinha havido melhora desde então.

Desde o dia em que fora baleado, Simon continuou investigando por que a pergunta mais importante ainda permanecia sem resposta.

Onde estava Paige?

Ele ficou dias sem resposta, depois semanas. Na verdade, levou um mês.

Um mês após ter sido baleado, quando estava finalmente bem o bastante, Simon foi até Port Authority e pegou um ônibus para Buffalo. Olhou pela janela durante as sete horas de viagem, na esperança de que algo que visse pudesse lhe dar uma ideia.

Nada.

Quando chegou, andou pela rodoviária por duas horas. Tinha certeza de que, se circulasse pelo quarteirão algumas vezes, encontraria uma pista.

Não encontrou.

Com o corpo dolorido – a viagem fora pesada demais, cedo demais –, Simon retornou ao ônibus, se espremeu na cadeira e fez outra vez o percurso de sete horas.

Olhou pela janela novamente.

Nada.

Já eram quase duas da madrugada quando o ônibus parou em Port Authority. Simon pegou o Trem A Norte para o hospital. Ingrid já estava fora da UTI, em um quarto particular, embora permanecesse inconsciente. Havia uma cama de armar lá para ele poder dormir com a esposa. Às vezes, Simon sentia que Sam e Anya precisavam dele e ia para casa. Mas na maioria das noites, como naquela, tomava o caminho de Washington Heights, beijava Ingrid na testa e dormia na cama ao lado dela.

Naquela noite, no entanto, um mês depois de ser baleado, havia outra pessoa no quarto quando ele chegou.

As luzes estavam apagadas, de modo que Simon podia ver apenas a silhueta sentada ao lado da cama de Ingrid.

Ele ficou paralisado na porta. Os olhos muito abertos. Pôs a mão na boca, mas os soluços abafados ainda puderam ser ouvidos. Sentiu os joelhos começarem a fraquejar.

Foi quando Paige se virou e disse:

– Papai?

E Simon irrompeu em lágrimas.

capítulo trinta e nove

Paige ajudou o pai a se levantar e o sentou em uma cadeira.

– Eu não posso ficar – disse ela. – Mas já faz um mês.

Simon ainda estava se recompondo.

– Um mês?

– Que estou limpa.

E estava. Ele podia ver. O coração disparou. Sua garota parecia cansada, pálida e aflita, mas tinha também os olhos claros e estava sóbria... Ele sentiu as lágrimas surgirem de novo, desta vez de alegria, mas se conteve.

– Ainda não cheguei lá – advertiu ela. – Talvez nunca chegue. Mas estou melhor.

– Então esse tempo todo...

– Eu não sabia de nada disso. Não temos permissão para usar aparelhos eletrônicos. Nenhum acesso à família, aos amigos ou ao mundo exterior. São as regras. Nada durante um mês inteiro. Era minha melhor chance, papai. Minha única chance, na verdade.

Simon estava anestesiado.

– Tenho que voltar para a clínica. Você precisa entender isso. Não estou pronta para o mundo real. Nós combinamos que eu receberia uma licença de 24 horas e só por causa dessa emergência. Tenho que voltar. Mesmo estando aqui por um tempo tão curto, sinto a forte tentação...

– Você vai voltar – disse Simon. – Vou levá-la de carro.

Paige se virou para a cama da mãe.

– Isso foi por minha causa.

– Não – retrucou Simon. – Você não pode pensar assim.

Ele se aproximou mais. Ela ainda parecia muito frágil, e naquele momento ele temeu que se Paige se acusasse, assumisse aquela culpa, talvez isso a fizesse querer recair no mundo do esquecimento.

– Não é sua culpa – disse ele. – Ninguém está acusando você, muito menos sua mãe e eu. Ok?

Ela assentiu, um pouco hesitante.

– Paige?

– Sim, papai.

– Você quer me contar o que aconteceu?

– Quando voltei para casa e encontrei Aaron morto... me escondi. Eu achava... achava que a polícia iria pensar que eu tinha feito aquilo. Foi horrível, mas uma parte de mim, não sei... Aaron tinha partido. Finalmente partido. Uma parte de mim se sentia livre. Entende o que quero dizer?

Simon assentiu.

– Então eu fui para a clínica.

– Como ficou sabendo sobre essa clínica? – perguntou ele.

Ela piscou e olhou para o outro lado.

– Paige?

– Eu já tinha estado lá – admitiu ela.

– Quando?

– Você se lembra do dia em que me viu no Central Park?

– Claro.

– Eu já tinha estado na clínica antes daquilo.

– Espere. Quando?

– Um pouco antes. Para me desintoxicar. E estava funcionando. Era o que eu achava. Mas aí Aaron me encontrou. Conseguiu entrar no meu quarto uma noite. Injetou uma dose em mim enquanto eu dormia. E eu fugi com ele no dia seguinte.

A cabeça de Simon girou.

– Espere aí, você esteve em reabilitação pouco antes de eu te ver no parque?

– Sim.

– Não entendo. Como você encontrou essa clínica?

Paige olhou para a cama.

Simon não conseguia acreditar.

– Sua mãe?

– Ela me levou lá.

Simon olhou na direção da esposa, como se ela fosse acordar naquele momento e se explicar.

– Eu fui até ela – disse Paige. – Minha última esperança. Ela conhecia esse lugar. Já tinha estado lá antes, anos antes. Eles fazem as coisas de um jeito diferente, ela me contou. Então eu experimentei. E estava funcionando. Ou talvez não estivesse. É fácil pôr a culpa nos outros, mas talvez...

Simon aparou os golpes dessas novas revelações, tentando se concentrar no que era importante.

A filha estava de volta. De volta e desintoxicada.

Ele fez a próxima pergunta com o máximo de delicadeza:
– Por que a mamãe não me contou que estava ajudando você?
– Eu pedi a ela que não contasse. Fazia parte do nosso trato.
– Por que você não queria que eu soubesse?

Paige se virou para ele. Simon olhou nos olhos sofridos da sua garotinha e se perguntou quanto tempo fazia que não a olhava assim.

– Seu rosto – disse ela.
– O quê?
– Quando eu falhei antes, quando te desapontei, o seu olhar de decepção... – Ela se calou, balançou a cabeça como se quisesse desanuviá-la. – Se eu falhasse outra vez e visse seu rosto, acho que eu me mataria.

Simon pôs a mão na boca.
– Ah, minha querida...
– Sinto muito.
– Não. Por favor. Eu é que lamento se alguma vez a fiz se sentir desse jeito.

Paige começou a coçar nervosamente os braços. Simon podia ver as marcas das picadas, embora parecessem estar cicatrizando.

– Papai?
– Sim?
– Preciso voltar agora.
– Eu levo você.

No caminho, fizeram uma parada no apartamento. Paige acordou os dois irmãos. Simon pegou o celular e filmou as lágrimas de alegria derramadas pelos três filhos, reunidos por um breve mas intenso momento. Mostraria o vídeo a Ingrid. Não importava se ouviria ou não, estando em coma. Iria exibi-lo para ela e para si mesmo várias vezes.

A viagem de volta para o norte era longa. Ele não se importava. Durante as primeiras horas, Paige dormiu.

Isso deixou Simon só com os próprios pensamentos.

Muitas emoções ricocheteavam dentro dele. Sentira contentamento e alívio ao ver Paige – uma Paige desintoxicada! – outra vez. Essa era a emoção dominante. Aproveitava o momento e tentava ignorar a preocupação com o que viria depois, o sofrimento por ter feito a filha sentir tanto medo da reação dele, a confusão diante do motivo pelo qual a esposa mantivera escondido dele aquele segredo tão importante.

Como ela pôde?

Como Ingrid pôde não contar sobre ter levado a filha deles para a reabilitação? Como pôde não ter dito nada sobre isso após ele ter visto a filha no parque e ter confrontado Aaron? Cumprir a promessa feita a um filho era uma coisa. Simon entendia. Mas não era assim que eles agiam como casal.

Eles contavam tudo um para o outro.

Pelo menos ele achava que era assim.

Simon estava se lembrando do que Rocco dissera, sobre Luther ter atirado em Ingrid, quando Paige despertou e procurou a garrafa de água.

– Como está se sentindo? – perguntou.

– Bem. Essa viagem é muito longa, papai. Eu poderia ter pegado um ônibus para voltar.

– De jeito nenhum.

Simon abriu um sorriso cansado para ela, que não retribuiu.

– Vocês não podem me visitar na clínica – disse Paige. – Só depois de mais um mês. Nada de visitas.

– Ok.

– Eles me deixaram sair porque eu não queria que vocês se preocupassem.

– Obrigado.

Ele continuou dirigindo.

– Como isso foi feito? – perguntou Simon.

– O quê?

– Depois do seu primeiro mês, a clínica deixou que você entrasse em contato conosco?

– Sim.

– Você leu sobre o que aconteceu?

Paige assentiu.

– Minha terapeuta na clínica viu uma matéria na TV. E me contou.

– Quando?

– Ontem à noite.

– Então sua terapeuta sabia e escondeu de você?

– Sim. Era minha única chance, papai. Isolamento total. Tente entender, por favor.

– Eu entendo. – Simon trocou de pista. – Você sabia que nós ficamos amigos do seu ex-locatário, Cornelius?

Paige se virou para ele.

– Ele salvou a vida da sua mãe.

– Como?

Ele a informou sobre a visita ao Bronx – toda a história de como tinham entrado no apartamento, encontrado Cornelius e ido até o porão de Rocco.

– Cornelius era realmente legal comigo – disse Paige quando o pai terminou o relato.

– Ele também nos contou que você tinha fugido com sangue no rosto dois dias antes de Aaron ser morto.

Paige virou a cabeça e olhou pela janela.

– Aaron bateu em você?

– Só dessa vez.

– Muito?

– Sim.

– Aí você fugiu. E depois, de acordo com a polícia, esse pistoleiro o matou.

O tom de Paige foi vago quando disse:

– Imagino que sim.

Ele podia ouvir a mentira na voz da filha.

Simon sabia que havia algo errado na teoria da polícia sobre o assassinato de Aaron Corval. Por outro lado, fazia todo o sentido, era simples, se encaixava. Mais ou menos. A seita estava matando os garotos que haviam sido adotados ilegalmente. Aaron Corval foi um desses bebês, portanto era um dos alvos. Ash e Dee Dee tinham retornado à cena do crime porque precisavam matar Simon.

Mas como eles ficaram sabendo que Simon estaria lá?

Ele esmiuçara todas as informações. Tinha verificado os registros de cobrança automática de pedágio e notado que o carro de Ash e Dee Dee nunca passara perto do hospital. Então não poderia ter sido seguido.

Uma coisa, no entanto, chamou a atenção de Simon.

Uma testemunha, Enrique Boaz, inquilino de Cornelius, declarou ter visto Dee Dee no terceiro andar pouco antes do confronto no apartamento de Cornelius.

Por quê? Por que ela estaria no terceiro andar?

Para a polícia, fora uma pequena anomalia, nada importante: todo caso tem inconsistências como aquela. Mas isso deixara Simon com a pulga atrás da orelha. Ele voltou lá então. Ao lado de Cornelius, interrogou Enrique e desvendou uma possível pista:

Dee Dee estava parada bem em frente à porta da casa de Aaron e Paige.

De novo: por quê? Se ela já matara Aaron, por que voltaria à casa dele?

Por que arrombaria a porta com um chute, como Cornelius observou depois da saída dos policiais, para entrar?

Isso não se encaixava no resto da trama.

A menos que ela não tivesse estado lá antes.

– Paige?

– Oi.

– O que você fez depois que Aaron te bateu?

– Fugi.

– Para onde?

– Eu... fui arranjar uma dose.

E aí ele perguntou:

– Você não ligou para a mamãe?

Silêncio.

– Paige?

– Esqueça isso, por favor.

– Você ligou para sua mãe?

– Sim.

– E o que ela disse?

– Eu... – Ela estreitou os olhos. – Contei a ela o que eu tinha feito. Contei que precisei fugir.

– O que mais você disse, Paige?

– Papai. Por favor. Esqueça isso.

– Não até nós dois contarmos a verdade. E, Paige, a verdade nunca vai sair deste carro. Nunca. Aaron era um lixo. A morte dele não foi assassinato, foi legítima defesa. Ele estava matando você dia a dia. Te envenenando. E, quando você tentava se libertar, ele voltava e te envenenava outra vez. Está entendendo?

A filha assentiu.

– O que aconteceu então?

– Aaron me bateu naquele dia, papai. Com os punhos.

Simon sentiu a raiva tomá-lo de novo.

– Eu não aguentava mais aquilo. Mas sabia que podia cair fora... Ser livre. Se ele...

– Sumisse – disse Simon, concluindo o raciocínio para ela.

– Você se lembra do que viu no parque? De como eu estava?

Ele assentiu.

– Eu precisava acabar com o domínio dele sobre mim.

Simon esperou. Paige olhava fixamente para a frente pelo para-brisa.

– Então, sim, papai, eu o matei. Matei e com bastante sangue. Depois fugi.

Simon continuava dirigindo. Apertava o volante com tanta força que temia arrancá-lo.

– Papai?

– Você é minha filha. Eu vou sempre protegê-la. Sempre. E sinto orgulho de você. Está tentando fazer a coisa certa.

Ela se aproximou dele. Simon pôs o braço em torno de Paige, mantendo a outra mão no volante.

– Mas você não matou Aaron.

Ele sentiu o corpo da filha enrijecer sob seu braço.

– A surra foi dois dias antes de ele ser assassinado.

– Papai, deixe isso pra lá, por favor.

Como se fosse possível.

– Você ligou para sua mãe. Como já disse. Pedindo ajuda.

Ela se aconchegou mais para perto. Podia sentir que Paige estava tremendo. Pressioná-la assim o afligia, mas eles tinham que chegar lá.

– A mamãe disse a você para ficar longe naquela noite?

A voz dela era débil.

– Papai, por favor.

– Porque eu conheço a sua mãe, e teria visto a situação do mesmo jeito que ela. Nós iríamos pegar você outra vez e levá-la para esse centro de reabilitação. Mas enquanto Aaron estivesse vivo, aquele elo distorcido que vocês dois compartilhavam, ora, ele a encontraria de novo. Vocês dois estavam enredados de uma forma que jamais vou entender. Aaron era como um parasita que precisava ser morto.

– Foi isso que eu fiz então – afirmou Paige.

Ela tentou dizer isso em tom de bravata e determinação, mas soava vazio.

– Não, coração, você não fez isso. Foi por isso que Luther atirou na sua mãe. Ele a viu naquela noite. Era isso que ele ia me contar antes de morrer. Luther a viu saindo do seu apartamento ou talvez tenha visto o assassinato. Não sei. Então, alguns dias depois, quando viu sua mãe perto do Rocco, imaginou que ela fosse matá-lo também. Aaron trabalhava para Rocco, certo? Foi por isso que ele sacou a arma e atirou na sua mãe primeiro, não em mim. Foi por isso que insistira em legítima defesa.

Fagbenle estivera certo desde o início.

– *A navalha de Occam. Conhece?*

– *Não estou com disposição para essas coisas, detetive.*
– *É um principio que diz...*
– *Eu sei o que diz.*
– *... que a explicação mais simples é geralmente a correta.*
– *E qual é a explicação mais simples, detetive?*
– Que você matou Aaron Corval. – Bem assim. Sem emoção, rancor ou surpresa. – Ou sua esposa o matou. Eu não culparia nenhum de vocês dois. O homem era um monstro. Estava envenenando sua filha aos poucos, matando-a bem diante dos seus olhos.

Fagbenle notara até que Ingrid poderia ter dado uma escapada até o Bronx durante um intervalo no trabalho. Eles tinham imagens dela deixando o hospital. Ingrid sabia o momento de agir. Tinha certeza de que Aaron estaria sozinho.

– Paige?
– Eu não sabia que a mamãe iria matá-lo.

Ela se afastou dele e se sentou, ereta.

– Eu voltei para o apartamento cedo e vi... Mamãe estava usando o jaleco do hospital. Eles estavam cobertos de sangue. Acho que ela se livrou do jaleco depois. Mas, quando a vi, surtei. Saí correndo.

– Para onde?
– Para outro porão. Como o do Rocco. Me apliquei duas doses. Fiquei lá deitada horas, nem sei por quanto tempo. E quando acordei, finalmente encarei a verdade.

– Que verdade?
– Que minha mãe tinha matado alguém. Pense nisso um segundo. Dizem que a gente tem que chegar ao fundo do poço antes de ficar bom. Quando você percebe que fez sua mãe matar um homem, este é o fundo do poço.

Eles ficaram em silêncio por um tempo.

Depois Simon perguntou:

– Por que a sua mãe não entrou em contato com a clínica para saber se você tinha ido para lá?

– Talvez tenha entrado. Mas eu não estava lá ainda. Levei dias para conseguir chegar lá.

E aí ela já estava em coma.

– Papai?
– O quê, meu bem?
– A gente pode esquecer tudo isso agora?

Simon pensou a respeito.
– Acho que sim.
– E isso nunca vai sair deste carro?
– Nunca.
– Isso inclui a mamãe também.
– O quê?
– Não conte a ela que você sabe, está bem? Deixe isso pra lá.

capítulo quarenta

Nas semanas seguintes, à medida que Ingrid começava a se recuperar e a vida melhorava, Simon pensou no pedido da filha.

O que eles conversaram não deveria nunca deixar o carro? Seria realmente melhor não contar à esposa que ele sabia que ela havia matado um homem?

Seria melhor viver com esse segredo?

Superficialmente, a resposta parecia ser afirmativa.

Simon observava a esposa voltando para ele e a família.

Por fim, Ingrid recuperou as forças o suficiente para ir para casa.

A semanas se transformaram em meses.

Bons meses.

Paige continuava melhorando também. No devido tempo, a clínica deixou que ela voltasse para casa.

Sam retornou a Amherst no começo do novo semestre. Anya ia bem na escola. Simon reassumiu o trabalho. Em pouco tempo também, Ingrid voltou aos pacientes dela.

A vida estava mais do que retornando à normalidade.

Estava boa. Realmente boa. E quando a vida está boa, talvez seja melhor deixar as coisas como estão.

Havia risadas e alegria em suas vidas.

Passeios deliciosos pelo Central Park. Jantares com amigos e noites no teatro. Havia amor, luz e família.

Ingrid e Simon acolheram o retorno de Paige. Davam a ela todo o apoio que podiam, ao mesmo tempo que temiam que o demônio colocado por Aaron no corpo da filha estivesse apenas enfraquecido ou inativo, que ainda se encontrasse lá, esperando para atacar de novo.

Porque os demônios nunca morrem.

Nem os segredos.

Esse era o problema. Todas essas coisas boas estavam na sala. Mas o segredo também estava.

Uma noite, durante uma caminhada pelo Central Park, Ingrid e Simon pararam em Strawberry Fields. Ele normalmente evitava essa rota. Fora ali que vira Paige maltratando a canção dos Beatles. Era qual música mesmo? Não se lembrava mais. Não queria se lembrar.

Mas Ingrid quis se sentar no banco. Por hábito, ele leu a inscrição:

PARA JERSEY, O BOM CACHORRO, QUE FICARIA CONTENTE
EM COMPARTILHAR ESTE BANCO COM VOCÊ

Ingrid pegou a mão de Simon, o encarou e disse:
– Você sabe.
– Sim.
– Entende por que fiz aquilo.
Ele assentiu.
– Entendo.
– Era como se ela estivesse se afogando. E, toda vez que vinha à superfície, ele a puxava para baixo outra vez.
– Não precisa justificar isso para mim.
Ingrid tomou a mão do marido. Ele apertou a dela e ficou segurando.
– Você planejou isso – disse Simon.
– Assim que ela ligou.
– E fez uma coisa violenta e sanguinária...
– ... para a polícia pensar que tivesse relação com as drogas.
Ele olhou para o lado, depois de volta para ela.
– Por que não me pediu ajuda?
– Por três razões – disse ela.
– Estou escutando.
– Primeira, meu trabalho é proteger você também. Porque eu te amo.
– Eu também te amo.
– Segunda, se eu fosse pega, ia querer que um de nós dois ficasse livre para cuidar das crianças.
Simon teve que rir daquilo.
– Prático.
– Sim.
– E a terceira?
– Eu achei que talvez você fosse me convencer a desistir.
Simon não disse nada. Será que ele levaria adiante um plano para assassinar Aaron Corval?
Não sabia.
– Que aventura – disse ele.
– Pois é.

Simon contemplou a esposa e se sentiu arrebatado outra vez.
– Eu amo nossa família – declarou Ingrid.
– Eu também.
Ela apoiou a cabeça no ombro de Simon, como já tinha feito um milhão de vezes antes.
Existem poucos momentos de pura felicidade nesta vida. Na maior parte das vezes, as pessoas não se dão conta de que estão tendo um desses momentos até eles acabarem. Mas não era o caso naquele instante, em que Simon estava sentado com a mulher que amava. Ele sabia.
E ela sabia.
Aquilo era felicidade.
E não duraria.

epílogo

A POLÍCIA ESTADUAL ENCONTROU O corpo de Elena Ramirez quase um ano após seu assassinato.

Houve um funeral para ela em Chicago. Simon e Cornelius decidiram comparecer. Preferiram ir de carro em vez de avião. Cornelius planejou a rota, descobrindo museus estranhos e pontos interessantes onde pudessem fazer paradas.

Elena descansou ao lado de um homem chamado Joel Marcus.

Os dois homens dormiram em um hotel nos arredores de Chicago. Durante a viagem de volta, na manhã seguinte, Simon perguntou:

– Você se importa se a gente parar em Pittsburgh?
– Nem um pouco – respondeu Cornelius.

Depois, reparando na expressão do rosto de Simon, acrescentou:

– Qual é o problema?
– Preciso visitar uma pessoa.

Quando Simon bateu na porta, um rapaz abriu.

– Doug Mulzer?
– Sim.

Mulzer não havia se recuperado nem física nem emocionalmente para retornar à Lanford College após sua provação. Simon não se importava. Ou talvez se importasse. Talvez a justiça popular tivesse sido o bastante.

– Meu nome é Simon Greene. Sou o pai da Paige.

Quando eles voltaram a Nova York, Simon deixou Cornelius em casa e se dirigiu ao escritório da PPG Gestão Patrimonial. Já era fim de tarde, mas Yvonne ainda estava lá. Ele a chamou e disse:

– Acho que já sei qual é o segredo de Ingrid.

Naquela noite, quando Simon chegou ao seu prédio, Suzy Fiske estava segurando a porta do elevador para ele. Cumprimentou-o com um largo sorriso e um beijo no rosto.

– Ei – disse ela. – Já vi que Sam chegou de Amherst.
– É, ele voltou esta noite para um descanso.
– Então vocês estão com os três filhos em casa?

– Estamos.

– Deve ser ótimo.

Simon sorriu.

– É, sim.

– E soube que Paige se matriculou na NYU.

– Sim. Mas ela ainda vai morar em casa.

– Fico realmente feliz por vocês.

– Obrigado, Suzy. Sei que já agradeci um milhão de vezes...

– E nos deu aquele cupom para a RedFarm. O que foi muita generosidade. Já comemos lá umas quatro vezes.

O elevador parou no andar de Simon. Ele saiu e abriu a porta de casa. A versão do Bad Wolves para "Zombie" estava tocando em uma caixa de som bluetooth na cozinha. Ingrid cantava o refrão: *"What's in your head, in your head, zombie..."*

Simon se encostou no portal. Ingrid se virou e sorriu para ele.

– Oi – disse ela.

– Oi.

– Como foi a viagem?

– Boa – respondeu ele. – Triste.

– Seu filho está em casa.

– Já soube. O que você está cozinhando?

– Minha famosa receita de salmão oriental. A favorita de Sam.

– Eu te amo – falou Simon.

– Eu também te amo.

– Onde está Paige?

– No quarto dela. Cinco minutos para o jantar, ok?

– Ok.

Ele atravessou o corredor e bateu na porta do quarto da filha.

– Entre – disse Paige.

Ela ainda parecia pálida, esgotada e abatida, mesmo depois de todo aquele tempo, e ele se perguntava se isso tudo a deixaria um dia. Houvera noites ruins, suores, pesadelos e lágrimas. Era uma luta, e ele não tinha certeza se Paige a venceria – ele sabia das probabilidades –, mas talvez conseguisse. Pensara na influência de Aaron sobre ela, no relacionamento bizarro e distorcido. Talvez fosse tudo mais uma vez muito simples. Como Fagbenle dissera.

Mata-se um homem para se proteger um filho.

Mata-se um homem, salva-se um drogado.

– Nunca entendi como você entrou em contato com Aaron – disse Simon. – Nunca consegui destrinchar essa parte. Elena Ramirez viu o teste de DNA do Henry Thorpe. Mostrava todos os meios-irmãos, inclusive Aaron. Mas você também fez esse teste, Paige, não fez?

– Fiz.

– Eu nunca entendi... qual era sua ligação com Aaron? O que fez você se apegar a alguém tão horrível?

Paige estava tirando um moletom da gaveta. Então parou e aguardou.

– Sabe o que achei estranho no seu apartamento no Bronx? Havia dois colchões de solteiro... um de cada lado da sala. – Ele abriu os braços. – Que tipo de casal jovem é esse que não compartilha a cama?

– Papai.

– Deixe só eu terminar, ok? Fui procurar Doug Mulzer hoje em Pittsburgh. Vamos precisar conversar sobre isso em algum momento, sobre o que ele fez com você, ou talvez você já tenha feito isso nas suas sessões de terapia.

– Já.

– Certo. Mas, veja, ele foi atacado. Violentamente.

– Isso foi errado – disse Paige.

– Talvez sim, talvez não. Não é disso que estou falando. Mas Doug me contou que um homem com máscara de esqui o agrediu. Foi Aaron, não foi?

– Foi. Eu não devia ter contado a ele o que Doug fez comigo.

– Por que contou?

Paige não disse nada.

– Eu não conseguia entender. Mas aí Mulzer me contou o que Aaron ficou gritando para ele durante a agressão. – Lágrimas apareceram nos olhos de Paige e nos de Simon também. – Ninguém faz mal à minha irmã.

Os ombros de Paige caíram.

– Quando fez o teste de DNA, você descobriu que Aaron era seu meio--irmão, mas não por parte de pai. – Simon sentia o corpo estremecer. – Vocês dois tinham a mesma mãe.

Levou alguns segundos, mas Paige conseguiu levantar o queixo e olhar para ele.

– Sim.

– Sondei com sua tia, Yvonne. O grande segredo da sua mãe? Ela não foi ser modelo no exterior aos 17 anos. Ela entrou para uma seita. Ficou grávida do líder. Mas eles disseram a ela... que o bebê tinha nascido morto. Ela achou que talvez eles o tivessem matado intencionalmente. Tornou-se suicida. A família, seus avós, a pegaram e a reconverteram. Em uma clínica. A mesma para onde ela levou você.

A filha atravessou o quarto e se sentou na cama. Simon se juntou a ela.

– Ele era muito perturbado – disse Paige. – O pai abusava dele desde muito pequeno.

– Está se referindo ao Aaron?

Ela assentiu.

– E você tem que lembrar o que eu estava passando. Tinha sido atacada por Doug Mulzer na faculdade, depois fiz o teste de DNA e foi como se minha vida toda tivesse sido uma grande mentira. Eu me senti perdida, assustada, confusa. E aí eu tinha esse novo irmão. A gente conversava horas. Contei a ele sobre o ataque. Então ele cuidou do assunto. Foi horrível, mas ao mesmo tempo me senti, sei lá, protegida, talvez. Depois Aaron me apresentou às drogas e foi como se... eu gostei daquilo. Não, eu adorei. Elas faziam com que eu escapasse de tudo. Aaron se encarregou de me drogar mais e mais, e... – Ela parou, enxugou as lágrimas. – Acho que ele sabia o que estava fazendo.

– Como assim?

– Penso que Aaron adorava a ideia de ter uma irmã. Ele não queria me perder. Precisava me manter viciada para que eu não o abandonasse. E talvez quisesse também se vingar da mãe biológica. Ele era a criança que ela rejeitou. Por que não destruir a filha que ela criou?

– E você nunca confrontou sua mãe?

– Confrontei. – Ela respirou fundo. – Vim para casa e perguntei à mamãe se ela tinha tido outro filho. Ela disse que não. Implorei a ela que me contasse a verdade. No final ela admitiu. Contou sobre a seita. Disse que tinha ficado grávida de um homem terrível, mas que o bebê tinha morrido.

Pelo que Yvonne contara a ele, Ingrid ainda acreditava nisso.

– Achei que ela ainda estivesse mentindo para mim. Mas eu não me importava mais. Já era dependente química. Só me importava com a próxima dose. Aí roubei as joias dela e voltei para o meu irmão.

Aquela ligação doentia, deturpada – estava forjada no sangue.

– Você falou em chegar ao fundo do poço – disse Simon, sentindo algo endurecer dentro do peito, algo que tornava quase impossível respirar. – O fato de você ter levado sua mãe a matar alguém...

Paige fechou os olhos com força, muita força, como se quisesse afastar aquilo tudo.

– ... mas ela não matou "alguém"...

Os dois sabiam o que estava por vir. Paige mantinha os olhos cerrados, preparando-se para o golpe.

– ... ela matou o próprio filho.

– Não podemos contar a ela, papai.

Simon balançou a cabeça, se lembrou do que ele e Ingrid conversaram sentados naquele banco do Central Park.

– Chega de segredos, Paige.

– Papai...

– Sua mãe me contou a verdade sobre ter matado Aaron.

Paige se voltou vagarosamente para fitá-lo, e Simon pensou que seus olhos nunca tinham sido tão claros.

– Esse segredo é diferente. Vai destruí-la.

Pela porta, eles ouviram Ingrid chamando com uma voz alegre:

– O jantar está pronto! Todo mundo lavando as mãos.

– A gente não pode contar, papai.

– Isso pode transparecer de alguma forma. Ela pode até já saber.

– Ela não sabe – disse Paige. – A agência de adoção não tem os registros. Só nós sabemos a verdade.

Eles foram para a mesa. Os cinco – Simon, Ingrid, Paige, Sam e Anya – sentaram-se em seus lugares. Sam começou a contar sobre um colega de laboratório idiota. Era uma história engraçada. Ingrid ria tanto que chegava às lágrimas. Ela encontrou os olhos de Simon e lançou a ele aquele olhar que expressava como eram afortunados e felizes, que dizia: "Ei, se lembra daquele momento no parque? Este também é um desses momentos de felicidade. E ainda melhor, porque estamos com nossos filhos. Estamos neste momento agora, nesta felicidade verdadeira, e temos a sorte de perceber isso."

Simon olhou para Paige no outro lado da mesa. Ela olhou para ele.

O segredo também estava na mesa.

Se Simon ficasse calado, o segredo estaria sempre com eles.

Ele se perguntou o que seria pior: ter que viver para sempre perseguido por aquele segredo ou deixar a mulher que amava descobrir que havia matado o próprio filho.

A resposta parecia clara. Talvez mudasse no dia seguinte. Mas naquela noite ele sabia o que precisava fazer.

Simon pode não ter dado um passo em direção à bala quando Luther atirou em Ingrid. Mas faria isso agora – independentemente de quanto doesse. Escutava a bela risada da esposa e sabia que pagaria qualquer preço para continuar a ouvi-la.

Então ele fez uma promessa solene. Não haveria mais segredos.

A não ser aquele.

agradecimentos

O AUTOR (que de vez em quando gosta de se referir a si mesmo na terceira pessoa) gostaria de agradecer às seguintes pessoas, sem nenhuma ordem especial: Ben Sevier, David Eagleman, Rick Friedman, Diane Discepolo, Selina Walker, Anne Armstrong-Coben e, claro, aos garotos do BMV Group – Pieter van der Heide, Daniel Madonia e John Byren – por me ajudarem a entender a profissão de Simon.

O autor (ainda sou eu) também agradece a Manny Andrews, Mariquita Blumberg, Louis van de Beek, Heather Grewe, Maish Isaacson, Robert e Yvonne Previdi, Randy Spratt, Eileen Vaughan e Judy Zyskind. Essas pessoas (ou seus entes queridos) fizeram contribuições generosas a obras de caridade de minha escolha em retribuição por seus nomes aparecerem no livro. Se você quiser participar também, por favor acesse HarlanCoben.com ou envie um e-mail para giving@harlancoben.com.

CONHEÇA OUTROS LIVROS DO AUTOR

Quebra de confiança

Myron Bolitar está em um momento muito importante da carreira. Depois de agenciar alguns atletas pouco conhecidos, ele agora é o empresário de Christian Steele, a maior promessa de todos os tempos do futebol americano. Talentoso, bonito, centrado e carismático, tudo indica que o rapaz também movimentará milhões em contratos de publicidade.

Ao mesmo tempo que vive o auge profissional, porém, Christian enfrenta um drama pessoal. Há um ano e meio, sua noiva, Kathy Culver, desapareceu subitamente e, exceto pelos fortes indícios de que tenha sofrido uma agressão sexual, a polícia não conseguiu descobrir nada sobre sua última noite no campus da Universidade Reston.

Agora, prestes a ser contratado em uma negociação que pode ser a maior já realizada em sua categoria, Christian vê, em uma revista, a foto de Kathy em um anúncio de disque sexo. Além disso, o caso acaba de ganhar mais um contorno de horror: Adam Culver, pai dela, é morto em um assalto bastante suspeito.

Enquanto negocia com dirigentes gananciosos, empresários mal-intencionados e criminosos violentos, Myron contará com a ajuda de Win, seu melhor amigo, para descobrir a verdade por trás das duas tragédias – doa a quem doer.

Quando ela se foi

Dez anos atrás, Myron Bolitar e Terese Collins fugiram juntos para uma ilha. Durante três semanas, eles se entregaram um ao outro sem pensar no amanhã. Depois disso, se reencontraram apenas uma vez, antes de ela partir sem deixar vestígio.

Agora, no meio da madrugada, Terese telefona pedindo a ajuda de Myron para localizar o ex-marido, Rick Collins. Em pouco tempo eles descobrem que Rick foi assassinado e que Terese é a principal suspeita.

Porém algo ainda mais atordoante é revelado: perto do corpo havia fios de cabelo e uma mancha de sangue que o exame de DNA revelou pertencer à filha do casal, que morreu muitos anos antes.

Logo Myron se vê numa perseguição pelas ruas de Paris e de Londres, tentando desvendar a morte de Rick e o destino da filha que Terese pensava ter perdido para sempre.

Em *Quando ela se foi*, Harlan Coben cria um mundo de armadilhas imprevisíveis em que conflitos religiosos, política internacional e pesquisas genéticas se mesclam a amizade, perdão e a chance de um novo começo.

Sem deixar rastros

Myron Bolitar parecia destinado a uma carreira de sucesso na NBA quando uma lesão no joelho o afastou definitivamente das quadras. Porém, 10 anos depois, o agente esportivo, que também atua como detetive nas horas vagas, está de volta ao jogo – não para cumprir seu destino como astro do basquete, mas para desvendar mais um mistério.

O ídolo dos Dragons de Nova Jersey Greg Downing, principal adversário de Myron na época da faculdade, desapareceu sem deixar rastros pouco antes das finais do campeonato nacional. À frente do caso, Myron trabalhará infiltrado entre os jogadores para tentar obter informações que o levem ao paradeiro do antigo rival, com quem também competiu pelo amor de uma mulher.

O que a princípio parece um típico desaparecimento vai ganhando contornos inesperados à medida que a investigação avança, reacendendo em Myron lembranças que ele nunca imaginou ter que reviver.

Com a ajuda de seus fiéis escudeiros, o excêntrico Win e a ex-lutadora profissional Esperanza, ele comprovará que seus piores pesadelos estão mais vivos do que nunca. E, em meio ao glamour da NBA e a criminosos da pior espécie, vai descobrir coisas sobre si mesmo que mudarão sua vida para sempre.

Apenas um olhar

Ao buscar um filme que mandou revelar, Grace encontra, no meio das fotos, uma que não pertence ao rolo. É uma imagem de cinco pessoas, tirada no mínimo vinte anos atrás. Quatro delas não lhe são familiares, mas a quinta é muito parecida com seu marido, Jack.

Ao ver a foto, Jack nega ser ele. Só que, mais tarde, ele foge sem nenhuma explicação, levando a fotografia.

Sem saber por que ele se foi, Grace luta para proteger os filhos da ausência do pai. Cada dia que passa traz mais dúvidas sobre si mesma, sobre seu casamento e sobre Jack, assim como a compreensão de que há outras pessoas procurando por ele e pela fotografia – inclusive um violento e silencioso assassino.

Quando entende que não pode contar com a polícia, e que seus vizinhos e amigos têm os próprios objetivos secretos, Grace precisa enfrentar as partes sombrias de seu passado para descobrir a verdade que pode trazer seu marido de volta.

Seis anos depois

Jake Fisher e Natalie Avery se conheceram no verão. Eles estavam em retiros diferentes, porém próximos um do outro. O dele era para escritores; o dela, para artistas. Eles se apaixonaram e, juntos, viveram os melhores meses de suas vidas.

E foi por isso que Jake não entendeu quando Natalie decidiu romper com ele e se casar com Todd, um ex-namorado. No dia do casamento, ela pediu a Jake que os deixasse em paz e nunca mais voltasse a procurá-la.

Jake tentou esconder seu coração partido dedicando-se integralmente à carreira de professor universitário e assim manteve sua promessa... durante seis anos.

Ao ver o obituário de Todd, Jake não resiste e resolve se reaproximar de Natalie. No enterro, em vez de sua amada, encontra uma viúva diferente e logo descobre que o casamento de Natalie e Todd não passou de uma farsa.

Agora ele está decidido a ir atrás dela, esteja onde estiver, mas não imagina os perigos que envolvem procurar uma pessoa que não quer ser encontrada.

Em *Seis anos depois* Harlan Coben usa todo o seu talento para criar uma trama sensacional sobre um amor perdido e os segredos que ele esconde.

Confie em mim

Preocupados com o filho Adam, que começou a se distanciar deles depois do suicídio do melhor amigo, Spencer, o Dr. Mike Baye e sua esposa, Tia, decidem instalar um programa de monitoração no computador do garoto. Os primeiros relatórios não revelam nada importante, mas de repente uma estranha mensagem muda completamente o rumo dos acontecimentos: "Fica de bico calado que a gente se safa."

Enquanto isso, a mãe de Spencer, Betsy, encontra uma foto que levanta suspeitas sobre a morte de seu filho. Ao contrário do que todos pensavam, ele não estava sozinho na noite fatídica. Será que foi mesmo suicídio?

Para tornar tudo mais assustador, Adam desaparece misteriosamente. Acreditando que o garoto está correndo grande perigo, Mike não medirá esforços para encontrá-lo.

Quando duas mulheres são assassinadas, uma série de acontecimentos faz com que a vida de todas essas pessoas se cruze de forma trágica, violenta e inesperada.

Até o fim

O detetive Nap Dumas nunca mais foi o mesmo após o último ano do colégio, quando seu irmão Leo e a namorada, Diana, foram encontrados mortos nos trilhos da ferrovia. Além disso, Maura, o amor da vida de Nap, terminou com ele e desapareceu sem justificativa.

Por quinze anos, o detetive procurou pela ex-namorada e buscou a verdadeira razão por trás da morte do irmão. Agora, parece que finalmente há uma pista.

As digitais de Maura surgem no carro de um suposto assassino e Nap embarca em uma jornada por explicações, que apenas levam a mais perguntas: sobre a mulher que amava, os amigos de infância que pensava conhecer, a base militar próxima a sua antiga casa.

Em meio às investigações, Nap percebe que as mortes de Leo e Diana são ainda mais sombrias e sinistras do que ele ousava imaginar.

CONHEÇA OS LIVROS DE HARLAN COBEN

Só um olhar
Até o fim
A grande ilusão
Não fale com estranhos
Que falta você me faz
O inocente
Fique comigo
Desaparecido para sempre
Cilada
Confie em mim
Seis anos depois
Não conte a ninguém
Apenas um olhar
Custe o que custar

COLEÇÃO MYRON BOLITAR
Quebra de confiança
Jogada mortal
Sem deixar rastros
O preço da vitória
Um passo em falso
Detalhe final
O medo mais profundo
A promessa
Quando ela se foi
Alta tensão
Volta para casa

Para saber mais sobre os títulos e autores da Editora Arqueiro,
visite o nosso site e siga as nossas redes sociais.
Além de informações sobre os próximos lançamentos,
você terá acesso a conteúdos exclusivos
e poderá participar de promoções e sorteios.

editoraarqueiro.com.br